KB218300

당시삼백수 1

唐詩三百首

孫洙

대산세계문학총서
191

당시삼백수 1

唐詩三百首

손수 엮음 임도현 역해

문학과지성사

대산세계문학총서 191

당시삼백수 1

엮은이 손수
역해 임도현
펴낸이 이광호
주간 이근혜
편집 김은주 김인숙
마케팅 이가은 최지애 허황 남미리 맹정현
제작 강병석
펴낸곳 ㈜문학과지성사
등록번호 제1993-000098호
주소 04034 서울 마포구 잔다리로7길 18(서교동 377-20)
전화 02) 338-7224
팩스 02) 323-4180(편집) 02) 338-7221(영업)
대표메일 moonji@moonji.com
저작권 문의 copyright@moonji.com
홈페이지 www.moonji.com

제1판 1쇄 2024년 9월 27일

ISBN 978-89-320-4318-0 04820
ISBN 978-89-320-4317-3 (전 2권)
ISBN 978-89-320-1246-9 (세트)

이 책은 대산문화재단의 외국문학 번역지원사업을 통해 발간되었습니다.
대산문화재단은 大山 愼鏞虎 선생의 뜻에 따라 교보생명의 출연으로 창립되어
우리 문학의 창달과 세계화를 위해 다양한 공익문화사업을 펼치고 있습니다.

옮긴이 서문

한시는 한자로 지은 시이다. 시는 운문이다. 글의 일정한 위치에 발음이 비슷한 글자를 배치하여 낭독할 때 리듬감을 주는 문학 형식이다. 시는 원래 노래 가사에서 시작됐는데 이러한 규칙은 최소한의 것이다. 문학은 문체에 따라 대체로 운문과 산문으로 나누는데 산문은 운문이 아닌 글이라는 뜻이니 애초에 운문이 먼저 있었다. 따라서 시는 인간 문명에서 가장 먼저 생겨난 문학 형식이다. 자신의 감정을 다른 이에게 전달하기 위해 시를 지었고 이를 노래로 불렀다. 즐거우면 즐거워서, 슬프면 슬퍼서, 그리우면 그리워서, 한가하면 한가해서. 자신의 느낌을 솔직하게 표현하고 이를 같이 공유하며 즐기는 것이 인간의 본능이었을 것이다. 그러니 시는 생명력이 있다. 수천 년 동안 많은 사람이 시를 지었고 현대인들도 시를 짓고 읽는다. 수많은 시 중에 만고의 절창이라고 평가받는 시가 있다. 시대를 막론하고 누구나 공감하는 시이다. 인간이 근본적으로 가졌던 즐거움과 슬픔, 고뇌와 괴로움을 미학적으로 잘 표현했기 때문이다. 이러한 시를 읽음으로써 인간 존재 본연에 대한 성찰이 깊어지고 인간적인 삶에 대한 인식이 넓어진다. 역대 동양의 문인들이 그러했고 우리 조상들도 그러했고 현재 우리도 그러하다.

그런데 한시는 한자로 지어졌다. 예로부터 한자를 사용한 나라는 한국, 중국, 일본, 베트남 등이고 베트남을 제외하고는 현재도 한자를 많이 사용하고 있다. 한국도 한자어를 많이 사용하기는 하지만 한자는 여전히 어렵다. 더구나 한자로 이루어진 문장은 해독하기가 더욱 어렵다. 그래서 한시를 현대 한국인이 직접 읽어내기란 쉽지 않다. 전문적으로 오랫동안 교육을 받은 이도 마찬가지이다. 우리 선조들도 어려웠기에 『두시언해』를 편찬하지 않았던가. 그렇기에 현대 한국인에게 맞는 쉬운 해설서가 필요하다. 이 책은 이러한 고민 속에 보다 많은 한국인이 보다 쉽게 중국의 한시를 읽고 인문학적 성찰을 통해 성숙된 삶을 영위하기를 바라는 마음에서 나온 것이다.

『당시삼백수』는 청나라 손수가 엮은 당시 모음집이다. 당나라 시는 전통적으로 가장 문학성이 뛰어나다고 인정받는다. 당시가 한시를 대표한다고 할 수 있다. 청나라 때 당나라 시를 집대성하여 『전당시』를 출간했는데 2,200여 명의 시가 5만 수 가까이 수록되어 있다. 당나라 시가 좋다고 하지만 모든 시가 훌륭할 수는 없다. 손수는 그중 남녀노소를 막론하고 누구나 읽고 익히기를 바라는 마음에서 3백 수 정도를 선정했다. 혹자는 이 3백여 수만 익히면 절로 한시를 지을 수도 있다고 했단다. 『당시삼백수』가 한국과 중국에서 오랫동안 꾸준히 훌륭한 한시 교과서로 평가받고 있으며, 한국에서도 번역서가 10종 가까이 출간되었다. 이 책의 가치에 대해서는 더 이상 논할 필요가 없어 보인다.

관건은 이렇게 좋은 한시를 어떻게 대중들에게 보다 쉽게 전달할 수 있는가이다. 당시를 대학 강단에서 가르치기도 했고 동네 어르신들에게 가르치기도 했다. 한시에 독음을 달아 읽고, 한 글자씩 풀이하고 한문 문법을 장황하게 설명한 뒤 번역을 한다. 그러면 벌써 진이 빠진다. 듣는 이도 피곤하다. 잘못된 방식이다. 방법을 바꾸었다. 한글 번역만 제시하고 내용에 대해 차근차근 설명하니 공감하고 수용하는 속도도 빠르고 감상하는 수준도 높아졌다. 시의 내용에 관해 대화와 교감이 이루어졌다. 가만히 생각해보니 예전에 영시 등 외국 문학을 접할 때 원문을 읽었던 기억이 없다. 워즈워스, 예이츠, 셰익스피어 모두 번역서를 읽었다. 한시라고 해서 굳이 한자로 읽을 필요는 없다. 그 내용을 파악하고 스스로 공감하는 것이 우선이고 가장 중요하다.

이 책에 수록된 시는 대략 7세기부터 9세기 사이에 중국 사람이 지은 것이다. 21세기 한국 사람이 읽고 이해하는 데는 근본적인 한계가 있다. 인문 환경이 너무나 다르기 때문이다. 그러니 이에 대한 설명은 필수적이다. 옛날 중국 사람의 생활 양식과 사고방식, 당시의 역사적인 사실에 대한 기본적인 이해가 필요하다. 이런 약간의 이해를 거치고 나면 당시는 쉬워진다. 사람 사는 이야기이기 때문이다. 누구나 한 번쯤 경험한 일이기 때문이다. 그래서 한시는 대학생보다는 경험이 많은 중장

년층이 훨씬 더 잘 공감한다. 당시 작가들 역시 인생의 고난을 극도로 맛본 중장년이기 때문이다. 자신의 경험을 반추하며 당시를 읽으면 더욱 잘 이해할 수 있다.

이 책에서는 이러한 생각을 최대한 반영했다. 시의 해석문은 그대로 읽어도 이해될 정도로 평범한 말로 풀었다. 하지만 한계는 있다. 그 한계를 장황한 해설로 메꿔보았다. 시의 내용에 대해 순차적으로 독자가 이해하기 쉽도록 관련 정보를 제공하는 동시에 작가의 사고 흐름을 따라갈 수 있도록 설명했다. 해설을 읽고 다시 번역문을 읽으면 감상의 깊이가 배가 될 것이다. 한시 원문은 맨 나중에 읽어도 되고 읽지 않아도 무방하다. 나중에 한자에 호기심이 생겼을 때 읽으면 된다. 원래는 한시 원문의 모든 글자에 독음을 달아주려고 했지만 출판사의 사정으로 무산되었다. 개인적으로 가장 안타까운 부분이다. 한문을 해석하는 것과는 별개로 낭독의 즐거움이 또 있기 때문이다.

한시를 소개하는 텔레비전 교양 프로그램이 생겨나면서 한시에 관심 있는 분들이 많이 늘어났다. 한시를 전혀 모르다가 이러한 프로그램을 보고 한시를 좋아하게 되어 좀더 공부하기 위해 자료를 추천해달라는 분들을 많이 만났다. 그런데 이런 분들의 욕구를 충족시켜줄 콘텐츠가 거의 없다. 한시 원문에 대한 간략한 주석만 제공한 서적이 대부분이고 시의 내용을 쉬우면서도 자세히 설명해주는 한시 선집은 드물다. 그래서 이미 『당시삼백수』의 번역서가 여러 종 있지만, 또 번역서를, 아니 해설서를 출간하게 되었다. 모쪼록 이 책을 통해 독자들이 한층 성숙한 인문학적 소양을 기르기를 바라고 더욱 한시를 사랑해주기를 바란다.

한시는 공부할수록 어렵다는 걸 느낀다. 시란 것이 함축적이라서 원래 애매하고 한문도 태생적으로 애매한 속성이 있기 때문이다. 한시를 번역하다 보면 타임머신을 타고 직접 작자를 만나 물어보고 싶은 생각이 들 때가 한두 번이 아니다. 이것은 나만 느끼는 어려움은 아닌 듯하니, 역대로 하나의 시에 대해 다양한 해석이 공존하는 경우가 많다. 이 책에서는 기존의 여러 번역 중 가장 그럴듯한 것을 채택하여 이리저리 나름의 살을 붙여 해설했다. 간혹 다른 설도 버리기 아까워서 같이 제시하기도 했다. 그런데도 미진한 부분이 있다. 말로 표현하지 못한 내용도 있다. 그 부분은 독자들이 채워나갈 수 있을 것이다. 어차피 문학 작품은 작자의 것이 아니라 독자의 것이다. 이 책은 독자에게 한시를 스스로 감상할 수 있는 하나의 예시를 제시하는 데 불과하다. 새로운 해석과 감상으로 가득 찬 『당시삼백수』가 앞으로 더 나오기를 바란다.

인문학의 어려운 상황에서도 번역 과제로 선정하고 지원해주신 대산문화재단에 감사드린다. 그리고 난삽한 원고를 꼼꼼하게 읽고 고쳐주었으며 좋은 책으로 만들어주신 문학과지성사 관계자들에게도 감사드린다.

2024년 8월

달구벌 와룡산 자락에서 임도현

차례

권 2 칠언고시七言古詩

【악부】

권 3 오언율시五言律詩

일러두기

1. 이 책의 원문은 진완준陳婉俊의 『당시삼백수보주唐詩三百首補注』(北京: 文學古籍刊行社, 1956)를 저본으로 했다. 『전당시全唐詩』 『문원영화文苑英華』 및 각 문인의 문집 등 여러 판본과 비교하여 원문이 다른 경우 시문 이해에 필요하다고 판단되는 것만 주석이나 해설에서 소개했다. 저본의 주석은 수록하지 않았다.
2. 한시의 번역은 직역을 위주로 했고 이해를 돕기 위해 의역을 병행했다. 관련 전고나 사건 등은 [주석]과 [해설]을 통해 파악할 수 있도록 서술했다.
3. [주석]은 어려운 한자나 단어 위주로 작성했으며 독음을 병기했다. 독음은 두음법칙을 적용했으며 한 글자인 경우는 적용하지 않았다.
4. [해설]에서는 시가 창작된 배경과 관련 사항을 먼저 소개하고 시의 내용에 관해 순차적으로 설명했다.
5. [작자 소개]는 책 뒤에 가나다 순으로 수록하고 간단한 인적 사항과 생애 및 문집 현황 등을 소개했다.
6. 책 제목은 『 』로, 작품 제목은 「 」로 구분했다. 한 구절 이상 인용할 경우 “ ”를, 한 구절 미만을 인용하거나 강조할 경우 ‘ ’를 사용했다.

권 1

오언고시五言古詩

1-1. 살아가면서 느낀 바를 읊다 제1수

장구령張九齡

난초잎은 봄에 무성하고
계수꽃은 가을에 깨끗하니,
왕성한 이 생기
절로 아름다운 계절을 만든다.
누가 알겠는가? 숲에 사는 은자가
바람 소리 들으며 앉아 즐거워하는 줄을.
초목도 본래의 마음이 있으니
어찌 미인에게 꺾이기를 바라리오.

感遇 其一

蘭葉春葳蕤,[1] 桂華秋皎潔.
欣欣此生意,[2] 自爾爲佳節.
誰知林棲者, 聞風坐相悅.[3]
草木有本心,[4] 何求美人折.

[주석]

1) 葳蕤(위유): 무성한 모양.

2) 欣欣(흔흔): 왕성한 모양. 또는 즐거워하는 모양.

3) 聞風(문풍): 바람 소리를 듣다. 또는 바람결에 전해 오는 향기를 맡다. 坐(좌): 앉다. 또는 때문에.

4) 本心(본심): 본래의 바람. 본성.

[해설]

이 시는 장구령이 평소 살아가면서 느낀 감개를 읊은 것이다. 같은 제목으로 모두 열두 수를 지었는데 이 작품은 그중 첫번째이다.

봄이 되면 난초잎이 무성해지고 가을이 되면 계수꽃이 하얗게 피어 향기를 풍긴다. 이러한 왕성한 생명력으로 사계절이 아름답다. 이러한 곳에 사는 은자는 바람결에 그 흥취를 느끼며 즐거워하고 있다. 세속과 떨어져 있기에 이 은자의 즐거움을 누구도 알지 못한다. 풀과 나무는 나고 자라서 자신의 생명력을 자랑하고 있다. 이것은 타인을 위한 것이 아니라 자기 자신의 즐거움이다. 만일 이 초목을 누군가가 꺾어서 가진다면 이는 초목이 가졌던 본래의 뜻이 아니라 그 본성을 어기게 되는 것이다.

여기서 미인이 초목을 꺾어 가진다는 것은 군주가 인재의 재능을 인정하여 기용하는 것을 비유한다. 숲속에 사는 은자는 홀로 자신의 즐거움을 추구할 뿐 세속의 관직으로 나가는 것을 바라지 않는다.

지식인이라면 자신의 재능을 나라와 백성을 위해 사용하여 좋은 세상을 만들어야 하는 것이 당연하지만 장구령이 그렇게 하고 싶지 않았던 것은 당시 상황 때문이었다. 당시 황제였던 현종玄宗은 양귀비楊貴妃에게 빠져서 향락을 일삼았으며, 조정의 일은 이임보李林甫와 우선객牛仙客 등에 의해 전횡되었다. 당시 장구령은 중서령中書令으로 있으면서 이들과 사이가 틀어졌으며, 마침내 이들의 참소로 인해 개원開元 25년(737)에 형주장사荊州長史로 폄적되었다. 그러니 그는 현실 정치를 외면하고 그저 지방에서 편하게 지내자 생각하였고, 이 시는 이러한 생각에서 지은 것이다.

세속 정치에 의해 더럽혀지지 않으려 하고 자연의 순리에 따라 처세하고자 하는 난초와 계화같이 고결한 시인의 의지가 잘 드러나 있다.

1-2. 살아가면서 느낀 바를 읊다 제7수

장구령張九齡

장강 남쪽의 붉은 귤은
겨울을 지나도 여전히 푸른 숲인데,
어찌 이곳의 기후가 따뜻하기 때문이겠는가?
스스로 추위에 굴하지 않는 마음이 있어서이지.
귀한 분께 드릴 만하지만
깊숙한 곳으로 막혀 있으니 어찌하겠는가?
운명은 오직 맞닥뜨리는 것일 뿐이고
자연의 순환은 찾아 구할 수 없는 법.
복숭아나무와 자두나무를 심으라고만 말하는데
이 귤나무에도 어찌 그늘이 없겠는가?

感遇 其七

江南有丹橘, 經冬猶綠林.
豈伊地氣暖,[1] 自有歲寒心.[2]
可以薦嘉客,[3] 奈何阻重深.[4]
運命惟所遇, 循環不可尋.[5]
徒言樹桃李,[6] 此木豈無陰.

[주석]

1) 豈伊(기이): 어찌. '이'는 어조사로 뜻이 없다. 地氣(지기): 땅의 기운. 기후.

2) 歲寒心(세한심): 추위에도 시들지 않는 마음. 『논어論語·자한子罕』에 "날이 추워진 후에야 소나무와 측백나무가 나중에 시듦을 안다歲寒然後, 知松柏之後凋也"라는 말이 있다.

3) 嘉客(가객): 훌륭한 손님. 여기서는 황제를 가리킨다.

4) 奈何(내하): 어찌하겠는가? 阻重深(조중심): 깊은 곳으로 인해 격절되어 있다. 황제가 구중궁궐 깊은 곳에 있기에 장구령과 떨어져 있다는 말이다. 이와 달리 '중심'을 장구령과 황제 사이에서 길을 가로막는 첩첩의 산과 깊은 강물로 보기도 한다.

5) 循環(순환): 자연이 순리대로 반복되는 것을 말하는데, 이로써 자연의 이치를 의미한다.

6) 徒言(도언): 그저 ~라고만 말하다. 樹桃李(수도리): 복숭아나무와 자두나무를 심다. 『한시외전韓詩外傳』에 "봄에 복숭아나무와 자두나무를 심으면 여름에는 그 아래에 그늘을 얻고 가을에는 그 열매를 먹을 수 있다春樹桃李, 夏得陰其下, 秋得食其實"라는 말이 있다.

[해설]

이 시는 열두 수 중 일곱번째이다.

장강 남쪽에 사는 귤나무는 겨울을 지나도 시들지 않고 푸른데, 이는 추위에도 자신의 기개를 굽히지 않으려는 마음을 가지고 있기 때문이다. 여기서 귤나무는 험난한 현실 상황에서도 자신의 절조와 충정을 버리지 않겠다는 시인의 마음을 비유적으로 표현한 것이다.

이러한 충정을 황제에게 다시 바치고 싶지만 황제는 구중심처 궁궐에 있으며, 황제 주위에는 장구령의 재능을 시기하고 참언을 일삼는 간신들이 있으니, 더욱더 접근할 수가 없다. 내 운명은 바꿀 수 없고 주어진 것이며, 자연의 순리는 논리적으로 추구할 수 있는 것이 아니라 때가 되면 절로 그렇게 되는 것이다. 지금 장구령이 조정에서 쫓겨난 것이나 자신의 충정을 황제에게 바칠 수 없는 것은 어찌할 수 없는 것이고 그저 그러한 때가 오기를 기다리는 수밖에 없다.

사람들은 자두나무와 복숭아나무를 심으라고만 말을 한다. 하지만 겨울에도 시들지 않는 귤나무에도 그늘은 있다. 화려한 꽃을 뽐내는 자두나무와 복숭아나무는 봄이 지나면 꽃이 져서 더 이상 볼거리를 제공하지 못하고, 가을이 지나면 무성하던 잎이 떨어져서 그늘을 만들지 못한다. 하지만 귤나무는 항상 그늘을 제공할 수 있으니 그 효용이 자두나무나 복숭아나무에 비해 못하지 않다. 더 나아가 항상 변치 않는 모습을 보여준다는 점에서 오히려 귤나무가 더 낫다. 이러한 이야기는 조정에서 부귀영화만을 추구하지만 언젠가는 황제를 배신할 권세가보다는 시련을 겪으면서도 충정을 버리지 않는 자신이 황제에게 더 유익하다는 사실을 비유적으로 표현한 것이다.

앞의 시와 달리 이 시에서는 자신의 충정을 황제에게 바치고자 하는 뜻을 뚜렷이 드러내고 있다. 그러니 결국 은일을 추구하는 것은 당시 상황이 여의치 않아서 선택한 것일 뿐이다. 실제로는 때가 되어 황제가 다시 자신을 불러주기를 기다릴 뿐이다. 이렇듯 은일에 대한 이중적인 태도는 전통 시기 문인들 대다수가 가지고 있었다. 그들의 은일은 그다지 낭만적이거나 순수한 것만은 아니었다.

2. 종남산에서 내려와 곡사 산인의 집에 들러 묵으면서 술을 차려놓다

이백李白

저녁에 푸른 산에서 내려오는데
산 위의 달은 나를 따라 돌아가고,
지나온 길을 돌아보니
짙푸른 산중턱을 가로질러 있다.
나를 이끌고 농가에 이르니
어린아이가 사립문을 열어주는데,
푸른 대나무가 그윽한 길에 들어와 있고
푸른 여라 덩굴이 지나가는 이의 옷을 스친다.
쉴 곳을 얻었다고 기뻐 이야기하고
좋은 술을 잠시 함께 마시고는,
길게 노래하며 솔바람을 읊조리는데
노래가 끝나자 은하수의 별빛이 희미해졌다.
나는 취하고 그대 또한 즐거우니
얼큰해져 함께 세속의 마음을 잊었다.

下終南山過斛斯山人宿置酒

暮從碧山下, 山月隨人歸.
却顧所來徑, 蒼蒼橫翠微.[1)]

相攜及田家, 童稚開荊扉.[2]

綠竹入幽徑, 靑蘿拂行衣.

歡言得所憩, 美酒聊共揮.[3]

長歌吟松風,[4] 曲盡河星稀.

我醉君復樂, 陶然共忘機.[5]

[주석]

1) 蒼蒼(창창): 짙푸른 색. 翠微(취미): 녹음이 짙은 산허리의 유심한 곳을 가리킨다.

2) 童稚(동치): 어린아이. 荊扉(형비): 사립문. 대체로 은자의 소박한 거처를 의미한다.

3) 聊(료): 잠시. 共揮(공휘): 함께 술을 마시다. '휘'는 원래 술잔을 비우고 터는 것인데, 주로 술을 마신다는 뜻으로 쓰인다.

4) 松風(송풍): 옛날 금곡琴曲인 「바람이 소나무에 들다風入松」를 가리킨다.

5) 陶然(도연): 술에 취해 즐거운 모양. 忘機(망기): 기심機心을 잊다. '기심'은 세속에서 영활하게 살려는 계산된 마음을 말한다.

[해설]

이 시는 이백이 종남산終南山에 갔다가 저녁에 돌아오던 도중 곡사斛斯라는 성을 가진 은자를 만나 그의 집에 묵으면서 술을 마시며 즐긴 이야기를 적은 것이다. 종남산은 장안 남쪽에 있는 산인데 명승지로 알려졌을 뿐만 아니라 은자들이 많이 살고 있었다.

이백이 저녁에 종남산에서 내려오는데 달도 자신을 따라 돌아가고 있다. 정이 깊은 달은 이백이 가장 아끼는 친구이다. 뒤를 돌아보니 저녁 무렵 더욱 짙어진 푸른 산 중턱에 자신이 걸어 내려온 길이 가로놓여 있다. 아마도 종남산에서 좋은 일이 있었던지 가는 길이 정겹다. 마침 저녁이 되어 묵을 곳이 필요하던 차에 자신을 알아봐주는 농부를 만났다. 자신의 손을 이끌고 그의 집에 가니 동자가 사립문을 열어두었는데, 그윽한 길에는 대나무가 푸릇푸릇하고 소나무에 늘어진 여라 덩굴은 옷깃을 스친다. 집의 분위기를 보아하니 무식한 농부가 아니라 그윽한 흥취를 아는 은자이다.

자신을 알아봐주고 진정한 흥취를 아는 이를 만났으니 흥겹게 담소하고 술도 한잔한다. 노래가 빠질 수 없다. 변치 않는 절조를 가진 소나무에 시원하게 부는 바람, 진정한 은자의 풍취를 노래하다 보니 어느덧 날이 새어 별빛이 희미해졌다. 시간 가는 줄도 모르고 두 사람이 즐기면서 얼큰하게 취했는데, 세상을 요령껏 살아가려는 마음은 절로 사라진다.

이백은 술과 달의 시인이라고 한다. 세속의 욕심을 버리고 달을 벗 삼아 술을 마시며 호방한 마음을 표현하였다. 그런 이백이 자신을 알아주는 이를 만났다. 더구나 그 역시 자신과 같은 호방하고 고결한 인품을 가지고 있다. 지기를 만나 더없이 즐거워하는 마음이 시 전편에 펼쳐져 있다.

3. 달 아래서 홀로 술을 마시다

이백李白

꽃 사이에 술 한 병을 놓고
친한 이 없어 홀로 술을 마시다가,
술잔을 들어 밝은 달을 불러오고
그림자를 마주하니 세 사람이 되었다.
달은 원래 술을 마실 줄 모르고
그림자는 그저 내 몸을 따라 할 뿐이지만,
잠시 달과 그림자와 어울려
모름지기 봄에 즐겨야 하리라.
내가 노래하니 밝은 달은 서성이고
내가 춤을 추니 그림자가 어지러운데,
안 취했을 때는 함께 기쁨을 나누다가
취하고 난 뒤에는 각자 흩어진다.
인정에 흔들리지 않는 노닒을 영원히 맺고자
아득한 은하수에서 만나기를 기약한다.

月下獨酌

花間一壺酒, 獨酌無相親.
擧杯邀明月,[1] 對影成三人.
月旣不解飮,[2] 影徒隨我身.

暫伴月將影,[3] 行樂須及春.
我歌月徘徊, 我舞影零亂.[4]
醒時同交歡, 醉後各分散.
永結無情遊,[5] 相期邈雲漢.[6]

[주석]

1) 邀(요): 초대하다.

2) 解(해): 할 줄 알다.

3) 將(장): ~와.

4) 零亂(영란): 어지러운 모양.

5) 無情遊(무정유): 감정에 얽매이지 않는 노닒. 이해타산에 따라 변하는 세속의 교유가 아니라 영원히 변치 않는 사귐을 의미한다. 이는 또한 달과 그림자가 무정한 존재인 것과 관련이 있다.

6) 邈(막): 멀다. 아득하다. 雲漢(운한): 은하수.

[해설]

이 시는 이백이 달밤에 홀로 술을 마시다가 지은 것으로 네 수의 연작시 중 첫번째이다.

봄날 꽃이 핀 가운데 술 한 병을 차려놓았다. 하지만 친한 이가 없어서 홀로 마신다. 여기서 이백은 기발한 생각을 한다. 하늘에 뜬 밝은 달을 부르고 달에 비친 그림자를 부르니 세 사람이 되었다. 이제는 외롭지 않다. 하지만 달은 원래 술을 못 마시고 그림자는 내가 하는 행동을 따라만 할 뿐이다. 그래도 어쩌겠는가? 좋은 봄날을 맞이하였으니 아쉬우나마 이렇게라도 즐겨야 할 것이다. 내가 노래를 부르면 달도 흥이 나는지 서성거리는 것 같고 내가 춤을 추면 그림자도 따라서 춘다. 술에 취했는지 춤사위가 어지럽다. 술을 마시고 즐길 때는 서로 함께 있지만 취한 뒤에는 각자 흩어지고 만다. 술을 마시다 취해서 누워버렸는데 아마 날이 새서 달은 지고 이에 따라 그림자도 사라졌을 것이다. 오늘과 같은 만남, 감정에 따라 변하지 않는 만남, 무정한 존재인 달과 그림자와의 교유를 어떻게 하면 영원히 맺을 수 있을까? 내가 저 먼 은하수가 있는 하늘로 올라가면 될 것이다.

이백의 별칭은 적선謫仙, 즉 쫓겨난 신선이다. 원래 하늘에 사는 신선이었는데 일에 연루되어 인간 세상으로 내려온 것이다. 그러니 언젠가는 다시 하늘로 올라가야 하고 하늘에서야 비로소 자신의 정체성을 회복할 수 있다. 이백은 서로의 이해에 따라 변하는 세속의 사귐에 마음 아파하였다. 이런저런 사람을 많이 만나보았지만 영원한 교유를 할 수 있는 믿음을 준 이는 없었다. 오히려 서로의 이해에 따라 친하게 지내다가도 상황이 불리해지면 멀어지는 이를 많이 만났다. 그래서 그는 친한 이 없이 외로워하였다. 언젠가는 하늘로 올라가서 달과 술을 벗 삼아야 할 것이다. 기묘한 상상력 속에 외로워하는 이백의 뒷모습이 언뜻언뜻 보인다.

4. 봄날의 그리움

이백李白

저기 연 땅의 풀은 푸른 실과 같을 텐데
여기 진 땅의 뽕나무는 푸른 가지를 드리웠어요.
임께서 돌아가기로 생각하는 날이 되면
저는 애간장이 끊어질 때이지요.
봄바람은 날 잘 알지도 못하는데
무슨 일로 비단 휘장으로 들어오는 걸까요?

春思

燕草如碧絲, 秦桑低綠枝.
當君懷歸日, 是妾斷腸時.
春風不相識, 何事入羅幃.[1]

[주석]

1) 羅幃(나위): 비단 휘장. 여인들이 거처하는 규방을 가리킨다.

[해설]

이 시는 이백이 변방으로 멀리 떠나간 낭군을 봄날 그리워하는 여인의 마음을 표현한 것이다.

연 땅은 지금의 북경시 인근으로 당나라 때는 동북쪽 변방이었으며, 진 땅은 당시 수도인 장안이 있는 곳으로 중원 지역이었다. 그러니 봄이 오는 때가 다를 것이다. 낭군이 계신 연 땅에는 이제 갓 봄이 와서 봄풀이 가느다랗게 돋아나고 있겠지만 여인이 있는 진 땅에는 이미 뽕나무가 무성해져서 가지가 낮게 처질 정도이다. 중국 한시에서 파릇파릇 돋아나는 봄풀을 실에 비유하는데, 실을 뜻하는 '사絲'는 그리움을 뜻하는 '사思'와 발음이 같아서 임에 대한 그리움을 가리킨다. 돋아나는 봄풀이 들판을 가득 채우면 상대방에 대한 그리움도 그만큼 커지는 것이다. 그런데 여인이 있는 곳은 푸른 싹이 돋아나는 때는 이미 지났고 뽕나무 가지가 무성해질 정도이니 그 그리움이 더욱 깊을 것이다.

낭군이 이제 돌아가야겠다고 생각하는 날이 되면 응당 여인도 기뻐해야 할 터이나, 도리어 애간장이 끊어진다고 하였다. 기다림이 극에 달하면, 그리고 드디어 온다고 생각하면, 그때의 그리움은 더욱 배가되고 참기 어려워지는 법이다. 하루만 더 참으면 되는데 그 하루가 여태 기다린 세월보다 더 길게 느껴진다.

이때 여인이 머물고 있는 비단 휘장 안으로 봄바람이 살랑살랑 불어 들어온다. 봄바람은 춘정을 일으킨다. 예전에 낭군과 함께 봄바람을 맞으며 즐겁게 노닐었던 일을 회상시켜준다. 이 봄바람을 맞으며 예전처럼 낭군과 노닐고 싶은 욕망이 솟아오른다. 하지만 낭군은 지금 여기 없으니, 그 애달픔과 그리움은 더 깊어지기만 한다. 무정하고 야속한 봄바람이다.

5. 태산을 바라보다

두보杜甫

태산은 대저 어떠한가?
제 땅과 노 땅에 푸르름이 끝이 없으며,
조화옹이 신령함과 빼어남을 모아놓았고
음과 양이 저녁과 새벽을 나누었다.
탁 트인 가슴에는 층층으로 구름이 피어나고
툭 터진 눈에는 돌아가는 새가 들어오니,
모름지기 마땅히 정상에 올라
뭇 산이 작다는 걸 한번 보리라.

望嶽

岱宗夫如何,[1] 齊魯青未了.
造化鍾神秀,[2] 陰陽割昏曉.
盪胸生曾雲,[3] 決眥入歸鳥.[4]
會當凌絶頂, 一覽衆山小.

[주석]

1) 岱宗(대종): '대'는 태산의 별칭이고 '종'은 으뜸이라는 뜻이다.

2) 鍾(종): 모으다.

3) 盪胸(탕흉): 가슴을 탁 틔우다. 曾雲(층운): 층층으로 피어나는 구름. '층'은 '층層'과 같다.

4) 決眥(결자): 눈꼬리를 찢다. 눈을 크게 뜨는 모습이다.

[해설]

이 시는 두보가 젊었을 때 지금의 산동성에 있는 태산泰山을 바라보며 지은 것이다.

태산은 어떤 산인가? 중국 오악五岳 중의 하나이며 그중 으뜸으로 꼽힌다. 그래서 옛날 황제들은 자신이 큰 업적을 세우면 태산에 와서 하늘과 땅에 제사를 지내며 그 공적을 아뢰곤 하였다. 또한 태산이 있는 제 땅과 노 땅은 공자와 주공이 머물렀던 곳이어서 유가의 성지로 받들어지고 있다.

첫 4구에서는 이러한 태산의 상징성을 문학적으로 표현하였다. 우선 태산은 제 땅과 노 땅에 푸르름과 생기를 제공하는 원천이다. 그리고 그것은 유가의 정수이기도 하다. 그러니 조화옹이 온갖 신령스러움과 빼어난 것을 이곳에 다 모아놓았다. 풍광이 멋질 뿐만 아니라 신령함까지 갖추었으니 감탄을 자아내고 옷깃을 여미게 한다. 원래 산의 남쪽을 '양陽'이라 하고 산의 북쪽을 '음陰'이라 한다. 산이 높다 보니 햇볕이 잘 드는 남쪽과 그늘이 많은 북쪽을 구분한 것이다. 그런데 태산은 남과 북으로 음과 양의 기운이 갈랐을 뿐만 아니라 새벽과 저녁으로 나뉘어 있다. 자연의 원기인 음과 양을 나누고 자연의 시간을 구분하는 경계로서 태산을 규정짓고 있다. 이처럼 두보는 천지자연의 기원과 유가 전통의 원천으로서 태산을 웅장한 시어들을 사용하여 멋지게 표현하였다.

후반 4구는 태산을 바라보며 느낀 시인의 감회이다. 태산에서 뭉게뭉게 피어오르는 구름을 보니 가슴이 탁 트이고, 산으로 다시 돌아가는 새를 바라보노라니 눈 또한 크게 뜨인다. 멀리서 바라보는 것만으로도 사람의 가슴과 시야를 트이게 만든다. 여기서 피어나는 구름과 돌아가는 새는 만물의 생성과 귀숙을 상징한다. 예로부터 사람들은 구름이 산에서 생겨난다고 생각하였다. 산에서 생겨난 구름은 세상을 떠돌아다닌다. 산은 생성의 장소이다. 새는 산에서 살다가 세상을 떠돌며 노닌 후에 저녁이 되면 다시 산으로 돌아온다. 산은 안식의 장소이다. 여기서 태산은 만물을 생성시키고 또 만물이 안식을 느끼는 장소이다. 그런 태산의 진면목을 본 시인은 포부와 시야가 크고 넓어질 수밖에 없다. 그러니 이제 어떻게 해야겠는가? 마땅히 저 태산의 정상에 올라가야 하지 않겠는가? 『맹자孟子·진심盡心』에 "공자는 동산에 올라 노나라를 작다고 여겼고 태산에 올라 천하를 작다고 여겼다孔子登東山而小魯, 登泰山而小天下"라는 말이 있다. 태산에 올라 천하를 작게 여길 수 있는 큰 포부와 높은 기개를 가지고자 하는 젊은 두보의 뜻이 담겨 있다.

6. 위 처사에게 주다

두보杜甫

살아가다가 서로 만나지 못한 것이
툭하면 삼성과 상성 같았는데,
오늘 저녁은 또 어떤 저녁이기에
이 등불의 빛을 함께하게 되었나?
젊음이 얼마나 갈 수 있겠나?
살쩍과 머리털이 각자 이미 희끗희끗한데.
친구 소식 물으면 절반은 귀신이 되어
놀라서 소리치며 속을 끓였는데,
어찌 알았으랴, 이십 년 만에
다시 그대의 집에 오를 줄을.
옛날에 헤어질 땐 그대가 미혼이었지만
아들딸이 어느새 줄을 이루었는데,
기뻐하며 아버지 친구에게 공손하고
어디서 왔느냐고 나에게 묻는다.
묻고 답하는 일이 채 끝나지도 않아
아이를 내몰아서 술상을 차렸으니,
밤비에 봄 부추를 자르고
새로 지은 밥엔 메조도 섞었구나.
주인이 "얼굴 보기 어렵다"라고 말하며
단번에 연거푸 열 잔을 따라주는데,

열 잔을 마셔도 취하지 않으니
그대의 깊은 우정에 감격해서이다.
내일이면 산악을 사이에 두고서
세상일로 우리 둘은 아득히 멀어지겠지.

贈衛八處士[1)]

人生不相見, 動如參與商.[2)]
今夕復何夕,[3)] 共此燈燭光.
少壯能幾時, 鬢髮各已蒼.
訪舊半爲鬼,[4)] 驚呼熱中腸.[5)]
焉知二十載, 重上君子堂.
昔別君未婚, 兒女忽成行.[6)]
怡然敬父執,[7)] 問我來何方.
問答未及已, 驅兒羅酒漿.[8)]
夜雨剪春韭, 新炊間黃粱.
主稱會面難, 一擧累十觴.
十觴亦不醉, 感子故意長.[9)]
明日隔山岳, 世事兩茫茫.

[주석]

1) 八(팔): 친척 형제간의 순서를 가리킨다.

2) 動(동): 걸핏하면. 번번이. 參與商(삼여상): 삼성參星과 상성商星.

서로 반대 방향에 있어서 하나가 뜨면 하나가 지기 때문에 동시에 보이지 않는다.

3) 今夕(금석) 구: 『시경詩經 · 당풍唐風 · 주무綢繆』에 "오늘 저녁은 어떤 저녁이기에, 이 좋은 사람을 만나게 되었나?今夕何夕, 見此良人"라는 구가 있는데, 이로 인해 좋은 사람을 만난 것을 표현할 때 '오늘 저녁은 어떤 저녁인가?'라고 하게 되었다.

4) 訪舊(방구): 옛 친구의 소식을 묻다. 爲鬼(위귀): 귀신이 되다. 사람이 죽었다는 뜻이다.

5) 熱中腸(열중장): 속을 끓이다. 애가 탄다는 말이다.

6) 兒女(아녀): 아들과 딸. 成行(성항): 줄을 이루다. 여러 명이라는 뜻이다.

7) 怡然(이연): 즐거워하는 모양. 敬(경): 공경하다. 여기서는 공손히 예를 차려 인사하는 것을 가리킨다. 父執(부집): 아버지의 친구. 아버지와 뜻을 같이한다는 뜻에서 유래되었다.

8) 驅兒(구아): 아이를 내몰다. 아이를 다그치다. 羅酒漿(나주장): 술을 늘어놓다. 술상을 차리는 것이다.

9) 故意長(고의장): 옛 친구의 우정이 길다. 우정이 깊다는 뜻이다.

[해설]

이 시는 두보가 관직에 나가지 않고 은거하는 위衛 씨를 만나서 지어준 것이다. 위 씨가 누구인지에 대해서는 자세히 알려져 있지 않으나, 시의 내용으로 보면 젊었을 때 막역했지만 헤어져 있다가 20년 만에 만난 친구인 것으로 보인다. '처사處士'는 관직을 하지 않은 사람을 말한다. 당시 당나라는 안사의 난으로 천하가 혼란스러웠기에, 오랜만에 친구를 만난 즐거움도 컸겠지만 안타까움도 그만큼 컸을 것이다.

첫 4구에서는 오랜만에 만난 반가움을 총괄하여 제시하였다. 삼성參星과 상성商星은 하늘에 있는 두 별로, 하나가 지면 하나가 뜨기 때문에 결코 만나지 않는다. 이처럼 서로 헤어져 있다가 드디어 오늘 밤 만나게 되었다.

그 이하에서는 만난 뒤의 감회와 모습을 차근차근 서술하였다. 첫인상은 어떤가? 헤어질 땐 젊은이였는데 지금 두 사람은 희끗희끗한 머리의 중년이다. 다른 친구들 소식을 물으면 절반은 죽어버려 안타까웠는데, 20년 만에 그대를 만났으니 더욱 반갑다. 지금 그대를 보니 이미 아들딸을 줄 세울 정도로 많이 낳아 다복한데, 아이들이 반가운 얼굴로 아버지 친구인 나에게 공손히 인사하고는 또 어디서 왔냐고 다정하게 물어보기도 한다. 천진스럽고 활발하면서도 예의 바르니 위 씨의 자식 교육을 충분히 엿볼 수 있고 그의 인품도 가늠할 수 있다.

하지만 위 씨는 이조차 버릇없다고 여겼는지 애들을 내보내 술상을 차려오게 한다. 친구를 얼른 대접하고 싶은 생각이 앞섰을 것이다. 밖에 비가 오지만 밭에 나가서 갓 올라온 맛있는 부추를 베어 왔고 밥은 메조를 섞어서 새로 지었다. 비록 값비싸고 귀한 음식은 아니지만 정성만큼은 듬뿍 담겨 있다. 위 씨가 "참으로 얼굴 보기 어렵구나"라고 하며 술잔을 연신 따라주니, 마다할 수가 없어 연거푸 마신다. 하지만 취하질 않는다. 그 정성과 우정에 감격해서이다. 그리고 내일 다시 헤어지면 서로 세상일에 치여 이리저리 힘들게 떠돌아야 하고 언제 다시 만날지 모르기 때문이다.

혼란스럽고 험한 세상을 이리저리 떠돌다가 오랜만에 만난 친구와의 하룻밤 정경을 묘사했는데, 정겨운 모습 속에 아쉬움과 허전함이 짙게 묻어난다.

7. 미인

두보杜甫

세상에 둘도 없는 미인이
깊숙이 살며 빈 골짜기에 있다.
스스로 말하길, "좋은 집안의 자식인데
영락하여 초목에 의지하고 있습니다.
관중 땅에서 옛날에 난리가 나서
형제들이 살육을 당하였는데,
관직이 높은들 뭐 말할 게 있겠어요?
피붙이도 거둘 수 없었습니다.
세상인심은 쇠약한 것을 싫어하고
모든 일은 바람 따라 흔들리는 촛불과 같으니,
남편은 경박한 사람이라
새로 들인 사람은 옥처럼 아름다웠습니다.
합환수도 여전히 꽃잎을 합쳐 닫는 때를 알고
원앙새도 홀로 자지 않는 법인데,
남편은 그저 새사람의 웃음만 볼 뿐
어찌 옛사람의 통곡을 들었겠어요?
산속에 있을 때는 샘물이 맑지만
산에서 나가면 샘물은 흐려지는 법이라,
계집종은 진주를 팔아 돌아와서는
덩굴을 끌어다가 초가집을 보수합니다.

꽃을 꺾어도 머리에 꽂지는 않고
측백나무를 따면 번번이 손에 가득하며,
날이 추워도 푸른 소매는 얇은데
해 저물도록 긴 대나무에 기대어 있습니다"라고 하네.

佳人

絶代有佳人, 幽居在空谷.
自云良家子, 零落依草木.
關中昔喪亂,[1] 兄弟遭殺戮.
官高何足論, 不得收骨肉.
世情惡衰歇,[2] 萬事隨轉燭.[3]
夫婿輕薄兒,[4] 新人美如玉.[5]
合昏尙知時,[6] 鴛鴦不獨宿.
但見新人笑, 那聞舊人哭.[7]
在山泉水淸, 出山泉水濁.
侍婢賣珠迴, 牽蘿補茅屋.
摘花不揷髮, 采柏動盈掬.[8]
天寒翠袖薄, 日暮倚修竹.[9]

[주석]

1) 關中(관중): 중원 지역으로 당시 장안을 중심으로 한 일대를 가리킨다. 안녹산의 난이 일어났을 때 낙양과 장안이 모두 함락

되었다.

2) 惡(오): 싫어하다. 衰歇(쇠헐): 쇠락하다. 가세가 기울거나 사람이 늙고 쇠약해지는 것을 말한다.

3) 隨(수): 따르다. 여기서는 그 형세가 비슷하다는 뜻이다. 轉燭(전촉): 바람 따라 흔들리는 촛불. 이해에 따라 이리저리 바뀌는 세태를 비유한다.

4) 夫婿(부서): 남편.

5) 新人(신인): 새사람. 남편이 새로 데려온 여인을 가리킨다.

6) 合昏(합혼): 합혼수合昏樹. 합환목合歡木이라고도 하는데, 자귀나무라는 설과 무궁화라는 설이 있다. 아침에 꽃잎이 벌어졌다가 저녁에 다시 오므라지는데, 야합夜合을 상징한다.

7) 那(나): 어찌.

8) 采柏(채백): 측백나무의 잎이나 열매를 따다. 측백나무는 상록수로 변치 않는 절개를 상징한다. 動(동): 걸핏하면, 번번이. 盈掬(영국): 손 움큼에 가득 차다.

9) 修竹(수죽): 긴 대나무. 변치 않는 절개를 상징한다.

[해설]

이 시는 두보가 기구한 삶을 산 미인의 이야기를 적은 것이다. 당시 안녹산의 난 등을 겪으면서 가족을 잃고 남편으로부터 버림받았지만, 인정이 각박한 세태 속에서도 절조를 지키면서 꿋꿋이 살아가겠다는 의지를 표현하였다. 당시 실제 있었던 일을 적은 것이라는 설도 있지만, 대체로 군주의 인정을 받지 못하고 곤궁하게 사는 자신의 처지를 비유적으로 표현하기 위해 지었을 가능성이 높다.

절세미인이 빈 골짜기에 숨어 산다. 무슨 사연이 있는 것일까? 그 이하는 모두 이에 대해 미인이 스스로 한 말로 보인다. 원래는 좋은 집안의 자식이었는데, 중원에 난리가 나서 형제들은 다 죽었으며, 높은 관원들이었지만 식구들을 제대로 거두지도 못하였다. 세상의 인심은 바람 따라 일렁이는 촛불처럼 높은 권세를 좇는 법이니, 이제 몰락한 집안의 여인을 돌아봐줄 사람은 없다. 남편도 마찬가지이다. 부인이 나이가 드니 이제 젊고 예쁜 여인을 새 처로 맞아들였다. 합환수도 낮에는 꽃잎을 펼치고 밤에는 꽃잎을 합쳐서 서로 어울릴 줄 알고, 원앙새도 자기 짝과 함께 자는 법인데, 자신의 남편은 식물이나 날짐승보다도 못하니, 새 처의 웃음만 좋아할 뿐 옛 처인 자신의 통곡 소리는 들은 체도 하지 않는다.

이런 처참한 상황에서도 여인은 자신의 마음을 바꾸지 않는다. 샘물은 산에 있어야 맑지 산을 벗어나면 탁해지는 법이니, 자신의 분수와 처지를 지켜야 고결하게 살아갈 수 있다. 비록 가난하지만 가지고 있던 패물을 팔아 생계를 꾸리고 허름한 초가집을 수리해서 살아간다. 자신을 봐줄 이가 없으니 꽃을 꺾어 아름답게 단장할 필요는 없다. 그저 변치 않는 절개를 상징하는 측백나무만 두 손 가득 가지고 있을 뿐이다. 추위에 따뜻한 옷도 입지 않은 채 날이 지도록 긴 대나무에 기대어 기다린다. 내 임이 돌아올 때까지.

아무리 힘든 상황이 되더라도 자신의 뜻을 굽히거나 바꾸지 않고, 언젠가는 자신을 알아줄 이가 있으리라 굳게 믿으며 그

때를 기다린다. 비록 관직 생활에서 쫓겨나 먼 곳을 떠돌지만 천자가 결국 자신을 불러줄 때까지 변치 않는 충정을 가지고 기다릴 것이다.

8-1. 이백을 꿈에 보다 제1수

두보杜甫

죽어서 헤어졌다면 소리 없이 눈물 흘리면 그만인데
살아서 헤어지니 늘 슬프구나.
장강 남쪽은 열대 더위로 병이 많은 땅인데
쫓겨난 사람인 그대에게선 소식이 없다.
친구가 내 꿈속에 들어왔으니
분명코 내가 늘 그대를 생각해서이고,
살아 있는 혼백이 아닐 것 같았던 건
헤아릴 수 없을 정도로 길이 멀어서이지.
푸른 단풍나무 숲에서 그대의 혼이 왔다가
어둑한 변방 관문으로 그대의 혼이 돌아갔는데,
그대 지금 그물에 걸려 있으니
어찌 날개가 있었겠는가?
지는 달빛이 지붕 들보에 가득하여
마치 그대 얼굴빛을 비추는 것 같은데,
물이 깊고 물결이 드넓으니
교룡에게 잡히지는 마시길.

夢李白 其一

死別已呑聲,[1] 生別常惻惻.

江南瘴癘地,[2] 逐客無消息.[3]
故人入我夢,[4] 明我長相憶.[5]
恐非平生魂,[6] 路遠不可測.
魂來楓林靑,[7] 魂返關塞黑.[8]
君今在羅網,[9] 何以有羽翼.
落月滿屋梁, 猶疑照顔色.
水深波浪闊, 無使蛟龍得.

[주석]

1) 呑聲(탄성): 소리를 속으로 삼키면서 우는 것.

2) 江南(강남): 이백이 갇힌 심양과 유배 간 야랑은 모두 장강 남쪽 지역이었다. 瘴癘(장려): 남방의 열대 더위로 인해 생기는 질병.

3) 逐客(축객): 쫓겨난 사람. 이백을 가리킨다.

4) 故人(고인): 친구. 이백을 가리킨다.

5) 明(명): 분명하다. 또는 분명히 알다. 이 구의 해석은 분분하지만 위 구와 연결하였을 때 시인이 의도한 뜻은 모두 유사하다. 두보가 이백을 많이 그리워하였기에 이백이 두보의 꿈에 나타났다는 것이다.

6) 恐(공): ~인 듯하다. 平生魂(평생혼): 살아 있는 사람의 혼백. 옛사람들은 꿈에 보이는 사람은 그 사람의 혼백이 온 것이라고 여겼다.

7) 楓林靑(풍림청): 단풍나무 숲 푸른 곳. 초사楚辭「초혼招魂」에 "맑

은 강가에 단풍나무 있는데, 천 리 눈 닿는 곳까지 바라보니 봄 맞은 마음을 아프게 할 터, 혼은 애달픈 강남에서 돌아오라湛湛江水兮上有楓, 目極千里兮傷春心, 魂兮歸來哀江南"라는 구절이 있다.

8) 關塞黑(관새흑): 변방 관문 어두운 곳. 두보가 있는 곳을 가리킨다.

9) 在羅網(재라망): 그물에 걸리다. 죄에 연루되어 묶여 있다는 뜻이다.

[해설]

이 시는 두보가 이백을 꿈에 보고 지은 두 수의 연작시 중 첫 번째이다. 이백과 두보는 당나라뿐만 아니라 중국을 대표하는 시인으로, 이백이 열 살 정도 더 많다. 이백은 일찍부터 시로 이름을 날렸지만 두보는 과거에 급제하지 못하고 지방을 전전하고 있었다. 이백이 궁중을 나왔을 때 두 사람은 만나 의기투합하였으며 몇 번에 걸쳐 만남과 헤어짐을 반복하였고, 두 사람이 서로에게 보낸 시나 상대방을 그리워하며 지은 시가 지금도 남아 있다. 두보와 이백이 헤어진 뒤 이백은 영왕 이린李璘의 반란에 가담하였다가 반역죄로 잡혀 강남 심양의 옥에 갇히게 되었다. 간신히 목숨을 건져 야랑으로 유배를 갔으며, 유배를 가던 도중 사면을 받고 다시 강남으로 돌아왔다. 두보는 이백이 옥에 갇히고 유배를 가게 되었다는 소식을 듣고서 이 시를 지은 것으로 보인다.

만일 사람이 죽어서 헤어지면 장례 치르며 한번 곡을 하면 끝날 터인데, 살아서 헤어지니 항상 그리움과 걱정으로 슬픔이 가시질 않는다. 더구나 이백이 지금 열대 더위가 많은 남방으로 유배를 갔다고 하는데, 죽었는지 살았는지 기별이 없어 더욱 애가 탄다. 그러다가 꿈에 나타났다. 살아 있는 이의 혼백인 듯하기도 하고 죽은 이의 귀신인 듯하기도 하며, 꿈인 것 같기도 하고 사실인 것 같기도 하다. 나 두보가 늘 생각하고 그리워하는 마음을 이백이 알고 내 꿈에 온 것 같은데, 자신이 있는 중원에서 이백이 있는 야랑까지는 멀고도 먼 길이니 살아 있는 혼백은 아닌 것 같다. 강남의 늘 푸른 단풍나무가 있는 곳에 있던 이백이 지금 두보가 있는 변방 관문까지 왔다가 돌아갔는데, 어떻게 왕래하였을까? 유배당한 몸이라 묶여 있을 터인데 날개가 어디 있었을까? 꿈이라서 논리적으로 분석할 수 없는 것인데, 두보는 이 꿈이, 이 만남이 너무 생생하다 보니 이런 터무니없는 논리로 상대방을 걱정한다.

마침내 꿈에서 깨어나 하늘에 뜬 달을 바라보니 아직도 이백의 얼굴이 보이는 듯한데, 두보가 그를 위해 해줄 것은 아무것도 없다. 그저 강남 땅은 물이 넓고 험하니 부디 교룡에게 잡아먹히지 않기를 기원할 뿐이다.

머나먼 남쪽으로 유배를 떠나 생사도 모르는 친구가 꿈에 나타났으니, 반갑기도 하지만 걱정이 더 크다. 여전히 살아 있어서 계속 건강히 잘 있기를 바라는 수밖에 없다.

8-2. 이백을 꿈에 보다 제2수

두보杜甫

뜬구름은 하루 종일 지나가지만
먼 길 떠난 그대는 오래도록 오질 않았는데,
사흘 밤 자주 그대를 꿈꾸었으니
친한 정으로 그대의 뜻을 보여주셨다.
돌아간다 말할 때는 항상 초조해하며
괴로이 말하시길, "오기가 쉽지 않네.
강호에 풍파가 많아
노를 떨어뜨릴까 봐 두렵네"라고 하신다.
문을 나서며 흰머리를 긁적이시는데
평생의 뜻을 저버린 듯하였다.
고관대작이 장안에 가득한데
이 사람만 유독 초췌해졌구나.
누가 말하였나? 하늘의 그물이 넓고 크다고.
늘그막에 몸이 도리어 매여버렸으니,
천추만세의 명성을 떨쳐도
죽은 후의 일은 쓸쓸하기만 할 뿐이리.

夢李白 其二

浮雲終日行, 游子久不至.

三夜頻夢君, 情親見君意.
告歸常局促,[1] 苦道來不易.
江湖多風波, 舟楫恐失墜.
出門搔白首, 若負平生志.
冠蓋滿京華,[2] 斯人獨憔悴.[3]
孰云網恢恢,[4] 將老身反累.[5]
千秋萬歲名, 寂寞身後事.

[주석]

1) 局促(국촉): 불안해하는 모양.

2) 冠蓋(관개): 관과 수레 덮개. 고관대작을 가리킨다. 京華(경화): 수도. 여기서는 장안을 가리킨다.

3) 斯人(사인): 이 사람. 이백을 가리킨다.

4) 網恢恢(망회회): 노자老子의 『도덕경道德經』에 "하늘의 그물은 넓고 커서 성기지만 빠뜨리지 않는다天網恢恢, 疏而不漏"라는 말이 있는데, 하늘의 도는 만물을 다 포용하여 순리적으로 운용한다는 뜻이다.

5) 累(루): 연루되다. 얽매이다. 법망에 걸린 것을 말한다. 또는 하늘의 그물과 달리 사람의 뜻을 펼치지 못하게 얽매는 것을 뜻한다.

[해설]

이 시는 앞 시에 이어 지은 두번째 작품이다.
정처 없이 하늘을 떠가는 저 구름도 하루 종일 내 머리 위를 지나가고 있는데, 멀리 떠나간 이백은 오래도록 이곳에 오질 못하고 있다. 그러다가 사흘 내리 꿈에 나타났으니 이백이 두보의 안타까워하는 마음을 헤아려서 친한 정을 보여준 것이리라. 하지만 돌아갈 때의 모습은 예전에 알던 이백의 모습과 다르다. 뭔가 초조해하는 기색이 뚜렷하다. "강호에 풍파가 많으니 배를 젓기가 두렵고 그대에게 찾아오기도 쉽지 않다" 하고는 뒤돌아서서 흰머리를 긁적인다. 하늘을 찌를 듯 고래를 삼킬 듯 큰 포부와 높은 기개를 날리던 모습은 보이지 않는다. 평생 영웅이 되기를 바랐지만 그 뜻을 이루지 못한 한 거인의 쓸쓸한 뒷모습이다.

장안에는 고관대작이 가득 있는데 어찌하여 진정한 영웅인 이백은 홀로 이렇게 초췌해졌는가? 하늘의 그물이 넓어서 만물을 다 감싸준다고 하는데 어찌하여 이 거인을 빠뜨리고서 오히려 법의 그물에 얽매이도록 하였는가? 하늘이 원망스럽다. 이백의 명성이 천년만년을 떨치겠지만, 지금 생전에 이렇게 초췌하고 기가 죽어서 힘들게 살아간다면 무슨 소용이 있겠는가? 죽은 뒤의 영화는 부질없는 것이다.

한 시대를 풍미하던 영웅의 최후를 꿈에서 본 두보의 감회는 복잡하고 어지럽다. 자신의 영웅으로 여겼던 이가 초라한 모습으로 힘들어하는 상황을 보는 것은 정말로 참담한 노릇이다. 두보도 그와 같은 길을 걸어갈 것이기에 더욱 그러하다. 실제 이백의 모습은 그렇지 않았겠지만 두보의 꿈에 나타난 이백의 모습은 실상 이러하였다. 아마도 두보 자신의 현재 상황이 투영된 것은 아닐까?

9. 과거에 떨어지고 고향으로 돌아가는 기무잠을 전송하다

왕유王維

태평성세에는 은거하는 자가 없으니
빼어난 인재들이 모두 조정으로 돌아와서인데,
마침내 동산의 은자도
더 이상 고사리를 돌아보며 딸 수 없게 되었지.
이미 장안에 왔지만 금문에서는 멀어졌는데
누가 우리의 길이 잘못되었다고 말하겠는가?
장강과 회수에서 한식날을 보내고
수도에서 봄옷을 지었는데,
장안의 길에 술을 차려놓은 것은
마음을 같이한 친구가 나와 헤어져서이지.
장차 계수나무 노를 띄우면
얼마 안 있어 가시나무 사립문을 두드릴 터인데,
먼 곳의 나무가 떠나가는 나그네를 두르고 있고
외로운 성에는 석양이 비친다.
우리의 계책이 어쩌다가 쓰이지 않았을 뿐이니
알아주는 이가 드물다고 말하지는 말게나.

送綦毋潛落第還鄉

聖代無隱者, 英靈盡來歸.[1)]
遂令東山客,[2)] 不得顧採薇.[3)]
旣至金門遠,[4)] 孰云吾道非.
江淮度寒食, 京洛縫春衣.[5)]
置酒長安道, 同心與我違.
行當浮桂棹,[6)] 未幾拂荊扉.[7)]
遠樹帶行客,[8)] 孤城當落暉.[9)]
吾謀適不用,[10)] 勿謂知音稀.

[주석]

1) 來歸(내귀): 와서 귀의하다. 조정으로 들어와 황제의 신하가 되는 것을 말한다.
2) 東山客(동산객): 동진東晉의 사안謝安을 가리킨다. 그는 회계會稽의 동산에서 은거하며 관직을 사양하다가 나라가 위급한 상황에 빠지자 관직에 나와 적을 격퇴시켰다. 여기서는 기무잠을 비유한다.
3) 採薇(채미): 고사리를 따다. 주周나라의 백이伯夷와 숙제叔齊가 수양산에서 은거하며 고사리를 따서 먹고 산 것을 가리킨다. 은거하는 것을 비유한다.
4) 金門遠(금문원): 금문이 멀다. 과거에 낙방한 것을 말한다. '금문'은 한漢나라 미앙궁未央宮에 있던 금마문金馬門을 말하는데,

대체로 조정을 비유한다.

5) 京洛(경락): 원래 동경東京인 낙양洛陽을 가리키는데, 여기서는 수도인 장안을 뜻한다.

6) 行當(행당): 장차.

7) 未幾(미기): 머지않아.

8) 帶(대): 비춘다는 뜻이다. 行客(행객): 떠나가는 나그네. 기무잠을 가리킨다.

9) 孤城(고성): 외로운 성. 기무잠이 떠나가고 왕유 혼자 남은 성을 뜻한다.

10) 適(적): 마침. 공교롭게도. 우연히.

[해설]

이 시는 왕유가 지방에서 올라와 과거 시험을 치렀지만 낙방하고 다시 고향으로 돌아가는 기무잠綦毋潛을 전송하며 지은 것이다. 기무잠은 건주虔州(지금의 강서성 남강현南康縣) 사람으로 자가 효통孝通이다. 개원開元 14년(726) 즈음에 진사가 되었으며, 의수위宜壽尉, 우습유右拾遺, 저작랑著作郎 등을 지냈다. 안녹산의 난이 발발하자 관직을 그만두고 은거하였다. 왕유, 위응물 등과 교유하였으며 산수자연시를 잘 지었다.

태평성세에는 조정에서 모든 인재를 다 발탁하여 기용하니 은거하여 자신의 재능을 감추고 있는 자가 없게 된다. 그러니 동산에 은거하던 진晉나라의 사안謝安이 나라를 위해 떨쳐 일어났듯이, 기무잠도 백이와 숙제처럼 고사리를 따 먹고 살던 삶을 버리고 나라에 이바지하기 위해 장안으로 들어왔다. 그러나 뜻하지 않게도 과거에 급제하지 못하였으니 궁궐의 금문은 멀어지게 되었다. 그렇지만 한 번 낙방하였다고 해서 나라를 위해 재능을 바치려던 우리의 뜻이 어찌 잘못된 것이겠는가? 어쩌다 보니 우연히 낙방하게 된 것이리라.

장강과 회수에서 지난해 봄 한식날을 보냈고 올해 장안에서 겨울을 나며 봄옷을 만들고 지냈는데, 이제 고향으로 내려간다고 하여 나와 헤어지게 되었으니 이별주를 하지 않을 수가 없다. 더구나 그대는 나와 마음이 잘 맞는 지기知己 아닌가? 이제 계수나무 노가 있는 배를 띄워서 타고 가면 머지않아 고향의 사립문에 도착할 것이리라. 그 길이 멀지 않을 터이니 그다지 수고롭지는 않으리라. 그렇다고 이 이별이 슬프지 않은 것은 아니다. 그대가 저 멀리 숲속으로 사라질 즈음 그대 없는 쓸쓸한 이곳에는 석양이 비치겠지.

우리가 가진 재능은 우연히 채택되지 않았을 뿐이니 우리를 알아주는 이가 없다고 원망하거나 슬퍼하지 말 것이다. 적어도 그대와 나는 서로 알아주지 않는가? 부디 고향으로 가서 낙심하지 말고 열심히 정진하여 곧 다시 장안으로 와서 급제하기를 바란다.

풍운의 뜻을 품고 서울로 와서 호기롭게 과거에 응시하였지만, 당시 과거에 급제하기란 하늘의 별 따기보다 어려웠다. 선발 인원수가 적었을 뿐만 아니라, 그마저도 미리 정해져 있는 경우가 많았기 때문이다. 그러한 사정을 서로 잘 알기에 이 시에 담긴 왕유의 위로에는 진정이 느껴진다. 더구나 서로 마음이 맞고 서로를 알아주는 친구이기에 더욱 그러하다. 기무잠은 나중에 다시 장안으로 와서 과거에 급제하여 중앙 관직에 기용되었으니, 왕유의 염려와 격려가 통하였던 것이리라.

10. 송별

왕유王維

말에서 내려 그대에게 술을 마시게 하고는
어디로 갈 건지 그대에게 물어보니,
그대가 말하기를 "뜻을 얻지 못하였으니
돌아가 남산 모퉁이에 누울 것이네"라고 한다.
다시 묻지 않을 테니 그냥 떠나가게나
흰 구름은 다할 때가 없을 터이니.

送別

下馬飮君酒, 問君何所之.[1]
君言不得意, 歸臥南山陲.[2]
但去莫復問, 白雲無盡時.

[주석]

1) 之(지): 가다.

2) 歸臥(귀와): 돌아가 눕다. 은거한다는 뜻이다.

[해설]

이 시는 왕유가 은거하러 떠나는 지인과 송별하며 지은 것이다. 떠나가는 이가 누구인지에 대해서는 알 수 없지만, 시의 내용으로 보건대 앞의 시의 기무잠과 같이 장안에서 뜻을 이루지 못하고 다시 은거하러 떠나는 이로 보인다.

송별하는 장소까지 같이 말을 타고 왔다. 말에서 내려서 술을 차려놓고 한 잔 권한다. 그 김에 어디로 갈 건지 물어본다. 장안에서는 내 뜻을 이루지 못하였으니 종남산 모퉁이로 돌아가서 편안하게 지내려고 한다. 더 물어볼 말이 없다. 그냥 떠나시게, 그대가 있는 곳에는 흰 구름이 끝도 없이 피어오를 것이네.

떠나가는 자와 친하지 않은 것일까? 전송하러 나왔는데 떠날 즈음에서야 어디로 갈 건지 물어본다. 상식적이지 않은 상황이다. 여기서 말한 '남산'은 장안 남쪽에 있는 종남산으로 당시 은자가 많이 살던 곳이다. 그곳에 은일하여 명성이 높아지면 쉽게 관직에 오를 수 있다고 해서 '종남첩경終南捷徑'이라는 고사성어도 있다. 실력을 쌓기보다는 요행을 바라고 편안히 성과를 올리는 것을 뜻한다. 떠나가는 이유와 동기가 뚜렷하니 더 이상 만류할 생각도 없다. 사실 종남산은 언제라도 찾아갈 수 있는 곳이기도 하다.

마지막 구의 뜻이 모호하다. '흰 구름'은 은자의 거처를 상징하고 고결함을 뜻하니, 그곳에서 고고한 품성을 기르며 은일하기를 바라는 마음을 표현한 것이리라. 다른 한편 '흰 구름'은 황제의 고을, 즉 도읍으로 갈 수 있는 수단을 뜻하기도 하고 허망한 부귀권세를 뜻하기도 하니, 이 사람이 아직 출세와 관직에 대한 뜻을 가지고 있음을 넌지시 표현한 것일 수도 있겠다.

은거하는 자가 모두 자연에 대한 순리를 따르며 고결하고 깨끗한 마음을 가지고 있었던 것은 아니다. 잠시 현실의 어려움을 도피하기 위해 은거한 사람도 있었고, 때로는 은자의 명망으로 세상에 이름을 떨치고 출세하고자 은거한 사람도 있었다. 왕유의 본심과 떠나가는 이의 본심이 무엇인지는 알 수가 없다.

11. 청계

왕유王維

황화천으로 들어가려면
매번 청계의 물을 따라가는데,
산모퉁이 따라 만 번 휘돌지만
길을 간 것은 백 리도 안 된다.
어지러운 바위 사이에서 물소리가 요란하다가도
깊숙한 소나무 속에서는 그 빛이 고요한데,
넘실넘실 물결에는 마름풀이 떠 있고
맑고 맑은 수면에는 갈대가 비친다.
내 마음이 평소에 이미 한가한데
맑은 시내도 이처럼 담박하니,
청컨대 너른 바위 위에 머물며
낚싯대 드리운 채 장차 생을 마치기를.

淸溪

言入黃花川,[1] 每逐靑溪水.
隨山將萬轉,[2] 趣途無百里.
聲喧亂石中, 色靜深松裏.
漾漾汎菱荇,[3] 澄澄映葭葦.[4]
我心素已閒, 淸川澹如此.

請留盤石上， 垂釣將已矣.[5)]

[주석]

1) 言(언): 어조사로 뜻이 없다.

2) 將(장): 나아가다. 실행하다.

3) 漾漾(양양): 물이 많아 물결이 넘실거리는 모양. 菱荇(능행): 마름과 노랑어리연꽃. 모두 물풀이다.

4) 澄澄(징징): 맑은 모양. 葭葦(가위): '가'와 '위'는 모두 갈대 종류이다.

5) 已矣(이의): 생을 마치다.

[해설]

이 시는 왕유가 지금의 섬서성에 있는 청계라는 강물에 대해 자신의 감회를 적은 것이다.

지금 머물고 있는 곳에서 큰 강물인 황화천黃花川으로 나가려면 반드시 지나가야 하는 물길이 있으니, 바로 청계이다. 여기는 산세가 험해서 거리로는 백 리도 안 되지만 만 번을 굽이굽이 돌아가야 한다. 위험하기도 하지만 그러니 더욱 정취가 있다. 아무렇게나 놓인 바위 사이로 물길이 치고 갈 때는 요란하게 소리를 내기도 하지만 소나무 숲 깊은 곳에 들어오면 그 물빛이 고요하기만 하다. 넘실대는 물결 속에 물풀인 마름이 떠 있고 맑은 수면에는 갈대가 비친다. 한 폭의 그림과 같으니 절로 내 마음을 깨끗하고 여유롭게 해주는 것 같다. 나는 원래 이런 산수

속에서 유유자적하게 한가한 삶을 보내기로 했는데, 마침 이에 딱 맞는 물길을 찾아냈다. 그러니 이런 곳에서 한가롭게 낚시질이나 하며 여생을 보내고 싶다.

왕유는 장안 남쪽 망천에 별장을 지어놓고는 자주 그곳에 들러 한가한 시간을 보내곤 하였다. 아마 청계도 그 근처에 있었을 것이다. 복잡한 세속을 떠나 한가롭게 생을 보내고자 하는 마음은 예나 지금이나 마찬가지인데, 왕유는 그야말로 좋은 경관을 마음껏 즐기며 살았던 듯하다.

12. 위수의 농가

왕유王維

비낀 석양이 마을을 비출 때
궁벽한 골목길로 소와 양이 돌아오는데,
시골 늙은이는 목동을 걱정하며
지팡이에 기댄 채 사립문에서 기다린다.
꿩이 우니 보리 이삭이 패고
누에가 잠을 자니 뽕잎이 드물어졌는데,
농부가 호미 메고 와서는
서로 만나 다정하게 이야기한다.
이를 보고 있노라니 한가하고 편안함이 부러워
은거하지 못한 탄식의 노래 「식미」를 서글피 읊는다.

渭川田家

斜陽照墟落, 窮巷牛羊歸.
野老念牧童, 倚杖候荊扉.
雉雊麥苗秀,[1] 蠶眠桑葉稀.
田夫荷鋤至, 相見語依依.[2]
卽此羨閒逸,[3] 悵然吟式微.

[주석]

1) 雊(구): 꿩이 울다. 秀(수): 이삭이 패다.

2) 依依(의의): 헤어지기 아쉬워하는 모양.

3) 卽此(즉차): 이에 나아가다. 이러한 상황을 보고 있다는 말이다.

[해설]

이 시는 왕유가 위수渭水에 있는 농가의 편안하고 한가로운 풍경을 읊은 것으로 자신도 이런 생활을 하고자 하는 마음을 표현하였다. 위수는 지금의 감숙성에서 발원하여 섬서성을 지나 황하로 들어간다.

저녁 석양이 농촌 마을을 비추고 있다. 해가 저무니 풀어놓았던 소와 양이 좁은 골목길로 돌아오고 있다. 집에 있던 노인은 소와 양이 돌아오는데도 어린 목동이 돌아오지 않기에 지팡이를 짚고 문에 나가 기다린다. 목동이 굳이 몰지 않아도 소와 양은 익숙한 듯이 알아서 집에 절로 돌아온다. 꿩이 우는 시절이 되니 어김없이 보리 이삭이 패고 누에는 그 무성하던 뽕잎을 다 먹고는 잠이 들었다. 올해도 풍년일 것이고 누에도 실을 많이 뽑아낼 터이니 먹을 걱정 입을 걱정이 없다. 일은 힘들지만 자연은 그에 대해 정직하게 보답을 해준다. 농부가 호미를 메고 집으로 돌아오다가 누군가를 만나서 이야기를 나눈다. 집안일, 마을 일, 농사일, 사는 일 등 이야기를 하다 보니 매일 보는 얼굴이지만 하고 싶은 말이 많아 헤어지기가 아쉽다.

이렇게 편안하고 한가로운 생활을 보고 있노라니 자신도 이런 삶이 부럽다. 관직을 그만두고 은거하겠노라고 매번 입버릇처럼 말하였건만 늙어가도록 아직 실행에 옮기지 못하고 있다. 이에 처량한 마음으로 「식미式微」 시를 읊조린다. 『시경』에 나오는 이 시는 "노쇠해졌는데 노쇠해졌는데, 어찌하여 돌아가지 않는가?式微式微, 胡不歸"라고 노래한다. 늙도록 은거하지 못한 상황을 한탄하는 내용이다.

왕유는 관직에 있을 때 망천에 별장을 두고 왔다 갔다 하면서 은일의 삶을 즐기기도 하였다. 비록 완전히 은거를 하지는 못하였지만 그 흥취만은 누구보다도 만끽했던 것으로 보인다. 그러니 이 시에서 전원의 한가로운 풍경을 묘사한 것을 보노라면 왕유는 이미 그 맛을 다 알고 있는 듯하다. 그는 화가이기도 했는데, 이 시는 마치 한 폭의 그림과 같다.

13. 서시의 노래

왕유王維

아름다운 모습을 천하 사람들이 중시하였으니
서시가 어찌 오래도록 미천하게 있었겠는가?
아침에는 월나라 개울의 여인이었는데
저녁에는 오나라 궁궐의 왕비가 되었으니,
비천한 날에는 어찌 뭇사람과 달랐겠는가만
존귀해지자 바야흐로 드문 존재임을 깨닫게 되었지.
사람을 불러 연지와 분을 바르게 하고
비단옷은 자기 손으로는 입지 않았으며,
군주가 총애하니 교태가 더해졌고
군주가 사랑하니 옳고 그름도 없었지.
당시 같이 옷을 빨던 이들은
함께 수레를 타고 궁궐로 돌아가지 못하였는데,
이러한 내용으로 이웃에게 알리나니
찌푸린 얼굴 흉내 내도 어찌 그렇게 되길 바랄 수 있겠는가?

西施詠

艶色天下重， 西施寧久微.
朝爲越溪女， 暮作吳宮妃.
賤日豈殊衆， 貴來方悟稀.

邀人傅脂粉,[1] 不自著羅衣.
君寵益嬌態, 君憐無是非.
當時浣紗伴,[2] 莫得同車歸.
持謝鄰家子,[3] 效顰安可希.

[주석]

1) 傅(부): 칠하다. 화장하다.

2) 浣紗(완사): 옷을 빨다. 서시가 빨래하던 약야계若耶溪를 이후에 완사계浣紗溪라고 불렀다.

3) 持謝(지사): 이러한 내용을 가지고 알려주다.

[해설]

이 시는 왕유가 서시西施에 관해 읊은 것이다. 서시는 월나라 여인으로 아버지는 땔나무 장사를 하였으며 자신은 다른 사람의 빨래를 해주면서 생계를 유지하였다. 월나라 왕 구천勾踐이 오나라와의 전투에서 패한 뒤 와신상담하다가 오나라 왕 부차夫差가 여인을 좋아하는 것을 알고는 미인계를 쓰기 위해서 서시를 데려다가 바쳤다. 이에 부차는 서시에게 빠져 정사를 제대로 돌보지 않았으며 마침내 월나라에게 망하였다.

서시가 비록 미천한 신분으로 살고 있었지만 그의 미모는 천하 사람들이 다 알고 있었으니 어찌 오래도록 그러한 신분을 유지할 수 있었겠는가? 하루아침에 선발되어 오나라 궁궐로 들어가 왕비가 되었다. 세상에 드문 미인이라 고귀한 신분이 되니 화장을 하거나 옷을 입을 때도 시녀들을 시키게 되었다. 하지만 서시가 오나라 궁궐에 간 목적은 오나라 왕인 부차를 미혹시키기 위한 것이었다. 부차가 더욱 총애할수록 서시의 교태는 더해졌고 부차가 더욱 사랑할수록 서시는 절대적인 존재가 되었다. 옳고 그름의 기준은 오로지 서시에게 있었고 부차는 더 이상 올바른 판단을 내릴 수 없었다. 결국 이러한 상황을 만들었기에 월나라 왕 구천은 서시의 도움으로 오나라를 멸망시킬 수 있었다.

당시 약야계에서 서시와 같이 빨래를 하던 이들이 서시와 함께 오나라 궁궐로 들어가지 못했던 이유는 무엇인가? 바로 서시만 한 미모가 없었기 때문이었다. 서시에게 속병이 있어서 자신도 모르게 얼굴을 찌푸리고 있었던 적이 있는데, 옆집의 여인이 그것을 보고는 자신도 그렇게 하면 미인으로 여겨질까 해서 얼굴을 찌푸리고 다녔다는 말이 있다. 이로써 '효빈效顰'이라는 말이 생겼다. 서시의 미모는 누구도 흉내 낼 수 없는 것이다. 그만한 미모가 되어야 나라를 망하게 할 수 있는 미모라고 할 수 있을 것이다.

14. 가을날 난산에 올라 장 씨에게 부치다

맹호연孟浩然

북쪽 산의 흰 구름 속에서
은자가 스스로 즐거워한다기에,
바라보려고 이제야 높은 곳에 오르니
마음은 까마득히 날아가는 기러기를 따라간다.
근심은 어스름으로 인해 일어나고
흥취는 맑은 가을로 인해 생겨나는데,
때때로 마을로 돌아가는 이들을 보노라니
모래사장을 가다가 나루터에서 쉬고 있네.
하늘 끝의 나무는 냉이와 같고
강가의 모래섬은 달과 같은데,
언제나 술을 싣고 와서
중양절에 함께 취할 수 있을까?

秋登蘭山寄張五[1)]

北山白雲裏，隱者自怡悅.[2)]
相望始登高，心隨雁飛滅.
愁因薄暮起，興是清秋發.
時見歸村人，沙行渡頭歇.[3)]
天邊樹若薺,[4)] 江畔洲如月.

何當載酒來, 共醉重陽節.

[주석]

1) 五(오): 친척 형제간의 순서를 가리킨다.

2) 怡悅(이열): 즐거워하다.

3) 渡頭(도두): 나루터. 강을 건너는 곳을 말한다. 歇(헐): 쉬다.

4) 薺(제): 냉이.

[해설]

이 시는 맹호연이 지금의 사천성에 있는 난산蘭山에 올랐다가 멀리서 은거하고 있는 장 씨에게 부친 것이다. 이 시의 제목은 판본에 따라 「가을날 만산에 올라 장문천에게 부치다秋登萬山寄張文儃」「구월 구일 현산에서 장자용에게 부치다九月九日峴山寄張子容」「가을날 만산에 올라 장 씨에게 부치다秋登萬山寄張五」로 되어 있기도 하다. 만산萬山은 지금의 호북성에 있는 산이다. 장 씨는 장인張諲인데 젊은 시절 왕유와 숭산嵩山에서 은거한 적이 있다고 한다. 하지만 장문천이나 장자용에게 부친 것이라는 제목도 있는데, 이 시에서 어느 산에 올랐는지 또는 누구에게 부쳤는지는 중요하지 않다. 그저 멀리서 친구를 그리워하는 마음이 중요하기 때문이다.

북쪽 산의 흰 구름 속에서 은자가 스스로 즐거워하고 있다. 남조 양나라의 도인 도홍경陶弘景에게 왕이 조서를 내려 "산속에 무엇이 있느냐"를 읊어서 시를 지으라고 하니 도홍경은 "산속에 무엇이 있는가? 고개 위에 흰 구름이 많습니다. 다만 스스로 즐길 수 있을 뿐 가져다가 임금님께 드릴 수는 없습니다山中何所有, 嶺上多白雲. 只可自怡悅, 不堪持贈君"라고 하였다. 그러니 흰 구름이 많은 북쪽 산은 은거하고 있는 곳을 말한다. 아마도 장 씨가 은거하고 있는 곳이리라. 장 씨가 있는 곳을 바라보려고 높은 곳에 올랐다. 높은 곳에 오르는 것은 음력 9월 9일 중양절에 하는 풍습이다. 친지와 친구들이 함께 높은 곳에 올라 붉은 수유 열매를 꽂고 국화주를 마시면서 즐거운 한때를 보내는 명절이다. 하지만 그 모임에 참석하지 못한 이가 있으면 더욱 그를 그리워하게 된다. 그래서 기러기 날아가 사라지는 것을 바라보며 장 씨가 있을 곳을 생각해본다.

저녁이 되자 그리움의 근심은 더욱 일어나지만 맑은 가을날이라 흥취 역시 일어난다. 아래의 강가를 바라보니 마을 사람들이 마을로 돌아가다가 나루터에서 쉬고 있다. 하늘 끝까지 펼쳐진 나무를 보니 마치 냉이가 자란 양 가느다랗고, 물가의 모래섬을 보니 마치 달과 같이 하얗게 빛난다. 이렇게 평화롭고 한가로운 정취를 나 혼자 즐기는 것이 좋기는 하지만 그래도 친구가 있으면 더 좋을 것이다. 언제쯤이나 술을 배에 싣고 와서 같이 취하며 즐길 수 있을까?

제1~2구에 나오는 은자를 장 씨가 아니라 맹호연으로 보기도 한다. 은자의 삶을 스스로 즐기면서 멀리 있는 장 씨를 생각하는 것이다. 기러기가 가을에는 남쪽으로 날아간다는 사실과 시의 후반부에 보이는 평화로운 일상이 맹호연을 은자로 여기기에 충분하다는 사실 때문이다. 아마 두 사람 모두 은자의 즐거움을 만끽하며 살고 있었을 것이니 어떻게 봐도 상관없을 것이다. 그저 이 좋은 시절을 친구와 같이 즐기고 싶을 따름이다.

15. 여름날 남정에서 신 씨를 생각하다

맹호연孟浩然

산의 태양이 홀연 서쪽으로 떨어지고
연못의 달이 점점 동쪽에서 떠오를 때,
머리 풀어 저녁의 시원함을 맞이하고
창문 열고서 한가로운 정자에 누우니,
연꽃에 부는 바람은 향기를 보내오고
대나무에 맺힌 이슬은 맑은 소리로 방울져 떨어진다.
금을 가져다가 연주할까 하였지만
그 소리 알아줄 친구 없음이 한스러워,
이에 느꺼워하며 친구를 그리워하니
밤새도록 꿈속 생각에 고생스럽구나.

夏日南亭懷辛大[1]

山光忽西落,[2] 池月漸東上.
散髮乘夕涼, 開軒臥閑敞.[3]
荷風送香氣, 竹露滴淸響.[4]
欲取鳴琴彈,[5] 恨無知音賞.
感此懷故人,[6] 終宵勞夢想.[7]

[주석]

1) 大(대): 친척 형제 중에서 맏이를 가리킨다.

2) 山光(산광): 산에 걸린 태양.

3) 閑敞(한창): 한가로운 누각. 제목에 나오는 남정을 가리킨다.

4) 滴(적): 방울져 떨어지다.

5) 鳴琴(명금): 현악기인 금을 가리킨다. '명'은 여기서 별도의 뜻을 갖지 않는다.

6) 故人(고인): 친구. 제목에 나오는 신 씨를 가리킨다.

7) 終宵(종소): 밤새도록.

[해설]

이 시는 맹호연이 여름날 정자에 올라 쉬면서 신辛 씨를 그리워하는 내용이다. 신 씨에 대해서는 자세히 알려져 있지 않다.

한여름의 무더위로 낮에는 가만히 있다가 저녁에 해가 지고 나서야 비로소 정자에 나가 누웠다. 마침 연못에는 달이 떠서 환히 비치고 있고 저녁 바람이 선들선들 불어온다. 무더위에 격식을 차릴 필요도 없다. 두건을 풀어 머리를 풀어헤치고 옷도 느슨하게 한다. 열어놓은 창문에는 연못의 연꽃 향기가 풍겨오고 정자 옆 대나무 숲에는 이슬이 맺혀 떨어지는 소리가 똑똑 들린다. 여름날의 한가로움 속에서 은자의 고고함이 절로 느껴진다. 이러한 홍취에 절로 금을 연주하고자 하는 마음이 생긴다. 하지만 내 마음을 담은 연주를 알아줄 지음이 없는 것이 한스럽다. 백아가 높은 산을 생각하고 연주를 하면 종자기가 그 산의 높음에 감탄하였고, 백아가 맑은 물을 생각하고 연주를 하면 종자기가 그 물의 흐름에 감탄하였다. 하지만 맹호연이 지금의 정취를 생각하며 연주를 해도 이를 알아줄 친구가 없다. 이에 신 씨를 생각하노라니 밤새도록 꿈에서도 그를 그리워하며 뒤척인다. 제아무리 한적한 정취를 사랑하는 은자일지라도 이를 같이 즐길 수 있는 친구가 있어야 하는 법이다.

16. 업사의 산방에 묵으며 정 씨를 기다리는데 오지 않는다

맹호연孟浩然

석양이 서쪽 고개를 지나가자
여러 계곡이 갑자기 어두워졌는데,
소나무의 달빛에는 밤의 서늘함이 생겨나고
바람 부는 샘물에는 맑은 소리가 가득하다.
나무꾼들은 거의 다 집으로 돌아가고
안개 속의 새는 이제 막 둥지에 깃들였는데,
그 사람이 묵으러 온다고 약속하였기에
홀로 금을 타며 여라가 자란 길에서 기다린다.

宿業師山房待丁大不至[1)]

夕陽度西嶺,[2)] 群壑倏已暝.[3)]
松月生夜凉, 風泉滿清聽.[4)]
樵人歸欲盡, 煙鳥棲初定.[5)]
之子期宿來,[6)] 孤琴候蘿徑.[7)]

[주석]

1) 師(사): 승려의 칭호이다. 大(대): 친척 형제 중에서 맏이를 말

한다.

2) 度(도): 건너다. '도渡'와 통한다.

3) 壑(학): 골짜기. 倏(숙): 갑자기.

4) 清聽(청청): 맑게 듣다. 여기서는 맑은 소리를 말한다.

5) 定(정): 정해지다. 안정되다.

6) 之子(지자): 그 사람. 제목에 나오는 정 씨를 가리킨다.

7) 候(후): 기다리다. 蘿徑(나경): 여라女蘿가 자라 있는 길. 여라는 소나무에 나는 기생식물인데 대체로 은자가 있는 곳을 가리킨다.

[해설]

이 시는 맹호연이 업사業師라는 스님이 사는 산방에서 밤에 묵다가 정 씨가 오기를 기다렸지만 오지 않기에 지은 것이다. 업사는 법명에 '업'자가 들어간 승려인데 누구인지는 자세히 알려져 있지 않다. 판본에 따라 '내공來公'으로 되어 있기도 하다. 정 씨는 정풍丁風인데 역시 누구인지 자세히 알려져 있지는 않다.

맹호연이 정 씨와 함께 스님의 산방에서 묵기로 약속을 했는데 먼저 도착하였다. 서쪽으로 해가 지자 산속이라 그런지 금세 어두워졌다. 하지만 달이 떠올라 소나무에 걸리니 서늘한 운치가 절로 생겨나고 낮에는 잘 들리지 않던 샘물 소리가 더욱 또렷하고 맑게 들린다. 쩡쩡 나무를 베면서 일하던 나무꾼들도 하나둘씩 다 집으로 돌아가고 지저귀던 산새들도 둥지로 들어갔다. 사람이나 동물이나 해가 지니 모두 자기가 살던 곳으로 돌아간다. 맹호연 역시 한가롭고 그윽한 곳에서 자신의 둥지를 찾았다. 이제 이 정취를 같이 즐길 친구가 필요하다. 정 씨가 와서 이 밤을 같이 보내기로 했는데 왜 오지 않을까? 호젓함과 그리움을 담아 금을 타면서 그가 올 길을 바라보며 기다린다.

17. 친척 동생과 함께 남쪽 방에서 달을 감상하다가 최 산음현위를 그리워하다

왕창령王昌齡

남쪽 방에 높이 베고 누웠을 때
휘장을 열자 산이 막 달을 토해내니,
맑은 빛이 물속의 나무에 담박하여
창문에 일렁거린다.
흘러가는 세월 속에 몇 번이나 차고 기울었나?
고금의 세상은 변하였지만 항상 맑구나.
아름다운 이는 맑은 강가에서
이 밤 월 땅의 노래를 괴롭게 읊조릴 터인데,
천 리 밖에서 저 달을 함께하는 것이 어떠한가?
미풍이 난초와 두약의 향기를 불어오는구나.

同從弟南齋翫月憶山陰崔少府[1)]

高臥南齋時,[2)] 開帷月初吐.
清輝澹水木,[3)] 演漾在窗戶.[4)]
荏苒幾盈虛,[5)] 澄澄變今古.[6)]
美人清江畔,[7)] 是夜越吟苦.[8)]
千里共如何, 微風吹蘭杜.[9)]

[주석]

1) 少府(소부): 현위縣尉의 별칭이다.
2) 高臥(고와): 베개를 높이 하고 눕다. 편안하게 누워 있는다는 말이다.
3) 澹(담): 담박하다. 또는 가볍게 일렁이다. 水木(수목): 물속에 비친 나무.
4) 演漾(연양): 물결이 일렁이는 모양. 또는 달빛이 어른거리는 모양.
5) 荏苒(임염): 세월이 흐르는 모양. 盈虛(영허): 찬 것과 비어 있는 것. 보름달과 그믐달을 말한다.
6) 澄澄(징징): 맑은 모양. 여기서는 달빛을 가리킨다.
7) 美人(미인): 아름다운 이. 여기서는 최 씨를 가리킨다.
8) 越吟(월음): 월 땅의 소리를 읊다. 전국시대 월나라 사람인 장석莊舃이 초나라에서 벼슬을 하다가 얼마 지나지 않아서 병이 났는데 고향을 그리워하여 월 땅의 노래를 읊었다고 한다. 원래는 고향을 그리워하는 마음을 의미하는데 여기서는 상대방을 그리워한다는 뜻으로 사용되었다.
9) 蘭杜(난두): 난초蘭草와 두약杜若. 둘 다 향초로 은자의 기풍을 비유한다.

[해설]

이 시는 왕창령이 친척 동생과 함께 남쪽 방에서 함께 달을 감상하다가 산음현위로 있는 최 씨를 그리워하며 지은 것이다. 친척 동생이 먼저 시를 짓고 왕창령이 이에 화답하며 지었다.

최 씨는 최국보崔國輔로 두 사람이 같이 아는 사람이었을 것이다. 그는 지금의 절강성 소흥紹興인 산음山陰 사람으로 당시 현령을 보좌하는 직책인 현위縣尉를 맡고 있었다.

남쪽 방에 한가롭게 누워서 휘장을 여니 막 산에서 보름달이 떠올랐다. 그 빛이 나무가 비치는 연못을 비추니 은은한 풍취가 좋은데, 일렁이는 달빛이 창문에도 어른거린다. 달빛 어린 경관을 보노라니 그윽한 흥취가 호젓하기도 하지만 이내 이런 저런 생각에 마음이 어지러워진다. 저 달은 생긴 이래로 몇 번이나 보름달이 되었다가 이지러졌을까? 아마도 사람이 있은 이후로 그러하였을 터인데 사람이 사는 세상은 옛날과 지금이 달라졌지만 저 달만큼은 변함없이 밝게 빛난다. 예전에 밝은 달을 함께 즐기며 한가로운 시간을 보내면서 영원한 만남을 다짐했는데, 예전처럼 밝은 달은 지금 환히 비치지만 최 현위 그 사람은 지금 멀리 떠나가고 없다. 그이는 무엇을 하고 있을까? 아마도 맑은 강가에서 저 둥근 달을 바라보면서 역시 우리를 생각하며 괴로운 심사를 읊조리고 있을 것이다. 비록 천 리 멀리 떨어져서 얼굴을 마주하지는 못하지만 그래도 이 달을 함께 즐기고 있을 거라고 생각하니 마치 옆에 있는 듯하다. 산들바람이 불어오는데 그의 그윽한 향기가 느껴진다.

18. 서산의 은자를 찾아갔지만 만나지 못하다

구위邱爲

산꼭대기의 초가집 한 채
곧장 삼십 리를 올라갔는데,
문을 두드려도 하인은 없고
방을 엿보니 책상과 안석만 있다.
만일 소박한 수레를 타고 간 것이 아니라면
응당 가을 물가에서 낚시할 터인데,
뜻밖에도 만나지 못하고
하릴없이 공연히 하늘만 바라본다.
풀빛은 갓 내린 빗속에 있고
소나무 소리는 저녁 창가에 있는데,
이곳에 오니 아주 한갓진 것이 마음에 맞아
마음과 귀를 씻어주기에 절로 충분하다.
비록 손님과 주인의 뜻은 없지만
맑은 이치를 자못 얻었기에,
흥이 다하고서 이제 산을 내려가나니
이 사람을 무엇 하러 반드시 기다리겠는가?

尋西山隱者不遇

絶頂一茅茨,[1] 直上三十里.

扣關無僮僕,[2] 窺室惟案几.
若非巾柴車,[3] 應是釣秋水.
差池不相見,[4] 黽勉空仰止.[5]
草色新雨中, 松聲晚窓裏.
及玆契幽絶,[6] 自足蕩心耳.
雖無賓主意, 頗得淸淨理.
興盡方下山, 何必待之子.[7]

[주석]

1) 茅茨(모자): 띠풀로 지붕을 이다. 여기서는 초가집을 말한다.
2) 扣關(구관): 문을 두드리다. 僮僕(동복): 나이 어린 하인.
3) 巾(건): 수레에 덮개를 치다. 수레를 몰고 나가려고 준비하는 것이다. 柴車(시거): 잡목으로 만든 수레. 소박한 수레를 가리킨다.
4) 差池(치지): 들쭉날쭉한 모양. 여기서는 두 사람의 행보가 어긋난 것을 가리킨다.
5) 黽勉(민면): 억지로. 어쩔 수 없이. 仰止(앙지): 우러러보다. '지'는 뜻이 없다.
6) 契(계): 마음에 맞다. 幽絶(유절): 매우 그윽하다.
7) 之子(지자): 이 사람. 은자를 가리킨다.

[해설]

이 시는 구위가 서산의 은자를 찾아갔지만 만나지 못하고 그 느낌을 술회한 것이다. 서산의 위치와 은자의 이름은 알려져 있지 않다.

은자의 집은 산꼭대기에 있는 초가집인데 그를 찾으려고 30리 길을 곧장 달려갔다. 하지만 문을 두드려도 문은 닫힌 채 하인도 나오질 않고 혹 방에 있나 들여다봐도 빈 책상뿐이다. 아마도 수레를 타고 출타를 했거나 낚시하러 갔을 것 같다. 늘 집에 있으리라 생각했는데 의외로 그를 만나지 못하고 어쩔 수 없이 하늘만 바라보며 넋 놓고 서 있을 뿐이다. 그런데 갑자기 기분이 차분해진다. 방금 내린 빗방울을 머금어 풀빛은 향기롭고 창가에는 소나무에 부는 바람 소리가 들려온다. 한갓진 곳의 그윽한 흥취가 느껴져서 세속의 때에 찌든 내 마음과 눈을 절로 씻어준다. 내 마음에 꼭 든다. 내가 그를 만나러 온 이유가 무엇인가? 은자를 만나서 무엇을 하려고 했던가? 이미 그 목적을 이루었다. 티 없이 맑은 이치를 터득했고 그 흥취를 한껏 만끽했으니 굳이 그를 만날 필요는 없다. 진晉나라의 왕자유王子猷가 눈 온 밤에 이리저리 거닐며 읊조리다가 섬계에 사는 친구 대안도戴安道가 생각이 나서 밤새도록 배를 타고 갔다가 그의 집 앞에서 그냥 돌아왔다는 이야기가 있다. 누가 그 이유를 묻자 흥이 나서 갔다가 흥이 다해서 왔으니 꼭 그를 만날 필요는 없다고 했다. 구위도 흥이 나서 30리 길을 갔다가 은자의 집에서 흥을 만끽했고 그 흥이 다해서 돌아왔으니 굳이 은자를 만날 필요는 없었을 것이다.

19. 봄날 약야계에 배를 띄우다

기무잠綦毋潛

그윽한 곳을 찾는 마음은 끊임이 없어
이렇게 떠나 만나는 대로 따라가는데,
저녁 바람이 떠가는 배에 불어오고
꽃길이 계곡 어귀로 들어간다.
밤이 되자 서쪽 골짜기를 돌아서
산 너머로 남두성을 바라보는데,
물 위에는 안개가 자욱이 날아다니고
숲 위에는 달이 등 뒤를 향해 내려온다.
세상일이 또 아득히 멀어지니
낚싯대 잡은 노인이 되고자 한다.

春泛若耶溪

幽意無斷絶, 此去隨所偶.[1)]
晚風吹行舟, 花路入溪口.
際夜轉西壑,[2)] 隔山望南斗.[3)]
潭煙飛溶溶,[4)] 林月低向後.
生事且彌漫,[5)] 願爲持竿叟.

[주석]

1) 隨所偶(수소우): 만나는 경물을 따라가다. 배가 가는 대로 새로운 경물을 만나며 간다는 말이다.

2) 際夜(제야): 밤이 되다. 저녁 무렵. 壑(학): 골짜기.

3) 南斗(남두): 별자리 이름. 남방을 대표하는 별자리이다.

4) 潭(담): 물가의 깊은 곳. 溶溶(용용): 많은 모양.

5) 生事(생사): 세상의 일. 세속의 일. 彌漫(미만): 아득한 모양. 먼 모양.

[해설]

이 시는 기무잠이 봄날 약야계若耶溪에 배를 띄우고 노닐며 본 경관과 그 흥취를 적은 것이다. 약야계는 지금의 절강성 소흥에 있는 강으로 서시西施가 빨래하던 곳이며, 강의 아래쪽에는 고담孤潭이라는 상당히 큰 못이 있다.

기무잠은 항상 그윽한 곳을 찾아가려는 마음이 있었기에 오늘도 배를 띄우고 가는 대로 흥취를 즐긴다. 저녁이 되어 바람이 살랑살랑 불어오고 꽃이 핀 길을 따라 계곡 어귀로 들어가 보기도 한다. 밤이 되니 서쪽 골짜기에서 배를 돌려 돌아오는데 산 위로 남두성이 보이고 물안개가 피어오르며 환히 떠 있던 달도 등 뒤로 지고 있다. 그윽한 곳을 좋아했기에 이러한 분위기가 너무나 좋다. 그윽한 이곳에서 세속의 일을 까마득히 잊어버리고서 그저 낚시로 소일거리를 삼으며 노년을 보내고 싶다. 첫 구에서 '그윽한'이라고 번역한 '유幽'라는 글자는 그윽하다, 한가롭다, 한갓지다, 깊숙하다, 조용하다 등 뜻이 많은데, 이 모든 것을 충족시켜주는 것이 이곳이고 시인은 그러한 흥취를 끊임없이 영원히 간직하고 싶어 한다.

20. 왕창령이 은거하고 있는 집에 묵다

상건常建

맑은 계곡은 깊이를 헤아릴 수 없고
은거한 곳에는 오직 외로운 구름뿐인데,
소나무 언저리에 초승달이 드러나 있어
맑은 빛이 여전히 그대를 위해 비춘다.
띠풀로 엮은 정자에는 꽃 그림자가 잠을 자고
약초를 심은 정원에는 알록달록한 이끼가 자라는데,
나 또한 세상사를 떠나와
서산에서 난새와 학과 함께 지내리라.

宿王昌齡隱居

淸谿深不測, 隱處惟孤雲.
松際露微月,[1] 淸光猶爲君.
茅亭宿花影, 藥院滋苔紋.[2]
余亦謝時去,[3] 西山鸞鶴群.[4]

[주석]

1) 露(로): 드러나다. 微月(미월): 초승달.

2) 滋(자): 자라다. 또는 무성하다. 苔紋(태문): 이끼의 무늬. 무늬

를 이루며 자라난 이끼를 말한다. 원래 약초밭에 이끼가 있으면 안 되는데 여기서는 왕창령이 약초밭을 무심한 듯 관리한다는 것과 세속 사람들의 발길이 닿지 않는다는 것을 뜻한다.

3) 謝時去(사시거): 당시 사람들과 작별하고 떠나다. 세속을 떠나다. 대체로 신선이 되어 떠나는 것을 말한다.

4) 西山(서산): 왕창령이 은거하고 있는 곳을 가리킨다. 鸞鶴(난학): 난새와 학. 신선이 타고 다니는 새이다.

[해설]

이 시는 상건이 왕창령王昌齡이 은거하고 있는 집에 묵으면서 본 경물과 느낀 감회를 적은 것이다. 왕창령은 성당 시기의 문인으로 진사에 급제한 뒤 비서성秘書省 교서랑校書郞, 사수위汜水尉를 역임하였다가 영남으로 폄적되었으며, 후에 장안으로 돌아왔고 강녕승江寧丞이 되었다가 용표위龍標尉로 폄적되었다.

상건은 열네 살 정도 나이가 많은 왕창령이 은거하고 있는 곳을 찾아가서 묵게 되었다. 은거한 곳 옆에는 맑은 계곡이 있는데 깊이를 헤아릴 수 없다. 마치 왕창령의 학식을 보는 듯하다. 그곳에는 또 외로운 구름만 있다. 고고한 그의 인품을 보는 듯하다. 영원히 푸른 소나무가 있고 그곳에 마침 초승달이 떴는데, 그 빛은 마치 오직 왕창령을 위해 비추는 것 같다. 소박하게 풀로 엮은 정자에는 꽃이 피어 있고 건강을 위해 약초를 심어 가꾸는 정원에는 이끼가 이리저리 자라 있다. 아름답지만 화려하지 않으며 정돈되지 않은 듯하지만 은자의 풍취가 곳곳에 어려 있다. 이러한 곳에서는 절로 세속의 잡스러운 마음을 잊어버릴 수 있으니 나도 여기에서 난새와 학을 타고 다니는 신선과 같은 고고한 은자 왕창령과 함께 지내고 싶다. 왕창령의 은자로서의 인품과 고고한 풍취를 직설적으로 말하지 않고 여러 자연 경물을 통해 표현했으니 상건 역시 은자의 풍격을 갖춘 셈이다.

21. 고적, 설거와 함께 자은사 탑에 오르다

잠삼岑參

탑의 기세는 물이 용솟음친 듯하여
고고하게 하늘의 궁전이 솟아 있으니,
탑에 올라 내려다보면 세상 밖으로 나온 듯
돌계단 길이 허공에 서려 있으며,
우뚝 솟아 중원 땅을 내리누르고
높다랗게 솟아 귀신의 솜씨와 같다.
네 모퉁이가 흰 태양을 가리고
일곱 층이 창공을 스치니,
아래로 내려다보며 높이 나는 새를 가리키고
허리 굽혀 들어보니 세찬 바람 소리 들린다.
줄지은 산은 파도와 같아
달려가는 것이 강물이 동쪽으로 향해 가는 듯하고,
푸른 홰나무가 너른 길 양쪽에 늘어서 있는데
궁궐은 얼마나 영롱한가?
가을빛이 서쪽에서 오니
쓸쓸한 기운이 관중 땅에 가득하고,
오릉은 북쪽 언덕 위에서
만고에 푸름이 무성하다.
청정한 이치는 분명코 깨우칠 수 있고
좋은 인연은 평소부터 받들었던 바이니,

맹세컨대 장차 관을 걸어놓고 세상을 떠나
도를 깨달아 무궁의 경지에 의지하리라.

與高適薛據登慈恩寺浮圖[1)]

塔勢如湧出, 孤高聳天宮.[2)]
登臨出世界, 磴道盤虛空.[3)]
突兀壓神州,[4)] 崢嶸如鬼工.[5)]
四角礙白日, 七層摩蒼穹.
下窺指高鳥, 俯聽聞驚風.
連山若波濤, 奔走如朝東.[6)]
青槐夾馳道,[7)] 宮觀何玲瓏.
秋色從西來, 蒼然滿關中.[8)]
五陵北原上,[9)] 萬古青蒙蒙.[10)]
淨理了可悟,[11)] 勝因夙所宗.[12)]
誓將挂冠去,[13)] 覺道資無窮.[14)]

[주석]

1) 浮圖(부도): 산스크리트어로 부처를 음역한 것으로 여기서는 탑을 의미한다.

2) 天宮(천궁): 하늘 궁전. 여기서는 높이 솟은 자은사 탑을 가리킨다.

3) 磴道(등도): 돌계단 길. 탑 안에 있는 계단을 말한다. 盤(반): 서

리다. 구불구불하다는 뜻이다.

4) 突兀(돌올): 우뚝한 모양. 神州(신주): 중국을 가리킨다.

5) 崢嶸(쟁영): 높이 솟은 모양.

6) 朝東(조동): 동쪽으로 조회하다. 모든 강물이 동쪽으로 흘러가 바다로 가는 것을 말한다.

7) 馳道(치도): 원래는 천자의 수레나 말이 달리는 길인데 장안의 넓은 길을 가리킨다.

8) 蒼然(창연): 쓸쓸한 모양. 關中(관중): 대체로 장안과 그 인근 지역을 가리킨다.

9) 五陵(오릉): 한나라 다섯 황제의 무덤으로 장안성 북쪽에 있다. 고제高帝 유방劉邦의 장릉長陵, 혜제惠帝 유영劉盈의 안릉安陵, 경제景帝 유계劉啓의 양릉陽陵, 무제武帝 유철劉徹의 무릉茂陵, 소제昭帝 유불릉劉弗陵의 평릉平陵이다.

10) 蒙蒙(몽몽): 무성한 모양. 아득한 모양.

11) 淨理(정리): 청정한 이치. 불가의 이치를 말한다. 了(료): 분명히.

12) 勝因(승인): 좋은 인연. 불가의 인연을 말한다. 夙(숙): 평소. 일찍이. 宗(종): 받들다.

13) 挂冠(괘관): 관을 매달다. 관직을 사임하고 물러나는 것을 말한다.

14) 資(자): 의지하다. 無窮(무궁): 끝이 없다. 불가의 도를 깨친 상태를 가리킨다.

[해설]

이 시는 잠삼이 고적高適, 설거薛據와 함께 장안에 있는 자은사慈恩寺의 탑에 올라 본 경물과 느낀 감회를 적은 것이다. 고적은 성당의 대표적인 변새시인인데, 봉구현위封丘縣尉를 지내다가 하서절도사河西節度史 가서한哥舒翰의 막부에서 좌효위병조참군左驍衛兵曹參軍과 장서기掌書記를 지냈으며 이후 간의대부諫議大夫까지 역임하였다. 설거는 진사에 급제한 뒤 태자사의랑太子思議郎을 지냈다. 자은사는 지금의 섬서성 서안에 있는 절인데 탑이 유명하며 그곳에는 현장玄奘의 사리가 보존되어 있다.

높이 솟은 탑의 기세는 마치 물이 용솟음친 듯 고고하게 솟아 있으니, 그 탑에 오르면 세상의 바깥으로 나간 듯하고 중원 땅을 압도하고 있다. 돌계단 길이 탑을 돌며 구불구불 나 있는데 귀신의 솜씨가 아니면 이렇게 만들 수 없었을 것이다. 탑이 너무 높아서 탑의 네 귀퉁이는 태양이 가는 길을 모두 가려버릴 수 있고 꼭대기는 하늘을 스치고 있다. 높이 날아가는 새가 아래로 보이고 거센 바람이 밑에서 들려온다. 멀리 바라보니 산맥이 이어져 있는데 그 산세가 마치 황하가 바다로 흘러가는 것과 같다. 가까이로는 천자가 다니는 너른 길 양쪽으로 홰나무가 심어져 있고 궁궐이 번쩍번쩍 빛나고 있다.

이렇게 높고 화려한 탑에 올라보니 모든 것을 다 가진 듯하다. 하지만 때는 가을이라 서풍이 불어오니 쇠락의 기운이 중원에 가득하고 북쪽 언덕에는 제왕의 무덤이 있는데 그곳에는 오랜 세월 동안 푸른 나무가 무성히 자라 있다. 황제들이 살아서는 절대적인 권력과 영광을 누렸지만 지금은 무덤 속에서 묵묵히 있을 뿐이다. 사람의 삶이란 하찮은 것이고 허망한 것이다. 이것은 어떻게 극복할 수 있을까? 부처님의 도를 깨치면 가능하다. 이제 이곳에서 그 도를 깨우치고 부처와의 인연을 이룰 수 있을 것이다. 그러니 관직을 그만두고 세속을 떠나서 무궁의 경지에 기대어 살고자 한다.

높이 솟은 자은사 탑의 웅장한 모습과 그곳에서 보이는 드넓은 세상을 묘사하여 자은사 탑의 위용을 그려냈으며, 가을 기운 속에 보이는 무덤의 모습이 자칫 쇠락의 기운으로 기세가 위축될 수도 있지만 그 여지를 없애며 씩씩한 기상으로 표현해낸 것이 특징적이다. 너무 가슴 아파하지 않으면서도 세속의 허망함을 극복하고 불교의 철리를 깨닫고자 하는 마음이 여실히 드러난다. 당시 자은사 탑에 같이 올랐던 고적과 저광희儲光羲도 시를 남겼지만 이에 미치지 못하고, 설거의 시는 전해지지 않는다. 이들의 시에 화답한 두보의 시만이 그래도 잠삼의 시를 능가한다는 평을 받고 있다.

22. 도적이 물러난 뒤에 관리에게 보여주다

원결元結

계묘년에 서원 지역의 도적이 도주에 들어와 불태우고 살육하고 노략질하여 거의 파탄지경을 만들고서 가버렸다. 이듬해에 도적이 또 영주를 공격하고 소주를 파괴하였지만 이 도주의 변경은 침범하지 않고 물러났는데, 어찌 우리의 힘이 적을 제압할 수 있어서였겠는가? 아마도 그들이 우리를 애달파하고 불쌍히 여겼기 때문일 뿐일 것이다. 그런데도 조정의 사신은 어찌하여 잔인하게도 모질게 세금을 거두어들이는가? 그리하여 이 시 한 수를 지어 관리에게 보여준다.

예전에 태평성세를 만났을 때
산림 속에서 이십 년을 살았는데,
샘물이 뜰과 문에 있었고
골짜기가 문 앞에 있었으며,
세금은 정해진 시기가 있어서
해가 저물 때까지도 잠잘 수 있었지.
갑자기 세상의 난리를 만나서
수년 동안 직접 전쟁터에 있었으며,
지금 와서 이 고을을 맡았는데
산속의 도적이 또 분분하구나.
성이 작다고 도적도 살육하지 않았으니

백성들이 가난하여 고통을 가련히 여겼던 것이었고,
이로 인해 이웃 고을은 함락되었지만
이 고을은 유독 온전할 수 있었구나.
조정의 사신은 왕명을 받들었지만
어찌하여 도적만도 못한가?
지금 세금을 거두는 저자는
다그치는 것이 불로 졸이는 것 같은데,
그 누가 사람의 목숨을 끊어버리고도
한 시대의 어진 관리가 될 수 있겠는가?
생각건대 관직을 버리고
삿대를 당겨 스스로 배를 저어서,
가족을 데리고 물고기 잡고 농사나 지으며
강호로 돌아가 늙어가리라.

賊退示官吏

癸卯歲, 西原賊入道州, 焚燒殺掠, 幾盡而去.[1] 明年, 賊又攻永破邵, 不犯此州邊鄙而退,[2] 豈力能制敵歟. 蓋蒙其傷憐而已. 諸使何爲忍苦征斂.[3] 故作詩一篇以示官吏.

昔歲逢太平, 山林二十年.
泉源在庭戶, 洞壑當門前.[4]
井稅有常期,[5] 日晏猶得眠.
忽然遭世變, 數歲親戎旃.[6]

今來典斯郡, 山夷又紛然.[7]
城小賊不屠, 人貧傷可憐.
是以陷鄰境, 此州獨見全.[8]
使臣將王命,[9] 豈不如賊焉.
今彼徵斂者, 迫之如火煎.
誰能絶人命, 以作時世賢.[10]
思欲委符節,[11] 引竿自刺船.[12]
將家就魚麥,[13] 歸老江湖邊.

[주석]

1) 幾盡(기진): 약탈해서 거의 아무것도 남지 않은 상황이 되다.

2) 邊鄙(변비): 변경 지역.

3) 使(사): 조정에서 파견된 세금 징수관을 가리킨다. 忍苦(인고): 잔인하고 혹독하다. 征斂(징렴): 세금을 거두다.

4) 洞壑(동학): 동굴과 골짜기.

5) 井稅(정세): 정전제井田制에 따른 세금. 이는 고대의 세금 징수법이었으며, 당나라 때는 호구에 따른 세금을 징수하였다.

6) 戎旃(융전): 군대 깃발. 참전했다는 뜻이다.

7) 山夷(산이): 산속의 무장 도적 무리를 가리킨다.

8) 見全(견전): 온전함을 당하다. 온전하게 되었다는 말이다.

9) 將(장): 받들다.

10) 時世賢(시세현): 시대를 대표할 만한 어진 관리.

11) 委(위): 버리다. 符節(부절): 조정에서 지방관을 파견할 때 주

는 증표이다. 이것을 버린다는 말은 관직을 그만둔다는 뜻이다.

12) 引竿(인간): 대나무 장대를 끌어당기다. 배를 저을 수 있는 삿대를 가지는 것을 말한다. 刺船(척선): 배를 젓다.

13) 將家(장가): 가족을 데리고 가다. 就魚麥(취어맥): 물고기와 보리 있는 곳으로 가다. 가서 물고기를 잡거나 농사를 짓는다는 말이다.

[해설]

이 시는 원결이 지역에서 할거하는 도적들이 물러난 뒤 느낀 감회를 적어서 부하 관원들에게 보여준 것이다. 서문에서 이 시를 지은 이유를 자세히 설명했다. 계묘년인 대종代宗 광덕廣德 원년(763)에 서원 지역의 도적 떼가 일어나서 원결이 다스리고 있던 도주 지역을 침략했다. 거의 모든 것을 싹 쓸어버리고 가버렸다. 이듬해에 또 그 도적 떼가 일어나 도주 인근의 영주와 소주를 침략했지만 도주는 건드리지 않았다. 원결이 생각건대 도주의 힘이 막강해서 이들을 제압할 수 있어서가 아니라 도적들이 우리를 불쌍히 여겨서 그랬던 것 같다. 하물며 도적들도 가난한 이들은 침략하지 않는 법인데, 지금 조정에서 파견 온 세금 징수관들은 잔인하게도 도주의 백성들로부터 세금을 짜내고 있으니, 이들은 도적만도 못한 자들이 아닌가? 이에 개탄하는 심정으로 이 시를 짓는다고 하였다.

시의 내용은 20년 전의 이야기로부터 시작한다. 원결이 옛날 태평성세를 만나 전원에서 살 때는 편안한 삶을 누릴 수 있었다. 특히 세금 납부는 정해진 때가 있었기에 이에 대비하고 나면 늘 여유롭고 평화롭게 살 수 있었다. 그런데 안녹산과 사사명의 난리가 일어나자 원결 자신도 직접 종군하였으며 도주자사가 된 지금도 그 여파로 도적들이 횡행하고 있다. 그런데 그 도적들이 이 고을은 작고 백성들이 가난하다고 해서 침략하지 않는다. 이러한 때에 조정에서 파견된 세금 징수관들은 가난한 백성들을 들들 볶고 쥐어짜서 세금을 거두고 있으니 그들이 비록 왕명을 받들었다고는 하지만 도적만도 못하다. 백성의 목숨을 앗아가고서 어찌 어진 관리가 될 수 있겠는가? 저들은 말할 것도 없고 이를 보고 방관만 한다면 나 역시 마찬가지일 것이다. 그러니 나는 관직을 버리고서 가족을 데리고 강호로 돌아가 낚시하고 농사나 지으며 여생을 보내고자 한다.

마지막의 바람이 어찌 보면 현실도피라고 생각될 수도 있겠지만 원결의 본심은 실제로 관직을 버리고 떠나겠다는 데 있는 것이 아니라, 조정 관리의 포악한 전횡을 고발하고 이에 대해 비판적인 입장을 견지하겠다는 데 있다. 이것이 백성들을 다스리는 관원의 본래 직분이지만 그렇게 못 한다면 관직에 있을 자격이 없다는 생각이다. 자신의 본분을 다해 다시 태평성세를 이룬 뒤에 예전처럼 산림 속에서 편안히 잠잘 수 있는 생활을 누리며 여생을 보내고자 했을 것이다.

23. 군의 관사에서 빗속에 여러 문인들과 모여 연회를 열다

위응물韋應物

호위병의 화려한 창이 삼엄하고
관사에 맑은 향기가 엉겨 있는데,
바다에서 비바람이 와서
시원한 연못가 누각을 거닐어보니,
근심과 병이 거의 사라지고
훌륭한 손님들이 다시 방 안을 채웠다.
거처가 훌륭한 것이 스스로 부끄럽나니
우리 백성의 평안함을 아직 보지 못해서이지.
이치를 깨달으면 옳고 그름의 이해가 사라지고
성품이 달관하면 외물의 자취를 잊어버리는 법.
생선과 고기는 지금 금지된 음식이지만
채소와 과일은 다행히 맛볼 수 있는데,
고개를 숙여 한 잔의 술을 마시고
고개를 들어 금과 옥 같은 시를 들으니,
마음이 즐거워 몸도 절로 가벼워져서
바람 타고 날아가고 싶구나.
오 땅에는 문학과 사학이 흥성하여
여러 인재가 지금 넘쳐나니,
비로소 큰 고을임을 알겠는데

어찌 재물과 세금이 많다고만 말하는가?

郡齋雨中與諸文士燕集[1]

兵衛森畫戟,[2] 燕寢凝淸香.[3]
海上風雨至, 逍遙池閣涼.
煩疴近消散,[4] 嘉賓復滿堂.
自慚居處崇,[5] 未覩斯民康.
理會是非遣,[6] 性達形迹忘.[7]
鮮肥屬時禁,[8] 蔬果幸見嘗.[9]
俯飮一杯酒, 仰聆金玉章.[10]
神歡體自輕, 意欲凌風翔.[11]
吳中盛文史, 群彦今汪洋.[12]
方知大藩地,[13] 豈曰財賦强.[14]

[주석]

1) 郡齋(군재): 군을 다스리는 지방장관이 머무는 관사.

2) 畫戟(화극): 채색한 창. 의장용으로 사용한다.

3) 燕寢(연침): 원래는 왕이 기거하는 방을 가리키는데 여기서는 관사의 방을 말한다.

4) 煩疴(번아): 근심과 질병. 近(근): 거의. 대체로.

5) 居處崇(거처숭): 살고 있는 집이 높다. 화려한 집에 머물고 있다는 뜻이다. 또는 지위가 숭상받다. 직위가 높다는 뜻이다.

6) 遣(견): 사라지다. 풀리다.

7) 形迹(형적): 자신의 몸과 행위. 여기서는 세속의 규범에 얽매이는 것을 말한다.

8) 鮮肥(선비): 물고기와 살진 고기. 時禁(시금): 당시의 금지령. 덕종은 건중建中 원년(780)에 매년 5월에는 사냥과 도살을 금지한다는 칙령을 내렸다.

9) 見嘗(견상): 맛보는 것을 당하다. 맛보게 되다.

10) 金玉章(금옥장): 금과 옥 같은 문장. 연회에 참석한 문인들이 읊는 시문을 말한다.

11) 意欲(의욕): 하고 싶다. 또는 할 듯하다.

12) 彦(언): 재능을 가진 선비. 汪洋(왕양): 성대한 모양.

13) 藩(번): 원래는 제후국을 가리키는데 여기서는 지방의 고을을 말한다.

14) 財賦强(재부강): 재화와 세금이 많다. 당시 소주는 강남에서 가장 경제가 활성화된 도시였으며 국가 재정의 중추였다.

[해설]

이 시는 위응물이 소주자사蘇州刺史로 있을 때 비 온 날 시원한 날씨를 맞아 관사에 지역의 문인들을 모아 연회를 베풀며 지은 것이다.

지방장관의 관사라서 호위병의 의장이 화려하고 삼엄하지만 그래도 자신의 방에는 맑은 향기가 어려 있다. 지방장관으로서의 근엄함과 고아함을 동시에 갖추고 있다. 마침 바다에서 비바람이 몰려오니 날씨가 상쾌해져 근처 못가의 누각에서 이리저리 거닐다 보니 근래에 있던 근심과 질병이 다 사라진 듯하다. 이에 평소 알고 지내던 지역의 문인들을 모아서 연회를 베푼다. 이들과 고담준론이 펼쳐진다. 하지만 위응물은 일단 겸손한 말을 먼저 한다. 아직 백성들이 평안하지 못하니 내가 이렇게 높고 좋은 집에서 자사직을 맡고 있는 것이 부끄럽기만 하다. 그러고는 고담준론을 통해 깨친 바를 말한다. 이치를 깨달으면 옳고 그름을 가리려고 하는 이해관계에서도 벗어날 수 있으며 성품이 달관하면 나라는 존재를 잊고 외물의 속박과 규범을 잊어버리게 된다. 다분히 노장 사상에 가깝다. 아마 근래에 있었던 자신의 근심과 질병은 백성의 평안과 인간 존재의 철학적 물음과 관련이 있었을 것이다.

마침 조정의 금지령이 있어 고기는 없지만 그래도 채소와 과일이 있으니 술 한 잔씩 마시며 즐기고 훌륭한 시를 읊조린다. 어느새 마음속의 근심과 몸의 질병은 온데간데없고 신선이 되어 하늘을 날아오를 듯하다. 소주 지방에 이렇게 훌륭한 문인들이 많이 거주하고 있으니 정말로 이 지역은 훌륭하고 큰 지역이다. 비록 이곳에 재물이 많고 세금이 많이 걷히기는 하지만 어찌 그것 때문에 대도시라고 하겠는가? 훌륭한 인재들이 많아서이다. 이런 곳을 내가 다스리고 있으니 정말 행복한 일이다.

24. 양자진을 막 떠나면서 교서랑 원 씨에게 부치다

위응물韋應物

친하고 사랑하는 이를 쓸쓸히 떠나
둥둥 배를 타고 안개 속으로 들어가는데,
돌아가는 배에는 낙양 사람이 타고 있고
잦아드는 종소리는 광릉의 나무를 맴돈다.
오늘 아침 여기서 헤어지면
어디에서 다시 만날 수 있으랴?
세상일은 파도 위의 배와 같으니
이리저리 다닐 뿐 어찌 멈춰 있을 수 있겠는가?

初發揚子寄元大校書[1)]

悽悽去親愛,[2)] 泛泛入煙霧.[3)]
歸棹洛陽人,[4)] 殘鐘廣陵樹.[5)]
今朝此爲別, 何處還相遇.[6)]
世事波上舟, 沿洄安得住.[7)]

[주석]

1) 發(발): 출발하다. 떠나다. 揚子(양자): 지금의 강소성 양주시 옆에 있는 강도江都의 포구를 가리킨다. 大(대): 친척 형제 중에서

만이를 말한다.

2) 悽悽(처처): 처량한 모양.

3) 泛泛(범범): 물에 둥둥 뜬 모양.

4) 歸棹(귀도): 돌아가는 노. 위응물이 타고 낙양으로 돌아가는 배를 말한다.

5) 廣陵(광릉): 양주의 옛 명칭이다.

6) 還(환): 다시.

7) 沿洄(연회): '연'은 물길을 따라 내려가는 것이고 '회'는 물길을 거슬러 올라가는 것이다. 이리저리 물길 따라 왔다 갔다 하는 것을 말한다. 安(안): 어찌.

[해설]

이 시는 위응물이 양주揚州의 포구를 떠나 낙양으로 돌아가면서 교서랑校書郞 관직을 맡은 적이 있는 원元 씨에게 부친 것이다. 원 씨가 누구인지는 알 수 없다. 교서랑은 조정의 비서성의 관직명으로 서적을 관리하고 교감하는 일을 하였으며 정구품상에 해당한다.

친하고 사랑하는 이와 헤어지게 되니 마음이 쓸쓸하다. 이제 배를 타고 가야 하는데 앞길은 자욱이 안개가 덮여 있다. 희뿌옇게 아무것도 보이지 않아 어디로 가야 할지 모르겠는 상황이 헤어짐으로 답답한 내 마음의 모습과 같다. 나는 낙양으로 가는 배에 타고 있지만, 헤어질 때 들린 종소리는 아직 광릉(양주)의 나무를 맴돌고 있어 귀에 들리는 듯하다. 내 몸은 비록 떠나가고 있지만 내 마음이 아직 양주에 머물고 있는 것과 같다. 아쉬움에 자꾸 뒤돌아보지만 종소리도 희미해지고 나루터도 안개 속에 사라져 희미해진다. 원 씨의 모습도 이제 보이질 않는다. 이제 헤어지면 언제 만날 수 있으려나? 세상의 일이란 물결을 떠다니는 배와 같아서 이리저리 다닐 수밖에 없으니 나 역시 한곳에 머물지 못하고 헤어질 수밖에 없다. 어찌하겠는가? 운명이 그러한 것을. 하지만 반대로 생각해보면 이리저리 다니다가 다시 만날 일도 있지 않겠는가? 세상일은 아무도 모른다. 그러니 너무 슬퍼하기만 할 건 아니다. 이 시를 받아 본 원 씨도 아쉬움 속에 일말의 위안을 받았을 것이다.

25. 전초산의 도사에게 부치다

위응물韋應物

오늘 아침 군수의 관사가 냉랭하여
산속에 있는 그 사람이 홀연 생각나는데,
골짜기 아래에서 땔감을 묶어
돌아와서는 백석을 굽고 있겠지.
술 한 바가지를 들고서
멀리 찾아가 비바람 부는 저녁을 위로하고 싶지만,
낙엽이 빈산에 가득할 테니
어디에서 그의 자취를 찾을까?

寄全椒山中道士

今朝郡齋冷,[1] 忽念山中客.
澗底束荊薪,[2] 歸來煮白石.[3]
欲持一瓢酒, 遠慰風雨夕.
落葉滿空山, 何處尋行迹.

[주석]

1) 郡齋(군재): 군을 다스리는 지방장관의 관사.

2) 荊薪(형신): 땔나무.

3) 煮白石(자백석): 백석을 굽다. 백석은 신선이 먹는 식량으로 이것을 먹으면 불로장생한다고 한다.

[해설]

이 시는 위응물이 전초산全椒山에 있는 도사에게 부친 것이다. 당시 위응물은 저주자사滁州刺史로 재임하고 있었으며, 전초산은 저주에 있는 산이다. 도사가 누구인지는 알려져 있지 않다.

날이 차가워져 위응물이 지내고 있는 관사에도 싸늘한 기운이 느껴지는데 문득 산에서 지내고 있을 도사가 생각난다. 아마도 그 도사는 위응물과 막역한 사이였으리라. 세속의 욕망을 끊고 자연 속에서 이리저리 다니며 유유자적하게 살아가는 사람이다. 하지만 날이 추워지니 잘 지내는지 걱정이 되기도 한다. 아마도 추위를 막으려고 땔감을 마련해 돌아와서는 따뜻한 불 속에서 백석을 구워 먹고 있을 것이다. 백석은 불로장생한다고 하는 신선의 음식이다. 아마도 실제 하얀 돌멩이일지도 모른다. 그렇게 지내고 있을 도사를 지금 당장이라도 찾아가서 스산한 저녁의 외로움을 달래고 싶다. 하지만 그가 있는 곳은 깊은 산속이라 낙엽으로 길을 찾지 못할 터이니 어떻게 찾아갈 것인가? 또 그는 자유로운 영혼이라 이리저리 다녀서 그가 어디 있을지 모르니 어떻게 그를 만날 것인가? 그저 잘 있겠거니 생각하며 나의 그리움을 홀로 달래며 이 시를 써서 보낸다. 하지만 이 시는 또 어떻게 전해줄 것인가? 언제 그가 이 시를 읽게 될까? 언제 또 그를 만날 수 있을까?

26. 장안에서 풍저를 만나다

위응물韋應物

나그네는 동쪽에서 왔기에
옷에 파릉의 빗물이 묻었는데,
뭣 때문에 왔냐고 나그네에게 물으니
산에서 나무하려고 도끼를 사러 왔다고 한다.
아득할 정도로 꽃이 한창 피었고
이리저리 나는 제비가 새로 알을 깠으니,
작년에 헤어지고 지금 이미 봄이 되었는데
살쩍에 흰 실이 몇 가닥 생겼나?

長安遇馮著

客從東方來, 衣上灞陵雨.
問客何爲來, 采山因買斧.[1]
冥冥花正開,[2] 颺颺燕新乳.[3]
昨別今已春, 鬢絲生幾縷.[4]

[주석]

1) 采山(채산): 산에 가서 땔나무를 하다.

2) 冥冥(명명): 분명하지 않은 모양. 여기서는 꽃이 뭉쳐서 한꺼번

에 많이 핀 모양을 가리킨다.

3) 颺颺(양양): 새가 이리저리 날아다니는 모양. 乳(유): 알을 낳다. 새끼를 까다.

4) 鬢絲(빈사): 살쩍의 흰 실. 살쩍의 흰 머리카락을 가리킨다. 幾縷(기루): 몇 가닥.

[해설]

이 시는 위응물이 장안에서 친구인 풍저馮著를 만나서 느낀 감회를 적은 것이다. 장안은 지금의 섬서성 서안시이다. 풍저는 광주자사廣州刺史 이면李勉의 막부에서 녹사참군錄事參軍을 지낸 적이 있으며 자세한 것은 알려져 있지 않다. 다만 위응물의 문집에 그와 관련된 시가 많이 남아 있어 두 사람은 상당히 친했던 것으로 보인다.

장안의 저잣거리에서 친구인 풍저를 만났다. 작년에 헤어지고 겨울을 지나 봄이 되어서 다시 만난 것이다. 친구는 장안의 동쪽에 있는 파릉에 살고 있는데 옷은 비로 젖어 있다. 하지만 전혀 개의치 않는 모습이다. 장안에 무슨 일로 왔냐고 물으니 땔나무를 하는데 도끼가 필요해서 사러 왔다고 한다. 주위를 둘러보니 꽃은 흐드러지게 피어 있고 제비도 새끼를 까고는 먹이를 구하느라 이리저리 날아다니고 있다. 바야흐로 봄이다. 오랜만에 친구를 만났으니 한잔하며 이런저런 이야기를 나누어야 할 터인데, 정작 보이는 것은 친구의 살쩍에 난 흰 머리카락이다.

친한 친구들끼리는 오래간만에 만나도 호들갑을 떨지 않는다. 그냥 어제 헤어진 양 평소 살던 이야기나 신변잡사를 말할 뿐이다. 감정의 격앙이 별로 없다. 하지만 친구의 흰 머리칼이 하나씩 보이고 주름이 하나씩 깊어지는 것을 보고는, 속절없이 흘러가는 세월 속에 무정하게 다시 찾아온 봄이 아쉽고 만감이 교차한다. 우리도 이제 늙어가는구나. 알게 모르게 삶의 고생이 많은가 보구나. 도끼도 팔지 않는 시골에서 직접 땔나무를 하며 살아가야 하니 얼마나 힘이 들겠는가? 지금 헤어지면 언제 다시 만날지 모르니 좋은 봄날 즐기며 두런두런 이야기나 나눠야 하리라.

27. 저녁에 우이현에서 머물다

위응물韋應物

돛을 내리고 회수의 마을에 머물기 위해
배를 멈추고 외딴 역참 가까이 갔는데,
넘실넘실 바람이 물결을 일으키고
어둑어둑 태양은 석양에 잠긴다.
사람들은 어두워진 산성으로 돌아가고
기러기는 하얀 갈대 섬에 내려앉는데,
홀로 밤에 장안 땅을 그리워하여
종소리를 들으며 잠 못 드는 나그네.

夕次盱眙縣[1]

落帆逗淮鎭,[2] 停舫臨孤驛.
浩浩風起波, 冥冥日沈夕.
人歸山郭暗, 雁下蘆洲白.
獨夜憶秦關,[3] 聽鐘未眠客.

[주석]

1) 次(차): 머물다.

2) 逗(두): 머물다. 淮鎭(회진): 회수의 마을. 회수는 장강 북쪽에서

동서로 흐르는 강이다.

3) 秦關(진관): 관중關中 지역. 여기서는 장안을 가리킨다. 진나라의 수도인 함양성이 장안 지역에 있었다.

[해설]

이 시는 위응물이 장안에서 강남으로 가다가 지금의 강소성에 있는 우이현盱眙縣에 정박하여 머물며 느낀 감회를 적은 것이다.

배를 타고 회수를 따라가던 도중 날이 저물어 정박하려고 한다. 여기는 어딘가? 조그마한 동네인 듯하다. 역참도 외따로 떨어져 있다. 간신히 그곳에 배를 대니 바람이 불어 물결이 넘실거리고 태양도 서쪽 산으로 넘어가 어둑어둑하다. 쓸쓸하고 을씨년스럽다. 북적이던 사람들도 어둑해지니 성안의 자기 집으로 돌아가고 하늘을 날아가던 기러기도 갈대가 많은 물가 섬에 내려앉아 휴식을 취한다. 사람들은 자신의 보금자리에서 가족들과 즐거운 시간을 갖겠지만 나는 저 기러기처럼 내일이면 또 떠나가야 한다. 사람들이 돌아간 저 성곽은 나와 아무 관련이 없어 어둑히 보일 뿐이고, 내 신세를 닮은 저 기러기가 있는 곳은 유난히 밝아 눈에 잘 들어온다. 내가 떠나온 장안을 그리워하기에 밤이 새도록 잠 못 들고 산사의 종소리만 듣는다.

28. 동쪽 교외

위응물韋應物

관아에서 일 년 내내 허리 굽히고 있다가
교외로 나오니 탁 트인 맑은 새벽인데,
버들은 온화한 바람에 흩날리고
푸른 산은 나의 근심을 달래준다.
나무 덤불에 기대서 마침 절로 쉬다가
계곡물을 따라서 또다시 가노라니,
부슬비가 향기로운 들판에 자욱하고
봄 비둘기가 어디선가 울어댄다.
그윽함을 즐기며 마음은 누차 머물고 싶지만
일을 해야 하니 발길은 도리어 빨라진다.
끝내는 관직을 그만두고 이곳에 오두막을 지을 테니
도연명을 사모하는 마음을 곧장 이룰 수 있으리라.

東郊

吏舍跼終年,[1] 出郊曠淸曙.[2]
楊柳散和風, 靑山澹吾慮.
依叢適自憩,[3] 緣澗還復去.
微雨靄芳原, 春鳩鳴何處.
樂幽心屢止, 遵事跡猶遽.[4]

終罷斯結廬,[5] 慕陶直可庶.[6]

[주석]

1) 吏舍(이사): 관원이 머무는 관사. 跼(국): 허리를 굽히다. 열심히 일하다. 終年(종년): 일 년 내내. 또는 한 해가 다하도록.

2) 淸曙(청서): 맑은 새벽.

3) 憩(게): 쉬다.

4) 遵事(준사): 일을 처리하다. 遽(거): 빠르다. 서두르다.

5) 罷(파): 관직을 그만두다. 斯(사): 이곳. 結廬(결려): 오두막을 엮다.

6) 可庶(가서): 거의 그렇게 될 수 있다. 거의 이룰 수 있다.

[해설]

이 시는 위응물이 관직 생활을 하다가 오랜만에 교외에 나가서 본 경물과 느낀 감회를 적은 것이다.

일 년 내내 공무를 처리하느라 관아에서 허리를 구부리고 일을 하였는데 모처럼 하루 쉬는 날을 만들어 교외로 나오니 상쾌한 아침 기운이 탁 트여 있다. 경치만 트인 것이 아니라 답답하던 마음도 뻥 뚫린 듯 시원하다. 봄이 와서 푸른 싹이 난 버들가지는 따뜻한 바람에 하늘하늘 흩날리고 푸른 산을 바라보니 근심이 사라져 마음이 담박해진다. 나무 덤불에 기대어 서 있자니 절로 쉬게 되고 계곡물을 따라가노라니 또 걷게 된다. 가랑비가 내리지만 오히려 들판의 향기로움이 짙어지고 비둘기가 짝을 찾는지 어디선가 소리를 낸다. 이러한 그윽함과 한갓짐을 얼마 만에 느껴보는 것인가? 이곳에 가면 이곳이 좋아 머물고 싶고 저곳에 가면 저곳이 즐거워 머물고 싶다. 하지만 관직에 매인 몸이라 얼른 들어가서 일을 해야 하니, 발걸음만 바삐 움직인다. 언제까지 이렇게 살아야 할 것인가? 옛날의 도연명은 관직을 버리고 일찌감치 전원으로 돌아가 오두막을 짓고 유유자적하게 살지 않았던가? 내가 그러한 도연명을 얼마나 부러워했는가? 나도 끝내는 관직을 그만두고 그와 같이 할 것이다. 그러면 내 꿈은 곧장 이루어질 것이다. 이렇게 다짐을 해보지만 다시 관아로 돌아가는 발걸음은 좀처럼 가벼워지지 않는다.

29. 양 씨 집으로 시집가는 딸을 보내다

위응물韋應物

오랫동안 한창 슬프다가
길을 나서는 걸 보니 또 막막한데,
딸이 오늘 시집을 가니
큰 장강을 가벼운 배로 거슬러 올라간다.
너희들은 참으로 의지할 이가 없었기에
어루만지고 신경 쓰며 더욱 자애롭고 부드럽게 대했지만,
막내는 맏이에 의해 길러졌기에
둘이 헤어지며 눈물을 그치지 못한다.
이런 모습을 보노라니 창자가 뒤틀리지만
마땅히 가야 하니 또 붙잡기가 어렵다.
어려서부터 어머니의 가르침이 없었기에
시어머니 모실 일이 내게 근심을 안기지만,
다행히 이렇게 훌륭한 집안에 맡기게 되니
사랑받고 동정받아 허물없기를 바란다.
가난과 검소는 진실로 내가 숭상하는 바이니
혼수가 어찌 두루 갖춰지길 기대하겠느냐?
효성과 공경으로 며느리의 도리를 따르고
용모와 행동거지에는 그 법도를 지켜야 한다.
오늘 새벽에 헤어지면
언제나 너를 볼 수 있을까?

처음에는 한가하게 지내며 스스로 달랠 수 있겠지만
홀연 그리움이 닥치면 추스르기 어렵겠지.
돌아와서 막내딸을 바라보니
떨어진 눈물이 관의 끈을 타고 흐른다.

送楊氏女

永日方慼慼,[1] 出行復悠悠.
女子今有行,[2] 大江泝輕舟.[3]
爾輩苦無恃,[4] 撫念益慈柔.
幼爲長所育,[5] 兩別泣不休.
對此結中腸, 義往難復留.[6]
自小闕內訓, 事姑貽我憂.[7]
賴茲托令門,[8] 仁恤庶無尤.
貧儉誠所尙, 資從豈待周.[9]
孝恭遵婦道, 容止順其猷.[10]
別離在今晨, 見爾當何秋.[11]
居閑始自遣, 臨感忽難收.
歸來視幼女, 零淚緣纓流.[12]

[주석]

1) 永日(영일): 오랫동안. 慼慼(척척): 애달픈 모양.

2) 有行(유행): 딸이 시집가는 것을 말한다.

3) 泝(소): 물길을 거슬러 올라가다.

4) 爾輩(이배): 너희들. 두 딸을 가리킨다. 無恃(무시): 믿는 이가 없다. 어머니가 죽은 것을 말한다.

5) 幼(유): 막내딸을 가리킨다. 長(장): 큰딸을 가리킨다.

6) 義往(의왕): 이치로 따지면 응당 가야 하는 것이다. 『예기禮記』에 "여자가 스무 살이 되면 시집을 가야 하는데 이치상 마땅히 가야 하는 것이다女子二十而嫁, 義當往也"라는 말이 있다.

7) 事姑(사고): 시어머니를 섬기다. 貽(이): 남기다.

8) 賴(뢰): 다행히. 令門(영문): 훌륭한 가문.

9) 資從(자종): 혼수품. 周(주): 두루 갖추다.

10) 容止(용지): 얼굴과 행동거지. 猷(유): 법도.

11) 何秋(하추): 어느 때. 어느 해.

12) 零淚(영루): 떨어지는 눈물. 纓(영): 관에 달린 끈.

[해설]

이 시는 위응물이 큰딸을 양 씨 집안으로 시집보내면서 느낀 감회를 적은 것이다. 위응물은 일찍 부인이 죽었으며 홀로 두 딸을 길렀는데, 지금 그 큰딸이 시집가게 되었다. 양 씨가 누구인지는 알려져 있지 않다.

결혼이 정해진 때부터 애달픈 감정이 있었는데 오늘 시집가는 걸 보게 되니 또 정신이 아득해진다. 어머니가 일찍 죽어 내가 특별히 신경 쓰면서 사랑과 부드러움으로 길렀으니 나의 정도 적지 않지만, 실제로 작은애는 큰애가 기른 것이나 다름없기에 두 자매의 정이 더 깊다. 헤어지면서 눈물이 그치질 않는다. 그런 모습을 보고 있자니 내 창자가 끊어지는 듯 아프지만, 여자가 장성하면 시집을 가야 하는 것이 도리이니 더 이상 집에 머물게 할 수도 없고 만류할 수도 없다. 어머니로부터 여인의 도리에 대한 가르침을 배우지 못하였기에 시집가서 시어른을 잘 모실지 걱정이 되기도 하지만, 그래도 훌륭한 집안으로 시집을 가게 되어 딸을 어엶으로 사랑해주고 불쌍히 여겨 도울 것이니 허물이 생기지는 않을 것이다. 그렇지만 며느리가 되어 효성과 공경으로 어른을 모시고 용모와 행동거지도 그 집안의 법도에 맞게 행동해야 할 것이다. 이제 헤어지면 언제 다시 볼 수 있을까? 처음에는 한가롭게 지내면서 아쉬운 마음을 달랠 수는 있겠지만 딸에 대한 그리움이 불쑥불쑥 찾아올 터인데 그때는 안타까움을 어찌할 수 없으리라. 큰딸을 보내고 다시 집으로 돌아오니 작은딸만 훌쩍이고 있다. 또 눈물이 난다.

30. 새벽에 초사의 사원에 가서 불경을 읽다

유종원柳宗元

우물물을 길어다가 시린 이를 닦은 뒤
마음을 맑게 하고 먼지 묻은 옷을 털고는,
한가로이 다라수잎에 쓰인 불경을 들고
걸어 나와 동쪽 방에서 읽는다.
참된 근원을 전혀 얻지 못하고서
세상 사람들은 망령된 자취를 좇고 있는데,
남겨진 말에서 깨칠 수 있기를 바라지만
본성을 수양하는 일이 어찌 완숙해지겠는가?
도인의 정원은 고요하고
이끼 빛은 깊은 대숲으로 이어져 있는데,
해가 뜨자 안개와 이슬이 넘치고
푸른 소나무는 기름 바르고 머리 감은 듯하다.
담담하게 언어의 굴레에서 벗어나
깨닫고는 기뻐하니 마음이 절로 충만하다.

晨詣超師院讀禪經[1)]

汲井漱寒齒,[2)] 淸心拂塵服.
閑持貝葉書,[3)] 步出東齋讀.
眞源了無取,[4)] 妄跡世所逐.

遺言冀可冥,[5] 繕性何由熟.[6]

道人庭宇靜, 苔色連深竹.

日出霧露餘, 青松如膏沐.[7]

澹然離言說, 悟悅心自足.[8]

[주석]

1) 詣(예): 가다. 禪經(선경): 불경.

2) 漱(수): 양치질하다. 寒齒(한치): 시린 이.

3) 貝葉書(패엽서): '패엽'은 다라수라는 나무의 잎을 말한다. 옛날에는 불경을 이 나무의 잎에 썼기에 후에 불경을 가리키는 말로 사용하였다.

4) 了(료): 전혀.

5) 遺言(유언): 남겨진 말. 불경에 있는 말을 가리킨다. 冥(명): 은연중에 깨치다.

6) 繕性(선성): 본성을 수양하다.

7) 膏沐(고목): 기름을 바르고 머리를 감다. 반들반들한 모양을 말한다.

8) 悟悅(오열): 도를 깨치고 즐거워하다.

[해설]

이 시는 유종원이 새벽에 초사超師의 절에 가서 불경을 읽고 난 느낌을 적은 것이다. 초사는 법명에 '초超'가 들어가는 스님이며, '사師'는 스님의 존칭이다. 초사의 절이 어디 있는지는 알 수 없지만 대체로 유종원이 폄적되어 간 영주에 있었던 것으로 추정한다.

새벽에 일어나 맑은 우물물을 길어서 이를 닦고 정신을 차린다. 찬물로 이를 닦는 것은 도를 닦거나 참선하는 이가 제일 먼저 하는 일이다. 옷의 먼지를 털어 정갈하게 입고는 불경을 가져다가 동쪽 방에서 아침 햇살을 받으며 읽어 내려간다. 세속의 사람들은 불도의 참된 근원을 알지 못하고 망령된 것을 추구하고 있는데, 그들은 불경을 읽어서 그 이치를 깨치려고 하고 이를 통해 본성이 수양될 수 있다고 믿고 있다. 하지만 그렇지 않다. 유종원 자신도 지금 불경을 읽고 있지만 그 이치는 책을 통해서 얻을 수 있는 것이 아니다. 자신의 본성을 수양하여 원숙한 경지에 올라가야 깨칠 수 있는 것이다. 지금 이곳의 정원은 고요하다. 푸른 이끼 빛이 무성한 대나무 숲 속으로 이어져 있다. 해가 뜬다. 안개와 이슬이 축축이 내린다. 푸른 소나무가 반짝반짝 깨끗이 빛난다. 아, 이것이구나. 부처의 도는 경전의 말로 이해될 수 있는 것이 아니고 말로 전할 수 있는 것도 아니다. 나는 오늘 초사가 머물고 있는 고즈넉한 분위기의 사원에서 새벽의 명상을 통해 그 이치를 깨달았다. 기쁘다. 가슴이 충만해온다.

31. 시냇가에 살다

유종원柳宗元

오래도록 비녀와 인끈에 묶여 있다가
다행히도 이곳 남쪽 변방으로 폄적되어 와서,
한가로이 농사짓는 이웃에 의지하니
뜻밖에도 산림 속의 은자와 비슷하구나.
새벽에는 밭을 갈며 이슬 젖은 풀을 뒤엎고
밤에는 배를 저으며 시냇가 바위를 울리는데,
왔다 갔다 해도 사람을 만나지 않고
길게 노래하노라니 초 땅의 하늘이 푸르구나.

溪居

久爲簪組束,[1] 幸此南夷謫.[2]
閒依農圃鄰,[3] 偶似山林客.
曉耕翻露草, 夜榜響溪石.[4]
來往不逢人, 長歌楚天碧.

[주석]

1) 簪組(잠조): 비녀와 인끈. 비녀는 관모를 고정하는 것이고 인끈은 관인을 매다는 줄이다. 여기서는 중앙 관직을 의미한다.

2) 南夷(남이): 남쪽 오랑캐 지역. 영주를 가리킨다.

3) 農圃(농포): 농가.

4) 榜(방): 배를 젓다. 밤에 물고기를 잡는 것이다.

[해설]

이 시는 유종원이 영주永州로 폄적된 뒤 우계愚溪에 머물면서 느낀 감회를 적은 것이다. 유종원은 장안에서 시어사侍御史로 있으면서 왕숙문王叔文의 혁신운동에 참여했다가 실패한 뒤 영주사마永州司馬로 좌천되었다. 그곳에서 좌천의 울분을 토로하기도 했지만 한적한 삶을 살면서 그 마음을 달래기도 하였다.

오랫동안 관직에 얽매여 있다가 남쪽 변방으로 폄적되었다. 다행이다. 이웃에는 그저 농사짓는 이들뿐이니 마치 산림 속에 은거하는 은자가 된 것 같다. 사마라는 관직을 맡고 있기는 하지만 업무는 없다. 그저 새벽에는 밭을 갈고 밤에는 배 타고 낚시하는 일이 전부이다. 그러니 완전히 은자와 같은 셈이다. 이리저리 왔다 갔다 해도 만나는 사람은 없다. 그만큼 사람이 드물기도 하려니와 번다한 세속의 일을 물어보는 사람이 없다는 것이다. 그저 푸른 하늘만 바라보며 한가로이 노래할 뿐이다.

유종원이 폄적되어 간 영주는 중국 남쪽의 변방이다. 열대의 더운 기운 때문에 건강을 유지하기도 힘들다. 외롭고 힘든 곳에서 그는 낙천적인 생활을 영위하고 있다. 은자와 같은 생활을 할 수 있어 '다행이다'라고 생각하고 있다. 그렇게 유종원은 영주에서 10년을 살았다.

【악부樂府】

32. 변새 위에서의 노래

왕창령王昌齡

매미 우는 텅 빈 뽕나무 숲
팔월 소관의 길,
변방을 나가고 변방을 들어가는 곳의 쌀쌀함
곳곳에는 누런 갈대잎.
예로부터 유주와 병주의 나그네들
모두 먼지 날리는 길을 함께하였지만,
흉내 내지 마라, 그 협객들
자류마가 좋다고 자랑한 걸.

塞上曲

蟬鳴空桑林, 八月蕭關道.
出塞入塞寒, 處處黃蘆草.
從來幽幷客,[1] 皆共塵沙路.
莫學游俠兒, 矜誇紫騮好.[2]

[주석]

1) 幽幷(유병): 유주幽州와 병주幷州. 유주는 지금의 하북성 북부와

요녕성 일대에 있었고 병주는 지금의 하북성 중부와 산서성 중부에 있었는데, 두 고을 모두 옛날 변방의 요충지였으며 용감한 협객이 많은 것으로 유명하였다.

2) 矜誇(긍과): 자랑하다. 紫騮(자류): 좋은 말의 이름이다.

[해설]

이 시는 왕창령이 변방의 요새에서 느낀 감회를 적은 것이다. 당시 현종은 막강한 경제력을 바탕으로 영토 확장에 노력했으며 많은 문인들이 변방으로 나가 공을 세우려고 했다. 왕창령도 젊었을 때 그런 경험이 있어 이를 토대로 다양한 변새시邊塞詩를 지었다. 이 시의 제목은 「변새 아래에서의 노래塞下曲」로 되어 있기도 하다.

때는 음력 8월이니 한가을이다. 장소는 지금의 감숙성 고원현固原縣 남동쪽에 있던 소관蕭關이라는 관문이다. 이미 누에 농사는 끝이 나서 뽕나무밭에는 아무도 없고 잎도 다 떨어져 황량하다. 그저 곧 죽음을 앞두고 있는 매미 소리만 가득할 뿐이고 갈대잎도 시들어 누렇다. 예로부터 유주와 병주의 협객들은 용맹하다고 이름이 났으며 저마다 공을 세우려고 이리저리 먼지 날리는 길을 함께 달렸다. 나도 오늘날 그들처럼 이렇게 변방에서 전쟁에 참여하고 있지만 그 삶은 녹록지 않다. 춥고 배고프며 언제 죽을지 모르기 때문이다. 고향의 가족들이 생각난다. 이곳은 예전에 협객들이 자신들의 좋은 말을 자랑하면서 호방하게 떠들썩했던 그런 낭만과는 거리가 멀다.

33. 변새 아래에서의 노래

왕창령王昌齡

말에게 물을 먹이고 가을 물을 건너니
물은 차갑고 바람은 칼날과 같은데,
넓은 사막에는 아직 해가 지지 않았고
가물가물 임조가 보인다.
옛날 만리장성의 전쟁에서
의기가 높다고 모두들 말했는데,
예나 지금이나 누런 먼지 많고
백골이 쑥대밭에 어지럽다.

塞下曲

飮馬度秋水,[1] 水寒風似刀.
平沙日未沒, 黯黯見臨洮.[2]
昔日長城戰, 咸言意氣高.
黃塵足今古,[3] 白骨亂蓬蒿.[4]

[주석]

1) 飮馬(음마): 말에게 물을 먹이다. 度(도): 강을 건너가다.

2) 黯黯(암암): 어두워서 잘 보이지 않는 모양. 臨洮(임조): 지금의

감숙성甘肅省 민현岷縣으로, 진시황이 세운 만리장성이 시작되는 곳이다.

3) 足(족): 많다.

4) 蓬蒿(봉호): 쑥. 황폐한 곳을 상징한다.

[해설]

이 시는 앞의 시와 마찬가지로 왕창령이 변방의 요새에서 느낀 감회를 적은 것이다. 시의 제목이 「임조를 바라보다望臨洮」로 된 곳도 있다.

말을 타고 변방을 나섰는데 말에게 물을 먹이고 가을 물을 건넌다. 물은 차갑기만 하고 바람은 칼날 같다. 날이 아직 저물지 않았건만 이리도 춥다. 아직 얼마나 더 가야 하나? 임조성은 까마득히 보일 뿐이다. 임조성은 어떤 곳인가? 진시황의 만리장성이 이곳에서부터 시작되었고, 예로부터 전쟁이 많았던 곳이다. 당시에는 그 병사들의 의기가 높다고 칭송했지만 그 결과 어떠한가? 모두 백골이 되어 풀숲에서 나뒹굴고 있지 않은가? 나도 곧 저렇게 되겠지. 전쟁은 낭만이 아니라 실제이며, 우리에게 죽음을 안겨다 줄 뿐이다.

34. 관문의 산에 뜬 달

이백李白

밝은 달이 천산에서 떠올라
아득한 구름바다 사이에 있고,
긴 바람은 몇만 리인가?
옥문관을 불며 지나간다.
한나라 병사는 백등의 길로 갔고
오랑캐는 청해만을 엿보았으니,
예로부터 정벌 전쟁이 있었던 곳이라
살아 돌아간 이를 보지 못하였다.
수자리 사는 이가 변방의 풍경 바라보며
돌아가고 싶어서 얼굴엔 고통이 가득한데,
고향의 높은 누대에서는 이런 밤이 되면
탄식 소리가 응당 그치지 않으리라.

關山月

明月出天山, 蒼茫雲海間.[1]
長風幾萬里, 吹度玉門關.[2]
漢下白登道,[3] 胡窺青海灣.[4]
由來征戰地, 不見有人還.
戍客望邊邑,[5] 思歸多苦顏.

高樓當此夜,[6] 嘆息未應閑.[7]

[주석]

1) 蒼茫(창망): 아득한 모양.
2) 玉門關(옥문관): 서한 때 설치한 관문으로 지금의 감숙성 돈황현敦煌縣 북서쪽에 있다.
3) 白登(백등): 지금의 산서성 대동大同에 있는 산의 이름. 한나라 유방이 이곳에서 흉노에게 포위된 적이 있었다.
4) 青海灣(청해만): 지금의 청해성 북동부에 있는 호수를 가리킨다.
5) 戍客(수객): 변방에서 수자리 사는 병사. 고향을 떠나왔기 때문에 '객'이라고 하였다.
6) 高樓(고루): 높은 누대. 고향집의 여인이 거처하는 곳을 가리킨다.
7) 閑(한): 그치다.

[해설]

이 시는 이백이 변방의 산에 뜬 달을 보고 느낀 감회를 적은 것이다. 이백이 변방으로 종군한 적이 없기 때문에 가상해서 적은 것으로 보인다. 혹 안녹산의 난이 나기 이전에 태원 지역을 유람하며 지었을 수는 있다.

밝은 달이 천산에서 떠올라 운해 속에 잠겨 있다. 천산이 어디인가? 지금의 신강자치구 중부에 있으며, 장안에서 서쪽으로

8천여 리 떨어져 있다. 한나라 때 이사장군貳師將軍 이광리李廣利와 흉노족의 우현왕右賢王이 여기서 싸웠다고 한다. 달이 동쪽의 천산에서 뜨고 있으니 시적 화자는 천산보다도 더 서쪽으로 온 셈이다. 바람은 황량한 대지를 불어 지나가는데 서역으로 나가는 관문인 옥문관으로부터 몇만 리나 불어오는 것 같다. 옛날 한나라 고조 유방은 백등산에서 흉노에게 포위되었던 적이 있었고, 흉노는 청해만을 호시탐탐 노리고 침략하였던 곳이다. 그렇게 예로부터 정벌 전쟁이 많았는데 일찍이 살아서 돌아왔다는 이를 본 적이 없다. 이런 곳으로 끌려와 수자리를 살고 있자니 그저 고향 생각만 날 뿐이다. 고향 식구들, 특히 아내는 아마도 둥근 달을 바라보며 날 생각하고 있을 것이다. 언제 돌아올지, 살아 있는지, 밥은 먹고 지내는지, 춥지는 않은지, 걱정 근심으로 탄식 소리가 끊이지 않을 것이다.

이곳에 나오는 지명들은 모두 동서로 멀리 떨어져 있기에 실질적인 지형을 설명해주는 것은 아니다. 다만 옛날부터 전쟁이 많았던 상징적인 곳을 언급할 뿐이니 시의 내용은 상상에 의한 것이지만, 변방에서 고생하는 이의 애달픈 심정은 사실일 것이다.

35. 자야가 부르는 오 땅의 노래

이백李白

장안의 조각달
수많은 집의 다듬이 소리.
가을바람이 끝없이 부는데
모두가 옥문관을 생각한다.
어느 때에 오랑캐를 평정하여
낭군께서는 먼 출정을 끝낼까?

子夜吳歌

長安一片月， 萬戶擣衣聲.[1]
秋風吹不盡， 總是玉關情.[2]
何日平胡虜,[3] 良人罷遠征.

[주석]

1) 擣衣(도의): 옷을 다듬이질하다.
2) 玉關情(옥관정): 옥문관玉門關을 생각하는 마음. 옥문관은 서한 때 설치한 관문으로 지금의 감숙성 돈황현敦煌縣 북서쪽에 있다.
3) 胡虜(호로): 오랑캐. 변방 이민족을 가리킨다.

[해설]

이 시는 이백이 변방으로 나간 남편이 돌아오기를 기원하는 여인의 심정을 읊은 것이다. '자야子夜'는 진晉나라의 여자 가수 이름이다. 구성진 노래를 잘 불렀는데 그가 부른 노래를 「자야가」라고 하였다. 그 이후로 여러 문인들이 비슷한 내용의 시를 지었는데 특히 오 땅의 가락에 붙여 부른 노래를 「자야오가」라고 하였다. 이백도 이러한 제목으로 시를 네 수 지었으며, 마침 봄, 여름, 가을, 겨울 네 계절을 읊었기에 「자야사시가」라고 불리기도 한다. 이 시는 그중 세번째로 가을을 읊은 것이다.

장안에 조각달이 떴다. 손톱달이라고도 하는데 웬지 이 달이 초저녁에 보이면 멀리 떨어져 있는 누군가가 문득 생각이 난다. 그리고 장안의 만 가구나 되는 모든 집에서 다듬이 소리가 들린다. 가을바람이 소슬하게 끊임없이 불어오고 이른 추위가 옷섶을 파고든다. 곧 추운 겨울이 닥칠 것인데 모두 겨울옷을 만들고 있는 중이다. 하지만 자신의 옷이 아니다. 바로 북방 먼 곳에 있는 옥문관으로 오랑캐 정벌을 나간 낭군이 입을 옷이다. 객지에서 잘 먹지도 잘 자지도 못하며 고생할 터인데 추운 겨울이 오면 더욱더 고생할 것이다. 그래서 따뜻하게 지내라고 옷을 만들고 있다. 곧 원정이 끝나고 돌아오기를 바라는 마음을 모아서.

짧은 시이지만 멀리 떠나가서 고생하고 있을 남편을 그리워하고 걱정하는 여인의 마음이 절절하게 느껴진다. 전쟁으로 고생하는 남편을 걱정하는 여인의 마음을 잘 표현하였는데, 비록 자신의 일은 아니지만 백성들의 고통이고 이웃의 아픔이기에 이백은 이렇게 진심으로 노래하였다.

36. 장간 마을의 노래

이백李白

제 머리카락이 처음 이마를 덮었을 때
꽃을 꺾으며 문 앞에서 놀았지요.
낭군은 대나무말을 타고 와서는
우물 난간 주위에서 푸른 매실을 가지고 놀면서,
장간 마을에서 함께 지냈는데
둘 다 어려서 의심하거나 꺼림이 없었지요.
열네 살에 그대의 아내가 되었을 때
부끄러워 얼굴에 미소 한 번 띠지 못하고,
고개 숙이고 어두운 벽만 바라본 채
천 번을 불러도 한 번도 돌아보지 못했지요.
열다섯 살에 비로소 미간을 폈으니
먼지와 재처럼 함께 있기를 원했지요.
언제나 우직한 믿음이 있었으니
어찌 망부대에 오르리라 생각했겠습니까?
열여섯 살에 그대가 멀리 떠나
구당협의 염예퇴로 가셨는데,
그곳엔 오월이 되면 가까이 갈 수도 없으며
원숭이 울음소리는 하늘 위까지 애처롭다지요.
문 앞을 서성이던 발자국에는
하나하나에 푸른 이끼가 끼었는데,

이끼가 두터워 쓸어내지도 못한 채
이른 가을바람에 낙엽이 떨어졌지요.
팔월에 노랑나비가
서쪽 정원의 풀 위로 쌍쌍이 날아드는데,
이를 보자니 제 마음이 상하여
붉던 얼굴이 늙어감을 근심하지요.
언제라도 삼파 지방을 떠나실 때
미리 편지를 보내 집에 기별을 주시면,
그대를 맞이함에 길이 멀다 말하지 않고
곧바로 장풍사까지 가겠어요.

長干行

妾髮初覆額, 折花門前劇.
郎騎竹馬來, 遶牀弄靑梅.
同居長干里, 兩小無嫌猜.[1)]
十四爲君婦, 羞顔未嘗開.[2)]
低頭向暗壁, 千喚不一回.
十五始展眉,[3)] 願同塵與灰.[4)]
常存抱柱信,[5)] 豈上望夫臺.
十六君遠行, 瞿塘灩澦堆.[6)]
五月不可觸, 猿聲天上哀.
門前遲行跡,[7)] 一一生綠苔.
苔深不能掃, 落葉秋風早.

八月胡蝶黃, 雙飛西園草.
感此傷妾心, 坐愁紅顔老.
早晩下三巴,[8] 預將書報家.[9]
相迎不道遠,[10] 直至長風沙.[11]

[주석]

1) 無嫌猜(무혐시): 미워하고 시기하는 마음이 없다. 서로 사이가 좋다는 말이다.
2) 開(개): 얼굴을 펴다. 기쁜 표정을 짓는 것을 말한다.
3) 展眉(전미): 미간을 펴다. 기뻐하는 모습이다.
4) 同塵與灰(동진여회): 먼지와 재와 같다. 먼지나 재가 한데 엉겨 있듯이 두 사람이 함께 지내는 것을 말한다. 이와 달리 죽어서 먼지와 재가 될 때까지 같이 있는다는 뜻으로 풀이하기도 한다.
5) 抱柱信(포주신): 기둥을 끌어안고 기다리는 우직한 믿음. 미생尾生이란 자가 여자와 다리 아래에서 만나기로 약속하였는데 여자가 오지 않았다. 마침 강물이 불어났는데도 그녀를 기다리기 위해 그곳을 떠나지 않고 기둥을 끌어안고 있다가 결국 죽었다고 한다.
6) 灩澦堆(염예퇴): 장강 삼협 중 하나인 구당협의 입구에 있는 바위로 그 부근에는 물살이 아주 세서 통과하기 무척 어렵다. 한여름인 음력 5월이면 물이 불어나서 물살이 거셀 뿐만 아니라 염예퇴가 물에 잠겨 보이지 않기 때문에 배를 타고 가는 것이

매우 위험하다.

7) 遲行跡(지행적): 머뭇거리던 자취. 옛날 남편과 헤어지며 못내 돌아서지 못하고 서성이던 자취를 말한다.

8) 早晩(조만): 언제나. 또는 조만간. 三巴(삼파): 파군巴郡, 파동巴東, 파서巴西를 아울러 부르는 이름으로 구당협의 하류에 있다.

9) 將書(장서): 편지로써.

10) 不道遠(불도원): 멀다고 말하지 않는다. 길이 멀다고 여기지 않는다는 말이다.

11) 長風沙(장풍사): 지금의 안휘성 안경시安慶市 동쪽 장강長江 가에 있으며, 장간에서 서쪽으로 7백여 리 떨어져 있다.

[해설]

이 시는 이백이 장간長干 마을에 사는 여인의 삶을 적은 것으로, 어릴 때부터 알고 지내던 남자와 결혼하였는데 멀리 떠나 있어 그리워하는 마음을 읊었다. '장간'은 지금의 강소성 남경시 남쪽에 있던 마을 이름이다.

어릴 적 머리카락이 이마를 덮을 때부터 나는 꽃을 꺾으며 놀았고 낭군은 죽마를 타고 매실을 가지고 놀면서 서로 스스럼없이 지냈다. 그러다가 열네 살이 되면서 결혼한 뒤로는 오히려 수줍어하며 쳐다보지도 못했으며 한 해가 지나고서야 비로소 얼굴을 편 채 미소를 띠기 시작했고 먼지와 재처럼 항상 붙어 지내기를 원했다. 그리고 항상 같이 지내겠다는 우직한 믿음을 가지고 있었는데 헤어져서 남편을 그리워하는 신세가 될 줄 어찌 꿈에라도 생각했겠는가? 이제야 비로소 사이좋게 살아보려고 했는데 남편은 구당협의 염예퇴로 갔다. 그곳은 장강 중에서도 물살이 험하기로 유명하여 5월이 되면 염예퇴의 바위에 배가 부딪힐까 봐 함부로 배를 운행하지 않는 곳이다. 예전에 헤어지면서 못내 돌아서지 못하고 서성이던 발자국에는 이제 이끼가 꼈으며, 그 이끼가 또 많아 쓸 수도 없을 정도가 되었고 그 위로 낙엽이 지게 되었다. 정원에 나비는 쌍쌍이 날아다니건만 이를 보자니 내 신세가 처량할 뿐이고, 붉게 홍조를 띠던 얼굴이 늙어가는 것을 한탄할 뿐이다. 지금 계신 곳에서 출발하실 때가 되면 반드시 미리 집으로 편지를 보내주세요. 그러면 그때부터 곧장 7백 리 떨어진 장풍사까지 마중을 나가겠어요. 한시라도 빨리 그대의 얼굴을 보고 싶어요.

37. 열녀의 노래

맹교孟郊

오동나무는 서로 의지하며 늙어가고
원앙은 반드시 암수가 함께 죽는데,
정절의 여인은 남편 따라 죽는 것을 귀하게 여기니
생명을 버리는 것이 또한 이들과 같다.
물결이 일어나지 않을 것을 맹세하나니
제 마음은 오래된 우물물이에요.

列女操[1]

梧桐相待老, 鴛鴦會雙死.
貞婦貴徇夫,[2] 捨生亦如此.
波瀾誓不起, 妾心古井水.

[주석]

1) 操(조): 금琴을 연주하며 부르는 노래이다.

2) 徇夫(순부): 남편을 따라 죽는 것을 말한다.

[해설]

이 시는 맹교가 열녀의 정절을 칭송한 노래이다.

오동나무도 암나무와 수나무가 있는데 서로 의지하여 늙어가고 원앙도 사이좋게 살다가 죽을 때 같이 죽는다. 하물며 식물이나 동물도 그러한데 사람이 그만 못하면 되겠는가? 정절을 가지고 있는 여인은 남편이 죽으면 같이 죽는 법이다. 맹세하노니 저의 마음은 물결이 전혀 일지 않는 오래된 우물물입니다. 여인의 마음에는 전혀 일말의 동요도 일지 않을 것이다. 일편단심 남편을 위한 마음뿐이다.

맹교가 이 시를 지은 이유는 무엇일까? 정절이 뛰어난 어떤 여인을 새로 알게 된 것일까? 그러기에는 그 여인에 대한 구체적인 내용이 부족하다. 맹교는 열심히 공부했지만 관직에 오르지 못하고 곤궁하게 살았다. 그러다 보니 권세가에게 허리를 굽히고 아부하여 자신의 영달을 얻는 세태 속에서 자신도 유혹을 받았을 것이다. 쉽고 편하게 살 수 있는 방법을 모색할 수도 있었겠지만 맹교는 끝까지 세상과 타협하지 않고 자신의 길을 걸어갔다. 비록 춥고 배가 고프고 고생스럽더라도. 이런 그의 의지를 이 시를 통해 표현하고자 했을 것이다.

38. 길 떠나는 아들에 관한 노래

맹교孟郊

자애로운 어머니 손안의 실이
길 떠나는 아들이 입을 옷이 된다.
떠날 때가 되어서 촘촘히 깁는데
늦게 돌아올까 걱정해서이지.
누가 말하는가? 한 치 풀의 마음이
봄날 햇볕에 보답할 수 있다고.

游子吟

慈母手中線,[1] 游子身上衣.
臨行密密縫, 意恐遲遲歸.
誰言寸草心, 報得三春暉.[2]

[주석]

1) 線(선): 실을 가리킨다.

2) 三春暉(삼춘휘): 봄 석 달의 햇볕.

[해설]

이 시는 맹교가 먼 길을 떠나가는 아들의 옷을 만들어주는 어머니의 마음을 읊은 것이다.

사랑이 깊은 어머니의 손에 바늘과 실이 들려 있다. 곧 먼 길을 떠나갈 아들이 입을 옷을 만들기 위해서이다. 이제 곧 아들이 떠나갈 터인데 한 땀 한 땀 뜨며 튼튼하게 옷을 만든다. 혹 여정이 길어지면 옷이 해어질까 봐 걱정이 되어서이다. 이렇듯 어머니의 사랑은 치밀하고 끝이 없다. 봄이 되어 햇볕이 내리쬐면 풀이 파릇파릇 자란다. 그 풀이 아무리 자라난들 햇볕의 은혜에 어찌 보답할 수 있겠는가? 그렇듯 아들이 아무리 마음을 쓴다고 한들 봄 햇살처럼 한없이 따사롭고 소중한 어머니의 은혜에는 온전히 보답할 수 없는 법이다.

권 2

칠언고시七言古詩

39. 유주대에 올라서 부르는 노래

진자앙陳子昂

앞으로는 옛사람이 보이지 않고
뒤로는 오는 사람이 보이지 않는다.
천지의 아득함을 생각하노라니
홀로 처량해져 눈물이 흐른다.

登幽州臺歌

前不見古人, 後不見來者.
念天地之悠悠,[1] 獨愴然而涕下.[2]

[주석]

1) 悠悠(유유): 아득한 모양.

2) 愴然(창연): 처량한 모양.

[해설]

이 시는 진자앙이 지금의 북경 근처에 있던 유주대幽州臺에 올라 느낀 감회를 적은 것이다. 유주는 지금의 하북성과 요녕성 일대로 당나라 때는 변경 지역이었다. 만세통천萬歲通天 원년(696) 무측천이 건안왕建安王 무유의武攸宜에게 거란을 정벌할 것을 명하였고 진자앙은 우습유右拾遺로서 무유의를 보좌했는데, 그 당시 지은 것으로 보인다. 유주대는 황금대黃金臺라고도 하고 계북루薊北樓라고도 한다. 전국시대 연燕나라 소왕昭王이 이곳에다가 황금을 쌓아두고 천하의 인재를 초빙했다고 한다.

진자앙이 유주대에 올라가보니 광활한 대지가 펼쳐져 있다. 앞을 봐도 사람이 없고 뒤를 봐도 사람이 없다. 이 광활한 천지에 홀로 있다고 생각하니 그저 처량해져 눈물만 나온다. 그러나 이 시에서 말한 앞뒤는 공간적인 개념이 아니라 시간적인 개념이다. 첫 구에서 '옛사람'이라고 하였기 때문이다. 누구인가? 바로 연 소왕을 말한다. 그리고 연 소왕의 초청을 받아 모인 천하의 인재를 말한다. 그런데 지금 이 순간 그들은 보이지 않는다. 그리고 앞으로도 이렇게 모일 천하의 인재가 있을 것 같지도 않다. 무슨 일일까? 당시 진자앙은 자신을 선봉으로 세워줄 것을 요구하는 글을 올렸지만 채택되지 않았다. 공을 세우려고 갔지만 정작 그럴 기회를 얻지 못했으며, 자신의 재능을 인정받지 못했다. 결국 공을 세우지 못한 채 실의하여 눈물을 흘렸던 것이다.

이와 달리 이 시는 광활한 천지에서 외로운 인간의 절대적인 고독을 슬퍼한 것일 수도 있다. 옛날 자신이 본받고자 하는 사람들도 지금 존재하지 않고, 훗날 자신의 뜻을 기억하며 받들어줄 사람도 존재하지 않을 것 같다. 현재의 이 광활한 우주에 나의 뜻을 알아주는 사람은 하나도 없다. 우주가 존재했던 장구한 세월과 천지가 있는 광활한 공간 속에서 인간은 한낱 잠시 머물다 떠나가는 하찮은 존재에 불과하다. 이곳 유주대에서 홀로 바라보는 광활한 천지 속에서 그걸 실감할 수 있다. 그러니 어찌하겠는가? 그저 슬퍼하며 눈물만 흘릴 뿐이다.

40. 옛 시의 뜻을 읊다

이기李頎

사내대장부가 원정에 종사하느라
젊어서 유주의 나그네가 되어,
말발굽 아래에서 승부를 가르느라
여태까지 일곱 자 몸을 가벼이 여겼으니,
사람을 죽이면 감히 앞으로 다가오는 이가 없었고
수염이 고슴도치 털처럼 곤두섰지.
누런 구름의 언덕 아래에 흰 눈이 날리지만
임금의 은혜에 보답하지 못해 돌아갈 수 없구나.
요동 땅의 어린 여인은 열다섯 살인데
비파를 잘 타고 노래와 춤도 능숙하여,
지금 강족의 피리로 「출새곡」을 연주하니
우리 삼군의 병사들을 비 오듯 눈물 흘리게 한다.

古意[1)]

男兒事長征，少小幽燕客.[2)]
賭勝馬蹄下,[3)] 由來輕七尺.[4)]
殺人莫敢前，鬚如蝟毛磔.[5)]
黃雲隴底白雪飛,[6)] 未得報恩不能歸.
遼東小婦年十五,[7)] 慣彈琵琶解歌舞.[8)]

今爲羌笛出塞聲,[9] 使我三軍淚如雨.[10]

[주석]

1) 古意(고의): 옛 시의 내용과 형식을 빌려 시인의 뜻을 표현하는 시를 말한다.

2) 少小(소소): 어릴 적. 또는 젊었을 때. 幽燕客(유연객): 유주와 연 땅을 떠도는 나그네. 유주와 연 땅은 지금의 북경시 인근의 지역으로 당나라 때는 북동쪽 변방이었다. 여기서는 변방의 전쟁에 동원된 병사를 가리킨다.

3) 賭勝(도승): 승부를 겨루다.

4) 七尺(칠척): 보통 체격을 가진 자신의 몸을 가리킨다.

5) 蝟毛(위모): 고슴도치 털. 磔(책): 펼치다.

6) 黃雲(황운): 누런 구름. 변방의 흙먼지가 낀 구름을 말한다. 隴底(농저): 언덕 아래. 白雪(백설): 백운白雲으로 된 데도 있다.

7) 遼東(요동): 지금의 요녕성 동부. 북동쪽 변방 지역이다.

8) 慣(관): 익숙하다. 解(해): 할 줄 알다.

9) 羌笛(강적): 강족의 피리. 강족은 변방 이민족의 이름이다. 出塞聲(출새성): 피리 곡 중 「변새를 나서며 부르는 노래出塞曲」를 말한다. 변방에서 종군하는 이들의 고통을 표현한 곡이다.

10) 三軍(삼군): 중군中軍, 상군上軍, 하군下軍으로 이루어진 군대의 편제를 의미하며, 대체로 군대 전체를 가리킨다.

[해설]

이 시는 이기가 옛 시의 뜻을 이어받아서 지은 것이다. 여기서 말하는 옛 시는 「고시십구수古詩十九首」를 말하는데 대체로 사람의 솔직한 감정을 담박한 표현으로 서술한 시들이다. 이 시에서는 변방으로 출정 나온 이들의 모습과 고향을 그리워하는 마음을 표현했다.

사내대장부라면 변방으로 출정하여 공을 세운 뒤 개선가를 높이 부르며 돌아가야 하는 법이다. 그래서 젊어서부터 북동쪽 변방의 유주로 나왔다. 말을 타고 전쟁을 치르느라 이 한 몸 아끼지 않았으니, 고슴도치 털처럼 수염을 펼친 채 노기를 띠면 그 어떤 적도 감히 앞으로 나오려 하지 않았다. 하지만 아직 임금님 은혜를 갚을 만한 공을 세우지 못한 채 이곳에는 흰 눈이 펄펄 내리는 겨울이 되었다. 현지에 사는 어린 여인은 가무와 악기 연주에 능숙한데 그 여인이 피리로 연주하는 변방의 노래를 듣노라니 온 군대의 병사들이 모두 눈물을 멈추지 못한다. 변방에서 전쟁으로 고생하는 이들의 마음은 모두 똑같다. 이 고생을 끝내고 얼른 집으로 가고 싶다.

41. 진장보를 보내다

이기李頎

사월 남풍에 보리가 누레지고
대추꽃은 아직 떨어지지 않았고 오동잎은 길어지는데,
푸른 산에서 아침에 헤어지고 저녁에 다시 보지만
우는 말이 문을 나서는 건 고향을 그리워해서이지.
진 선생은 처세와 사람됨이 얼마나 너그럽고 깨끗한가?
규룡 수염과 호랑이 눈썹에 이마도 넓구나.
배 속에 만 권의 책을 넣어두고는
고개 숙인 채 초야에 있으려 하지 않았다.
동문에서 술을 사서 우리에게 먹이고
마음으로는 만사를 새털처럼 가볍게 여겼으며,
취해 드러누우면 해가 지는 줄도 몰랐고
때때로 높이 뜬 외로운 구름을 공연히 바라보았다.
긴 강의 물결이 하늘에 닿은 곳까지 어둑하기에
나루터 관리가 배를 멈추게 해 건너갈 수가 없어,
정 땅의 나그네는 아직 집에 가지 못하고
낙양의 떠돌이는 공연히 탄식한다.
듣자니 고향 땅에는 알고 지내는 사람이 많다는데
어제 관직을 그만둔 그대를 지금은 어찌 여기겠는가?

送陳章甫

四月南風大麥黃，棗花未落桐葉長.
青山朝別暮還見，嘶馬出門思舊鄉.
陳侯立身何坦蕩,[1] 虬鬚虎眉仍大顙.[2]
腹中貯書一萬卷,[3] 不肯低頭在草莽.[4]
東門酤酒飮我曹，心輕萬事皆鴻毛.[5]
醉臥不知白日暮，有時空望孤雲高.
長河浪頭連天黑，津吏停舟渡不得.
鄭國遊人未及家,[6] 洛陽行子空嘆息.[7]
聞道故林相識多,[8] 罷官昨日今如何.

[주석]

1) 陳侯(진후): 진장보陳章甫를 가리킨다. '후'는 상대에 대한 존칭이다. 立身(입신): 처신과 사람 됨됨이. 坦蕩(탄탕): 마음이 넓고 깨끗하다.
2) 虬鬚(규수): 규룡의 수염. 顙(상): 이마.
3) 腹中貯書(복중저서): 배 속에 책을 간직하다. 옛날 중국 사람들은 지식을 배 속에 저장한다고 표현하였다.
4) 在草莽(재초망): 풀숲에 있다. 초야에 묻혀 지낸다는 말이다.
5) 鴻毛(홍모): 기러기의 털. 아주 하찮은 존재를 비유한다.
6) 鄭國遊人(정국유인): 정 땅의 나그네. 정 땅은 낙양 지역을 가리킨다. 문맥상 진장보를 가리킨다.

7) 洛陽行子(낙양행자): 낙양의 나그네. 진장보를 의미할 수도 있지만 위 구와 중복되므로 이기로 보는 것이 타당하다.

8) 聞道(문도): 듣자 하니. 相識(상식): 알고 지내는 사람. 지인.

[해설]

이 시는 이기가 고향으로 돌아가는 친구 진장보를 송별하며 지은 것이다. 진장보는 강릉江陵 사람으로 일찍이 과거에 급제하였지만 원적原籍에 이름이 등재되어 있지 않아 행정적으로 처리되지 못하자 이에 항의하는 글을 올린 뒤 관직을 얻게 되었다. 그 일로 여러 문인들의 칭송을 얻었다. 하지만 벼슬길이 순탄하지 못해 결국 관직을 그만두고 고향으로 가게 되었다.

때는 음력 4월이니 봄은 지나가고 여름이 막 오려고 한다. 온기를 품은 남풍이 불어오니 보리가 익고 대추꽃은 아직 떨어지지 않았고 오동나무의 잎은 무럭무럭 자란다. 만물이 생육하는 이렇게 좋은 날 진장보가 고향으로 간다고 한다. 왜 진장보는 이러한 자연의 풍성함을 즐기지 못하고 고향으로 가는가? 진정 능력이 있지만 인정받지 못해 좋은 관직을 못 받아서이다. 그런 만큼 이 이별은 더욱 아쉽다. 아침에 청산에서 작별을 하였지만 미처 떠나가지 못하고 저녁때까지 같이 머문다. 그렇지만 갈 사람은 가야만 한다. 그가 고향을 그리워하고 있기에.

진장보는 어떤 사람인가? 마음은 온후하고 넉넉하지만 규룡의 수염에 호랑이 눈썹을 하고 이마가 넓어서 호방한 인상을 준다. 게다가 만 권의 책을 읽어 학식도 높으니 어찌 초야에 묻혀서 웅크리고 살 사람이겠는가? 그래서 낙양으로 와 우리와 어울리게 되었는데 만사를 새털처럼 가볍게 여기는 호방한 기개를 보여주며 술을 마시곤 하였다. 하지만 때때로 하늘의 외로운 구름을 바라보곤 하였으니, 바로 자신의 신세가 그와 같았기에 그랬던 것이리라. 하늘 높이 하얗게 떠 있는 고고한 존재이지만 자신을 알아주는 이가 없어 그저 이리저리 떠돌고 있을 뿐이다. 그래서 지금 낙양을 떠나 고향으로 가는 것이다.

이제 배를 타고 가야 하지만 물결이 거세다. 나루터의 관리가 배를 운행하지 못하게 하니 방법이 없다. 헤어지기 아쉬운 이들에게야 좋은 핑계가 되겠지만, 그래도 고향 가는 길이 순탄하기를 바라는 마음은 무겁기만 하다. 그러니 떠나가는 이는 언제 출발해서 언제 도착할지 몰라 안타까워하고, 보내는 이도 그저 탄식만 할 뿐이다. 이제 고향으로 가면 예전부터 알고 지내던 사람들이 많이 있을 터인데, 관직을 그만두고 내려온 그대에게 무슨 말을 할까? "인재를 알아주지 않는 세상을 잘 떠나왔다. 그동안 마음고생 심하였으니 이제 편히 쉬게나." "조금 더 참고 기다려보지 그랬나. 그래도 자네 정도의 능력이면 조만간 좋은 관직에 들어갈 수 있었을 터인데." 이래저래 형편이 좋지 않아서 고향으로 내려가는 길이니, 반가운 얼굴 만나기가 두렵다.

42. 금의 노래

이기李頎

주인에게 술이 있어 오늘 밤을 즐기는데
광릉의 나그네에게 금을 연주하길 청한다.
달이 성곽 머리에 비치니 까마귀는 반쯤 날아가고
서리가 온갖 나무에 서렸는데 바람이 옷에 불어온다.
청동 향로와 아름다운 촛대로 초에 빛을 더한 뒤
먼저 「녹수」를 연주하고 후에 「초비」를 연주한다.
소리 한번 일어나자 만물이 모두 고요해지고
사방의 사람들 말이 없고 별도 희미해진 듯하다.
맑은 회수로 관직을 받아 천여 리를 왔는데
감히 구름 덮인 산에 말하노니 이제부터 시작이라고.

琴歌

主人有酒歡今夕, 請奏鳴琴廣陵客.[1)]
月照城頭烏半飛,[2)] 霜淒萬木風入衣.[3)]
銅鑪華燭燭增輝,[4)] 初彈淥水後楚妃.[5)]
一聲已動物皆靜, 四座無言星欲稀.
淸淮奉使千餘里, 敢告雲山從此始.

[주석]

1) 鳴琴(명금): 현악기인 금을 가리킨다. '명'은 관례적인 표현이다. 廣陵客(광릉객): 진晉나라 혜강嵇康이 「광릉산廣陵散」이라는 금곡琴曲을 잘 탔기 때문에 후세에는 금을 잘 타는 사람을 가리켜 광릉객이라고 하였다. 광릉은 지금의 강소성 양주揚州이다.
2) 半飛(반비): 하늘의 절반 높이로 난다는 말로 나지막이 나는 것이다.
3) 淒(처): 차갑다.
4) 銅鑪(동로): 청동 향로. 華燭(화촉): 장식이 아름다운 초.
5) 淥水(녹수), 楚妃(초비): 모두 금곡의 제목으로 「초비」는 원래 「초비탄楚妃嘆」이다.

[해설]

이 시는 이기가 현악기의 일종인 금에 관해 읊은 것이다. 이기가 회수 지역으로 관직을 옮겼을 때 어느 연회 자리에서 금 연주를 듣고서 그 광경과 감회를 적은 것으로 은일에 대한 갈망을 드러냈다.

연회의 주인에게 좋은 술이 있기에 여러 사람을 불러 모으고는 연회를 열었다. 금을 잘 연주하는 광릉의 나그네에게 좋은 음악을 연주해달라고 요청했다. 달빛이 은은하게 비치고 까마귀는 허공을 나지막이 날고 있다. 날이 차가워서 나무에 서리가 내렸고 차가운 바람이 옷에 불어 스산한 기운이 든다. 분위기가 화기애애함에도 불구하고 분위기는 스산하고 을씨년스럽다. 청동 향로에 향을 피우고 화려한 초에 불을 밝히고는 연주가 시작

된다. 처음에는 「녹수」이다. 맑은 물을 읊은 것으로 자연 속의 아름다움을 표현했다. 그 뒤에는 「초비」이다. 이 곡은 춘추시대 초나라 장왕莊王의 비인 번희樊姬에 관한 내용이다. 장왕은 사냥을 좋아했는데 이에 대해 번희가 간언을 하여 사냥을 그만두고 정사를 열심히 돌볼 수 있게 했고, 재상을 비롯한 여러 신하가 어진 이를 등용할 수 있도록 함으로써 인재 선발에도 힘을 기울이게 했다. 이러한 뜻을 가진 연주가 시작되자 그 음악에 감동한 듯 만물이 고요해지고 자리에 앉은 사람들도 아무런 말이 없다. 심지어 하늘의 별도 빛을 잃어버린 것 같다.

나는 지금 무엇을 하고 있는가? 왕의 명령을 받아 수도에서 천여 리 떨어진 먼 회수 지역까지 와서 관직을 하고 있는데, 이것이 진정 내가 원하던 것인가? 내 재능을 인정받아 번희가 했던 것처럼 왕의 정사를 돕고 태평성세를 만드는 것이 내 바람이었는데 그것이 실현되었는가? 지금의 정치 상황으로서는 그렇게 될 것 같지 않다. 공을 세운 뒤 은퇴하여 자연 속에서 유유자적하게 살려고 했는데 그것이 실현되었는가? 비록 공은 세우지 못했지만 지금이라도 그렇게 하고 싶다. 이제 구름 덮인 곳의 산에 있는 신령에게 감히 알리나니 나의 은거 생활은 지금부터 시작될 것이다. 관직에 대한 바람, 공명에 대한 미련은 버리고 이제 훌훌 털고 일어나 산속에서 구름을 벗 삼아 살아가리라.

43. 동 씨가 호가곡을 타는 연주를 듣고 아울러 말을 부치며 방 급사를 놀리다

이기李頎

채 씨 여인이 예전에 호가곡을 만들었는데
열여덟 곡을 한 번 튕기니,
흉노족 사람은 눈물을 흘려 변방의 풀을 적시고
한나라 사신은 애가 끊어진 채 돌아가는 나그네를 마주했지.
변방의 오래된 보루는 아득하고 봉화는 차가우며
황량한 대지는 음침하고 흰 눈이 날리는데,
먼저 상음을 타고 후에 각음과 우음을 타니
사방 들판의 가을 잎이 놀라서 우수수 떨어졌지.
동 선생은 신명과 통하였기에
우거진 소나무로 몰래 요정이 와서 듣는데,
느리다고 말할라치면 더욱 빨라지니 모두 마음대로 연주하고
지나가는 것 같더니만 다시 돌아오니 마치 다정한 것 같으며,
빈산의 온갖 새는 흩어졌다 다시 모이고
만 리의 뜬구름은 어두워졌다가 또 걷힌다.
애달피 우는 새끼 기러기가 무리를 잃은 밤
외로워진 흉노 아이가 어머니를 그리워하는 소리,
시냇물은 이 때문에 물결 소리 잠잠해지고
새 또한 울음을 그친다.
오주의 부락은 고향에서 멀었고

라싸의 흙먼지에 슬픔과 원망이 생겨난다.
그윽한 소리가 가락을 바꿔 갑자기 빨라지니
거센 바람이 숲에 불고 빗발이 기왓장에 떨어지며,
솟구친 샘물이 착착 튀겨져 나뭇가지 끝까지 날아오르고
들판의 사슴이 우우 울며 대청 아래로 달려간다.
장안성은 동쪽의 문하성으로 이어지고
봉황지는 청쇄문을 마주하고 있는데,
높은 재능을 가진 분은 명성과 이익에서 벗어났기에
밤낮으로 그대가 금을 안고 오기를 기다린다.

聽董大彈胡笳聲兼寄語弄房給事[1]

蔡女昔造胡笳聲, 一彈一十有八拍.[2]
胡人落淚沾邊草, 漢使斷腸對歸客.[3]
古戍蒼蒼烽火寒,[4] 大荒陰沈飛雪白.[5]
先拂商絃後角羽, 四郊秋葉驚摵摵.[6]
董夫子通神明, 深松竊聽來妖精.
言遲更速皆應手,[7] 將往復旋如有情.
空山百鳥散還合, 萬里浮雲陰且晴.
嘶酸雛雁失群夜,[8] 斷絶胡兒戀母聲.[9]
川爲靜其波, 鳥亦罷其鳴.
烏珠部落家鄉遠, 邏娑沙塵哀怨生.
幽音變調忽飄灑,[10] 長風吹林雨墮瓦.
迸泉颯颯飛木末,[11] 野鹿呦呦走堂下.[12]

長安城連東掖垣,[13] 鳳凰池對青瑣門.[14]

高才脫略名與利,[15] 日夕望君抱琴至.

[주석]

1) 大(대): 친척 형제 중에서 맏이를 뜻한다. 寄語(기어): 말을 부쳐 보내다. 弄(롱): 놀리다.

2) 有(유): 게다가. '우又'와 같다. 拍(박): 곡조의 장이나 절을 가리킨다.

3) 歸客(귀객): 돌아가는 나그네. 한나라로 다시 돌아가게 된 채염蔡琰을 가리킨다.

4) 古戍(고수): 오래된 변방의 보루. 蒼蒼(창창): 아득한 모양. 또는 희끗한 모양.

5) 大荒(대황): 넓은 대지.

6) 摵摵(색색): 낙엽 떨어지는 소리.

7) 應手(응수): 손 가는 대로 마음대로 연주하다.

8) 嘶酸(시산): 애달프게 울다.

9) 斷絶(단절): 연락이 끊기다. 또는 애간장이 끊어지다. 胡兒(호아): 흉노족 아이. 채염이 흉노족과 결혼해서 낳은 아이를 가리키는 듯하다.

10) 飄灑(표쇄): 바람에 날려 뿌려지다.

11) 迸泉(병천): 솟구치는 샘물. 颯颯(삽삽): 빠른 모양. 또는 세차게 흔들리는 소리.

12) 呦呦(유유): 사슴이 우는 소리.

13) 東掖垣(동액원): 동쪽의 담장. 당나라 장안의 궁궐 안 동쪽에는 문하성이 있고 서쪽에는 중서성이 있었다. 여기서는 방관이 근무하는 문하성을 가리킨다.

14) 鳳凰池(봉황지): 중서성 안의 못으로 중서성을 가리킨다. 青瑣門(청쇄문): 푸른 사슬 무늬가 있는 문으로 궁궐 문을 가리킨다.

15) 脫略(탈략): 구애받지 않다. 초탈하다.

[해설]

이 시는 이기가 동董 씨의 호가胡笳 연주를 듣고 난 뒤의 감회를 적었으며 아울러 급사중給事中 방관房琯에게 말을 전한 것이다. 동 씨는 당시 금 연주로 유명했던 동정란董庭蘭으로 방관의 문객으로 있었다고 한다. 방관은 현종과 숙종 때 재상을 지냈으며 이기, 맹호연, 왕유, 두보 등과 교유하였다. 천보天寶 5년(746)에 급사중이 되었으며, 급사중은 문하성의 관직으로 정오품상에 해당한다. 호가는 원래 변방 이민족이 입으로 불어서 연주하는 악기의 일종이다. 동한東漢 채옹蔡邕의 딸인 채염이 흉노의 포로가 되어 흉노족과 결혼해 아이를 둘 낳았는데, 그곳에서 흉노가 부는 호가 소리를 듣고는 자신의 감개를 표현하기 위해 금곡인 「호가십팔박胡笳十八拍」을 지었다. 아마 동정란이 연주한 것이 채염의 「호가십팔박」이었을 것이다.

채염이 일찍이 「호가십팔박」을 만들어 연주를 하니 흉노족 사람들도 눈물을 흘렸고 채염을 데리러 간 한나라 사신도 애간장이 끊어진 채 이제 고향으로 돌아갈 채염을 마주하고 슬퍼했을 것이다. 변방 흉노족이 사는 곳은 춥고 황량하다. 오래된 보루가 아득하고 봉홧불은 꺼져 있으며 음침한 대지에는 흰 눈만 날린다. 채염이 상음, 각음, 우음으로 가락으로 바꿔가며 연주를 하니 나뭇잎도 그 곡조에 놀라 우수수 떨어질 지경이었다.

동 선생의 금 연주도 신명과 통하였기에 요정조차도 소나무에 숨어서 몰래 들을 정도이다. 느릿하다가도 갑자기 빨라지는 것이 자기 마음대로이고, 아련히 스쳐 지나가는 듯하다가 금세 다시 돌아오는 것이 마치 정이 있어 떠나가기 아쉬워하는 것만 같다. 이런 음악에 감응하여 새들도 흩어졌다가 다시 모여들고 하늘 덮은 구름도 뭉쳤다가 흩어진다. 새끼 기러기가 무리를 잃고 우는 듯, 채염이 낳은 흉노족 아이가 떠나가는 어머니를 그리워하며 우는 듯. 애달픈 소리가 이어지니 시냇물도 숨죽여 듣고 있으며 새들도 울음소리를 멈추고 듣고 있다.

오주烏珠는 오손烏孫의 잘못으로 보이는데, 한나라 때 변방 이민족인 오손국의 왕이 한나라 공주와 결혼하여 화친하고자 하니 강도왕江都王 유건劉建의 딸인 유세군劉細君을 공주로 삼아 오손국으로 시집보냈다. 또 라싸는 토번의 수도로 당나라 때 문성공주文成公主와 금성공주金城公主가 토번의 왕에게 시집을 간 적이 있다. 지금 동정란의 연주는 이들의 슬픔을 또한 표현하는 듯 애달프다. 잔잔하던 연주가 가락을 바꿔 회오리바람이 부는 듯 물이 세차게 뿌려대는 듯 빠른 곡조를 연주하니, 거센 바람에 빗방울이 기왓장에 후드득 떨어지는 듯하고 샘물이 솟구쳐 나뭇가지 끝까지 튀어 오르는 듯하며 들판의 사슴이 울며 대청마루를 뛰어다니는 듯하다. 참으로 신명과 통한 연주이다.

지금 장안성은 문하성으로 이어지고 중서성의 봉황지는 궁중의 아름다운 문과 마주보고 있다. 그런 궁중에 누가 있는가? 높은 재능을 가지고 있지만 명성이나 세속의 이익에는 초탈한 고고한 분이 있는데, 이 연회 자리에 참석하여 훌륭한 연주를 함께 듣지 못한 채 공무에 힘을 기울이고 있다. 그도 지금 이 음악을 학수고대하고 있을 터인데 안타까울 뿐이다.

마지막에 방관에게 부치는 말은 훌륭한 음악을 함께하지 못한 안타까움을 표현한 것이지만, 달리 보면 이런 좋은 음악을 듣지 못하고 일만 하고 있는 친구를 놀리는 말이 되기도 한다. 너무 일만 열심히 하지 말고 음악도 들으면서 쉬엄쉬엄 하게나. 하지만 이런 말을 들은 상대방은 더욱 약이 오르고 자신의 신세가 한스럽기만 하다. 혹자는 기롱하는 말이 없다고 보고 제목의 '농弄' 자가 '호가' 뒤에 붙어서 「호가농」이라는 악곡을 의미하는 것으로 바뀌어야 한다는 설이 있지만 옳지 않은 것으로 보인다.

44. 안만선이 부는 필률 소리를 듣다

이기李頎

남산의 대나무를 잘라 필률을 만들었는데
이 악기는 본래 구자에서 나온 것이다.
한나라 땅에 전해지면서 곡이 더욱 기이해졌는데
양주의 이민족 사람이 나를 위해 불어주니,
곁에서 듣는 사람은 대부분 탄식하고
멀리서 온 나그네는 고향 생각하며 모두 눈물을 흘린다.
세상 사람들은 들을 줄은 알지만 감상할 줄은 모르니
드센 바람 속에서 음악이 절로 오락가락한다.
마른 뽕나무와 늙은 측백나무에 차갑게 바람이 불고
새끼 봉황 아홉 마리가 어지러이 울며,
용과 호랑이의 울음소리가 일시에 터져 나오고
갖가지 바람 소리 샘물 소리가 서로 가을을 맞이했다.
홀연히 또「어양참」을 연주하니
누런 구름이 쓸쓸하고 하얀 해가 어둑해졌으며,
가락을 바꾸니「양류지」를 듣는 봄이 된 듯하여
상림원의 흐드러진 꽃이 눈에 새로 비친다.
섣달 그믐날 높은 방에서 밝은 초를 늘어놓고는
맛 좋은 술 한 잔에 필률 한 곡을 듣는다.

聽安萬善吹觱篥歌

南山截竹爲觱篥，此樂本自龜茲出.[1)]
流傳漢地曲轉奇,[2)] 涼州胡人爲我吹.
傍鄰聞者多嘆息，遠客思鄕皆淚垂.
世人解聽不解賞,[3)] 長飈風中自來往.[4)]
枯桑老柏寒颼飀,[5)] 九雛鳴鳳亂啾啾.[6)]
龍吟虎嘯一時發，萬籟百泉相與秋.[7)]
忽然更作漁陽摻,[8)] 黃雲蕭條白日暗.[9)]
變調如聞楊柳春,[10)] 上林繁花照眼新.[11)]
歲夜高堂列明燭，美酒一杯聲一曲.

[주석]

1) 龜茲(구자): 한나라 때 서역의 나라 이름으로 지금의 신강자치구에 있었으며 그곳 음악이 중국의 음악에 많은 영향을 미쳤다.

2) 轉(전): 도리어. 갈수록.

3) 解(해): 할 줄 알다.

4) 長飈(장표): 거센 바람.

5) 颼飀(수류): 비바람이 부는 소리.

6) 啾啾(추추): 새가 지저귀는 소리.

7) 籟(뢰): 구멍에 바람이 들어가서 나는 소리. 자연에서 나는 소리를 가리킨다. 相與秋(상여추): 서로 가을을 함께하다. 음악 속

에 가을의 기운이 느껴진다는 말이다. 청량한 느낌으로 보이는 데 쇠락의 느낌일 수도 있다.

8) 漁陽摻(어양참): 원래는 북으로 연주하는 곡명이다.

9) 蕭條(소조): 쓸쓸한 모양.

10) 楊柳(양류): 버드나무. 여기서는 금곡琴曲인 「양류지楊柳枝」를 가리킨다.

11) 上林(상림): 진秦나라 때 만든 황제의 원림으로 장안 서쪽에 있었다.

[해설]

이 시는 이기가 안만선安萬善이라는 사람이 부는 필률觱篥 소리를 듣고 그 느낌을 적은 것이다. 안만선은 시의 내용에 따르면 양주涼州(지금의 감숙성 무위현武威縣) 사람으로 변방 이민족인데 자세한 사항은 알려져 있지 않다. 필률은 피리 종류의 악기이다.

안만선이 가지고 있는 필률은 종남산의 대나무를 잘라서 만든 것인데 이 악기는 원래 서역의 구자龜茲에서 온 것이다. 그 음악이 중원으로 전해지면서 기교나 가락이 더욱 기이해졌는데 오늘 안만선이 우리를 위해 불어주게 되었다. 이 음악을 들은 사람은 대부분 슬퍼서 탄식하고 고향을 생각하며 눈물을 흘린다. 하지만 내가 생각하기에 이들은 음악을 듣고 그래도 그 감정을 느낄 수는 있지만 진정 음악을 감상할 줄 아는 사람은 아니니, 마치 필률 소리가 거센 바람 속에서 왔다 갔다 할 뿐 이들의 감식안에 들어오지는 않는다. 내가 이 음악에 대해 제대로 평가를 하며 감상해보고자 한다.

때로는 마른 나뭇가지에 차가운 바람이 부는 듯 으스스하고, 때로는 새끼 봉황 아홉 마리가 어지러이 지저귀는 듯 잦아지고, 때로는 용과 호랑이가 동시에 포효하는 듯 거세고, 때로는 자연의 모든 구멍에서 나는 바람 소리와 세상의 모든 샘물이 흘러가는 소리가 맑은 가을에 동시에 나는 소리처럼 조화롭다. 「어양참」을 연주할 때는 구름이 쓸쓸해지고 해가 어두워질 정도로 암울하다가 곡조를 바꾸니 마치 사방에 아름다운 꽃이 핀 봄이 된 듯 화사해진다. 한 해가 저물어가는 이날 이렇게 좋은 음악을 듣노라니 술이 빠질 수가 없다. 필률 한 곡을 듣고는 술을 한 잔 마시고 또 한 곡을 청해 듣는다.

45. 밤에 녹문산으로 돌아가면서 부른 노래

맹호연孟浩然

산사의 종이 울리고 날은 이미 저물어
어량의 나루는 다투어 건너느라 시끄러운데,
사람들은 모래 강둑을 따라 강가 마을을 향하고
나는 또 배를 타고 녹문산으로 돌아간다.
녹문산의 달빛이 안개 걷힌 나무에 비칠 때
방덕공이 은거하던 곳에 홀연 도착하였는데,
바위 문과 솔숲 길은 늘 적막하여
오로지 그윽한 이가 있어 절로 오간다.

夜歸鹿門山歌

山寺鐘鳴晝已昏, 漁梁渡頭爭渡喧.[1)]
人隨沙岸向江村, 余亦乘舟歸鹿門.
鹿門月照開煙樹,[2)] 忽到龐公棲隱處.[3)]
巖扉松徑長寂寥, 惟有幽人自來去.[4)]

[주석]

1) 漁梁(어량): 녹문산鹿門山의 면수沔水에 있는 모래섬의 이름.

2) 開煙(개연): 안개가 걷히다.

3) 龐公(방공): 한나라 말기의 은자인 방덕공龐德公이다. 그는 양양襄陽 사람으로 현산峴山의 남쪽에서 몸소 농사를 지으며 살았는데, 형주자사荊州刺史 유표劉表가 여러 번 불렀으나 가지 않았으며, 나중에는 처자를 데리고 녹문산에 올라가 약초를 캐면서 다시는 돌아오지 않았다

4) 幽人(유인): 그윽한 사람. 맹호연 자신을 가리킨다.

[해설]

이 시는 맹호연이 녹문산鹿門山에 은거하는 동안 잠시 저자로 나왔다가 돌아가면서 느낀 감회를 적은 것이다. 녹문산은 지금의 호북성 양양襄陽에 있는 산이다. 맹호연은 마흔 살이 되어서야 장안으로 가서 과거에 응시하였지만 급제하지 못하고 고향인 양양의 녹문산에 돌아와서 은거하였다.

산사의 종이 울리고 해가 저물었다. 저자에 있던 이들이 집으로 돌아가기 위해 배를 타려고 모여드니 나루터가 시끌벅적하다. 사람들은 강둑을 따라 마을로 돌아가지만 나는 홀로 녹문산으로 돌아간다. 녹문산에는 마침 달이 떠서 안개 걷혀 맑은 숲을 비춘다. 이곳은 옛날 방덕공이 은거하던 곳이다. 바위로 만든 문과 소나무가 우거진 길은 늘 조용하다. 방금까지만 해도 세속의 소리로 가득찬 곳에 있었는데 잠깐 사이에 이런 은자의 세계로 오게 되었다. 이런 한적한 곳에는 아무도 오지 않는다. 다만 나만 오갈 뿐이다. 아무도 알아주지 않아도 되고 누가 찾아오지 않아도 된다. 오히려 그렇기에 이곳이 더 좋다. 조용하고 호젓한 삶을 영위하리라.

46. 여산의 노래—노허주 시어에게 부치다

이백李白

나는 본래 초나라 미치광이 접여와 같아서
봉황 노래로 공자를 비웃다가,
손에 푸른 옥지팡이를 들고
아침에 황학루를 떠나서는,
먼 곳을 마다하지 않고 오악에서 신선을 찾으며
일생 동안 명산에 들어가 노닐기를 좋아하였지.
여산은 남두성 부근에 빼어나게 솟아서,
아홉 폭 병풍에 비단 구름이 펼쳐져 있는데,
그 그림자가 맑은 호수에 떨어지니 검푸른 빛이었지.
금궐 앞에 두 봉우리가 높이 펼쳐져 있고,
은하수는 삼석량에 거꾸로 걸려 있으며,
향로봉의 폭포와 멀리 서로 바라보는데,
굽어 도는 절벽과 겹겹의 봉우리가 푸른 하늘로 솟아 있었지.
산의 푸른빛과 붉은 노을이 아침 태양에 비치는데
새가 날아도 넓은 오나라 하늘에 이르지 못하였지.
높은 곳에 오르니 하늘과 땅 사이가 모두 장관인데,
긴 장강은 아득히 흘러가 돌아오지 않으며,
만 리의 누런 구름은 바람에 움직이고
아홉 줄기 흰 물결은 설산에서 흘러왔지.
여산 노래 부르기를 좋아하는 것은

흥이 여산으로 인해 일어나서이지.
한가로이 석경을 바라보니 내 마음은 맑아지는데
사영운이 다니던 곳은 푸른 이끼로 덮였지.
일찍이 환단을 먹어 세속의 마음이 없어졌고
세 단전을 고루 쌓아서 도를 처음 이루었으니,
멀리 비단 구름 속에서 신선을 만나
손에 부용을 잡고 옥경에서 조회에 참석할 것이고,
높은 하늘 위의 한만을 먼저 기약해놓았으니
노오와 함께 태청에서 노닐기를 바란다.

廬山謠寄盧侍御虛舟

我本楚狂人, 鳳歌笑孔丘.
手持綠玉杖, 朝別黃鶴樓.
五岳尋仙不辭遠,[1] 一生好入名山遊.
廬山秀出南斗旁,[2] 屛風九疊雲錦張, 影落明湖青黛光.[3]
金闕前開二峯長, 銀河倒挂三石梁.
香爐瀑布遙相望, 迴崖沓嶂凌蒼蒼.[4]
翠影紅霞映朝日, 鳥飛不到吳天長.
登高壯觀天地間, 大江茫茫去不還.
黃雲萬里動風色, 白波九道流雪山.
好爲廬山謠, 興因廬山發.
閑窺石鏡淸我心, 謝公行處蒼苔沒.[5]
早服還丹無世情,[6] 琴心三疊道初成.[7]

遙見仙人綵雲裏, 手把芙蓉朝玉京.
先期汗漫九垓上, 願接盧敖遊太淸.[8]

[주석]

1) 不辭遠(불사원): 멀다고 여겨서 가는 것을 마다하지 않다.
2) 南斗(남두): 남방을 대표하는 별자리이다.
3) 靑黛光(청대광): 검푸른 눈썹먹의 빛. '대'는 눈썹을 그리는 화장품이다.
4) 沓嶂(답장): 겹쳐져 있는 산봉우리. 蒼蒼(창창): 푸른 모양. 여기서는 하늘을 가리킨다.
5) 謝公(사공): 사영운謝靈運을 가리킨다. 그도 일찍이 여산을 노닐며 「여산 정상에 올라 여러 봉우리를 바라보다登廬山絶頂望諸嶠」라는 시를 지었다. 蒼苔(창태): 푸른 이끼.
6) 服(복): 복용하다. 世情(세정): 세속적인 마음.
7) 琴心三疊(금심삼첩): 세 단전을 고르게 쌓다. '금'은 조화롭게 한다는 뜻이며, '첩'은 쌓는다는 뜻이다. '삼'은 몸의 세 단전을 가리키는데, 눈썹 사이, 심장 아래, 배꼽 아래에 각각 위치한다.
8) 太淸(태청): 하늘.

[해설]

이 시는 이백이 노허주盧虛舟라는 사람에게 부치는 여산의 노래이다. 여산은 지금의 강서성 구강九江에 있는 중국의 명산으로 송나라 소식의 시에 나오는 '여산진면목廬山眞面目'으로도 유명하다. 노허주는 시어사侍御史라는 관직을 역임하였는데 이 시를 쓴 때에도 시어사를 하고 있었는지는 확실치 않다. 아마도 노허주 역시 이백과 마찬가지로 신선술에 대한 지향을 가지고 있었으며 신선의 기풍을 가지고 있었기에 이 노래를 하여 그 역시 신선의 도를 얻기를 바라는 마음을 표현한 것으로 보인다. 하지만 해석에 따라서는 이백 자신의 이야기만 줄곧 쓴 것으로 볼 수도 있는데, 이렇게 상대방이 결여된 시가 이백의 시에 종종 보인다.

이백은 스스로 자신이 본래 초나라의 미치광이 접여接輿라고 하였다. 접여는 춘추시대 초나라 사람 육통陸通이며 접여는 그의 자이다. 공자가 초나라에 갔을 때 접여가 공자 앞을 지나면서 "봉황아, 봉황아, 어찌하여 덕이 쇠하였는가! 지난 일은 어찌할 수 없지만 앞날은 좇을 수 있으리라. 그만두어라, 그만두어라. 지금 정치하는 사람들이 위태롭도다"라고 하면서 공자가 현실 정치에 힘쓰고 있는 것을 비웃었다. 이백은 평소 공자만이 자신을 알아줄 것이고 공자의 정신을 계승해야 한다고 하였는데, 이 시에서는 오히려 공자를 풍자한 접여를 자신의 본모습이라고 하였다.

그 이유는 이 시에서 보여주고 싶은 이백의 지향이 천하를 경영하여 공적을 세우겠다는 것이 아니라 자연 속에서 득도하여 신선이 되는 것이기 때문이다. 신선의 학이 머물다 날아갔다는 황학루를 떠나 신선의 도를 찾아서 일생 동안 이름난 산을 찾아다녔다. 그중 하나인 여산이 특히 좋았다. 중국 남방에 위치하여 높이 솟은 봉우리가 병풍처럼 펼쳐져 있으며, 남동쪽에는 파양호가 드넓다. 금궐암, 삼석량, 향로봉 폭포 등 장관이 많으며 높은 곳에 오르면 넓은 천지가 다 보인다. 거울같이 반들반들한 바위인 석경을 보면 마음이 맑아지고 옛날의 대시인 사영운이 다녔던 길을 생각하며 그의 시를 읊조리기도 한다. 신선의 도를 찾아 헤매다 이곳 여산에 와서 드디어 환단을 먹고 세속의 욕심을 버리게 되었으니, 신선이 되어 옥경에서 천제에게 인사를 할 것이다. 그리고 하늘 위 높은 곳에 있는 한만汗漫을 만날 것이고 신선과 교유하던 노오盧敖와 하늘에서 노닐기를 바란다. 노오는 진시황 때 박사를 지낸 사람인데 세상을 두루 돌아다닌 것으로 유명하다. 그가 일찍이 한 선비를 만났는데 자신보다 더 넓은 세상을 돌아본 것을 알고는 그와 사귀고자 하였다. 하지만 그 선비는 한만과 높은 하늘인 구해九垓 바깥에서 만나기로 하였다면서 구름 속으로 사라졌다고 한다. 지금 이백은 다시 노오와 함께 한만을 만나기 위해 하늘로 올라가고자 한다. 여기서 노오는 성이 같은 노허주를 가리킨다.

여산을 노닐다가 신선이 되어 하늘로 올라가버린 이들의 이야기이다.

47. 꿈에 천모산을 노닌 것을 읊고서 떠나다

이백李白

바다를 떠도는 이들이 영주산을 말하는데
안개와 파도가 아득하여 정말로 찾기 어렵다고 하고,
월 땅 사람들이 천모산을 말하는데
구름 노을 밝았다 사라지는 중에 혹 볼 수 있다고 한다.
천모산은 하늘과 연결되어 하늘을 향해 가로놓였는데
기세가 오악을 넘어서고 적성산을 압도하며,
사만 팔천 장 높이의 천태산도
이 산을 마주하고는 넘어질 듯 남동쪽으로 기울어졌다지.
그래서 나는 오월 지방을 꿈꾸고자 하여
경호에 뜬 달을 하룻밤에 날아 건넜다.
호수의 달이 내 그림자를 비추며
나를 섬계로 보내주었는데,
사영운이 묵었던 곳은 지금도 여전히 남아 있으며
맑은 물결은 넘실거리고 원숭이 울음소리는 맑다.
발에 사영운의 나막신을 신고
몸소 푸른 구름사다리를 올랐더니,
산허리에는 바다 위로 떠오르는 태양이 보이고
하늘에서는 천계의 울음소리가 들린다.
천 개의 바위를 만 번 굽이도니 길이 정해져 있지 않고
꽃에 홀려 바위에 기대어 있다 보니 홀연 어두워진다.

곰과 용이 울부짖는 소리가 바위샘에 시끄러워
깊은 숲을 오싹하게 하고 겹겹 산봉우리를 놀라게 하였으며,
구름은 어둑해져 비가 오려 하고
물결은 출렁이며 안개가 피어오른다.
하늘이 갈라진 틈으로 번개와 천둥이 치더니
언덕과 산이 무너지고 꺾이고,
신선이 사는 동천의 석문이
굉음을 내며 열린다.
푸른 하늘은 넓고 멀어 끝도 보이지 않고
태양과 달이 금은대를 반짝반짝 비추는데,
무지개로 옷을 삼고 바람으로 말을 삼아
구름의 신선이 어지러이 내려온다.
호랑이는 슬을 연주하고 난새는 수레를 끌며
신선이 삼처럼 빽빽이 늘어섰다.
갑자기 혼백이 놀라 요동치니
멍하니 놀라 일어나서 길게 탄식하는데,
꿈에서 깨어나니 침상만 남아 있고
방금 있었던 안개와 노을은 사라졌다.
이 세상의 즐거움 또한 이와 같으니
예로부터 모든 일은 동쪽으로 흐르는 물과 같았지.
그대들과 헤어져 떠나면 언제나 돌아올까?
잠시 흰 사슴을 푸른 벼랑 사이에 풀어두었다가
떠나야 할 때 그걸 타고 명산을 찾을 것이니,
어찌 눈썹 낮추고 허리 굽히며 부귀권세를 섬기느라

내 마음과 얼굴을 펴지 못하게 하겠는가?

夢遊天姥吟留別[1]

海客談瀛洲, 煙濤微茫信難求.
越人語天姥, 雲霞明滅或可覩.
天姥連天向天橫, 勢拔五岳掩赤城.
天台四萬八千丈, 對此欲倒東南傾.
我欲因之夢吳越, 一夜飛度鏡湖月.
湖月照我影, 送我至剡溪.
謝公宿處今尙在, 淥水蕩漾淸猿啼.[2]
脚著謝公屐, 身登靑雲梯.
半壁見海日, 空中聞天雞.
千巖萬轉路不定, 迷花倚石忽已暝.
熊咆龍吟殷巖泉,[3] 慄深林兮驚層巓.[4]
雲靑靑兮欲雨, 水澹澹兮生烟.
列缺霹靂,[5] 丘巒崩摧.[6]
洞天石扇,[7] 訇然中開.[8]
靑冥浩蕩不見底, 日月照耀金銀臺.
霓爲衣兮風爲馬, 雲之君兮紛紛而來下.
虎鼓瑟兮鸞回車,[9] 仙之人兮列如麻.
忽魂悸以魄動,[10] 怳驚起而長嗟.[11]
惟覺時之枕席,[12] 失向來之烟霞.
世間行樂亦如此, 古來萬事東流水.

別君去兮何時還, 且放白鹿靑崖間, 須行卽騎訪名山.

安能摧眉折腰事權貴,[13] 使我不得開心顔.

[주석]

1) 留別(유별): 남겨두고 떠나가다. 또는 헤어지는 사람에게 주다. 상대방이 누구인지는 알려져 있지 않다.

2) 蕩漾(탕양): 물결이 넘실거리는 모양.

3) 殷(은): 큰 소리로 울리다.

4) 慄(률): 벌벌 떨다. 層巓(층전): 겹겹으로 놓인 산봉우리.

5) 列缺(열결): 갈라진 틈. 하늘에 번개가 치는 모습을 표현한 것이다. 霹靂(벽력): 천둥.

6) 丘巒(구만): 산. 崩摧(붕최): 무너지고 꺾이다.

7) 洞天(동천): 신선이 사는 곳을 말한다. 石扇(석선): 돌로 만든 문.

8) 訇然(굉연): 우르릉거리는 소리.

9) 鼓瑟(고슬): 슬을 연주하다.

10) 悸(계): 놀라서 가슴이 두근거리다. 魄動(백동): 혼백이 놀라 요동치다.

11) 怳(황): 멍한 모양.

12) 覺(교): 잠에서 깨다.

13) 摧眉(최미): 눈썹을 꺾다. 기세를 누그러뜨리는 것을 말한다. 事權貴(사권귀): 권세가 높고 귀한 사람을 섬기다.

[해설]

이 시의 제목이 「동로의 여러 공들과 헤어지다別東魯諸公」라고 된 곳도 있는데, 이를 종합해서 보면 이백이 지금의 산동성에 있던 동로東魯에 살다가 장차 지금의 절강성에 있는 천모산天姥山으로 떠나면서 지은 것이다. 천모산은 기암절벽이 많으며 예로부터 신선이 산다고 했는데, 이백이 꿈에 이곳을 보고는 찾아가보고자 하여 떠난 것으로 보인다. 시 내용의 대부분은 이백이 꿈에 본 천모산의 정경을 그리고 있다.

중국의 동쪽 바다에 있다고 전해지는 신선의 산인 영주산을 찾아 헤매는 사람들은 안개와 파도로 인해 찾아가기 힘들다고 하는데, 월 땅 사람들은 천모산이 이따금 구름과 안개 속에 보인다고 한다. 둘 다 찾아가기 힘들기는 하지만 그래도 천모산이 조금 더 쉬워 보인다. 그도 그럴 것이 영주산은 전설에만 존재하는 허구의 산이다. 그렇다고 해서 천모산을 찾아가는 것이 만만한 것은 아니다. 천모산은 그 기세가 세상의 어떤 산보다도 뛰어나니 이백도 한번 보고 싶었을 것이다. 더구나 신선이 산다고 하니. 그래서 꿈에 달을 타고 갔다.

우선 천모산 근처에 있는 섬계에 도착하니 옛날의 유명한 시인 사영운이 묵었던 곳이 있는데 경관이 훌륭하다. 사영운은 중국 남방의 여러 명승지를 찾아다니며 많은 시를 남겼는데 그 자신이 훌륭한 등산가이기도 하다. 다양한 등산 및 숙박 장비를 직접 고안하였는데 특히 그의 등산화가 유명하다. 오르막길을 갈 때는 앞굽을 빼고 내리막길을 갈 때는 뒷굽을 빼서 항상 발을 평평하게 유지할 수 있도록 하였다. 이백도 사영운의 등산화를 신고서 구름 속까지 나 있는 사다리를 타고 천모산에 올라간다.

새벽을 가장 먼저 알리는 천계가 울자 태양이 바다 위로 떠오르는 것이 보였는데 수천 개의 바위를 수만 번 굽이돌며 꽃구경을 하다 보니 갑자기 어두컴컴해진다. 인간이 신선의 땅을 침범해서 하늘이 노한 것일까? 곰과 용이 울부짖는데 그 소리에 숲이 오싹해지고 산봉우리가 놀랄 지경이며 비가 내릴 듯 구름이 시커멓고 안개가 자욱해진다. 그러더니 갑자기 번개와 천둥이 치자 산이 무너지고는 석문이 큰 소리를 내며 열린다.

신선 세계가 열린 것이다. 그 안에는 푸른 하늘이 끝도 없으며 신선이 사는 금은대가 번쩍이고 있다. 무지개 옷을 입고 바람을 탄 신선이 내려오는데 호랑이가 음악을 연주하고 봉황이 수레를 끌고 있다. 이런 광경에 넋이 나가고 멍하게 놀라자 마침 꿈이 깨버렸다. 이제 신선을 만날 수 있었는데. 신선 세계로 들어갈 수 있었는데.

꿈에서 깨니 침상만 덩그러니 있을 뿐 방금 본 신선 세계는 사라지고 없다. 천모산을 노닌 즐거움도 사라지고 없다. 그렇구나. 인간 세상의 즐거움이란 건 동쪽으로 흘러가는 물과 같으니 한번 가면 다시는 돌아오지 않는 것이지. 그러니 세속에 연연할 필요가 무어 있겠는가? 나는 이제 직접 천모산을 찾아 떠나가야겠다. 이제 내가 떠나면 그대들과 언제 만나겠는가? 아마 내가 신선이 되었을 때이리라. 신선이 타고 다니는 흰 사슴은 잠시 푸른 벼랑에 매어놓았다가 나중에 다시 그것을 타고 이름난 신선의 산을 유람하리라. 이렇게 신선의 삶을 살아야 할진대, 어찌하여 부귀영화를 누리기 위해 내 자존심을 꺾은 채 눈을 내리깔고 허리를 굽실거리며 살 것인가? 어깨를 활짝 펴고 당당하게 살아야 할 것이다. 이 마지막 두 구는 이백의 자존심과 기개를 가장 잘 표현하는 시어로 유명하다.

이백의 기세 높은 필체와 당당한 기운이 천모산의 험준한 산세와 신선 세계의 환상적인 모습과 더불어 조화를 이루고 있다.

48. 금릉 주점에서 헤어지고 떠나다

이백李白

바람이 버들개지를 날리고 주점에 향기 가득한데
오 땅의 여인은 술을 눌러서 맛보라고 손님을 부른다.
금릉의 젊은이들이 와서 나를 전송하니
가려다 가지 않고 각자 잔을 다 비운다.
그대들 동쪽으로 흘러가는 물에게 한번 물어보시게
헤어지는 마음과 저 강 어느 것이 길고 짧은지를.

金陵酒肆留別[1)]

風吹柳花滿店香, 吳姬壓酒喚客嘗.[2)]
金陵子弟來相送, 欲行不行各盡觴.[3)]
請君試問東流水, 別意與之誰短長.

[주석]

1) 酒肆(주사): 술집.
2) 壓酒(압주): 술을 누르다. 술을 거르기 위해 무거운 걸 올려놓는 것이다. 嘗(상): 맛보다.
3) 盡觴(진상): 술잔의 술을 다 마시다.

[해설]

이 시는 이백이 금릉金陵을 떠나면서 지인들과 헤어지며 지은 것이다. 금릉은 지금의 남경시이며 당나라 때 강남의 중심지였다. 이백은 오랜 기간 강남 지역을 두루 유람하면서 자주 금릉을 들렀으며 알고 지내던 사람들도 많았을 것이다.

때는 봄날이다. 버들개지가 바람에 날리고 주점에는 꽃향기 술 향기가 가득하다. 금릉 토박이 여인이 새로 눌러 만든 술을 한번 맛보라고 호객 행위를 한다. 이번 송별 장소는 이 주점으로 정했다. 당시 이별 연회가 통상적으로 마을 어귀의 정자나 나루터에서 행해진 것을 고려하면 좀 색다르긴 하지만, 이백이라는 인물을 고려하면 그다지 이상할 것도 없다. 어차피 금릉에서 송별하러 나온 이들도 평소 술로 친분을 쌓은 이들일 터이니.

한 잔 한 잔 마시다 보니 어느덧 갈 때가 되어 일어난다. 하지만 붙잡고 한 잔 더 하라고 하니 마지못해 앉아서 술잔을 비운다. 이제는 정말 가야 할 때가 되어 일어나지만 또 붙잡는다. 욕행불행각진상. 이별 술자리에서 흔히 볼 수 있는 정겨운 장면이다. 이 한마디로 헤어지는 아쉬움과 정취를 모두 다 표현하였다. 그래서 오히려 뒤에 나오는 말이 상투적으로 들리기도 한다.

동쪽으로 하염없이 바다로 흘러가는 저 강물과 헤어짐에 아쉬워하는 우리의 마음 중 어느 것이 더 긴지 강물에게 물어보라고 한다. 아마도 저 강물을 타고 가는 내내 이별의 아쉬움은 남아 있을 것이고, 목적지에 도착한 이후에도 그 아쉬움은 사라지지 않을 것이다. 그러한 아쉬움을 알기에 떠나려다 떠나지 못하고 또 이별의 술잔을 비운다.

49. 선주 사조루에서 숙부 이운 교서를 전별하다

이백李白

저를 버리고 가버린
어제의 날은 붙잡아 머무르게 할 수 없고,
제 마음을 어지럽히는
오늘의 날은 번뇌와 근심을 많게 합니다.
긴 바람이 만 리 먼 곳으로 가을 기러기를 보내는데
이를 보니 높은 누대에서 거나하게 취할 만합니다.
봉래의 문장과 건안의 풍골이 있었고
중간에 사조가 있어 또한 청신하고 빼어났으니,
모두 표일한 흥취를 품고 씩씩한 생각이 날아
푸른 하늘에 올라 해와 달을 잡고자 하였습니다.
칼을 뽑아 물을 베어도 물은 다시 흐르고
잔을 들어 시름을 삭여도 시름은 다시 시름겨워,
세상에서의 인생살이 뜻대로 되지 않으니
내일 아침 머리 풀고 일엽편주를 타고 떠나겠습니다.

宣州謝朓樓餞別校書叔雲

棄我去者 昨日之日不可留,
亂我心者 今日之日多煩憂.
長風萬里送秋雁, 對此可以酣高樓.

蓬萊文章建安骨,[1] 中間小謝又清發.[2]
俱懷逸興壯思飛, 欲上青天覽日月.[3]
抽刀斷水水更流, 擧杯消愁愁更愁.
人生在世不稱意,[4] 明朝散髮弄扁舟.

[주석]

1) 蓬萊文章(봉래문장): 봉래는 원래 신선이 산다는 중국 동쪽 바다 위의 산인데, 신선의 신비한 서적이 이 산에 소장되어 있다고 한다. 그래서 동한 시기 궁궐의 책을 소장하는 곳인 동관을 도가봉래산이라고 불렀다. 이로부터 봉래의 문장은 한나라 시기의 훌륭한 문장을 의미한다. 建安骨(건안골): 건안은 동한 말 헌제의 연호인데, 당시 조조, 조비, 조식 삼부자와 건안칠자의 시문이 유명하였다. 그들이 지은 작품은 표현된 정서가 강개하고 굳세어 시풍이 강건한 느낌을 주는데, 이를 건안풍골이라고 하였다.
2) 小謝(소사): 사조謝朓를 가리킨다. 사영운謝靈運을 대사大謝라고 한다.
3) 覽(람): 따다. '람攬'과 통한다.
4) 不稱意(불칭의): 뜻대로 되지 않다.

[해설]

이 시는 이백이 지금의 안휘성 선성宣城인 선주宣州에 있던 사조루謝朓樓에서 이운李雲을 전별하면서 지은 것이다. 하지만 이 시에는 전별의 내용이 없는데, 이 시의 제목이 다른 판본에는 「숙부 이화 시어를 모시고 누대에 올라 노래 부르다陪侍御叔華登樓歌」로 되어 있고 시의 내용과 부합하는 것으로 보인다. 이화李華는 당대의 유명한 산문가로 천보 연간에 감찰어사와 시어사를 지냈다.

이백의 진정한 꿈은 무엇이었을까? 신선이 되어 하늘나라에서 영원히 사는 것? 관직에 올라 훌륭한 업적을 쌓아 역사서에 길이 이름을 남기는 것? 자연 속에서 술을 마시며 유유자적하게 사는 것? 세속에서 물욕을 초월한 채 여러 사람들과 즐겁게 노니는 것? 이 모든 것이 이백의 지향이었지만 진정 그가 원했던 것은 문학적 명성이었다. 그는 사람들과 즐겁게 노닐 때나 홀로 외로이 술을 마실 때 항상 시와 문장을 지었고, 옛날 굴원이나 사영운의 작품이 길이길이 후세에 전해지듯이 자신의 작품이 하늘의 태양과 별처럼 영원히 존재하기를 바랐다.

시라는 것은 인간 존재에 대한 끝없는 고민과 번뇌 속에서 영롱하게 피어오르는 것인데, 이는 지난한 고통을 수반한다. 이백의 시름은 만고의 시름이며 인간 본연의 시름이니, 그 근원은 자연의 무궁함과 비견되는 인간 생명의 유한함이었다. 항상 순환하고 반복하며 일정한 모습으로 영원무궁토록 진행되는 자연 속에서 인간의 일생은 백 년도 되지 않아 찰나에 불과하다. 아침 이슬이 저녁을 모르고 여름의 매미가 겨울을 알지 못하듯이 인간은 자연의 시간을 알 수가 없다. 하지만 세월은 무심하게 또 무정하게 어김없이 하루하루 지나간다. 돌이킬 수 없이. 나를 버리고 가버리는 어제라는 시간은 붙잡아 머물게 할 수 없다.

오늘이라는 시간 역시 그렇게 지나가버릴 것이어서 마음을 어지럽게 하고 번뇌와 근심에 사로잡히게 한다. 그리고 세월은 흘러 흘러 어느덧 기러기가 멀리 떠나가는 가을이 되었다. 또 한 해가 지나간다. 이런 감상에 빠져 있으니 또 술을 마셔 시름을 삭여야 하지 않겠는가?

술을 가지고 높은 누대에 올랐다. 누대라는 공간은 실내도 아니고 실외도 아니다. 평지에 있지 않고 높이 있어서 사방 먼 곳을 바라볼 수 있지만 그렇다고 그곳으로 갈 수 있는 것은 아니다. 먼 세상으로의 탐험을 갈 수 있는 적극적인 공간이 아니라 먼 곳을 바라만 볼 수 있는 수동적인 공간이다. 그저 자신이 처한 환경에 순응하면서 지금의 근심과 걱정을 일시적이고 임시적으로 해소할 수 있을 따름이다. 하지만 높은 곳에 올라 먼 곳을 바라보기 때문에 몸은 비록 여기 있지만 생각은 멀고 깊어진다.

옛날 이런 곳에 올라 천고의 시름을 노래하던 사람들로 누가 있었을까? 봉래의 문장과 건안의 풍골이 있었다. 봉래의 문장은 한나라 시기의 훌륭한 문장을 의미한다. 건안의 풍골은 동한 말 건안 연간의 조조, 조비, 조식 삼부자와 건안칠자의 풍격으로, 정서가 강개하고 굳세어 시풍이 강건한 느낌을 준다. 이들이 높은 누대에 올라 인간의 본원적인 문제에 대해 고민하면서 함께 술을 마셨고, 비분강개를 토로하며 시문을 지었다. 그리고 그들의 이름은 지금까지도 남아 있다. 그 이후로 또 누가 이런 일을 했던가? 사조가 있었고 사영운도 있었다. 이들 역시 사조루나 사공정 등 누대에 올라 표일한 흥취를 씩씩하게 표현하지 않았던가? 그래서 이들은 모두 푸른 하늘에 올라 해와 달을 잡고자 했고, 지금까지 해와 함께 달과 함께 영원히 남아 있지 않은가?

하지만 지금 나는 어떠한가? 저들처럼 될 수 있을까? 흐르는 물을 칼로 베어도 물은 계속 흐르듯이 내 시름을 술로 삭이려 해도 시름은 계속 솟아난다. 짧은 인생 내 뜻대로 되는 것이 없으니 이제 어찌해야 하겠는가? 세상을 버리고 망망대해를 떠다니는 일엽편주처럼 떠돌아다녀야 할 것이다.

하지만 이백은 결국 성공하였다. 그의 시가 봉래의 문장, 건안의 풍골, 사조와 사영운 등과 함께 지금까지 하늘의 별과 달이 되어 영원히 떠 있으니. 이제는 그 시름을 거두어도 되지 않을까?

50. 주마천의 노래—서쪽을 정벌하러 출병하는 봉 대부를 받들어 전송하다

잠삼岑參

그대는 보지 못했는가
주마천이 설해 가를 지나가고,
끝없이 넓은 사막이 누렇게 하늘로 들어가는 것을.
윤대는 구월에 바람이 밤에 소리를 지르고,
강물 가득 부서진 돌이 말박만큼 큰데,
바람 따라 온 땅에 돌이 어지러이 굴러간다.
흉노 땅의 풀이 시들고 말이 한창 살찌면,
금산 서쪽으로 연기와 먼지 날아오르는 것이 보이는데,
당나라의 대장군이 서쪽으로 출병한다.
장군은 금빛 갑옷을 밤에도 벗지 않고,
한밤중에 행군하여 창이 서로 부딪치는데,
바람의 기세는 칼날과 같아 얼굴이 베이는 듯하다.
말의 갈기에 눈이 쌓였다가 땀 기운에 녹지만,
좋은 말의 털 무늬와 말다래에 금세 얼음으로 맺히고,
막사에서 격문을 쓰는데 벼루의 물이 얼어붙는다.
오랑캐 기병이 출병 소식을 들으면 응당 간담이 서늘해져,
조그만 무기로는 감히 맞붙지 못할 것을 짐작하고는,
거사국의 서문에서 전리품 바치기를 기다릴 것이다.

走馬川行奉送封大夫出師西征[1)]

君不見, 走馬川行雪海邊,[2)] 平沙莽莽黃入天.[3)]
輪臺九月風夜吼,[4)] 一川碎石大如斗, 隨風滿地石亂走.
匈奴草黃馬正肥, 金山西見烟塵飛,[5)] 漢家大將西出師.[6)]
將軍金甲夜不脫, 半夜軍行戈相撥,[7)] 風頭如刀面如割.[8)]
馬毛帶雪汗氣蒸, 五花連錢旋作冰,[9)] 幕中草檄硯水凝.[10)]
虜騎聞之應膽懾,[11)] 料知短兵不敢接,[12)] 車師西門佇獻捷.[13)]

[주석]

1) 出師(출사): 군대를 내다. 출병하다.

2) 行(행): 흐르다. 제목의 '행' 자로 인해 잘못 들어간 것이라는 설이 있지만 옳지 않다. 雪海(설해): 지금의 신강자치구 북쪽의 사막 지역이다.

3) 莽莽(망망): 끝이 없는 모양.

4) 輪臺(윤대): 지금의 신강자치구 우루무치 북동쪽의 지명.

5) 金山(금산): 지금의 알타이산. 신강자치구 북부와 몽골 서부에 있다.

6) 漢家大將(한가대장): 한나라의 대장군. 여기서는 당나라의 대장군 봉상청封常清을 가리킨다.

7) 半夜(반야): 한밤중. 撥(발): 부딪치다.

8) 風頭(풍두): 바람의 기세.

9) 五花(오화): 다섯 잎의 꽃. 좋은 말의 무늬를 가리킨다. 連錢(연

전): 연결된 동전. 연결된 동전 같은 꽃무늬로 장식한 말다래를 가리킨다. 또는 그런 꽃무늬 같은 말의 털을 가리킨다. 旋(선): 순식간에.

10) 草檄(초격): 격문을 작성하다.

11) 膽懾(담섭): 간담이 서늘해지다.

12) 料知(요지): 추측하다. 생각하다. 短兵(단병): 짧은 병기. 칼이나 창을 가리키는데 여기서는 하찮은 병기를 말한다.

13) 車師(거사): 한나라 때 서역의 나라 이름. 佇(저): 기다리다. 獻捷(헌첩): 전리품을 바치다.

[해설]

이 시는 잠삼이 주마천走馬川에 관해 노래하여 서쪽 지방을 정벌하러 출정하는 봉상청을 전송하는 것이다. 주마천은 지금의 신강자치구에 있는 강의 이름이다. 봉상청은 천보天寶 11년(752) 안서부도호安西副都護가 되었고 천보 13년(754)에 조정에 들어가 어사대부御史大夫를 맡았다. 이어 북정도호北庭都護 겸 안서절도사安西節度使가 되었는데 이는 북서쪽 변방을 지키는 총사령관이었다.

주마천은 어디에 있는가? 지금의 신강자치구 북쪽의 설해라는 곳에 있다. 설해는 눈으로 바다를 이루었다는 뜻이니 사시사철 눈이 덮인 추운 곳이다. 그리고 사막이 끝없이 펼쳐진 황량한 곳이다. 봉상청이 군사를 주둔시킬 윤대輪臺에는 늦가을이 되면 바람이 밤에 거세게 불어대니, 주마천에 가득 깔린 돌이 곡식의 양을 재는 말박만큼 커다랗지만 바람에 막 굴러다닐 정도이다. 이렇게 춥고 황량한 곳으로 출병을 하게 되었으니 고생이 얼마나 심하겠는가?

흉노 땅의 풀이 시드는 가을이 되면 말도 한창 살이 쪄서 호시탐탐 중원 땅을 넘보며 전쟁 준비를 한다. 그곳의 금산에는 봉홧불과 말 달리는 먼지가 끊임없이 피어오른다. 이들을 막기 위해 당나라의 대장군 봉상청이 서쪽으로 출병을 하는 것이다. 급하고 중요한 일이라서 한시도 지체할 수 없다. 밤에도 갑옷을 벗지 않고 행군을 계속한다. 하지만 차가운 바람은 살을 베는 듯하다. 타고 가는 말에 눈이 내려 쌓이지만 열심히 달려가느라 흘리는 땀 기운에 이내 녹아버린다. 하지만 그 증기가 추위 때문에 금방 얼음이 되어 말의 갈기에 주렁주렁 매달린다. 막사에서 격문을 쓰려고 벼루에 물을 담아놓으면 그 먹물이 금방 얼어버릴 지경이다. 하지만 이런 추위에 움츠러들 수는 없다. 용맹한 기세로 적을 물리쳐야 한다. 사기가 절로 높다. 당나라 군대가 출병했음을 흉노족이 듣는다면 응당 자신들의 무기로는 감히 대적하지 못한다는 것을 알고는 전리품을 바치려고 기다리고 있을 것이다. 이번 출정도 순조롭게 승리로 끝날 것이다.

이 시는 처음의 '군불견君不見'을 빼면 매 구마다 압운을 하고 있으며, 처음에는 2구에서 환운하였다가 그다음에는 매 3구마다 환운을 하였고, 평성과 측성을 번갈아가며 사용하였다. 매우 특이한 형식을 보이고 있는데 이를 통해 변새에서의 험난함과 당나라 군대의 위용을 굴곡 있게 표현하였다.

51. 윤대의 노래—서쪽을 정벌하러 출병하는 봉 대부를 받들어 전송하다

잠삼岑參

윤대성 위에서 밤에 뿔피리 부니,
윤대성 북쪽에 묘성 별이 떨어진다.
깃털 꽂은 급전이 지난밤에 거려를 지났는데,
오랑캐 왕 선우가 이미 금산 서쪽에 있다고 한다.
수루에서 서쪽을 보니 연기와 먼지 시커먼데,
우리 군대는 윤대 북쪽에 주둔해 있다.
상장군이 깃발을 들고 서쪽으로 출정하는데,
날이 새자 피리 불며 대군이 줄지어 간다.
사방의 북소리에 설해가 용솟음치고,
삼군의 함성에 음산이 뒤흔들린다.
오랑캐 요새에는 병기의 기운이 구름까지 이어졌고,
전장에는 백골이 풀뿌리에 얽혀 있다.
검하에는 바람이 세차서 구름이 싹 걷히고,
사구에는 돌이 얼어 말발굽이 떨어진다.
부재상은 왕을 위해 일하느라 고통을 달게 여기고,
변방의 먼지를 잠재워 임금에 보답하기로 맹세하였으니,
옛날부터 역사책을 누가 보지 않았겠냐만
지금 보아하니 그의 공명이 옛사람을 능가한다.

輪臺歌奉送封大夫出師西征

輪臺城頭夜吹角,[1] 輪臺城北旄頭落.[2]
羽書昨夜過渠黎,[3] 單于已在金山西.[4]
戍樓西望煙塵黑, 漢兵屯在輪臺北.[5]
上將擁旄西出征,[6] 平明吹笛大軍行.
四邊伐鼓雪海湧,[7] 三軍大呼陰山動.[8]
虜塞兵氣連雲屯,[9] 戰場白骨纏草根.
劍河風急雲片闊,[10] 沙口石凍馬蹄脫.[11]
亞相勤王甘苦辛,[12] 誓將報主靜邊塵.
古來青史誰不見, 今見功名勝古人.

[주석]

1) 吹角(취각): 뿔피리를 불다. 군에서 경계하기 위해 부는 것이다.
2) 旄頭(모두): 28수 중의 하나인 묘성昴星으로 오랑캐를 상징하는 별자리이다.
3) 羽書(우서): 깃털을 꽂은 문서. 긴급한 문서이다. 渠黎(거려): 윤대성 남동쪽의 지명이다.
4) 單于(선우): 흉노족 왕의 명칭이다. 金山(금산): 지금의 알타이산. 신강자치구 북부와 몽골 서부에 있다.
5) 漢兵(한병): 한나라 병사. 여기서는 당나라 병사를 가리킨다.
6) 擁旄(옹모): 깃발을 들다. 군대를 지휘하는 것이다.
7) 伐鼓(벌고): 북을 치다. 雪海(설해): 지금의 신강자치구 북쪽의

사막 지역이다.

8) 陰山(음산): 중국 북부의 산맥 이름.

9) 虜塞(노새): 오랑캐의 요새. 雲屯(운둔): 구름이 많이 모여 있는 곳.

10) 劍河(검하): 지금의 신강자치구에 있는 강의 이름. 闊(활): 공활하다.

11) 沙口(사구): 지명으로 보이는데 정확한 위치는 알 수 없다.

12) 亞相(아상): 부재상. 감찰어사인 봉상청을 가리킨다.

[해설]

이 시는 앞의 시와 동일한 시기에 같은 주제로 지은 연작시이다. 다만 제재를 지금의 신강자치구에 있는 지명인 당시 봉상청이 주둔하였던 윤대성輪臺城으로 삼았을 따름이다.

지금 서쪽으로 출병한 봉상청의 군대는 윤대성에 머물 터인데, 그 윤대성 위에서 군대의 뿔피리를 불어 전쟁을 알리면 성 북쪽에는 묘성이 떨어질 것이다. 묘성은 오랑캐를 상징하는 별이니, 그 별이 떨어진다는 것은 오랑캐가 패배할 징조이다. 지난밤에 깃털을 꽂아 긴급함을 알리는 편지가 윤대성의 동쪽에 있는 거려를 지났는데 오랑캐 왕 선우가 이미 금산의 서쪽까지 다 가왔다고 한다. 윤대성에 올라 서쪽을 보니 오랑캐 군대가 타고 오는 말의 먼지가 새카맣게 일어나고 당나라 군대는 윤대성 북쪽에서 대열을 가다듬고 있다. 봉상청 대장군이 깃발을 들고 서쪽으로 출정하니 날이 새자마자 행군을 시작하고, 사방에서 북을 치니 눈 덮인 사막에 용솟음치고 병사들의 함성에 산이 들썩인다. 흉노족 역시 사기가 하늘을 찌를 듯하고 예로부터 이곳은 치열한 접전지로 아군이나 적군이 많이 죽었던 곳이다. 그리고 이곳은 바람이 세차 구름도 다 날려 갔고 추위에 돌까지 얼어붙어 말발굽이 빠질 정도이다. 춥고 위험한 정벌이 될 것이다. 하지만 봉상청 장군은 변방의 전란을 멈추어서 황제의 은혜에 보답하고자 맹세를 했기에 이런 고생과 추위를 감내하고 있다. 옛날부터 역사책에 기술된 인물을 보건대 그들보다 봉상청 장군의 공명이 더욱 뛰어나다. 비록 고생스럽겠지만 이번 정벌 역시 큰 공을 세우고 성공적으로 마무리될 것이다.

이 시는 매 2구마다 환운을 하여 시의 리듬을 급박하게 만들었는데 이를 통해 전장을 앞둔 긴박함과 긴장감을 표현하였다. 하지만 마지막 4구에서는 봉상청의 공적을 칭송하는 것이기 때문에 환운을 하지 않아 상대적으로 느긋한 느낌을 주고 있다.

52. 흰 눈의 노래—수도로 돌아가는 무 판관을 보내다

잠삼岑參

북풍이 땅을 말아 올리면 백초가 꺾이고,
오랑캐 땅의 하늘엔 팔월에 벌써 눈이 날린다.
갑자기 밤새도록 봄바람이 불어와,
천 그루 만 그루에 배꽃이 핀 것 같다.
주렴으로 흩날려 들어와 비단 장막을 적셔서,
여우 가죽옷도 따뜻하지 않고 비단 이불도 얇은 듯하니,
장군은 각궁을 당길 수 없고,
도호는 철갑옷이 차갑지만 그래도 입고 있다.
넓은 사막에는 이리저리 백 장 높이 얼음이 있고,
근심 어린 구름은 암담하게 만 리에 엉겨 있다.
사령관의 군영에 술을 차려 돌아가는 이에게 마시게 하니,
호금 소리 비파 소리에 강적 소리가 더해진다.
어지러운 저녁 눈이 군영의 문에 내리는데,
바람이 붉은 깃발을 잡아당겨도 얼어서 펄럭이지 않는다.
윤대의 동쪽 문에서 떠나가는 그대를 보내나니,
떠나갈 때 천산의 길에 눈이 가득할 터인데,
산굽이에서 길이 돌아가면 그대는 보이지 않고
눈 위에 부질없이 말 발자국만 남겠지.

白雪歌送武判官歸京

北風捲地白草折,[1] 胡天八月卽飛雪.
忽如一夜春風來, 千樹萬樹梨花開.
散入珠簾濕羅幕, 狐裘不暖錦衾薄.
將軍角弓不得控,[2] 都護鐵衣冷猶著.[3]
瀚海闌干百丈冰,[4] 愁雲慘淡萬里凝.
中軍置酒飮歸客,[5] 胡琴琵琶與羌笛.[6]
紛紛暮雪下轅門,[7] 風掣紅旗凍不翻.[8]
輪臺東門送君去,[9] 去時雪滿天山路.[10]
山迴路轉不見君, 雪上空留馬行處.

[주석]

1) 白草(백초): 북서쪽 변방에서 자라는 풀의 이름. 말이나 양이 잘 먹으며 시들면 흰색으로 변한다.
2) 角弓(각궁): 짐승의 뿔로 만든 활.
3) 都護(도호): 변방에 설치한 도호부都護府의 장관長官이다.
4) 瀚海(한해): 원래는 고비사막을 가리키는데, 대체로 넓은 사막을 말한다. 闌干(난간): 이리저리 어지러이 있는 모양.
5) 中軍(중군): 사령관이 지휘하는 군대. 또는 사령관의 막사.
6) 胡琴(호금): 변방 이민족이 연주하는 금의 일종. 琵琶(비파): 서역에서 연주하는 악기의 이름. 羌笛(강적): 변방 이민족인 강족이 연주하는 피리.

7) 轅門(원문): 수레의 끌채로 만든 문. 야전에서 임시로 만든 군영을 말한다.

8) 掣(철) :당기다.

9) 輪臺(윤대): 지금의 신강성 우루무치 북동쪽의 지명. 당시 잠삼의 군대가 주둔하고 있던 곳이다.

10) 天山(천산): 지금의 신강자치구 중부에 있는 산.

[해설]

이 시는 잠삼이 지금의 신강자치구에 있던 윤대성輪臺城에서 다시 장안으로 돌아가는 무 판관을 송별하며 지은 것이다. 그곳에는 항상 눈이 쌓여 있고 송별하는 날에도 눈이 내렸기에 흰 눈을 주제로 송별의 아쉬움을 표현하였다. 무 씨에 대해서는 자세히 알려진 바가 없으며 판관은 관찰사나 절도사의 부관이다.

음력 8월이면 한가을이지만 이곳에는 날씨가 추워져 바람이 땅을 말아 올릴 듯 불고 시든 풀이 꺾이며 눈이 날리기 시작한다. 어젯밤에 내린 눈으로 모든 나무가 배꽃이 핀 듯 하얗게 되니 마치 봄날이 돌아온 것 같다. 하지만 그 눈이 장막을 파고들어 오니 옷과 이불이 다 젖어서 아무리 따듯한 옷을 입고 이불을 덮어도 춥기만 하다. 강력한 힘을 자랑하던 장군도 활을 당길 수 없을 정도이고 지역 담당자인 도호가 입은 철갑옷은 차갑기만 하다. 하지만 여기는 전쟁터이니 한시도 갑옷을 벗을 수 없고 긴장을 늦출 수 없다. 넓은 사막에는 두꺼운 얼음이 얼어 있고 구름도 이 추위와 고통이 근심스러운지 어둑하게 하늘을 가득 채우고 있다.

거기에 또 하나의 근심이 더 있으니 그동안 고락을 함께하던 무 판관이 떠나가게 되었다. 송별회를 해야 하니 술이 빠질 수가 없고 음악이 없을 수가 없다. 하지만 이곳은 변방이라 음악은 전부 이민족의 악기로 연주되고 있다. 이국적인 장면이다. 송별연이 무르익고 저녁이 되자 군영에는 또 눈이 내린다. 추위에 깃발이 얼어 바람이 불어도 펄럭이지 않는다. 이제 무 판관이 떠나갈 때는 길에 눈이 가득할 터이니 더욱 고생일 것이다. 떠나가는 모습을 뒤에서 끝까지 바라보는데 그가 산모퉁이를 돌아서니 이제 더 이상 그 모습은 보이지 않고, 그저 그가 지나간 곳에는 눈 위에 찍힌 말발굽 자국만 보인다. 눈이 더 내리면 이 자국도 덮이고 보이질 않으리라. 부디 먼 길 조심히 가시길.

53. 위풍 녹사의 집에서 조 장군이 그린 말 그림을 구경하다

두보杜甫

개국 이래로 말 그림 중에서
신묘한 것으로는 오직 강도왕을 꼽더니,
장군이 명성을 얻은 지 삼십 년
인간 세상에 다시 진정한 승황이 나타났다.
일찍이 돌아가신 황제 현종의 조야백을 그렸더니
용지에서 열흘 동안 천둥이 날렸기에,
내전에 있던 검붉은 마노 쟁반을
첩여가 조명을 전하고 재인이 찾아서,
쟁반을 장군께 하사하니 절하고 춤추며 돌아갔는데
가벼운 비단과 촘촘한 무늬 비단이 서로 나는 듯 따랐으니,
귀한 가문과 권문세가가 그의 작품을 얻은 뒤에야
병풍에서 빛이 난다는 것을 비로소 깨달았기 때문이다.
옛날 태종의 권모왜
근래 곽자의 장군의 사자화,
지금 새로 그린 그림 속에 이 두 마리 말이 있으니
그림 잘 아는 이로 하여금 다시 오래 감탄하게 하는데,
이들은 모두 전투마로 홀로 만 명을 대적하였기에
흰 비단에 아득히 모래바람이 이는 듯하다.
나머지 일곱 마리 또한 빼어났기에

아득히 차가운 하늘에 안개와 눈이 일렁이는 듯한데,
서리 어린 발굽으로 긴 가래나무 사이를 달리고
마관과 하인들이 빼곡하게 줄지어 서 있으며,
사랑스럽게도 아홉 마리 말이 신령함과 빼어남을 다투는데
돌아보는 자태는 맑고 고상하며 기운은 깊고 평온하다.
묻건대 진실로 마음 깊이 사랑한 자가 누구인가?
후에는 위풍이 있고 전에는 지둔이 있었다.
옛날 현종이 신풍궁에 순행한 일을 생각하니
푸른 깃발이 하늘을 스치며 동쪽을 향해 왔는데,
솟구치며 달리던 삼만 마리의 많은 말이
모두 이 그림과 골격이 같았지.
보물을 헌상하여 하백에게 조회한 때로부터
다시는 강물 속의 교룡을 쏘지 않았기에,
그대는 보지 못하는가
금속산 앞의 소나무 측백나무 속에
용을 불러오는 말은 다 가버리고 새만 바람 속에 우는 것을.

韋諷錄事宅觀曹將軍畫馬圖

國初已來畫鞍馬, 神妙獨數江都王.[1)]
將軍得名三十載, 人間又見眞乘黃.[2)]
曾貌先帝照夜白,[3)] 龍池十日飛霹靂.[4)]
內府殷紅馬腦盤,[5)] 婕妤傳詔才人索.[6)]
盤賜將軍拜舞歸, 輕紈細綺相追飛.[7)]

貴戚權門得筆跡,[8] 始覺屛障生光輝.
昔日太宗拳毛騧,[9] 近時郭家獅子花.[10]
今之新圖有二馬, 復令識者久嘆嗟.[11]
此皆戰騎一敵萬, 縞素漠漠開風沙.[12]
其餘七匹亦殊絶, 逈若寒空動烟雪.
霜蹄蹴踏長楸間,[13] 馬官厮養森成列.[14]
可憐九馬爭神駿, 顧視淸高氣深穩.
借問苦心愛者誰, 後有韋諷前支遁.[15]
憶昔巡幸新豐宮,[16] 翠華拂天來向東.[17]
騰驤磊落三萬匹,[18] 皆與此圖筋骨同.
自從獻寶朝河宗,[19] 無復射蛟江水中.[20]
君不見, 金粟堆前松柏裏,[21] 龍媒去盡鳥呼風.[22]

[주석]

1) 江都王(강도왕): 당나라 태종太宗의 조카인 이서李緖로 서화에 능하였으며 특히 말을 잘 그렸다.

2) 乘黃(승황): 고대 전설상의 명마로 여기서는 조패가 그린 그림을 염두에 두고 한 말이다.

3) 貌(막): 그리다. 先帝(선제): 돌아가신 황제. 여기서는 현종을 가리킨다. 照夜白(조야백): 현종이 타던 말의 이름.

4) 龍池(용지): 궁궐에 있던 못의 이름.

5) 內府(내부): 궁중의 창고. 殷紅(은홍): 짙붉은 빛. 馬腦(마뇌): 마노. 보석의 종류이다.

6) 婕妤(첩여), 才人(재인): 궁녀의 등급이다.

7) 輕紈(경환): 가벼운 흰 비단. 細綺(세기): 세밀한 무늬가 있는 비단. 追飛(추비): 뒤따라 날아들다. 현종이 마노 쟁반을 하사한 뒤로 권문세가로부터 비단이 줄지어 답지하였다는 말이다. 현종이 내린 비단이 이어졌다는 뜻으로 풀이하는 설도 있다.

8) 筆跡(필적): 조패의 그림을 가리킨다.

9) 拳毛騧(권모왜): 당나라 태종이 타고 다니던 말의 이름.

10) 獅子花(사자화): 당나라 대종代宗이 곽자의 장군에게 하사한 말의 이름.

11) 嘆嗟(탄차): 감탄하다.

12) 縞素(호소): 흰 비단. 말을 그린 바탕을 말한다.

13) 蹴踏(축답): 밟다. 달리다. 長楸(장추): 높이 자란 가래나무. 장안의 큰길에 이 나무를 심었다.

14) 廝養(시양): 원래는 허드렛일을 하는 하인을 가리키는데 여기서는 말을 돌보는 하인을 말한다.

15) 支遁(지둔): 동진東晉 시기의 승려로 말 기르는 것을 좋아했다. 혹자가 스님이 말을 기르는 것이 어울리지 않는다 말하자, 지둔이 말하기를 "나는 그 말의 신령함과 빼어남을 중히 여길 뿐이다"라고 말했다.

16) 新豐宮(신풍궁): 화청궁華淸宮이라고도 하며 현종이 매년 겨울을 이곳에서 보냈다.

17) 翠華(취화): 비취새 깃털로 장식한 깃발로 황제의 의장이다.

18) 騰驤(등양): 솟구치며 달리다. 磊落(뇌락): 많은 모양.

19) 河宗(하종): 황하의 신. 하백을 말한다. 목천자가 서쪽으로 가

다가 하백을 만났는데, 그에게 보물을 바치고 절을 하였다. 얼마 후에 목천자가 죽었는데 여기서는 현종이 죽은 것을 비유한다.

20) 射蛟(석교): 교룡을 맞히다. 한나라 무제가 순수巡狩하다가 직접 교룡을 쏘아 잡았다는 기록이 있다. 그러한 일이 없게 되었다는 것은 현종이 더 이상 큰 뜻을 가지고 세상을 통치하지 못하게 되었다는 말이다. 이와 달리 아래에 나오는 '용매'와 관련해서 더 이상 좋은 말이 나올 수 있는 여건이 사라졌음을 말하는 것으로 볼 수도 있다.

21) 金粟堆(금속퇴): 현종이 묻힌 산의 이름.

22) 龍媒(용매): 용을 이끌어내는 매개물. 옛말에 천마가 오면 용이 곧 온다고 하였는데, 이로부터 좋은 말을 가리킨다.

[해설]

이 시는 두보가 위풍韋諷의 집에서 조패曹霸가 그린 말 그림을 보고 느낀 감회를 적은 것이다. 위풍은 사천 성도成都 사람이며 당시 낭주閬州의 녹사참군錄事參軍을 지내고 있었다. 녹사참군은 지방 관원으로 관청의 문서를 관장하였으며 대체로 칠품 정도에 해당한다. 조패는 당나라 현종 때 궁중에 들어가 황제의 말이나 공신의 초상을 그렸으며 관직이 좌무위장군左武衛將軍에 이르렀다. 두보는 우선 조패가 말을 잘 그려서 현종의 인정을 받았다고 하여 그의 재능을 칭송한 뒤에 지금 보고 있는 그림에 그려진 말의 씩씩한 모습을 묘사하였다. 예전 현종이 행차할 때 위풍당당하게 3만 마리의 말을 거느렸지만 현종이 죽은 뒤에는 그 말이 다 사라졌음을 말해 금석지감을 드러내었다. 여타 시인의 그림시는 단지 말 그림의 묘사에 그칠 뿐인데, 두보의 그림시는 그 묘사가 훌륭할 뿐만 아니라 쇠락한 국운에 대한 걱정과 아울러 자신들이 득의하지 못하고 떠도는 모습을 함께 드러내었다.

당나라가 개국한 이래로 말 그림을 잘 그린 자로는 강도왕江都王을 꼽았지만 조패가 나온 뒤 그는 30년간 명성을 쌓았으며 진정한 신령스러운 말인 승황이 다시 그림으로 인간 세상에 나타나게 되었다. 일찍이 현종이 타고 다니던 준마 조야백을 그림으로 그리자 궁궐의 용지에서 열흘 동안 천둥과 번개가 쳐서 용지 안의 용이 감응을 하였다. 원래 조야백은 용이었기 때문이다. 현종은 조서를 내려 궁궐 안에 있는 검붉은 마노 쟁반을 찾아오게 하여 조패에게 하사하였다. 그 이후로 그의 명성이 세상에 퍼져 권문세가에서는 자신들의 병풍에 빛을 더하기 위해 조패의 그림을 얻으려고 값진 비단을 보내오게 되었다.

그런 조패가 아홉 마리의 말을 그렸고 그 그림이 오늘 우리 눈앞에 있다. 옛날 태종이 타고 다니던 권모왜, 근래에 곽자의 장군이 대종으로부터 하사받은 사자화, 이 두 마리 말이 그림 속에 있으니 그림깨나 안다고 하는 이들은 이를 보고 감탄을 하느라 바쁘다. 이 두 마리 말은 모두 전쟁에 참여했던 말로서 만 명의 기병을 홀로 대적할 수 있었다. 그렇기에 지금도 흰 비단의 그림에는 모래바람이 일어나는 듯하다. 나머지 일곱 마리 말 또한 모두 빼어나니 차가운 하늘에 붉은빛과 흰빛이 일렁이는 듯하다. 추운 변방의 서리 속에서도 씩씩하게 달렸던 그 발굽으로 지금 가래나무가 자란 장안의 대로를 질주하고 있다. 그리고 말을 관리하는 관원과 노복들이 빼곡히 줄 지어 서 있다. 이렇게 아홉 마리 말이 신령함과 빼어남을 다투고 있는데, 그윽이 돌아보는 자태는 맑고 고상하며 그 기상은 깊고 탄탄하다. 진정 이 말을 마음 깊이 사랑한 자가 누구였던가? 옛날에는 진나라의 스님 지둔이 그랬고 지금은 이 그림을 소장한 위풍이 그러하다. 이들은 진정으로 말의 정신을 알아보았다.

이제 두보는 시상을 다른 곳으로 옮긴다. 이렇게 좋은 말이 예전에는 많았지만 지금은 단지 그림 속에만 있을 뿐 실제로 존재하지는 않는다. 옛날 현종이 신풍궁으로 행차할 때는 얼마나 대단하였던가? 푸른 깃발이 하늘을 스치듯 높이 펄럭이고 지금 이 그림 속에 있는 것과 같이 훌륭한 골격을 가진 말 3만 마리가 현종의 행렬에 있었지 않았는가? 옛날 목천자가 서쪽으로 가다가 황하의 신 하백을 만나 그에게 보물을 바치고 절을 하였는데, 얼마 후 목천자가 죽어버렸다. 그랬듯이 현종도 얼마 후에 죽었으니, 태평성세를 누리던 당나라도 쇠락의 길로 접어들게 되었다. 옛날 한나라 무제가 순수하다가 교룡을 쏘아 잡았듯이 현종도 예전에는 그러한 큰 뜻을 품고 세상을 경영하였는데 이제는 그런 일도 없게 되었다. 현종의 무덤이 있는 금속산에는 씩씩한 말은 없고 그저 새 울음소리만 바람결에 들릴 뿐이다. 그날의 영광은 언제 다시 올 것인가? 우리는 언제 다시 태평성세를 누릴 것인가? 우리가 다시 조정에 서서 황제를 보필할 날은 언제일까? 이제 이 그림을 보면서 옛 세상을 그리워할 뿐이다.

54. 단청의 노래—조패 장군에게 드리다

두보杜甫

장군은 위나라 무제 조조의 자손인데
지금은 평민이 되어 빈한한 집안이 되었지만,
영웅할거가 비록 끝났더라도
문채와 풍류는 지금도 아직 남아 있습니다.
글씨를 배우면서 처음에 위 부인을 본받았지만
우군장군 왕희지를 능가하지 못함을 그저 한탄하셨고,
그림을 그리면서 노년이 찾아오는 줄도 몰랐으니
부귀는 내게 뜬구름과 같다고 여겼습니다.
개원 연간에 늘 황제의 부름을 받아 알현하며
은혜를 입어 남훈전에 자주 올랐는데,
능연각의 공신 그림에 얼굴빛이 바랬을 때
장군이 붓을 대자 생동감 있는 얼굴이 펴졌습니다.
훌륭한 재상은 머리 위에 진현관
용맹한 장군은 허리춤에 큰 깃의 화살,
포공과 악공은 머리카락이 살아 움직이니
영웅의 자태 씩씩하여 나아가 한창 싸우는 듯하였습니다.
돌아가신 현종의 천마 옥화총
화공이 산처럼 많아도 그린 것이 실물과 같지 않았는데,
이날 붉은 섬돌 아래에 끌어와서
궁문에 우뚝 서 있으니 거센 바람이 일어났습니다.

조서를 내려 장군에게 흰 비단 위에 붓을 휘두르라고 하자
어떻게 그릴지 고심해서 구상하고는,
순식간에 구중궁궐에 진짜 용이 나타났으니
만고의 평범한 말들을 단숨에 쓸어버렸습니다.
옥화마가 도리어 황제의 용상 위에 있게 되어
용상 위와 마당 앞에 우뚝하게 서로 마주하자,
지존께서는 웃음을 머금으며 금을 하사하라 재촉하셨고
말을 관리하는 어인과 태복이 모두 경탄하였습니다.
제자 한간이 일찌감치 입실의 경지에 올라
또한 말을 잘 그려 갖가지 모습을 다 그렸지만,
한간은 그저 살만 그릴 뿐 뼈는 그리지 못해
화류마의 기상을 시들게 하였습니다.
장군의 그림이 좋은 것은 대개 정신을 담아서이니
훌륭한 선비를 우연히 만나면 역시 참모습을 그렸지만,
지금은 전쟁 중에 떠돌게 되어
평범한 행인도 여러 차례 그리셨습니다.
길이 막혀 도리어 속인의 무시를 받게 되었으니
세상에 공처럼 가난한 사람도 없을 것입니다.
하지만 보아하니 예로부터 성대한 명성 아래에는
언제나 가난이 그 몸을 감쌌습니다.

丹靑引贈曹將軍霸[1)]

將軍魏武之子孫，於今爲庶爲淸門.

英雄割據雖已矣, 文彩風流今尙存.
學書初學衛夫人,[2] 但恨無過王右軍.[3]
丹靑不知老將至, 富貴於我如浮雲.
開元之中常引見, 承恩數上南熏殿.[4]
凌煙功臣少顔色,[5] 將軍下筆開生面.
良相頭上進賢冠,[6] 猛將腰間大羽箭.
褒公鄂公毛髮動,[7] 英姿颯爽來酣戰.[8]
先帝天馬玉花驄, 畫工如山貌不同.[9]
是日牽來赤墀下,[10] 逈立閶闔生長風.[11]
詔謂將軍拂絹素, 意匠慘澹經營中.[12]
斯須九重眞龍出,[13] 一洗萬古凡馬空.
玉花却在御榻上, 榻上庭前屹相向.[14]
至尊含笑催賜金, 圉人太僕皆惆悵.[15]
弟子韓幹早入室,[16] 亦能畫馬窮殊相.
幹惟畫肉不畫骨,[17] 忍使驊騮氣凋喪.[18]
將軍畫善蓋有神, 偶逢佳士亦寫眞.[19]
卽今飄泊干戈際, 屢貌尋常行路人.[20]
途窮反遭俗眼白,[21] 世上未有如公貧.
但看古來盛名下, 終日坎壈纏其身.[22]

[주석]

1) 丹靑(단청): 붉은색과 푸른색. 그림을 가리킨다. 引(인): 원래는 곡조의 이름인데, 여기서는 읊는다는 뜻으로 사용되었다.

2) 衛夫人(위부인): 여음태수汝陰太守 이구李矩의 아내인 위삭衛鑠으로 진晋나라의 여류 서예가이다. 왕희지王羲之가 그에게서 서예를 배웠다.

3) 王右軍(왕우군): 진晋나라의 서예가인 왕희지. 그는 우군장군右軍將軍을 역임하였다.

4) 南熏殿(남훈전): 장안 남쪽에 있는 흥경궁興慶宮의 내전.

5) 凌煙(능연): 당 태종이 정관貞觀 17년(643)에 염입본閻立本을 시켜서 개국공신 24명의 초상을 그려놓게 한 누각이다. 少顔色(소안색): 얼굴빛이 바래다. 색상이 바래다.

6) 進賢冠(진현관): 관복에 갖추어 쓰던 관모의 일종으로 의식이 있을 때 썼다.

7) 褒公(포공): 포국공褒國公 단지현段志玄으로 보국대장군輔國大將軍 겸 양주도독揚州都督을 지냈으며 24명 중 열번째로 그려져 있다. 鄂公(악공): 악국공鄂國公 울지경덕尉遲敬德으로 개부의동삼사開府儀同三司를 지냈으며 24명 중 일곱번째로 그려져 있다.

8) 颯爽(삽상): 씩씩한 모양. 酣戰(감전): 한창 전투에 임하다.

9) 貌不同(막불동): 그린 것이 실물과 같지 않다.

10) 赤墀(적지): 붉은 계단. 궁궐을 가리킨다.

11) 迥立(형립): 우뚝하니 서 있다. 閶闔(창합): 궁궐 문의 이름.

12) 意匠(의장): 그림을 그리거나 글을 짓기 전에 정신을 집중하여 구상하다. 慘澹(참담): 골똘히 생각하는 모양. 經營(경영): 회화 용어로 그림을 구상하는 것을 말한다.

13) 斯須(사수): 순식간에. 곧장. 九重(구중): 구중궁궐. 眞龍(진룡): 진짜 용. 준마를 비유하며, 여기서는 조패의 그림 속에 있는 말

을 가리킨다.

14) 屹(흘): 우뚝하다.

15) 圉人(어인): 말을 사육하고 관리하는 관원. 太僕(태복): 천자의 말을 관리하는 관원. 惆悵(추창): 경탄하다.

16) 入室(입실): 방에 들어가다. 스승의 방에 들어가 배울 정도가 되었다는 말로 수준이 꽤 높음을 말한다.

17) 畫肉(화육): 살을 그리다. 외모만 똑같이 그릴 뿐이라는 말이다. 畫骨(화골): 뼈를 그리다. 대상물이 가진 정신과 기품을 그려낸다는 말이다.

18) 忍(인): 용인하다. 驊騮(화류): 좋은 말의 이름. 凋喪(조상): 사라지다.

19) 寫眞(사진): 사람의 인품과 진정을 그려내다.

20) 尋常(심상): 평범하다.

21) 途窮(도궁): 길이 막히다. 곤궁해지다. 俗眼白(속안백): 속인들이 백안시白眼視하다. 속인들이 무시하다.

22) 坎壈(감람): 불우한 모양. 실의한 모양. 纏(전): 감다. 얽어매다.

[해설]

이 시는 두보가 조패曹霸 장군의 그림에 관해 읊고서 그에게 준 것이다. 조패는 당나라 현종 때 궁중에 들어가 황제의 말이나 공신의 초상을 그렸으며 관직이 좌무위장군左武衛將軍에 이르렀다. 두보는 그가 말 그림을 잘 그려서 현종의 인정을 받았지만 지금은 전쟁 통에 영락하여 가난하게 살고 있는 것을 애달파하였다. 이를 통해 자신의 신세 역시 그러함을 기탁했다.

조패는 조조의 후손으로 왕족이었지만 이제는 평민이 되었다. 그렇지만 삼국의 영웅할거의 시대가 끝났다고 하더라도 그의 핏속에는 문채와 풍류가 아직 남았다. 때문에 그림과 글씨에서도 그러한 정신을 확인할 수 있다. 처음에는 글씨를 먼저 배웠는데 진晉나라 때 서예에 조예가 깊었던 위 부인 위삭의 글씨를 학습했다. 하지만 위 부인의 제자로 글씨를 잘 썼던 왕희지의 실력에는 미치지 못하는 것을 항상 안타까워했다. 하지만 이는 두보가 열심히 노력한 조패의 품성을 겸손하게 표현한 것일 뿐 실제 실력이 왕희지보다 못했다는 말은 아닐 것이다. 그림은 천성적으로 좋아했으니 세월이 가는 줄도 모르고 그림을 그렸고, 이를 통해 부귀를 이루리라는 것은 생각도 하지 않았다.

하지만 뛰어난 실력을 언제까지나 숨길 수는 없는 법. 개원 연간에 현종의 부름을 받아 자주 궁궐로 들어갔는데, 능연각에 있는 공신들의 초상이 낡았기에 이를 보수하기에 이르렀다. 조패가 붓을 대자 초상에는 생동감이 돌고 엄연하고 씩씩한 자태가 절로 드러나게 되어 지금도 활동하고 있는 듯했다. 그리고 현종이 타고 다니던 준마 옥화총이 있었는데 수많은 화공이 이 말을 그려도 실제와 같지 않아 고심하던 차에, 드디어 현종은 조패를 불러 옥화총을 그리게 했다. 말을 끌고 궁궐로 들어오니 과연 우뚝한 모습에서 세찬 바람이 불어온다. 조패는 잠시 그림을 구상하는 듯하더니 일필휘지로 말을 그리자 실물과 똑같은 모습이 그림에 담겨지게 되어, 궁궐의 단상과 단하에 두 마리 옥화총이 마주 서게 되었다. 이에 현종은 금을 하사하라고 재촉하고 주위의 관원들 역시 감탄을 금치 못했다. 그에게 한간이라는 제자가 있어 그의 기법을 전수받았지만 그는 다만 말의 외형만 그릴 수 있을 뿐 말의 진정한 기풍을 그리지는 못했다. 이렇듯 조패의 그림에는 대상의 정신이 깃들어 있었던 것이다.

그러하니 훌륭한 선비를 만나면 그 정신을 초상화에 담아내기도 하였는데, 안녹산의 난이 발발하자 궁궐을 떠나 이리저리 떠돌게 되었고 생계를 위해 일반 평민을 그리는 지경에 이르게 되었다. 그러니 누가 그의 그림을 알아봐줄 것인가? 그저 모습만 비슷하게 그렸다고 생각할 뿐이고, 가난에 찌든 삼류화가로 여기고 무시할 뿐이다. 아아, 옛날부터 명성이 성대했던 사람도 가난은 피할 수 없었으니, 조패 역시 그러한 상황이구나. 이는 만고의 이치이니 지금의 가난이나 사람들의 무시에 너무 개의치 말고 꿋꿋하게 살아가기를 바란다. 이 말은 비록 조패에게 하는 것이지만 역시 두보 자신에게 하는 말이기도 하다. 지금 나의 재능을 알아주고 인정하지 않아서 비록 가난하게 살고 있지만, 이것도 나의 운명이니 달갑게 여길 수밖에 없다. 같은 처지끼리 만났으니 술이나 한잔합시다.

55. 간의대부 한주에게 부치다

두보杜甫

지금 나는 즐겁지 않아 악양을 그리워하니
몸을 떨쳐 날아가고 싶지만 병들어 침상에 있다.
아름다운 이는 고운 자태로 가을 물 너머에서
동정호에 발을 씻고 사방 먼 곳을 바라볼 터인데,
기러기 날아가는 아득한 곳에 해와 달이 밝고
푸른 단풍잎이 붉어지고 하늘에서 서리가 내리겠지.
옥경의 여러 제왕이 북두성에 모여
어떤 이는 기린을 타고 어떤 이는 봉황에 가려 있지만,
부용의 깃발은 연무 속에 떨어져
그림자가 물에 비친 모습을 일렁이며 소수와 상수를 흔드니,
하늘 궁전의 제왕은 신선의 음료에 취하였지만
신선은 드물어 그 옆에 있지 않구나.
지난날 적송자 이야기를 들은 것 같은데
아마도 이 사람은 한나라 때의 장양일 것이다.
예전에 유방을 따라 장안을 평정하였는데
그 책략은 바뀌지 않았지만 마음이 참담하게 아프니,
국가의 성공과 실패를 내 감히 어찌하랴 하고는
비리고 부패한 것에 난색을 표하며 단풍 향을 먹고 있다.
주남에 체류한 일을 옛사람 사마담은 애석해하였지만
남극의 노인인 그대는 장수와 번창의 운명에 응할 터인데,

아름다운 이는 어찌하여 가을 물 너머에 있는가?
어찌하면 그를 옥당에 바쳐 그곳에 둘 수 있을까?

寄韓諫議注

今我不樂思岳陽,[1] 身欲奮飛病在牀.
美人娟娟隔秋水,[2] 濯足洞庭望八荒.
鴻飛冥冥日月白, 青楓葉赤天雨霜.
玉京羣帝集北斗,[3] 或騎騏驎翳鳳凰.[4]
芙蓉旌旗烟霧落,[5] 影動倒景搖瀟湘.[6]
星宮之君醉瓊漿,[7] 羽人稀少不在旁.[8]
似聞昨者赤松子,[9] 恐是漢代韓張良.[10]
昔隨劉氏定長安, 帷幄未改神慘傷.[11]
國家成敗吾豈敢, 色難腥腐餐楓香.
周南留滯古所惜,[12] 南極老人應壽昌.[13]
美人胡爲隔秋水, 焉得置之貢玉堂.[14]

[주석]

1) 岳陽(악양): 지금의 호북성 악양으로 동정호 가에 있으며 지금 한주가 머물고 있는 곳이다.
2) 美人(미인): 아름다운 이. 한주를 가리킨다. 娟娟(연연): 아름다운 모양.
3) 玉京(옥경): 천제가 사는 궁궐. 羣帝(군제): 여러 제왕. 신선의

여러 제왕을 가리킨다. 北斗(북두): 천제를 비유한다.

4) 翳鳳凰(예봉황): 봉황에 가려 있다. 여기서는 봉황을 타고 있다는 뜻이다.

5) 旌旗(정기): 깃발.

6) 倒景(도영): 거꾸로 비친 그림자. 물에 비친 경물을 말한다. 瀟湘(소상): 소수와 상수. 동정호로 들어가는 강이다.

7) 瓊漿(경장): 신선이 마시는 음료.

8) 羽人(우인): 신선. 여기서는 한주와 같은 충직함을 가진 이를 비유한다.

9) 赤松子(적송자): 옛날 신선의 이름. 신농씨神農氏 때에 비의 신인 우사雨師를 지냈다고 한다. 여기서는 한주의 신선 같은 풍모를 비유하며, 아래의 장양을 이끌어낸다.

10) 韓張良(한장량): 한韓나라 출신인 장양. 그는 유방을 도와 한漢나라의 건국에 공을 세웠으며 후에 적송자를 따라 은거하겠다고 했다.

11) 帷幄(유악): 장군이 전략을 짜는 장막. 여기서는 한주의 책략을 비유한다.

12) 周南留滯(주남류체): 주남에 체류하다. 사마천司馬遷의 아버지 사마담司馬談이 한漢나라 무제武帝의 천관天官이었는데도 천자의 봉선封禪 예식에 동행하지 못하고 당시 낙양인 주남에서 곤궁하게 지내다가 울분을 참지 못하고 죽었다. 황제의 인정을 받지 못하고 지방을 떠도는 한주의 신세를 비유한다.

13) 南極老人(남극로인): 남극성. 노인성이라고도 한다. 이 별은 장수와 번영을 주관하는데, 이 별이 나타나면 천하가 태평해진다

고 한다. 여기서는 중국의 남방인 악양에 머물고 있는 한주를 가리킨다. 이와 달리 이 구를 "남극의 노인성이 나타나 응당 장수와 번영을 누릴 것이다"로 풀이하기도 한다.

14) 焉(언): 어찌. 置(치): 두다. 玉堂(옥당): 한나라의 궁전 이름인데 여기서는 당나라 황실을 가리킨다. 이 구를 "어찌 그를 방치할 수 있겠는가? 옥당에 바쳐야지"라고 풀이하기도 한다.

[해설]

이 시는 두보가 간의대부諫議大夫 한주韓注에게 부치는 것이다. 간의대부는 황제에게 간언을 하는 관직으로 정오품상에 해당한다. 한주에 관해서는 자세히 알려져 있지 않으며 이 시의 내용에 따르면 간의대부를 하다가 지금은 악주岳州 지역으로 물러나 은거하고 있는 것으로 보인다. 한주가 아직 나라를 구하고자 하는 책략과 재능을 가지고 있음에도 불구하고 조정에서 쓰이지 않는 것을 아쉬워하였다.

지금 두보는 기분이 좋지 않다. 왜 그럴까? 그리고 악양을 그리워하는 것은 무슨 이유일까? 바로 한주가 그곳에 있기 때문이고, 한주가 악양에서 재능을 떨치지 못하고 있기 때문이다. 지금과 같이 혼란한 시기에 한주 같은 인재를 등용해야 하는데 그렇지 못하기 때문이다. 얼른 가서 그를 만난 뒤 그를 조정에 추천하고 싶지만 두보의 몸이 병들어 가지 못하고 생각만 할 뿐이다. 아마 그는 고운 자태로 동정호에서 몸을 깨끗이 하고는 사방 먼 곳을 돌아보고 있을 것이다. 스스로도 자신의 뜻을 펴지 못하는 것이 안타까울 것이다. 하늘 높이 나는 기러기같이 아무도 범접할 수 없는 인품을 가진 그가 은거하고 있기에 그곳은 해와 달이 항상 밝게 빛나겠지만, 그래도 시절이 가을이니 푸른 단풍이 붉어지고 서리가 내릴 것이어서 그 역시 쓸쓸한 세월을 보내고 있을 것이다.

하늘의 옥경에는 여러 신선이 북두성을 중심으로 모여서 기린이나 봉황을 타고 있겠지만, 부용 깃발을 가진 한 신선은 소수와 상수의 물에 떨어져 그 모습이 일렁이고 있다. 하늘의 궁전에서는 제왕들이 신선의 음료를 마시고 취해 있지만 진정한 신선은 드물어 황제의 곁에 있지 않다. 이는 바로 지금 조정의 모습을 말한 것이니, 황제 주위에는 술만 탐닉하는 신하들만 있을 뿐 한주 같은 진정한 신하는 지방을 떠돌고 있을 뿐이다.

한주는 어떤 사람인가? 예전에 적송자와 같은 신선이라고 들었는데 지금 생각해보니 오히려 적송자를 따르겠다고 은거한 한나라의 장양과 같은 사람이다. 한나라 유방을 도와 건국에 힘을 바친 장양의 뛰어난 책략과 충정을 가지고 있기에 지금과 같은 혼란한 시기에 더욱 마음 아파하고 있을 것이다. 그럼에도 상황이 여의치 않아 겉으로는 국가의 성패에 어찌 관여할 수 있겠냐고 하지만, 본성은 속이지 못하는 법이어서 비리고 부패한 것에는 얼굴을 찡그리고 고아한 단풍 향을 마시고 있으니, 이는 조정의 더러운 것을 싫어하고 고아한 기풍을 함양하려는 뜻이다. 옛날 사마담은 황제의 봉선 행사에 참여하지 못하고 주남에 체류하고 있었던 것을 원통해하면서 죽지 않았던가? 아마 지금 한주도 마찬가지로 조정의 큰일에 참여하지 못하면 그처럼 원통함을 지니고 죽을 것이다. 하지만 이제 장수와 번창의 운수가 닥칠 것이니, 이 사람을 어찌 재야에 그냥 둘 수 있겠는가? 얼른 조정으로 보내야 할 것이다.

한주를 조정에 천거할 수 있는 권한이 두보에게 있었는지는 차치하더라도, 혼란한 세상을 걱정하며 이를 구제할 수 있는 인재를 등용하기를 바라는 두보의 충정은 엿볼 수 있다.

56. 오래된 측백나무의 노래

두보杜甫

제갈공명 사당 앞에 오래된 측백나무가 있는데
가지는 청동과 같고 뿌리는 바위와 같으며,
서리같이 흰 껍질은 비에 젖은 채 마흔 아름이고
눈썹먹같이 검푸른 빛은 하늘을 찌를 듯 이천 척이다.
군주와 신하가 이미 때를 맞추어 만났기에
나무도 아직까지 사람들의 사랑을 받으니,
구름이 일면 기운은 긴 무협에 이어지고
달이 뜨면 한기는 흰 설산으로 통한다.
생각해보니 지난날 금정 동쪽으로 길을 둘러 갔더니
선주와 제갈무후가 깊은 사당에 함께 있었는데,
높이 솟은 가지와 줄기로 교외 들판은 예스럽고
그윽한 단청에 문과 창문은 고요하였지.
우뚝하게 서리고 웅크려서 비록 터를 잡았지만
아득히 홀로 높아 거센 바람이 잦았으니,
도움받아 버티는 것은 본래 천지신명의 힘이고
바르고 곧은 것은 원래 조화옹의 공력 때문이다.
큰 건물이 만일 기울어져서 동량이 필요하더라도
산처럼 무거워 만 마리 소도 고개를 돌릴 것이고,
아름다운 무늬를 드러내지 않아도 세상이 이미 놀라지만
벌목을 사양치 않더라도 누가 이 나무를 옮길 수 있으랴?

나무속이 쓰다고 어찌 벌레가 파먹는 것을 면하랴만
향기로운 잎에는 끝내 난새와 봉황이 깃들일 것이니,
뜻있는 선비와 은일한 이는 원망하지 마라
예로부터 재목이 크면 쓰이기 어려웠다.

古柏行

孔明廟前有老柏, 柯如青銅根如石.
霜皮溜雨四十圍,[1] 黛色參天二千尺.[2]
君臣已與時際會,[3] 樹木猶爲人愛惜.
雲來氣接巫峽長,[4] 月出寒通雪山白.[5]
憶昨路繞錦亭東,[6] 先主武侯同閟宮.[7]
崔嵬枝幹郊原古,[8] 窈窕丹青戶牖空.[9]
落落盤踞雖得地,[10] 冥冥孤高多烈風.[11]
扶持自是神明力, 正直原因造化功.
大廈如傾要梁棟,[12] 萬牛回首丘山重.
不露文章世已驚,[13] 未辭剪伐誰能送.
苦心豈免容螻蟻,[14] 香葉終經宿鸞鳳.[15]
志士幽人莫怨嗟,[16] 古來材大難爲用.

[주석]

1) 溜雨(유우): 비에 젖다. 비에 젖은 듯 껍질에 윤기가 도는 것으로 보는 설도 있다. 圍(위): 아름. 또는 두 손으로 감싸 쥔 둘레.

이 구는 과장법으로 보아 '아름'이 더 적당하다.

2) 黛(대): 눈썹먹. 검푸른 빛이다. 參天(참천): 하늘을 찌르다.

3) 君臣(군신): 임금과 신하. 유비와 제갈량을 가리킨다. 際會(제회): 만나다. 모이다.

4) 巫峽(무협): 장강 중류의 협곡으로 두보가 머물던 기주 지역에 있다.

5) 雪山(설산): 성도 인근의 산으로 높아서 항상 눈이 있다고 한다.

6) 錦亭(금정): 두보가 성도에 살 때 지은 정자이다. 성도를 지나가는 강의 이름이 금강錦江이다.

7) 先主(선주): 유비를 가리킨다. 武侯(무후): 제갈량을 가리킨다. 閟宮(비궁): 깊은 곳에 있는 묘당.

8) 崔嵬(최외): 높이 솟은 모양.

9) 窈窕(요조): 그윽한 모양. 丹靑(단청): 그림. 여기서는 유비와 제갈량의 초상을 가리킨다.

10) 落落(낙락): 홀로 우뚝 솟은 모양. 盤踞(반거): 똬리를 틀고 웅크리고 있다. 측백나무 밑둥이 오래된 것을 형용한 것이다.

11) 冥冥(명명): 아득한 모양.

12) 廈(하): 큰 집.

13) 露(로): 노출하다. 드러내다. 文章(문장): 아름다운 나뭇결무늬를 가리킨다.

14) 苦心(고심): 쓴맛이 나는 심지. 나무가 늙어서 나무속에서 쓴맛이 나는 것이다. 이는 자신의 마음속이 쓰라리다는 것을 비유적으로 표현한 것이기도 하다. 容(용): 받아들이다. 허용하다.

여기서는 땅강아지와 개미가 나무속을 파먹는 것을 내버려둔다는 말이다. 螻蟻(누의): 땅강아지와 개미. 하찮은 벌레를 가리키며, 여기서는 큰 인재를 알아보지 못하고 무시하는 소인배를 비유한다.

15) 經(경): 겪다. 경험하다.

16) 怨嗟(원차): 원망하며 탄식하다.

[해설]

이 시는 두보가 제갈량의 사당 앞에 있는 오래된 측백나무를 보고 느낀 감회를 적은 것이다. 두보가 가본 제갈량의 사당은 성도와 기주에 있는 것인데, 이 시는 기주의 것을 보고 지은 것으로 아울러 성도의 것을 회상하고 있다. 측백나무가 크고 아름답지만 오히려 쓰이기 힘들다고 하여 제갈량의 위대한 재능이 제대로 발휘되지 못한 것을 안타까워했으며, 그 이면에는 자신의 신세 역시 제갈량에 비유하고 있다.

제갈공명의 사당 앞에 오래된 측백나무가 있다. 가지와 뿌리가 모두 청동과 같고 바위와 같으니 굳셈을 절로 느낄 수 있다. 껍질은 오랜 서리와 비를 견딘 듯 하얗지만 또한 윤기가 난다. 그리고 마흔 아름이나 된다. 잎은 눈썹먹같이 검푸른 빛이 도는데 하늘을 찌를 듯 2천 척 높이로 자라 있다. 그야말로 신령스러운 재목이라 할 수 있다. 유비와 제갈량은 하늘이 인정한 한 쌍의 군주와 신하로 이들은 운명적인 때에 만나서 나라를 경영하였다. 이러한 것을 만인들이 흠모하였기에 그 사당에 있는 측백나무도 소중히 여겼으며 이에 오랜 세월을 견디며 이렇게 큰 나무로 자랄 수 있었다. 기주에 있는 사당의 측백나무 기운은 긴 무협에 구름의 기운이 항상 가득 차게 하였고, 성도에 있는 사당의 측백나무 기운은 흰 설산에 차가운 기운이 항상 가득 차게 하였다.

지난날 성도에 두보가 지은 금정錦亭 동쪽으로 가보니 유비와 제갈무후가 같은 사당에 제수되었는데, 그곳에는 측백나무가 높이 솟아 예스러운 기운이 넘쳤고 그윽한 초상이 그려져 있었으며 사방은 고요하였다. 그 모습은 이곳 기주의 측백나무도 마찬가지이다. 하지만 어떤 이유인지 가슴 한편이 아려온다. 우뚝이 서서 높이 솟아 있지만 그러하기에 항상 매서운 바람을 맞고 있어야 하는 신세이다. 이렇게 오랜 세월을 바르고 곧게 버틸 수 있었던 것은 천지신명의 도움과 조화옹의 공덕 때문일 것이다. 하지만 이렇게 크고 훌륭한 재목을 어떻게 쓸 것인가? 큰 건물이 기울어져 대들보가 필요하다고 한들 이 나무는 산처럼 무거우니 만 마리 소로 끌어도 가져갈 수 없을 것 같다. 측백나무 속의 아름다운 무늬가 드러나지 않아도 그 외형만 보고도 사람들이 감탄하지만, 그리고 측백나무 스스로도 벌목되어 사용되기를 바라지만, 누가 감히 옮길 수 있겠는가? 아무도 이 재목을 사용하지 못한다. 그러고 보니 예로부터 재목이 크면 쓰이기 어렵다고 하지 않았던가. 이 측백나무가 그러하고 지금 은일해 있는 선비들과 큰 뜻을 품은 선비들이 다 그러하다. 나 또한 그러하다. 비록 땅강아지나 개미 같은 벌레가 측백나무의 속을 파먹을지라도, 소인배들이 우리를 무시하고 인정하지 않을지라도 결코 좌절하거나 실망하지 않는다. 언젠가는 이 향기로운 나무에 난새나 봉황이 깃들일 것이고, 우리는 나라를 위해 뜻을 크게 펼 수 있을 것이다. 차가운 바람과 서리 속에 스스로를 단련시키며 끝까지 참아야 할 것이다.

57. 공손 씨 여인의 제자가 「검기」 춤 추는 것을 보고 지은 노래 및 서문

두보杜甫

대력 2년(767) 10월 19일, 기주 별가 원지의 집에서 임영 사람 이 씨 여인이 「검기」 춤 추는 것을 보고는 그 웅혼한 자태를 씩씩하게 여겼다. 그녀에게 어디서 배웠는지 물으니 "저는 공손 씨 여인의 제자입니다"라고 말하였다. 개원 3년(715) 내가 아직 어릴 때 언성에서 공손 씨가 「검기」와 「혼탈」 춤 추는 것을 본 기억이 났는데, 물 흐르듯 이어지다가 갑자기 꺾이는 것이 출중하여 당시에 으뜸이었다. 황제 앞에서 공연하는 의춘원과 이원 두 기방의 내인에서부터 그 밖의 공봉에 이르기까지 이 춤에 대해 잘 아는 자는 현종 초에는 공손 씨 여인 한 사람뿐이었다. 공손 씨 여인은 당시 옥 같은 얼굴에 비단옷을 입었지만 하물며 내가 흰머리가 되었고, 지금 이 제자 또한 젊은 얼굴이 아니게 되었다. 그 유래를 분별하고 보니 그 물결치는 듯한 춤사위가 다른 것이 아니라 바로 공손 씨의 것임을 알겠다. 옛일을 생각하다 보니 개탄함을 느껴서 아쉬우나마 「검기행」을 짓는다. 예전에 오땅 사람 장욱은 초서 서첩을 잘 썼다. 그는 일찍이 자주 업현에서 공손 씨 여인이 「서하검기」 춤 추는 것을 보고서 이로부터 초서가 크게 좋아져 호탕하고 격동적이게 되었으니 공손 씨 여인의 춤이 어떠하였는지 알 수 있을 것이다.

옛날에 아름다운 여인 공손 씨가 있어
「검기」 춤을 한번 추면 사방을 진동시켰으니,
구경꾼은 산처럼 모여 낯빛을 잃었고
하늘과 땅도 이 때문에 오래도록 출렁거렸지.
번쩍임은 예가 아홉 해를 맞춰 떨어뜨리는 듯
솟아오름은 여러 천제가 용을 타고 나는 듯,
시작할 때는 천둥이 진노를 거둔 듯
마칠 때는 강과 바다에 맑은 빛이 엉긴 듯.
붉은 입술과 구슬 달린 소매 둘 다 적막해졌지만
만년에 제자가 있어 향기를 전했기에,
임영 땅의 미인이 백제성에서
이 곡에 기묘하게 춤을 추니 정신이 드날린다.
나와 묻고 대답한 데는 이미 그 연유가 있었기에
시절에 감개하여 옛일을 생각하니 애통함과 아픔이 더해진다.
돌아가신 황제의 시녀는 팔천 명
공손 씨 여인의 「검기」가 처음부터 으뜸이었는데,
오십 년 세월이 손바닥 뒤집듯 빠르니
바람과 먼지 가득해져 왕실을 어둡게 했으며,
이원의 제자들은 연기처럼 흩어지고
여자 무희의 남은 자태만이 차가운 해를 비춘다.
금속산 앞의 나무는 벌써 아름드리가 되었을 것이고
구당협 석성에는 풀이 쓸쓸한데,
화려한 현악기와 빠른 관악기 음악이 또 끝나자
즐거움은 다하여 슬픔이 오고 달이 동쪽에 떠오른다.

이 늙은이는 갈 곳을 모르겠으니
굳은살 박인 발로 거친 산에서 더욱 시름겨워 아파한다.

觀公孫大娘弟子舞劍器行幷序[1]

大曆二年十月十九日, 夔府別駕元持宅,[2] 見臨潁李十二娘舞劍器,[3] 壯其蔚跂.[4] 問其所師, 曰, 余公孫大娘弟子也. 開元三載, 余尙童稚, 記於郾城,[5] 觀公孫氏舞劍器渾脫,[6] 瀏灕頓挫,[7] 獨出冠時.[8] 自高頭宜春梨園二伎坊內人,[9] 洎外供奉,[10] 曉是舞者,[11] 聖文神武皇帝初,[12] 公孫一人而已. 玉貌錦衣, 況余白首, 今玆弟子, 亦匪盛顔.[13] 旣辨其由來, 知波瀾莫二.[14] 撫事感慨,[15] 聊爲劍器行. 昔者吳人張旭,[16] 善草書書帖, 數常於鄴縣見公孫大娘舞西河劍器,[17] 自此草書長進. 豪蕩感激, 卽公孫可知矣.

昔有佳人公孫氏, 一舞劍器動四方.
觀者如山色沮喪,[18] 天地爲之久低昂.[19]
㸌如羿射九日落,[20] 矯如群帝驂龍翔.[21]
來如雷霆收震怒, 罷如江海凝淸光.
絳脣珠袖兩寂寞,[22] 晩有弟子傳芬芳.
臨潁美人在白帝,[23] 妙舞此曲神揚揚.
與余問答旣有以,[24] 感時撫事增惋傷.[25]
先帝侍女八千人,[26] 公孫劍器初第一.
五十年間似反掌,[27] 風塵澒洞昏王室.[28]
梨園弟子散如煙,[29] 女樂餘姿映寒日.[30]

金粟堆前木已拱,[31] 瞿唐石城草蕭瑟.[32]
玳絃急管曲復終,[33] 樂極哀來月東出.
老夫不知其所往, 足繭荒山轉愁疾.[34]

[주석]

1) 公孫大娘(공손대낭): '공손'은 성이고 '낭'은 여자라는 뜻이며, '대'는 친척 형제자매 중에서 맏이라는 뜻이다. 또는 '대낭'은 나이 많은 여자에 대한 존칭이기도 하다. 그녀의 이름은 알려져 있지 않다. 劍器(검기): 당나라 때 건무健舞 곡명의 하나로 서역에서 전래된 무무武舞이다. 여인이 남장을 하고 맨손으로 추는 춤이라는 설이 있다. 건무는 춤추는 자세가 씩씩하고 음악 반주가 화려하고 빠르다.

2) 夔府(기부): 지금의 중경시인 기주夔州의 관청. 別駕(별가): 지방 장관의 속관이다. 元持(원지): 생애에 관해서는 자세히 알려져 있지 않다.

3) 臨潁(임영): 지금의 하남성 임영현이다. 李十二娘(이십이낭): '이'는 성이고 '십이'는 친척 형제자매 간의 순서를 가리킨다. 그의 이름이나 생애에 관해서는 자세히 알려져 있지 않다.

4) 蔚跂(위기): 웅혼하고 자태가 다양하다.

5) 郾城(언성): 지금의 하남성 언성현.

6) 劍器渾脫(검기혼탈): '검기'와 '혼탈'은 모두 무무武舞의 곡명이다. 이와 달리 두 곡이 융합된 하나의 곡명으로 보는 설도 있다. 여기서는 그 곡에 맞춰 추는 춤을 가리킨다. '脫'의 독음이

'타'라는 설도 있다.

7) 瀏灕(유리): 물 흐르듯이 순조롭게 이어지는 모양. 頓挫(돈좌): 갑자기 바뀌며 곡절이 많은 모양.

8) 冠時(관시): 당시에 으뜸이다.

9) 高頭(고두): '황제의 면전에서'라는 말로 매우 뛰어남을 뜻한다. 宜春(의춘): 당나라 때 관기官妓가 거처하던 의춘원宜春院이다. 梨園(이원): 현종이 설치한 궁중 기관으로 음악과 관련된 인원을 육성하였다. 伎坊(기방): 교방教坊. 궁중에서 음악을 담당하던 관청이다. 內人(내인): 궁녀. 또는 기예를 가진 궁녀.

10) 洎(기): ~까지. 供奉(공봉): 황제의 명에 따라 궁중의 음악이나 문예 등의 일을 맡은 이를 가리킨다.

11) 曉(효): 잘 알다.

12) 聖文神武皇帝(성문신무황제): 현종의 존호이다.

13) 玉貌(옥모) 4구: 문맥이 통하지 않아 글자가 빠졌거나 순서가 잘못되었을 것이라는 설이 있다.

14) 波瀾(파란): 물결. 공손 씨와 이 씨의 춤을 비유적으로 표현한 것이다.

15) 撫事(무사): 옛일을 생각하다.

16) 張旭(장욱): 당나라의 서예가로 특히 초서가 유명하여 '초성草聖'이라고도 불린다.

17) 數(삭): 자주. 常(상): 일찍이. '상嘗'과 통한다. 鄴縣(업현): 지금의 하남성 안양현安陽縣. 西河劍器(서하검기): 무무武舞의 일종.

18) 沮喪(저상): 낯빛이 상하다. 놀란 모습이다.

19) 低昻(저앙): 위아래로 일렁거리다. 또는 하늘이 내려오고 땅이 올라가다라는 뜻으로 볼 수도 있다.

20) 㸌(곽): 번쩍이다. 羿(예): 전설상의 인물로 활을 잘 쏘았다. 옛날에 하늘에 태양이 열 개가 동시에 떠서 초목이 말라 죽자 그 중 아홉 개를 쏘아 떨어뜨렸다고 한다. 射(석): 쏘아 맞히다.

21) 群帝(군제): 여러 천신. 신선을 가리킨다.

22) 絳脣(강순): 붉은 입술. 젊은 용모를 상징한다. 珠袖(주수): 구슬로 장식한 소매. 화려한 복장을 상징한다.

23) 白帝(백제): 기주성에 있는 성의 이름.

24) 有以(유이): 그 이유가 있다. 두보가 어릴 적에 공손 씨의 춤을 보았고, 오늘 또 그의 정신을 담은 이 씨의 춤을 보게 됐기에 이 씨와 함께 이런저런 대화를 하게 되었다는 뜻이다.

25) 惋傷(완상): 한탄하고 가슴 아파하다.

26) 先帝(선제): 돌아가신 황제. 현종을 가리킨다.

27) 似反掌(사반장): 손바닥을 뒤집는 것과 같다. 순식간이라는 말이다.

28) 澒洞(홍동): 가득한 모양.

29) 弟子(제자): 이원에서 교육받은 사람의 호칭이다.

30) 女樂(여악): 여자 악기樂妓. 여기서는 이 씨를 가리킨다.

31) 金粟堆(금속퇴): 현종이 묻힌 산의 이름. 현종은 보응寶應 원년(762)에 죽었다.

32) 瞿唐(구당): 장강 삼협 중의 하나로 기주 근처에 있다. 石城(석성): 백제성을 가리킨다. 깎아지른 절벽에 서 있다. 蕭瑟(소슬): 쓸쓸한 모양.

33) 玳絃(대현): 대모玳瑁로 장식한 현악기. 대모는 거북 종류로 여기서는 그 껍질을 가리킨다. 急管(급관): 급박한 리듬의 관악기.

34) 足繭(족견): 발에 굳은살이 박이다. 轉(전): 점점. 더욱. 愁疾(수질): 근심으로 몸이 아프다. 또는 근심이 빨리 닥쳐오다.

[해설]

이 시는 두보가 당나라 때 「검기」 춤을 잘 추었던 여인인 공손公孫 씨의 제자가 추는 「검기」 춤을 보고서 느낀 감회를 적은 것이다. 공손 씨와 그의 제자인 이 씨의 행적에 대해서는 자세히 알려져 있지 않다. 서문에서 당시 상황에 대해 자세히 설명했다.

두보가 56세이던 대력 2년 지금의 중경시인 기주에서 이 씨 여인이 추는 「검기」 춤을 보았는데 웅혼한 자태가 매우 씩씩하였다. 그래서 물어보니 역시나 공손 씨의 제자라고 한다. 두보는 네댓 살 되던 어린 나이에 공손 씨의 「검기」 춤을 보고 감탄한 적이 있었으며, 궁중 안팎을 통틀어 「검기」 춤에 대해서는 그녀가 최고 권위자이다. 옛날 공손 씨가 아리따운 젊은 나이였지만 이제는 50년이 지나 두보 자신도 늙었고 그녀의 제자 역시 젊은 나이는 아니다. 이에 금석지감을 느끼게 되어 시를 짓는다. 옛날 장욱이 초서를 잘 썼는데 공손 씨의 춤을 보고 초서가 더욱 호탕해졌다고 한다.

이 시를 짓게 된 배경을 설명한 뒤 마지막에 장욱의 이야기를 첨언한 이유는 무엇일까? 공손 씨의 춤에 대한 칭송은 이미 위에서 다 하였으니 굳이 하지 않아도 되고, 만약에 해야 한다면 공손 씨에 대해 언급한 단락에 들어가야 하는 것이다. 대체로 역대 주석가들은 공손 씨의 춤사위가 크게 굽이치는 물결처럼 두보가 자신의 서문에서 돈좌가 심한 것을 표현하기 위한 것이라고 한다. 끝날 듯하지만 끝나지 않고 또 거세게 굽이치는 물결의 모습을 서문에서 구현했다는 말이다. 과연 그러한지는 아무도 알 수 없다. 다만 장욱의 이야기를 끌어들인 두보의 심정은 짐작할 수 있을 것이다. 그녀의 춤을 본 장욱은 초서가 호탕해졌는데, 똑같이 그녀의 춤을 본 두보는 지금 어떠한가? 객지를 떠돌며 실의하여 늙고 병들어 있지 않은가? 자신의 처지에 대한 더욱 처연한 감정이 그 돈좌의 끄트머리에 보이는 듯도 하다.

시는 공손 씨의 춤 이야기로부터 시작한다. 옛날 아리따운 여인 공손 씨가 「검기」 춤을 추면 사방이 모두 진동하고 감동하였으니 산처럼 모인 구경꾼들이 아연실색하였고 하늘과 땅도 감동하여 일렁거릴 정도였다. 춤사위가 번뜩이는 모습은 옛날에 예羿가 아홉 개의 태양을 쏘아 맞혀 떨어뜨릴 때와 같고 불쑥불쑥 솟아오르는 모습은 신선이 용을 타고 하늘로 날아오르는 모습과 같다. 시작할 때는 우르릉 치던 천둥이 멈춘 뒤의 여운과 같더니 마칠 때는 강과 바다에 맑은 빛이 서린 듯 평화롭다. 처음 시작할 때의 느낌에 대해 '천둥이 진노를 거둔 듯하다'고 한 것이 묘한 느낌을 준다. 처음부터 천둥이 치듯 벼락이 치듯 갑작스럽게 시작하는 것이 아니라, 이미 그런 격동이 지나간 뒤의 긴장감과 고요함이 느껴진다는 것이다. 이에 대해 춤이 시작하기 전에 관중의 박수와 환호나 전주곡이 천둥과 같았다고 하는 해설이 있지만 잘못 이해한 듯하다. 아마도 공손 씨가 무대에 나올 때의 아우라나 분위기가 이미 그런 장엄함을 갖추었을 것이다.

아리따운 외모와 화려한 복장을 자랑했던 공손 씨는 이제 사라졌지만 그녀의 제자가 있어서 지금 기주의 백제성에서 그 춤을 다시 보게 되었는데 공손 씨의 정신이 다시 살아온 듯하다. 그 제자를 만나서 이야기하게 된 것도 자신의 예전 경험이 있었기 때문이고, 또 그녀와 이런저런 이야기를 나누다 보니 금석지감이 일어난다. 그동안 무슨 일이 일어났는가? 현종 때 궁중의 시녀는 8천 명이었는데 지금 황실은 안녹산의 난으로 거의 폐허가 되어버렸고 음악과 춤을 추던 시녀들도 다 흩어져버렸다. 궁중에 있어야 할 공손 씨의 제자가 지금은 변방을 떠돌며 평민들을 위해 춤을 추고 있을 뿐이다. 현종의 무덤이 있는 금속산에는 당시 심었던 나무가 이미 아름드리가 되어 있고 이곳 구당협의 석성은 분위기가 스산하다. 화려한 날은 가고 쓸쓸한 날만 남았다. 이제 음악이 끝나고 즐거움이 다하자 슬픔이 밀려온다. 무심한 저 달은 오늘도 떠올라 이 늙은이를 비추고 있다. 나는 어디로 가야 하나? 장욱은 초서가 더욱 웅장해졌다는데, 나는 이제 늙어서 힘이 없다. 여태까지 떠돌아 발에는 굳은살이 박여 있고 내 앞에는 황량한 산만 있을 뿐, 가야 할 길은 보이질 않는다. 옛날의 씩씩한 기세는 어디로 갔는가? 그 기세를 이제는 회복할 수 없는가? 그저 한숨만 나올 뿐이다.

58. 석어호 가에서 취해 부르는 노래 및 서문

원결元結

나는 관청의 논에서 수확한 쌀로 술을 빚어두었다가 쉬는 때가 되면 술을 싣고 석어호 가로 가서 때때로 한번 취하곤 한다. 즐겁게 취하면 호수 기슭에서 팔을 뻗어 물고기 모양의 바위에서 술을 마시는데, 배로 술을 실어 오게 하여 앉아 있는 자들에게 두루 마시게 한다. 이러한 행동이 마치 파구산에 기대어 군산 위에서 술을 따르며 여러 사람이 동정호를 둘러싸고 앉아 있는데 술 실은 배가 둥둥 파도를 헤치며 왔다 갔다 하는 것과 같다고 여겼기에 노래를 지어 칭송한다.

석어호는
동정호와 같으니
여름에 물이 가득 차고 군산이 푸를 때,
산을 술잔으로 삼고
물을 못으로 삼고는
술꾼들이 줄을 지어 섬에 앉았다.
세찬 바람이 날마다 큰 물결을 일으켜도
술 실은 배 운행을 막을 수 없으니,
나는 긴 표주박을 들고 파구산에 앉아서
사방에 앉은 이들에게 따라 마시게 하여 시름을 흩뜨린다.

石魚湖上醉歌幷序

漫叟以公田米釀酒,[1] 因休暇則載酒於湖上, 時取一醉. 歡醉中, 據湖岸引臂向魚取酒,[2] 使舫載之, 徧飲坐者. 意疑倚巴丘酌於君山之上,[3] 諸子環洞庭而坐, 酒舫泛泛然觸波濤而往來者, 乃作歌以長之.[4]

石魚湖, 似洞庭, 夏水欲滿君山靑.
山爲樽, 水爲沼, 酒徒歷歷坐洲島.[5]
長風連日作大浪, 不能廢人運酒舫.
我持長瓢坐巴丘, 酌飮四座以散愁.

[주석]

1) 漫叟(만수): 원결의 호. 公田(공전): 관청에서 관리하는 전답.
2) 引臂(인비): 팔을 뻗다. 向魚(향어): 물고기 바위 쪽으로 향하다. 取酒(취주): 술을 가지고 오다.
3) 巴丘(파구): 파구산. 동정호 가에 있다. 君山(군산): 동정호 안에 있는 산.
4) 長(장): 칭송하다. 좋은 점을 말하다.
5) 歷歷(역력): 줄 지어 있는 모양.

[해설]

이 시는 원결이 석어호石魚湖 가에서 술을 마시다가 든 생각을 적은 것이다. 석어호는 지금의 호남성 도현道縣 동쪽에 있는 호수인데, 원결의 시 「석어호에서 짓다石魚湖上作」의 서문에 잘 설명되어 있다. 혜천灢泉이라는 샘물 남쪽에 바위 하나가 물 가운데에 있어 마치 헤엄치는 물고기와 같고, 물고기 바위의 움푹 파인 곳을 손질하면 술을 저장할 수 있으며, 물가 사방으로 빙 둘러 기울어진 바위들이 서로 연결되어 있고 바위 위에는 사람이 앉을 수 있으며, 물에는 술을 실은 작은 배를 띄울 수 있고 또 물고기 바위 둘레로 돌아다닐 수도 있기에, 그 호수를 석어호라 이름 짓는다고 하였다.

서문에서는 석어호의 바위 위에서 술을 마시는 행위가 마치 동정호의 군산과 파구산에서 술을 마시는 것과 같다고 하였으며, 시에서도 동일한 이야기를 하였다. 산을 술잔으로 삼고 동정호의 물을 못으로 삼았다고 하였고, 파구산 위에 기대어 앉아 군산 위에서 술을 따른다고 하였으니, 중국에서 제일 넓다고 하는 동정호를 마치 조그만 옹달샘 정도로 여긴 셈이다. 비록 조그만 바위에서 술을 마시며 즐기고 있지만 크나큰 동정호가 원결의 마음속에 들어와 있다.

59. 산의 바위

한유韓愈

산의 바위는 높고 험난하며 길은 좁아
황혼 무렵 절에 닿았더니 박쥐가 난다.
당에 오르며 섬돌에 앉았더니 새로 내린 비가 흡족하여
파초의 잎은 크고 치자는 살져 있다.
오래된 벽의 불화가 좋다고 스님이 말하기에
불을 들고 비춰보니 희미하게 보인다.
평상 펴고 자리 털고는 국과 밥을 놓으니
거친 밥이라도 내 허기를 채우기에는 충분하다.
밤이 깊어 조용히 눕자 온갖 벌레 소리 멎고
맑은 달이 고개 위로 나와 빛이 문으로 들어온다.
날이 밝아 홀로 가노라니 길이 없어
들락날락 오르락내리락하며 안개 속을 다 다닌다.
산은 붉고 냇물은 푸르러 분분히 찬란한데
때때로 보이는 소나무와 상수리나무는 모두 열 아름이다.
냇물을 만나 맨발로 개울 속 돌을 밟으니
물소리가 콸콸 나고 바람이 옷에 분다.
인생이 이와 같으면 절로 즐거울 것인데
어찌 궁박하게 다른 사람에게 매여 살아야 하겠는가?
아아, 우리 무리 두세 사람은
어찌하면 늙도록 다시 속세로 돌아가지 않을 수 있을까?

山石

山石犖确行徑微,[1] 黃昏到寺蝙蝠飛.[2]
昇堂坐階新雨足, 芭蕉葉大支子肥.[3]
僧言古壁佛畫好, 以火來照所見稀.
鋪牀拂席置羹飯,[4] 疎糲亦足飽我飢.[5]
夜深靜臥百蟲絶, 淸月出嶺光入扉.
天明獨去無道路, 出入高下窮煙霏.
山紅澗碧紛爛漫,[6] 時見松櫪皆十圍.[7]
當流赤足蹋澗石,[8] 水聲激激風吹衣.
人生如此自可樂, 豈必局束爲人鞿.[9]
嗟哉吾黨二三子, 安得至老不更歸.

[주석]

1) 犖确(낙학): 바위가 울퉁불퉁하거나 높이 솟아 있는 모양.

2) 蝙蝠(편복): 박쥐.

3) 支子(지자): 치자.

4) 羹飯(갱반): 국과 밥.

5) 疎糲(소려): 거친 밥.

6) 爛漫(난만): 찬란하다.

7) 櫪(력): 상수리나무. 圍(위): 아름. 또는 두 뼘.

8) 赤足(적족): 맨발.

9) 局束(국속): 궁박하게 구속되다. 鞿(기): 속박하다. 견제하다.

[해설]

이 시는 한유가 산속 유람을 하며 보고 느낀 감회를 적은 것이다. 한유는 정원 17년(801) 3월 장안에서 낙양으로 돌아와 머물고 있었는데 7월에 이경흥李景興, 후희侯喜, 울지분尉遲汾 등과 함께 낙수에서 낚시를 하고는 혜림사惠林寺에서 하루를 묵고 돌아왔다. 이 시는 1박 2일간의 짧은 여행에서 보고 느낀 것을 시간 순서대로 적은 기행시이다. 이와 달리 영남으로 폄적 갔을 때 지은 것이라는 설도 있다. 제목은 시의 첫 두 글자를 딴 것으로 보이는데 이런 형식은 『시경詩經』 이래로 자주 보인다.

산속 길을 가는데 바위가 울퉁불퉁하고 길은 좁다. 겨우겨우 산길을 가서 황혼 무렵에 절에 닿으니 박쥐가 난다. 산사의 마루에 올라 쉬는데 갓 내린 비가 그치니 만물이 생동한다. 마당에 있는 파초의 잎은 커다랗게 자라 있고 치자 열매는 통통해져 있다. 마침 스님이 절의 벽화가 좋다고 하여 촛불을 밝히고 가서 보니 흐릿해서 잘 보이지도 않는다. 잔뜩 기대를 했는데 실망이다. 하루 종일 산속을 걸어 다녔으니 허기가 진다. 평상을 펴놓고 자리를 털고는 국과 밥을 내놓았는데 거친 밥에 반찬도 좋지 않지만 꿀맛이다. 밤에 누워 있노라니 산사는 적막하고 그 많던 풀벌레 소리도 들리질 않는다. 그저 산 위로 뜬 달이 내 방안을 비춘다. 마음이 절로 깨끗해지며 단잠에 빠진다.

다음 날 아침 일어나서 여정을 이어가는데 안개가 자욱하여 어디가 어딘지 분간이 되질 않는다. 길을 제대로 찾아가는지도 모르겠지만 그래도 이 분위기가 너무 좋아 속속들이 다 돌아볼 작정이다. 단풍일까? 꽃일까? 산은 붉게 물들었고 냇물은 맑아 빛이 난다. 주위에 드문드문 보이는 소나무와 상수리나무도 모두 아름드리로 자라 있다. 마침 냇물이 있기에 신발을 벗고는 물에 들어가서 물속 자갈길을 걸어가본다. 어제 내린 비로 물소리는 콸콸 들리고 상쾌한 바람이 옷섶을 스친다. 몸도 마음도 상쾌해진다. 세상사로 인한 모든 근심과 걱정이 사라진다. 아, 이렇게만 살 수 있다면 인생은 즐거운 것인데 무엇 때문에 세상일에 매여 살아야 하는가? 어떻게 하면 늙도록 이 자연 속에서 아무 근심 없이 유유자적하게 살 수 있을까? 하지만 다시 돌아가야 한다. 다음에 언제 또 올 수 있을까? 기약이 없다.

60. 팔월 십오일 밤에 장 공조에게 주다

한유韓愈

가벼운 구름 사방에서 걷히고 하늘에는 은하수도 없으며,
맑은 바람이 하늘에 불고 달빛이 물결에 펼쳐진다.
모래는 평평하고 물은 잔잔하며 소리와 그림자가 끊어졌기에
술 한 잔 권하나니 그대 응당 노래해야 하리.
그대 노랫소리는 슬프고 내용 또한 고달파,
끝까지 들을 수가 없고 눈물이 비같이 흐른다.
동정호는 하늘과 이어지고 구의산은 높은데,
교룡이 출몰하고 성성이와 날다람쥐가 울부짖었지.
구사일생으로 관사에 이르렀지만
깊숙한 곳에서 묵묵히 지내니 도망쳐 숨은 것과 같았고,
침상에서 내려올 땐 뱀이 두렵고 밥 먹을 땐 독이 두려웠으며
축축한 바다 기운에는 비린내가 스며들었지.
일전에 주 관청 앞에서 큰북을 쳤으니
새 황제께서 대를 이어 계승하고 기와 고요를 등용하셨다지.
사면장이 하루에 만 리를 달려
사형의 죄를 지은 자도 모두 죽음을 면하게 되었지.
폄적된 이도 돌아가게 되고 유배 간 이도 돌아갔으니
흠과 때를 닦고는 조정의 반열을 깨끗이 하겠지만,
자사는 이름을 알렸으나 관찰사는 억눌렀으니
실의하여 우리는 다만 형주로 옮겨 가게 됐을 뿐이지.

판사는 낮은 관직이라 감히 말을 못하고
먼지 가운데서 매질 당함을 면치 못할 신세이니,
같은 때에 우리 무리가 대부분 길에 오를 터인데
하늘길은 깊고 험하여 따라 오르기 힘들구나.
그대는 노래를 잠시 멈추고 내 노래를 들으시게,
내 노래는 지금 그대의 것과는 다르다.
일 년 중 밝은 달빛은 오늘 밤에 많고,
인생은 운명에 따른 것이지 다른 것 때문이 아니니,
술이 있는데 마시지 않는다면 밝은 달을 어찌하겠는가?

八月十五夜贈張功曹

纖雲四卷天無河, 清風吹空月舒波.
沙平水息聲影絶, 一杯相屬君當歌.[1)]
君歌聲酸辭且苦, 不能聽終淚如雨.
洞庭連天九疑高,[2)] 蛟龍出沒猩鼯號.[3)]
十生九死到官所, 幽居默默如藏逃.
下牀畏蛇食畏藥, 海氣濕蟄熏腥臊.[4)]
昨者州前搥大鼓, 嗣皇繼聖登夔皋.[5)]
赦書一日行萬里, 罪從大辟皆除死.[6)]
遷者追迴流者還,[7)] 滌瑕蕩垢清朝班.[8)]
州家申名使家抑,[9)] 坎軻祇得移荊蠻.[10)]
判司卑官不堪說,[11)] 未免捶楚塵埃間.[12)]
同時輩流多上道, 天路幽險難追攀.

君歌且休聽我歌, 我歌今與君殊科.[13)]

一年明月今宵多, 人生由命非由他, 有酒不飮奈明何.

[주석]

1) 屬(촉): 권하다.

2) 九疑(구의): 동정호 옆에 있는 산의 이름. 아홉 봉우리가 서로 비슷해 보인다고 한다.

3) 猩鼯(성오): 성성이와 날다람쥐.

4) 濕蟄(습칩): 축축한 기운. 또는 축축한 곳에 사는 벌레. 腥臊(성조): 비린내.

5) 嗣皇(사황): 황위를 계승한 황제. 헌종을 가리킨다. 繼聖(계성): 대를 이어 황위를 계승하다. 登夔皋(등기고): 기와 고요皐陶를 등용하다. 기와 고요는 순임금 때의 어진 신하이다.

6) 大辟(대벽): 사형. 除死(제사): 죽음을 면제받다.

7) 遷者(천자): 좌천된 사람. 流者(유자): 유배된 사람.

8) 滌瑕蕩垢(척하탕구): 흠을 닦고 때를 씻다.

9) 州家(주가): 주州의 장관인 자사를 가리킨다. 申名(신명): 이름을 보고하다. 사면 명부에 이름을 포함시키는 것을 말한다. 使家(사가): 관찰사를 가리킨다. 抑(억): 제지하다.

10) 坎軻(감가): 실의하다. 또는 순조롭지 못한 것을 말한다. 荊蠻(형만): 만 땅의 형주. 여기서는 강릉을 가리킨다. '만'은 남쪽 변방을 가리키고, 형주는 강릉의 옛 이름이다.

11) 判司(판사): 관직명. 자사를 보좌하는 관직으로 한유가 맡은

법조法曹와 장서가 맡은 공조工曹를 가리킨다.

12) 捶楚(추초): 매질이나 채찍질을 하다. 당시 낮은 관원들이 일을 하면서 잘못했을 경우에는 매질이나 채찍질을 당하였다. 이와 달리 한유가 법조로서 죄인을 채찍질하는 험한 일과 관련된 업무를 담당하는 것으로 볼 수도 있다.

13) 殊科(수과): 종류가 다르다.

[해설]

이 시는 한유가 추석날 밤에 장서張署에게 준 것이다. 장서는 한유와 같이 궁중에서 어사로 있다가 남쪽으로 폄적되었는데, 한유는 연주連州 양산령陽山令이 되었고 장서는 인근의 침주郴州 임무령臨武令이 되었다. 이후 정원 21년(805) 정월 순종이 즉위하였고 2월 24일에 사면받아 각각 강릉江陵의 법조法曹와 공조工曹에 임명되었으며, 강릉으로 가기 전에 침주에서 머무르며 다음 명령이 있기를 기다렸다. 8월 헌종이 즉위하고는 연호를 영정永貞으로 바꾸고 사면령을 내렸지만 이들에게는 아무런 조치가 내려지지 않았다. 이 시는 당시 자신들의 불우한 신세를 안타까워하며 지은 것이다. 공조功曹는 지방 관청에서 자사를 보좌하며 정무를 맡아보는 관직을 아울러 부르는 말이다.

8월 보름날 밤 구름이 걷히고 둥근 보름달이 나타났다. 달이 밝기에 은하수도 보이지 않는다. 마침 맑은 바람이 시원하게 불고 달빛이 물결에 어른거린다. 물가의 모래사장은 평평하고 넓으며 물소리는 고요하다. 온갖 사물이 모두 적막한 밤이다. 이런 밤 두 사람이 술을 차려놓고 한잔 마시고는 노래를 부른다.

장서가 먼저 노래를 부르는데 그 소리와 내용이 너무 구슬퍼 눈물만 흘릴 뿐 차마 들을 수가 없다. 내용은 다음과 같다. 우리가 궁중에 있다가 폄적되어 동정호를 배 타고 건너갈 때 교룡이 출몰하고 원숭이가 울어댔으니 얼마나 무섭고 두려웠는가? 그 위험을 뚫고 겨우 부임지에 갔는데 거기서 할 일이라고는 그저 잠자코 있는 것뿐이니 마치 감옥에 갇힌 것과 같았다. 방에도 뱀이 있어 침상에서 내려오기가 두렵고 혹 누가 먹는 것에 독을 타지 않았을까 두렵기도 했으며, 바다의 비릿한 내음은 어찌나 축축했던가? 마침내 새로운 황제가 등극해서 어진 재상을 등용하고 대사면령을 내렸다고 관청에서 북을 쳐 알렸지. 사형을 받은 자도 생명은 부지하게 되었고 폄적되고 유배된 이들도 다시 조정으로 돌아가게 되었지. 그런데 우리는 그 명단에 포함되지 않았지. 자사는 우리를 사면자 명단에 올렸지만 관찰사가 다시 조정해 그저 강릉으로 옮겨갈 뿐 조정으로 돌아가지는 못하게 되었지. 거기 가면 뭘 하겠나? 죄 지은 자를 심문하는 말단 관리이니 제 뜻을 펴지도 못할 것이고, 혹 일을 잘못하면 몽둥이질을 당할 수도 있을 것이다. 아, 장안으로 돌아가는 길은 이다지도 멀고 험한가? 언제나 다시 장안으로 돌아갈까?

이런 내용으로 장서가 노래를 부르니 한유가 멈추게 하고는 자신의 노래를 부른다. 오늘 일 년 중 달이 가장 밝으니 얼마나 좋은 날인가? 인생은 운명에 따라가는 것이니 우리가 어찌할 수 있는 것이 아니다. 그저 달을 보며 술을 마시고 즐기세.

이렇게 말은 했지만 흥취는 나지 않는다. 장서의 노래 역시 한유의 노래이기 때문이다.

61. 형악묘를 배알하고서 형산의 절에서 묵으며 문루에 쓰다

한유韓愈

오악의 제례 등급은 모두 삼공에 해당하는데,
사방을 둘러 진수하고 숭산이 가운데 있지.
불타는 남방은 땅이 황량하고 요괴가 많아
하늘이 신령한 권한을 빌려주어 그 씩씩함을 오롯이 했다.
구름을 뿜고 안개를 쏟아내어 산허리를 감추었으니
비록 정상이 있다 한들 누가 오를 수 있었을까?
내가 오니 마침 가을비 내리는 계절이라
음기가 어둑하고 맑은 바람은 없다.
온 마음으로 묵도하니 감응이 있는 것 같은데
어찌 바르고 곧아 감응할 수 있는 것이 아니겠는가?
순식간에 조용히 걷혀 뭇 봉우리가 드러나기에
고개를 들어 보니 우뚝 솟아 푸른 하늘을 받치고 있는데,
자개봉은 뻗어서 천주봉과 닿아 있고
석름봉이 날듯이 솟아오른 곳에 축융봉이 겹쳐져 있다.
혼백이 엄숙해져 말에서 내려 절을 하고는
소나무 측백나무 오솔길을 따라 신령스러운 사당으로 가니,
흰 담과 붉은 기둥에는 광채가 일렁이고
괴이한 물상을 그린 그림에 붉은빛 푸른빛이 채워져 있다.
계단을 올라 허리 굽혀 고기와 술을 바치고는

소박한 제물로 충심을 밝히고자 하였다.
사당을 지키는 노인은 신의 뜻을 알고 있어서
눈을 크게 뜨고 살펴보면서 조심스럽게 처신할 줄 아는데,
점 보는 옥을 손에 쥐고 내가 던지게 인도하고는
이는 가장 길한데 다른 사람은 이와 같기가 어렵다고 말한다.
남쪽 황량한 곳으로 쫓겨났지만 다행히 죽지 않았으니
옷과 음식이 충족하기만 하다면야 죽음을 달게 받아들일 터,
왕후장상에 대한 기대는 오래전에 끊었고
신이 비록 복을 주려 하여도 실현되기 어려우리라.
밤에 절에서 투숙하다가 높은 누각에 오르니
별과 달이 언뜻언뜻 비치고 구름은 어둑한데,
원숭이가 울고 종이 울리자 어느덧 날이 새고
차가운 해가 동쪽에서 환히 떠오른다.

謁衡嶽廟遂宿嶽寺題門樓

五嶽祭秩皆三公，四方環鎭嵩當中.
火維地荒足妖怪，天假神柄專其雄.
噴雲泄霧藏半腹，雖有絶頂誰能窮.
我來正逢秋雨節，陰氣晦昧無淸風.[1]
潛心默禱若有應，豈非正直能感通.
須臾靜掃衆峰出,[2] 仰見突兀撐靑空.
紫蓋連延接天柱，石廩騰擲堆祝融.[3]
森然魄動下馬拜，松柏一逕趨靈宮.

粉牆丹柱動光彩，鬼物圖畫塡靑紅.
升階傴僂薦脯酒,[4] 欲以菲薄明其衷.[5]
廟令老人識神意,[6] 睢盱偵伺能鞠躬.[7]
手持杯珓導我擲,[8] 云此最吉餘難同.
竄逐蠻荒幸不死,[9] 衣食纔足甘長終.[10]
侯王將相望久絶，神縱欲福難爲功.
夜投佛寺上高閣，星月掩映雲曈曨.[11]
猿鳴鐘動不知曙，杲杲寒日生於東.[12]

[주석]

1) 晦昧(회매): 어둑한 모양.

2) 須臾(수유): 잠깐 사이에.

3) 騰擲(등척): 솟아오르다.

4) 傴僂(구루): 허리를 굽히다. 공손히 절을 하는 모습이다.

5) 菲薄(비박): 누추하다. 바치는 음식이 하찮다는 말이다.

6) 廟令(묘령): 산신을 모신 사당을 지키는 관원.

7) 睢盱(휴우): 눈을 부릅뜬 모양. 偵伺(정사): 살펴보다. 鞠躬(국궁): 몸을 굽히다. 공손한 모습이다.

8) 杯珓(배교): 점 보는 도구의 일종. 원래는 조개로 만들었는데 후대에는 대, 나무 등으로도 만들었다. 둘로 쪼개진 것을 합쳐서 공중에 던져 뒤집힌 양상을 보고 점을 본다.

9) 竄逐(찬축): 쫓겨나다.

10) 長終(장종): 죽다.

11) 朣朦(동몽): 흐릿한 모양.

12) 杲杲(고고): 밝은 모양.

[해설]

이 시는 한유가 형산衡山에 올라 산신을 모신 사당에 배알을 하고 그곳 절에 묵으면서 느낀 감회를 적은 것이다. 형산은 중국 오악 중의 남악으로 지금의 호북성 형산현에 있다. 한유는 양산현령으로 폄적되었다가 영정 원년(805)에 사면되어 강릉으로 가던 도중에 이곳을 들렀다.

중국에는 오악이 있으며 그 산의 신령에게는 삼공 재상에 해당되는 등급의 제사를 지낸다. 중국의 사방을 두르며 지키고 있으며 그 중앙에는 숭산이 있다. 오늘 오를 산은 남방을 지키는 형산이다. 원래 남방은 덥고 황량하여 요괴가 많으니 이를 제압하기 위해 형산의 신령에게는 씩씩함을 내려주었다. 지금 와서 바라보니 그 기운이 얼마나 센지 항상 구름과 안개를 내뿜어 산 중턱까지만 보이는데, 저 산 정상에는 누가 오를 수 있을까? 게다가 지금은 가을철이라 비가 많이 내리는 계절이니 음기가 더욱 강하고 저 안개를 걷어낼 바람도 불지 않는다. 오늘 형산을 오를 수 없는 걸까?

정신을 집중하고 마음을 모아 기도를 하니 뭔가 하늘의 감응이 있는 듯하다. 아마도 내가 정직한 사람이라 하늘도 내 기도를 들어주신 것이 아닐까? 이런 해석이 한유 자신을 너무 치켜세우는 것이 아닌가라는 생각에서 정직한 것을 형악의 산신령이라고 보는 설도 있다. 형악의 산신이 원래 정직하기 때문에 내기도를 들어준 것이리라. 순식간에 안개와 구름이 걷히고 형산의 모든 봉우리가 드러난다. 푸른 하늘 아래 자개봉, 천주봉, 석름봉, 축융봉이 겹쳐서 높이 솟아 있다. 그 장엄한 모습을 보노라니 절로 마음이 엄숙해진다. 말에서 내려 절을 하여 경외의 마음을 표시하고는 소나무 측백나무 울창한 산길을 올라간다. 사당에 도착하니 담벽은 하얗고 기둥은 붉은빛으로 번쩍이고 괴이한 모습을 한 신상이 여기저기 걸려 있다. 변변찮기는 하지만 그래도 가지고 온 고기와 술을 정성껏 바친다. 그곳을 지키는 노인 역시 비범해 보이지는 않는데 눈을 부릅뜬 것이 무섭기도 하지만 이내 공손히 나를 맞이한다. 그러고는 점을 보는 패를 던져보라고 하는데, 가장 좋은 점괘가 나온다. 무덥고 거친 남방의 양산으로 폄적되었다가 이제 사면받아서 강릉으로 가게 되었으니 그럴 만도 하다. 그곳에서도 살아남았으니 이제 별다른 소망은 없다. 왕후장상의 기대는 버린 지 오래되었고 신이 아무리 내게 복을 내려주려 해도 나는 원래 박복한 명을 타고 났기에 효험이 없을 것이다. 그저 옷과 음식만 충분하다면 이대로 죽어도 한이 없다.

밤에 산사에 투숙하다가 높은 누각에 올라본다. 별과 달이 어둑한 구름 속에 보였다 사라졌다 하는데, 어느새 원숭이가 울고 종이 울리며 해가 떠오른다. 아, 내 삶에도 이제 빛이 보이기 시작하겠구나. 죽을 곳에서 살아 왔으니 이제 아무런 욕심 부리지 않으며 안심하고 편히 살 수 있으리라.

62. 석고의 노래

한유韓愈

장적이 손수 석고의 글을 가지고 와서는
내게 한번 석고의 노래를 지어보라고 하는데,
소릉에는 두보가 없고 적선 이백은 죽었으며
내겐 재주가 없으니 석고를 어찌할까?
주나라의 기강이 쇠미해져 천하가 들끓자
선왕이 분기하여 하늘의 창을 휘둘러,
명당을 크게 열고 조회와 하례를 받으니
제후의 검과 패옥이 서로 부딪치며 울렸지.
기산 남쪽에서 수렵하며 영웅 준걸을 치달리게 하여
만 리의 짐승들이 모두 갇히고 그물에 잡히자,
공로를 새겨 만 세대에 알리려고
돌을 캐내 북을 만드느라 높은 산을 무너뜨렸지.
따르는 신하의 재주와 기예는 모두 제일이라
선발하여 글을 짓고 새겨 산에 남겨놓았는데,
비에 젖고 햇볕에 그을리고 들불에 탔지만
귀신이 보호하며 꾸짖느라 수고하였지.
그대는 어디서 탁본을 얻었는가?
터럭같이 미세한 부분을 모두 갖추어 조금도 틀림이 없는데,
말이 심오하고 뜻이 은미하여 읽어도 이해하기 어려우며
글자 모양도 예서와 과두문과는 다르구나.

햇수가 오래되었으니 어찌 빠진 획이 없으랴마는
날선 검으로 살아 있는 교룡과 악어를 베어 자른 듯,
난새와 봉황이 날며 여러 신선이 내려오는 듯
산호와 푸른 옥 나무에서 가지가 엇갈린 듯,
금철 밧줄로 단단히 묶은 듯
옛 솥이 물에서 튀어나올 때 베틀 북의 용이 솟아오른 듯.
비루한 선비가 『시경』을 편찬할 때 이를 수록하지 않아
대아와 소아의 작품은 편협하여 여유로움이 없어졌으며,
공자가 서쪽으로 갈 때 진나라에는 가지 않아
별은 따면서 해와 달은 남겨놓았구나.
아, 나는 옛것을 좋아하지만 태어남이 참으로 늦어
이를 대하자니 눈물이 두 줄기 줄줄 흐르는구나.
예전에 처음 은혜를 입어 박사로 불렸을 때를 기억하니
그해에 비로소 연호를 원화로 바꾸었는데,
친구는 우보에서 종군하다가
나를 위해 그 크기를 헤아려 절구 모양 구덩이를 팠지.
나는 갓을 씻고 머리 감고 몸을 씻고는 좨주께 고하기를
"이 같은 진귀한 보물이 남겨진 게 어찌 많겠습니까?
담요와 돗자리로 싸서 즉각 가져올 만한데
열 개의 북은 그저 몇 마리 낙타로 싣고 오면 될 것입니다.
태묘에 바치면 고나라의 솥에 견주어봐도
빛나는 가치가 어찌 백 배 이상에 그치겠습니까?
성은으로 만일 태학에 두기를 허락하시면
여러 학생들이 공부하여 절차탁마할 수 있을 것이고,

경문을 보느라 홍도문의 거리가 오히려 사람으로 막혀
전국의 사람이 거센 파도처럼 오는 것을 곧 보게 될 것입니다.
이끼를 깎고 도려내어 글자의 마디와 모서리를 드러낸 뒤
안전하게 잘 두고 평평하게 기울지 않게 하여,
큰 건물의 깊은 처마로 잘 가려 덮어주면
오랜 시간이 흘러도 손상됨이 없을 것입니다"라고 하였지.
조정의 고관들은 일에 만성이 되었으니
어찌 감격하려 하였겠는가? 그저 머뭇거릴 뿐이었지.
목동이 쳐서 불을 만들고 소가 뿔을 갈고 있는데
누가 다시 일을 착수하여 어루만지리오.
날과 달이 흘러 묻혀버려 가니
여섯 해째 서쪽을 돌아보며 공연히 읊조린다.
왕희지의 세속적인 서예는 아름답다 하여서
글씨 몇 장으로 오히려 흰 거위를 얻을 수 있었지만,
주나라를 이은 여덟 조대에서 전쟁이 끝나도
아무도 수습하지 않았으니 정리를 어찌하랴?
지금은 태평하여 날마다 일이 없고
권력을 유가에 맡기고 공자와 맹자를 숭상하는데,
어찌하면 이를 논의에 부칠 수 있겠는가?
황하를 걸어놓은 듯 변론을 잘하는 이를 빌리고 싶다.
석고의 노래는 여기서 끝나는데
오호! 내 뜻은 좌절되겠지.

石鼓歌

張生手持石鼓文, 勸我試作石鼓歌.
少陵無人謫仙死,[1] 才薄將奈石鼓何.
周綱陵遲四海沸,[2] 宣王憤起揮天戈.
大開明堂受朝賀, 諸侯劍珮鳴相磨.
蒐于岐陽騁雄俊,[3] 萬里禽獸皆遮羅.[4]
鐫功勒成告萬世,[5] 鑿石作鼓隳嵯峨.[6]
從臣才藝咸第一, 揀選撰刻留山阿.[7]
雨淋日炙野火燎, 鬼物守護煩撝呵.[8]
公從何處得紙本, 毫髮盡備無差訛.
辭嚴義密讀難曉, 字體不類隸與科.[9]
年深豈免有缺畫, 快劍斫斷生蛟鼉.
鸞翔鳳翥衆仙下, 珊瑚碧樹交枝柯.
金繩鐵索鎖紐壯,[10] 古鼎躍水龍騰梭.[11]
陋儒編詩不收入, 二雅褊迫無委蛇.[12]
孔子西行不到秦, 掎摭星宿遺羲娥.[13]
嗟余好古生苦晚, 對此涕淚雙滂沱.[14]
憶昔初蒙博士徵, 其年始改稱元和.
故人從軍在右輔,[15] 爲我度量掘臼科.[16]
濯冠沐浴告祭酒, 如此至寶存豈多.
氈包席裹可立致, 十鼓祇載數駱駝.
薦諸太廟比郜鼎,[17] 光價豈止百倍過.
聖恩若許留太學, 諸生講解得切磋.

觀經鴻都尙塡咽,[18] 坐見擧國來奔波.
剜苔剔蘚露節角,[19] 安置妥帖平不頗.
大廈深簷與蓋覆, 經歷久遠期無佗.[20]
中朝大官老於事, 詎肯感激徒媕婀.[21]
牧童敲火牛礪角, 誰復著手爲摩挲.[22]
日銷月鑠就埋沒,[23] 六年西顧空吟哦.[24]
羲之俗書趁姿媚,[25] 數紙尙可博白鵝.[26]
繼周八代爭戰罷,[27] 無人收拾理則那.[28]
方今太平日無事, 柄任儒術崇丘軻.[29]
安能以此上論列, 願借辨口如懸河.[30]
石鼓之歌止於此, 嗚呼吾意其蹉跎.[31]

[주석]

1) 少陵(소릉): 지금의 섬서성 서안시 남동쪽의 지명으로 두보의 조적祖籍이다. 謫仙(적선): 폄적된 신선. 하지장賀知章이 이백에게 붙여준 별명이다.

2) 陵遲(능지): 쇠미하다.

3) 蒐(수): 천자의 봄 사냥. 선왕이 기산岐山 남쪽에서 수렵하였다는 기록은 남아 있지 않다.

4) 遮羅(차라): 들짐승과 날짐승이 갇히고 그물에 걸리다.

5) 鐫功勒成(전공륵성): 공적을 새기고 업적을 새기다.

6) 隳嵯峨(휴차아): 높은 산을 무너뜨리다. '차아'는 산이 높이 솟은 모양이다.

7) 揀選(간선): 선발하다. 글을 잘 짓는 이를 선발한 것이다. 또는 좋은 돌을 가려낸 것으로 볼 수도 있다.

8) 撝呵(휘가): 손을 휘두르고 크게 고함지르다. 귀신이 자연재해로부터 석고를 보호하기 위해 노력하는 것이다.

9) 隸與科(예여과): 예서와 과두문. 과두문은 올챙이 모양의 서체이다.

10) 鎖紐壯(쇄뉴장): 단단히 묶다. '쇄뉴'는 물건을 묶을 수 있게 돌출된 꼭지를 말한다.

11) 古鼎(고정): 옛 솥. 우임금이 구주九州를 상징하여 솥 아홉 개를 만들어서 주나라 때까지 국가의 보물로 전하였는데, 진秦나라가 주나라를 공격해 솥을 빼앗아 가다가 사수泗水에 솥 한 개를 빠뜨렸다고 한다. 이후 진시황이 그것을 발견하고는 수천 명을 동원하여 그것에 밧줄을 묶어 건지려고 하였는데 용이 그 줄을 끊어버렸다고 한다. 龍騰梭(용등사): 베틀 북이 용으로 변해 솟아오르다. 진晉나라 도간陶侃이 어렸을 때 뇌택雷澤에서 물고기를 잡다가 그물에 베틀 북이 하나 걸렸기에 그것을 집에 가져다가 벽에 걸어놓았는데, 갑자기 우레와 비가 들이쳐 그것이 용으로 변해 날아갔다고 한다. 이상 두 구는 한 가지 사실을 말하는 것으로 보아 "금철 밧줄로 단단히 묶은 오래된 솥이 물에서 나올 때 용이 솟아오르는 듯하다"라고 풀이할 수도 있다.

12) 褊迫(편박): 편협하다. 委蛇(위타): 여유롭다. 또는 장중하다.

13) 羲娥(희아): 태양의 신인 희화羲和와 달의 여신인 항아姮娥. 해와 달을 상징하며, 여기서는 뛰어난 작품을 비유하여 석고의 시를 가리킨다.

14) 滂沱(방타): 눈물이 줄줄 흐르는 모양.

15) 故人(고인): 친구. 누구인지는 알려져 있지 않다. 右輔(우보): 부풍扶風으로 지금의 섬서성 봉상현 일대이다.

16) 度量(탁량): 크기를 재다. 臼科(구과): 절구 같은 구덩이. 석고가 묻힌 곳을 팠다는 말이다.

17) 郜鼎(고정): 고나라의 솥. 고나라는 주 문왕의 아들이 봉해진 나라로 지금의 산동성 성무成武 남동쪽에 있었다. 고나라에서 종묘의 제기로 솥을 만들어 나라의 보물로 여겼는데, 후에 송宋나라가 빼앗아 갔으며, 송나라가 이를 노魯나라 환공桓公에게 뇌물로 바치자 환공은 이를 자기 나라의 종묘에 바쳤다.

18) 鴻都(홍도): 낙양의 문인 홍도문鴻都門. 후한의 영제靈帝가 광화光和 원년(178)에 홍도문 학생을 두었다. 희평熹平 4년(175) 영제가 육경의 문자를 교정하도록 조서를 내렸는데, 채옹蔡邕이 교정한 문자를 돌비석에 새겨 태학에 세웠고, 그것을 구경하고 베끼려는 자가 수레로 매일 천여 대에 달해 거리를 가득 메웠다고 한다. 희평 연간에 석경을 세운 곳은 홍도문이 아니고 태학의 문인데, 아마도 이 시에서 한유가 착오를 한 듯하다.

19) 剜苔剔蘚(완태척선): 이끼를 발라내고 도려내다. 석고를 깨끗이 하는 것이다.

20) 無佗(무타): 별다른 일이 없다. 손상이 없음을 뜻한다.

21) 媕婀(암아): 머뭇거리다.

22) 摩挲(마사): 어루만지다.

23) 日銷月鑠(일소월삭): 날이 사라지고 달이 사라지다. 세월이 흘러가는 것을 말한다.

24) 吟哦(음아): 읊조리다. 안타까움을 읊는 것이다.

25) 羲之(희지): 진晉나라의 서예가인 왕희지. 그는 거위를 좋아했는데, 산음의 도사가 거위를 잘 기른다는 소문을 듣고는 그를 찾아가 『도덕경道德經』을 써주고 거위를 얻어 돌아왔다고 한다.

26) 博(박): 얻다. 교환하다.

27) 八代(팔대): 대체로 주나라 이후 당나라 때까지의 한漢, 위魏, 진晉, 송宋, 제齊, 양梁, 진陳, 수隋의 여덟 조대를 가리키는 것으로 보인다. 또는 석고가 있는 곳을 중심으로 본다면 진秦, 한, 위, 진晉, 원위元魏, 제, 주周, 수로 볼 수도 있다.

28) 那(나): 어찌하겠는가?

29) 柄任(병임): 중시하여 믿고 맡기다. 丘軻(구가): 공자와 맹자. 공자의 이름이 공구이고 맹자의 이름이 맹가이다.

30) 懸河(현하): 황하를 걸어놓다. 언변이 좋아서 황하 물이 쏟아져 내리는 것 같다는 말이다.

31) 蹉跎(차타): 실의한 모양.

[해설]

이 시는 한유가 석고石鼓에 관해 지은 것이다. 석고는 북 모양의 돌인데, 당나라 초기에 천흥天興(지금의 섬서성 보계시寶鷄市)에서 발견되었다. 10개의 석고에 사언시가 각 한 수씩 주문籒文으로 새겨져 있으며, 내용은 옛 국왕의 사냥에 관한 것이다. 그 국왕이 누구인지에 대해서는 주나라 문왕文王, 선왕宣王, 진秦나라 문공文公, 목공穆公, 헌공獻公 등 여러 가지 설이 있으며, 당시 한유는 선왕으로 추정하였다. 현존하는 가장 오래된 중국의 석

각문자이다. 한유는 일찍이 이 석고의 가치를 알아보고는 잘 보관해야 한다고 당시 국자좨주였던 정여경鄭餘慶에게 권유하였지만 받아들여지지 않았다. 이후 장적이 탁본을 구해 보내오자 그것이 방치되고 있는 것을 안타까워하면서 이 시를 지었다.

한유의 문하에 있는 장적이 석고의 탁본을 가지고 와서는 내게 석고에 관한 노래를 지으라고 한다. 이 석고에 적힌 내용은 내가 일찍이 검토한 적이 있으며 『시경』에 들어가야 하는 귀중한 것이라고 평가하였다. 그런데 어찌 나 같은 재주로 그렇게 귀한 것에 대해 읊을 수 있겠는가? 적어도 두보나 이백 정도는 되어야 걸맞을 것이다. 하지만 지금 그들이 죽고 없으니 어찌해야 할까? 부족하지만 그래도 내가 힘을 써보겠다. 다른 사람들이 석고에 대해 다시 눈여겨볼 수 있게 하고 그 가치를 공유할 수 있게 한다면 이 한 몸 부서지더라도 소리 높여 훌륭한 노래를 불러보겠다.

옛날 주나라가 쇠미해지고 춘추전국시대가 되었을 때 주나라 여왕厲王의 아들인 선왕은 회이淮夷, 서융徐戎, 험윤玁狁 등의 변방 이민족과 전쟁을 하여 천하를 평정하고는 여러 제후국의 조회를 받게 되었고, 이를 기념하기 위해 기산 남쪽에서 사냥을 하였다. 그 공적을 알리기 위해 좋은 돌을 캐내고 훌륭한 글을 짓게 한 뒤 돌에 새겨서 산에 남겨놓았다. 하지만 들판에 그냥 방치되어 거센 비바람과 뜨거운 햇볕에 노출되었고 때로는 들불에 타기도 하였다. 사람들은 방치해두었지만 그래도 귀신은 그 가치를 알아보고 힘을 다해 보호하였다. 지금 장적이 가져온 탁본을 보니 아직도 글자가 또렷이 남아 있다. 읽어보니 내용 역시 심오하여 잘 이해되지 않는 부분도 있다. 글자 모양도 흔히 보이는 예서나 과두문도 아니니 정말 오래된 것이리라. 약간 문드러진 부분이 있기는 하겠지만 서체를 보니 마치 날카로운 검으로 교룡을 베는 듯하고, 봉황을 타고 신선이 날아다니는 듯하고, 울긋불긋한 산호와 옥으로 만든 나무의 가지가 엇갈린 듯하고, 쇠밧줄로 얽어놓은 듯하고, 옛날 물에 빠진 큰 솥을 물에서 건져 올릴 때 용이 같이 솟아오른 듯하다. 이렇게 훌륭한 글이 어찌하여『시경』을 편찬할 때 빠졌는가? 만일 옛날 공자가 진나라에 갔더라면 분명 이 글을 채록하였을 것이다. 아쉬움에 눈물만 흘릴 뿐이다.

예전에 내가 국자박사로 있을 때 내 친구가 이 석고를 발견하고는 내게 알려주었다. 당시 국자좨주로 있던 정여경에게 이렇게 말하였다. "이렇게 진귀한 보물은 세상에 드문데, 지금 그냥 보자기에 싸서 낙타 몇 마리에 실어 오기만 하면 됩니다. 태묘에 놓으면 그 어느 보물보다 빛날 것이고 태학에 둔다면 여러 학생이 이를 공부하여 훌륭한 학자가 될 것이며, 사방에서 이 글을 보기 위해 사람들이 구름처럼 몰려들 것입니다. 당장 가져와서 잘 손질하여 비각에 보관해야 할 것입니다." 하지만 조정의 대신들은 노련하기만 할 뿐 이것의 가치에 대해서는 알아보지 못하였으니 도대체 누가 이 일을 해줄 것인가? 그렇게 한탄 속에 여섯 해가 지나갔다. 옛날 왕희지가 글씨를 잘 써서 흰 거위를 얻었다고 하면서 그의 글이 칭송받지만, 그에 비하면 이 석고는 몇 배나 더 훌륭한 것이다. 그런데도 오랜 시간 동안 어찌하여 수습되지 않았는가? 이제 시절이 태평해지고 유학이 융성해져 공자와 맹자가 숭상받는데 이 석고는 어찌하여 이렇게 방치되고 있는가? 어찌해야 하나? 나의 노래로는 역부족이다. 누가 나의 뜻을 알아주어 사람들에게 알려줄 수 있을까? 내 뜻은 끝내 이루어지지 않을 것인가?

하지만 한유의 이 노래가 다른 사람의 마음을 움직였는지 결국 정여경에 의해 석고가 수습되어 공자묘에 보관되었다.

63. 물고기 잡는 늙은이

유종원柳宗元

물고기 잡는 늙은이가 밤에 서쪽 바위산 옆에서 자고는
새벽에 맑은 상수를 길어다가 초 땅의 대나무를 태운다.
안개가 걷히고 해가 떠오르니 사람은 보이질 않고
삐걱삐걱 소리 속에 산과 물이 푸르다.
돌아보니 하늘 끝에서 물길을 내려가는데
바위 위에는 구름이 무심하게 그를 좇아간다.

漁翁

漁翁夜傍西巖宿, 曉汲淸湘然楚竹.[1]
煙銷日出不見人, 欸乃一聲山水綠.[2]
回看天際下中流,[3] 巖上無心雲相逐.

[주석]

1) 然(연): 태우다. '연燃'과 통한다.

2) 欸乃(애내): 노 젓는 소리. 또는 노 저으며 부르는 노래.

3) 下(하): 강 따라 내려가다. 中流(중류): 강 가운데.

[해설]

이 시는 유종원이 늙은 어부를 보고 지은 것이다. 그 어부에 관해서는 알려져 있지 않다. 유종원은 덕종德宗 정원貞元 21년(805)에 왕숙문王叔文의 혁신 활동에 가담하였다가 실패한 뒤 영주사마永州司馬로 폄적되었다. 영주는 지금의 호남성 영주시이다. 당시 그는 정치적 좌절의 울분을 다스리며 자연 속에서 담박한 생활을 주로 노래하였는데, 이 시 역시 그러하다.

물고기 잡는 늙은 어부가 밤에 서쪽 바위산에서 묵는다. 집도 없이 이리저리 떠도는 것 같다. 하루의 일을 마치고 밤에 잠자리에 들었는데 새벽에 일찍 일어나 맑은 상수를 길어 오고 초땅의 대나무를 잘라 불을 피워 밥을 짓는다. 여기서 상수와 초땅을 언급한 것은 이곳이 장안에서 멀리 떨어진 남방임을 말한다. 맑은 물을 길어 오고 대나무를 태운다는 걸로 봐서는 소박하지만 정갈한 느낌을 준다. 분명 이 노인은 마음이 깨끗한 분일 것이다. 그리고 저자의 여관에서 묵지 않고 식당에서 밥을 먹지 않는 걸로 보아 세상의 번다한 것을 그다지 좋아하지 않는 것 같다. 어쩌면 세속을 떠나 홀로 지내는 은자일지도 모른다.

시간이 흘러 아침 안개가 걷히고 해가 떠오른 뒤에 그곳을 보니 노인이 보이질 않는다. 어딜 간 것일까? 궁금하다. 그런데 산이 푸르고 물이 푸른 곳에서 삐걱삐걱 노 젓는 소리가 들린다. 노 저으며 부르는 노래도 들리는 듯하다. 그 노인일까? 고개를 돌려서 그곳을 바라보니 이미 노인이 탄 배는 물길을 타고 저 하늘 끝에 가 있다. 물길이 흘러 흘러 하늘과 만나는 그곳에 한 점이 되어 있다. 저대로 가면 하늘로 올라가는 것은 아닐까? 바위 위에는 구름 한 점이 그 배를 따라간다. 내 마음도 그 구름을 따라 그 노인을 따라 하늘 끝까지 간다. 머리에 잡념이 사라지고 마음에는 욕심이 사라진다. 마음이 편안해진다.

64. 기나긴 한스러움의 노래

백거이白居易

당나라 황제가 여색을 중시해 경국지색을 사모하는데
천하를 통치하며 몇 년이 지났지만 얻지 못했다.
양 씨 집안에 막 장성한 딸이 있었는데
깊숙한 규방에서 길러져 남들은 알지 못했지만,
타고난 아리따운 자태는 절로 버려두기 어려운 법
하루아침에 선발되어 왕 옆에 있게 되니,
머리 돌려 한 번 웃으면 온갖 교태가 생겨났기에
육궁에서 분 바르고 눈썹 칠해도 얼굴이 없는 셈이었다.
봄추위에 화청지에서 목욕하는 은총이 내려져
매끄러운 온천물로 뽀얗고 부드러운 몸을 씻는데,
노곤하여 기력이 없어 시녀가 부축하였으니
이것이 처음으로 은택을 새로 입은 때의 일이었다.
구름 같은 머리칼 꽃 같은 얼굴에 금빛 머리 장식
부용 장막 따스한 데서 봄날 밤을 보내는데,
봄날 밤은 너무 짧아 해가 높이 떠야 일어나니
이때부터 임금은 아침 조회를 열지 않았다.
환심을 얻느라 연회 모실 때는 쉴 틈이 없어
봄이면 봄놀이에 따라가고 밤이면 밤을 독차지하였다.
후궁에는 아름다운 여인 삼천 명이 있었지만
삼천 명의 총애가 한 몸에 있어,

황금 집에서 단장하고 교태로 밤 자리에 시중들었으니
옥루의 연회가 끝나면 취기가 춘정과 어우러졌다.
형제자매 모두 봉토를 나눠 받아
아름답게도 광채가 문에 생겨났으니,
마침내 천하의 부모들로 하여금
아들보다 딸 낳는 것을 중시하게 했다.
여산 궁궐 높은 곳은 푸른 구름 속으로 들어가
신선 음악이 바람에 나부껴 곳곳에서 들렸다.
부드러운 노래와 나긋한 춤이 관현악 소리에 엉겼기에
하루 종일 왕이 봐도 또 보고 싶어 하였는데,
어양의 북소리가 땅을 울리며 쳐들어오자
깜짝 놀라 「예상우의곡」을 그만두게 되었다.
구중궁궐에는 연기와 먼지가 일었고
수많은 수레와 말이 남서쪽으로 달려갔다.
비췻빛 화려한 깃발이 흔들흔들 가다가 또 멈추다가
서쪽 도성문으로 백여 리를 나갔는데,
근위병이 가지 않으니 어찌할 수 없어
다정하던 미인이 말 앞에서 죽어버렸다.
꽃비녀가 땅에 떨어져도 줍는 이가 없고
취교, 금작, 옥소두도 마찬가지였는데,
임금은 얼굴을 가린 채 구해줄 수 없었고
돌아보고는 피와 눈물이 섞여 흘렀다.
누런 먼지 자욱하고 바람은 쓸쓸한데
구름 속의 잔도 따라서 구불구불 검각에 오르니,

아미산 아래에는 지나가는 사람이 드물고
깃발도 빛이 없고 햇빛도 희미했다.
촉 땅의 강물은 파랗고 촉 땅의 산은 푸른데
임금은 아침마다 밤마다 정에 사무쳐,
행궁에서 달을 보고는 마음 아픈 안색을 지었고
밤비 속에 들은 방울 소리는 애를 끊는 소리였다.
천지가 뒤바뀌어 천자의 수레가 돌아오는데
이곳에 이르자 머뭇머뭇 떠날 수가 없었으니,
마외파 아래의 진흙 속에
옥 같은 얼굴은 보이지 않고 죽은 곳은 텅 비었다.
임금과 신하가 서로 돌아보며 모두 눈물로 옷을 적시고
동쪽으로 도성문을 바라보며 터덜터덜 말 타고 돌아왔다.
돌아와보니 연못과 동산 모두 옛날 그대로여서
태액지에는 부용, 미앙궁에는 버드나무,
부용은 그녀의 얼굴 같고 버들은 그녀의 눈썹 같으니
이를 대하고는 어찌 눈물이 흐르지 않았으리?
봄바람에 복숭아꽃 자두꽃이 피는 날
가을비에 오동잎이 떨어지는 때.
서쪽 궁전과 남쪽 내전에 가을 풀이 많아지고
낙엽이 섬돌에 가득해 붉어도 쓸지 않았으며,
이원의 제자는 흰머리가 새로 나고
초방의 궁녀는 아리따운 모습이 늙어버렸다.
저녁 궁전에 반디가 날면 그리움에 마음이 아파
외로운 등불 심지 다 타도록 잠을 이룰 수 없기에,

종소리와 북소리가 더뎌지며 비로소 밤이 길다고 여기고
반짝이던 은하수에 날이 새려고 했다.
원앙 기와 차갑고 서리꽃 무거워서
비취 이불 차가운데 누구와 함께 덮겠는가?
아득히 삶과 죽음으로 이별한 뒤 해가 지났지만
혼백이 꿈속으로 찾아온 적이 없었다.
홍도에 머물던 임공의 도사는
정성으로 혼백을 불러올 수 있었는데,
그리움에 뒤척이는 임금에게 감동하여
마침내 방사를 시켜서 정성껏 찾게 했다.
허공을 밀치고 기운을 타고 번개처럼 빨리 달려
하늘에도 오르고 땅속에도 들어가 두루 찾으며,
위로 하늘 끝까지 가고 아래로 황천까지 갔어도
두 곳은 아득하여 모두 보이지 않았다.
갑자기 듣기에 바다 위에 신선의 산이 있는데
산이 아득한 허공 속에 있다고 했다.
누각이 영롱하고 오색구름이 피어나며
그 안에 아리따운 선녀들이 많은데,
그 가운데 한 사람이 자가 태진으로
눈 같은 살결과 꽃다운 얼굴이 그녀와 비슷하다고 했다.
황금 궁궐의 서쪽 방에서 옥문을 두드리고
또 소옥을 시켜 쌍성에게 알리게 하니,
당나라 천자의 사신이란 말을 듣고는
꽃무늬 휘장 속에서 꿈꾸던 영혼이 깨어났다.

옷을 부여잡고 베개를 밀치며 일어나 서성이다가
구슬발과 은병풍이 차례대로 열리자,
방금 잠에서 깨어나 구름 같은 머리카락은 반쯤 기울었고
화관도 단정히 하지 않은 채 마루 아래로 내려왔다.
바람이 선녀의 소매에 불어 팔랑팔랑 들리니
여전히 「예상우의무」를 추는 것 같지만,
옥 같은 얼굴은 쓸쓸하고 눈물은 줄줄 흐르니
배꽃 한 가지에 봄비가 맺혀 있는 듯했다.
정을 머금고 응시하며 임금님에 대한 감사 말을 하기를,
"한번 헤어진 뒤 목소리와 얼굴 둘 다 아득해져
소양전에서의 은혜와 사랑은 끊어지고
봉래궁에서의 세월은 길었습니다.
고개 돌려 인간 세상을 내려다보니
장안은 안 보이고 먼지와 안개만 보였기에,
다만 옛날 물건으로 깊은 정을 표시하고자
자개 상자와 금비녀를 보내드리니 가지고 가십시오.
비녀 한 쪽과 자개 상자 한 쪽을 남겨두었는데
비녀는 황금 부분을 쪼갠 것이고 상자는 자개를 나눈 것이니,
다만 마음을 황금과 자개처럼 굳게 한다면
천상이든 인간세계이든 서로 만나볼 것입니다"라고 했다.
헤어질 때 간절하게 거듭 말을 전하는데
말 속에 두 사람만이 아는 맹세가 있었으니,
"칠월 칠일 장생전에서
한밤중 아무도 없이 몰래 속삭였지요.

하늘에선 비익조가 되길 원하고
땅에선 연리지가 되길 원한다고"라고 했다.
하늘과 땅이 오래간다고 해도 다할 때가 있겠지만
이 한은 영원히 이어져 끊어질 날이 없을 것이다.

長恨歌

漢皇重色思傾國,[1] 御宇多年求不得.[2]
楊家有女初長成, 養在深閨人未識.
天生麗質難自棄, 一朝選在君王側.
回頭一笑百媚生,[3] 六宮粉黛無顏色.[4]
春寒賜浴華清池,[5] 溫泉水滑洗凝脂.[6]
侍兒扶起嬌無力,[7] 始是新承恩澤時.
雲鬢花顏金步搖,[8] 芙蓉帳暖度春宵.
春宵苦短日高起, 從此君王不早朝.[9]
承歡侍宴無閑暇,[10] 春從春游夜專夜.
後宮佳麗三千人, 三千寵愛在一身.
金屋妝成嬌侍夜,[11] 玉樓宴罷醉和春.
姊妹弟兄皆列土,[12] 可憐光彩生門戶.
遂令天下父母心, 不重生男重生女.
驪宮高處入青雲,[13] 仙樂風飄處處聞.
緩歌謾舞凝絲竹,[14] 盡日君王看不足.
漁陽鼙鼓動地來,[15] 驚破霓裳羽衣曲.[16]
九重城闕煙塵生, 千乘萬騎西南行.[17]

翠華搖搖行復止,[18] 西出都門百餘里.
六軍不發無奈何,[19] 宛轉蛾眉馬前死.[20]
花鈿委地無人收,[21] 翠翹金雀玉搔頭.[22]
君王掩面救不得, 回看血淚相和流.
黃埃散漫風蕭索,[23] 雲棧縈紆登劍閣.[24]
峨嵋山下少人行, 旌旗無光日色薄.
蜀江水碧蜀山靑, 聖主朝朝暮暮情.
行宮見月傷心色,[25] 夜雨聞鈴腸斷聲.[26]
天旋地轉回龍馭,[27] 到此躊躇不能去.[28]
馬嵬坡下泥土中, 不見玉顔空死處.
君臣相顧盡霑衣, 東望都門信馬歸.[29]
歸來池苑皆依舊, 太液芙蓉未央柳.[30]
芙蓉如面柳如眉, 對此如何不淚垂.
春風桃李花開日, 秋雨梧桐葉落時.
西宮南內多秋草,[31] 落葉滿階紅不掃.
梨園弟子白髮新,[32] 椒房阿監靑娥老.[33]
夕殿螢飛思悄然,[34] 孤燈挑盡未成眠.[35]
遲遲鐘鼓初長夜,[36] 耿耿星河欲曙天.[37]
鴛鴦瓦冷霜華重,[38] 翡翠衾寒誰與共.
悠悠生死別經年, 魂魄不曾來入夢.
臨邛道士鴻都客,[39] 能以精誠致魂魄.
爲感君王輾轉思,[40] 遂敎方士殷勤覓.[41]
排空馭氣奔如電,[42] 升天入地求之徧.
上窮碧落下黃泉,[43] 兩處茫茫皆不見.

忽聞海上有仙山，　山在虛無縹渺間.[44]
樓閣玲瓏五雲起，　其中綽約多仙子.[45]
中有一人字太眞，　雪膚花貌參差是.[46]
金闕西廂叩玉扃,[47] 轉教小玉報雙成.[48]
聞道漢家天子使,[49] 九華帳裏夢魂驚.
攬衣推枕起徘徊，　珠箔銀屛迤邐開.[50]
雲鬢半偏新睡覺，　花冠不整下堂來.
風吹仙袂飄飄擧,[51] 猶似霓裳羽衣舞.
玉容寂寞淚闌干,[52] 梨花一枝春帶雨.
含情凝睇謝君王,[53] 一別音容兩渺茫.[54]
昭陽殿裏恩愛絕,[55] 蓬萊宮中日月長.[56]
回頭下望人寰處，　不見長安見塵霧.
惟將舊物表深情,[57] 鈿合金釵寄將去.[58]
釵留一股合一扇,[59] 釵擘黃金合分鈿.[60]
但教心似金鈿堅，　天上人間會相見.
臨別殷勤重寄詞,[61] 詞中有誓兩心知.[62]
七月七日長生殿,[63] 夜半無人私語時.
在天願作比翼鳥,[64] 在地願爲連理枝.[65]
天長地久有時盡,[66] 此恨綿綿無絕期.[67]

[주석]

1) 漢皇(한황): 한나라 황제. 여기서는 당나라 황제 현종을 가리킨다. 당나라 시에서는 당나라를 한나라로 지칭한 경우가 많다.

重色(중색): 여색을 중시하다. 傾國(경국): 경국지색傾國之色. 온 나라 사람들이 몰려와서 구경할 정도의 미인. 또는 나라를 망하게 할 정도의 미인.

2) 御宇(어우): 천하를 통치하다.

3) 百媚(백미): 온갖 교태.

4) 六宮(육궁): 고대 황후의 침궁으로 정침正寢 한 개와 연침燕寢 다섯 개이다. 여기서는 후궁을 가리킨다. 粉黛(분대): 분과 눈썹먹. 화장하는 것을 말한다. 無顔色(무안색): 낯빛이 없다. 얼굴이라고 할 만한 미모가 없다는 말이다. 또는 '빛이 나지 않는다'로 풀이할 수도 있다.

5) 賜(사): 하사하다. 여기서는 화청지華淸池에서 목욕할 수 있도록 했다는 말이다. 화청지는 원래 온천궁溫泉宮이라고 했으며, 지금의 섬서성陝西省 임동현臨潼縣 여산驪山 기슭에 있다.

6) 凝脂(응지): 엉긴 기름. 하얗고 부드러운 피부를 비유한다.

7) 嬌無力(교무력): 노곤하여 기력이 없다. 온천에서 목욕을 해서 노곤한 것이라기보다는 힘이 없어 약한 척하며 교태를 부리는 것이다.

8) 雲鬢(운빈): 구름같이 풍성한 머리카락. 步搖(보요): 여인의 머리 장식.

9) 早朝(조조): 아침 조회를 열다.

10) 承歡(승환): 환심을 사려고 하다.

11) 金屋(금옥): 금으로 만든 집. 한나라 무제가 태자일 때 아교阿嬌라는 여인을 좋아하여 그녀를 얻는다면 금옥에서 살게 하겠다고 했다.

12) 列土(열토): 봉토를 주다. 양귀비가 현종의 총애를 받은 뒤 그녀의 아버지 양현염楊玄琰에게는 태위제국공太尉齊國公이 추증되었고 어머니는 양국부인凉國夫人에 봉해졌으며, 숙부인 양섬楊銛은 홍로경鴻盧卿, 양기楊錡는 시어사侍御史에 임명되었다. 또 언니 세 명은 각각 한국부인韓國夫人, 괵국부인虢國夫人, 진국부인秦國夫人에 봉해졌다.

13) 驪宮(여궁): 여산의 궁으로 화청지를 가리킨다.

14) 緩歌(완가): 느릿하게 부르는 노래. 謾舞(만무): 너풀너풀 천천히 추는 춤. 絲竹(사죽): 현악기와 관악기.

15) 漁陽(어양): 지금의 북경시로 당시 안녹산의 근거지이다. 鼙鼓(비고): 작은북과 북. 군대에서 치는 것이다.

16) 霓裳羽衣曲(예상우의곡): 무지개 치마에 깃털 옷이란 뜻으로 춤곡의 이름이다. 현종이 월궁月宮에서 신녀를 만난 내용을 표현한 것인데, 현종이 여아산女兒山에 올라 신선 세계에서 선녀를 만난 듯한 느낌을 표현하며 만들었다는 설과 서량부절도사西凉府節度使 양경술楊敬述이 바친 서역 무곡「바라문婆羅門」을 현종이 윤색하여 지었다는 설이 있다. 양귀비가 처음 화청지에 왔을 때 이 곡에 맞춰 춤을 추었다고 한다. 현종 재위 시기에 유행하다가 안녹산의 난 이후로 사라졌으며 이후 남당南唐의 후주後主 이욱李煜이 복원했다고 한다.

17) 西南行(서남행): 현종은 안녹산의 난을 피해 지금의 사천성 성도로 피신했다.

18) 翠華(취화): 비취새 깃털로 장식한 화려한 깃발. 천자의 의장이다.

19) 六軍(육군): 당나라 금군禁軍의 통칭으로 좌우용무左右龍武, 좌우신무左右神武, 좌우신책左右神策이 있었다. 不發(불발): 출발하지 않다. 양귀비와 같이 피난 가지 않겠다고 한 것이다. 無奈何(무내하): 어찌할 도리가 없다.

20) 宛轉(완전): 다정한 모양. 또는 안절부절못하는 모양. 蛾眉(아미): 나방 더듬이 같은 눈썹. 미인을 비유한다.

21) 花鈿(화전): 꽃 장식 비녀. 委地(위지): 땅에 떨어지다.

22) 翠翹(취교): 비취새 꽁지 털같이 생긴 머리 장식. 金雀(금작): 금으로 봉황을 만든 머리 장식. 玉搔頭(옥소두): 옥으로 만든 머리 장식으로 머리를 긁는 데 쓰인다.

23) 散漫(산만): 어지러이 가득한 모양. 蕭索(소삭): 쓸쓸한 모양.

24) 雲棧(운잔): 구름이 있는 높은 곳에 설치한 잔도. 縈紆(영우): 휘감는 모양. 잔도가 구불구불한 모양을 가리킨다. 劍閣(검각): 장안에서 촉 땅으로 들어가는 곳에 있는 요새의 이름.

25) 行宮(행궁): 황제가 수도의 궁궐이 아닌 지방에서 거처하는 임시 궁궐.

26) 聞鈴(문령): 방울 소리를 듣다. 현종이 잔도로 가던 도중 비가 오랫동안 내렸는데 그 빗속에서 방울 소리를 듣고는 양귀비를 추억하면서 「우림령雨淋鈴」 곡을 지었다고 한다.

27) 天旋地轉(천선지전): 하늘이 돌고 땅이 돌다. 현종과 숙종이 장안을 회복한 것을 가리킨다. 龍馭(용어): 천자의 수레.

28) 此(차): 양귀비가 죽은 마외파馬嵬坡를 가리킨다. 지금의 섬서성陝西省 흥평현興平縣 서쪽에 있다.

29) 信馬歸(신마귀): 말이 가는 대로 맡겨둔 채 장안성으로 돌아오

다. 슬픔으로 맥이 빠진 모습이다.

30) 太液(태액): 당나라 대명궁大明宮 안에 있던 못. 未央(미앙): 한나라 궁궐 이름. 여기서는 당나라 궁궐을 가리킨다.

31) 西宮(서궁): 당나라 태극궁太極宮을 가리킨다. 南內(남내): 당나라 흥경궁興慶宮을 가리킨다. 원래 현종이 즉위하기 전에 살던 집이며 장안의 남동쪽에 있었다. 장안을 수복한 뒤 현종은 처음에 흥경궁에서 머물렀으며 이후 서궁으로 옮겼다.

32) 梨園(이원): 현종이 설치한 궁중 기관으로 음악과 관련된 인원을 육성하였다.

33) 椒房(초방): 산초를 벽에 바른 방으로 후비의 궁실이다. 阿監(아감): 후비에게 시중들던 궁중의 시녀. 青娥(청아): 원래는 서리와 눈을 주관하는 여신인 청녀青女를 가리키는데 여기서는 아름다운 여인을 뜻한다.

34) 悄然(초연): 서글픈 모양.

35) 挑(도): 심지를 돋우다. 촛불이 잘 타도록 심지를 조절하는 것이다. 이것이 다했다는 것은 초가 다 탔다는 말로 오랜 시간이 흐른 것을 뜻한다.

36) 初長夜(초장야): 처음으로 밤을 길다고 느끼다. 현종이 양귀비 없이 홀로 지내는 밤이 처음이라 길게 느껴진다는 말이다.

37) 耿耿(경경): 밝게 빛나는 모양. 曙(서): 날이 새다.

38) 鴛鴦瓦(원앙와): 원앙의 암수 모양을 본뜬 기와. 화목을 상징한다. 霜華(상화): 서리꽃. 서리를 가리킨다.

39) 臨邛(임공): 지금의 사천성 공래현邛崍縣. 鴻都(홍도): 후한後漢 때 낙양洛陽의 궁문 이름인데 여기서는 장안을 가리킨다.

40) 輾轉(전전): 그리움으로 뒤척이는 모양.

41) 方士(방사): 도교에서 술수를 쓸 수 있는 도사. 殷勤(은근): 정성스러운 모양. 다급한 모양.

42) 馭氣(어기): 기운을 타다. 허공을 날아다니는 모습이다.

43) 碧落(벽락): 도교 용어로 하늘을 가리킨다.

44) 虛無(허무): 아무것도 없는 하늘을 가리킨다. 縹渺(표묘): 가물가물하고 아득한 모양.

45) 綽約(작약): 아름다운 모양. 仙子(선자): 선녀.

46) 參差(참치): 거의 비슷하다.

47) 金闕(금궐): 신선 세계의 금빛 궁궐을 말한다. 叩(고): 두드리다. 玉扃(옥경): 옥으로 만든 문.

48) 轉(전): 다른 방법을 모색한다는 뜻이다. 또는 '여러 사람을 통한다'는 뜻으로 보는 설도 있다. 小玉(소옥): 원래는 오나라 왕 부차夫差의 딸로 후에 신선이 되었다고 하는데 여기서는 양귀비의 시녀를 가리킨다. 雙成(쌍성): 원래는 서왕모西王母의 시녀인 동쌍성董雙成인데 여기서는 양귀비의 시녀를 가리킨다.

49) 聞道(문도): 듣다. 漢家天子使(한가천자사): 한나라 천자의 사자. 여기서는 현종이 보낸 사자를 가리킨다.

50) 珠箔(주박): 구슬로 장식한 발. 迤邐(이리): 차례차례로.

51) 仙袂(선메): 신선의 옷자락. 양귀비의 옷을 가리킨다.

52) 寂寞(적막): 쓸쓸한 모양. 闌干(난간): 어지러이 흐르는 모양.

53) 凝睇(응제): 주시하다. 謝君王(사군왕): 왕에게 감사의 말을 하다. 양귀비가 현종의 사자에게 말을 전해달라는 것이다.

54) 音容(음용): 소리와 얼굴. 소식을 듣는 것과 직접 보는 것을 말

한다. 渺茫(묘망): 아득한 모양.

55) 昭陽殿(소양전): 원래는 한나라 성제成帝의 황후皇后 조비연趙飛燕이 머물던 궁전인데 여기서는 양귀비가 장안에서 머물던 궁전을 가리킨다.

56) 蓬萊宮(봉래궁): 신선이 사는 궁궐이다. 여기서는 지금 양귀비의 영혼이 머물고 있는 곳을 가리킨다.

57) 將(장): ~을 가지고서.

58) 鈿合(전합): 자개로 장식한 작은 상자. 金釵(금차·금채): 금으로 만든 비녀.

59) 股(고): 원래 '차釵'는 두 개의 다리로 이루어져 있는데 '고'는 그 다리를 가리킨다. 扇(선): 여닫는 문을 가리킨다. 여기서는 상자 뚜껑을 가리키는 듯하다.

60) 擘(벽): 쪼개다.

61) 殷勤(은근): 간곡한 모양.

62) 兩心知(양심지): 두 사람만 알다. 현종과 양귀비 두 사람만의 비밀을 가리킨다. 이것을 사신에게 말함으로써 양귀비를 만난 일이 진실임을 입증하게 한 것이다.

63) 長生殿(장생전): 여산 화청궁 안에 있던 궁전의 이름.

64) 比翼鳥(비익조): 눈과 날개가 하나밖에 없는 새로 두 마리가 있어야 온전히 날 수 있다고 한다.

65) 連理枝(연리지): 뿌리는 다르지만 가지가 연결된 나무를 말한다.

66) 天長地久(천장지구): 하늘과 땅은 오래도록 변하지 않는다.

67) 綿綿(면면): 계속 이어지는 모양.

[해설]

이 시는 백거이가 당나라 현종과 양귀비 간의 사랑과 이별에 관해 적은 서사시이다. 현종은 개원지치開元之治로 당나라의 번영을 이끈 황제이기도 하지만 그 이후 안녹산의 난으로 인해 당나라가 쇠망의 길로 들어서게 된 시기의 황제이기도 하다. 양귀비는 본명이 양옥환楊玉環으로 개원開元 23년(735) 현종의 열여덟 번째 아들 수왕壽王 이모李瑁의 비로 책봉됐는데, 현종이 그녀를 좋아하여 우선 여도사가 되어 태진궁太眞宮에 머물도록 했으며 태진이라는 이름을 하사했고 천보天寶 4년(745)에 정식으로 귀비貴妃에 책봉했다. 현종은 양귀비와 그 일가를 총애했으며 이로 인해 안녹산의 난을 초래했다는 비난을 받게 된다. 난이 발발한 뒤 현종이 피신하다가 근위대에 의해 양귀비가 피살당했다. 이 시는 이러한 역사적 이야기에 덧붙여 후에 현종이 양귀비를 그리워하다가 마침 도사를 통해 천상 세계에 있는 그녀를 찾았지만 그녀와 만나지 못한다는 상상적인 이야기를 했다. 역사적인 사실이 중간에 삽입되어 있지만 대부분은 작가의 상상에 의한 기술이다. 하지만 그것이 제대로 분간되지 않으니 독자들은 이 이야기에 몰입하게 된다.

이야기는 당나라 황제가 여색을 중시했지만 미인을 얻지 못했다는 것에서 시작된다. 그러다가 양귀비를 발견하게 되고, 그의 교태와 미모에 빠져 다른 궁녀들은 눈에 들어오지도 않게 된다. 화청지에서 목욕하는 모습에서는 야릇한 에로티시즘을 느끼게도 한다. 현종이 양귀비와 같이 놀다 보니 정사에 소홀하게 되었음을 말해 현종의 실정을 오로지 양귀비의 탓으로 돌리지만, 이 시 첫머리에서도 말했듯이 현종은 애초부터 여색을 좋아하던 황제였다. 양귀비가 총애를 받았다는 내용은 당시 사람들이 아들보다 딸 낳는 것을 더 중시하게 되었다는 것에서 정점을 찍는다.

그렇게 환락을 즐기다가 갑자기 안녹산의 난이 일어나게 되고 현종과 양귀비는 피난길에 오른다. 성을 나서고 백여 리를 갔을 때 현종의 근위대가 양귀비를 살해한다. 현종도 어찌할 수 없어 고개를 돌린 채 눈물을 흘릴 뿐이다. 양귀비의 패물이 길에 떨어지지만 아무도 줍지 않는다. 비참한 말로이다. 그렇게 도망친 촉 땅에서 현종은 쓸쓸할 뿐이다. 다시 장안으로 돌아오는 길에 양귀비가 죽었던 그곳을 지나면서 모두들 슬퍼했다. 장안에 돌아와보니 경물은 옛날 그대로이지만 양귀비는 없다. 오히려 연못에 핀 부용은 그녀의 얼굴이고 버드나무 가지는 그녀의 눈썹이니, 그녀 생각만 날 뿐이다. 현종이 향락을 즐길 마음조차 없으니 궁녀들은 그저 늙어갈 뿐이고, 홀로 밤을 지새우는 현종은 그 밤이 길다고 이제야 느끼게 된다. 그리고 그 차가운 이불을 누구와 함께 덮을 수 있겠는가? 이 한마디로 현종의 애달픔에 대한 서술은 또 하나의 정점을 찍는다.

이러한 현종의 슬픔에 감동한 도사가 이리저리 양귀비의 영혼을 수소문하도록 한다. 하늘 끝까지 땅 끝까지 가보지만 발견하지 못한다. 그런데 갑자기 바다 위에 있는 신선의 산에 태진이라는 선녀가 있다는 소식을 듣는다. 얼른 도사를 파견하니 양귀비가 현종의 사신이 왔다는 말을 듣고는 허겁지겁 달려 나온다. 아름다운 자태는 여전하지만 역시나 현종을 그리워하며 슬펴하고 있다. "헤어진 뒤로 장안을 보려고 해도 보이질 않고 갈 수도 없으니, 자개 상자와 금비녀의 일부를 떼어서 보낸다. 부디 이 황금과 자개처럼 굳은 마음을 간직한다면 언젠가는 만날 것이다." 그리고 혹시나 이 사신의 말을 현종이 믿지 않을까 싶어 두 사람만이 아는 비밀 이야기를 덧붙인다. 지난 칠월 칠석 장생전에서 두 사람이 밀애 중 했던 다짐의 말이다. "하늘에서는 비익조가 되고 땅에서는 연리지가 되자." 비익조는 날개가 하나밖에 없어서 두 마리가 있어야 날아갈 수 있는 새이다. 연리지는 비록 뿌리는 다르지만 가지가 연결되어 한 몸이 된 나무이다. 하늘에서나 땅에서나 항상 함께하자는 맹세였다. 칠월 칠석은 견우직녀가 일 년에 한 번 만나는 날이다. 장생전은 영생불사를 기약한다는 전각이다. 견우직녀가 불쌍하기는 하지만 그래도 일 년에 한 번은 만난다. 하지만 이들은 얼마 살지도 못하고 이승과 저승으로 나뉘어 영원히 만나지 못하고 있다. 이들은 언제나 만날 수 있을까? 기나긴 한스러움은 끝이 없다.

65. 비파의 노래 및 서문

백거이白居易

원화 10년(815)에 나는 구강군의 사마로 좌천됐다. 이듬해 가을 분포의 어귀에서 손님을 전송하다가 배 안에서 밤에 비파 타는 것을 들었는데 그 소리를 들으니 쟁쟁거리는 것에 장안의 곡조가 있었다. 그 사람에게 물어보니 본래 장안의 창기인데 일찍이 목 씨와 조 씨 두 명의 뛰어난 악사에게서 비파를 배웠으며, 나이가 들고 미모가 쇠해져 상인에게 몸을 맡겨 그의 부인이 됐다고 했다. 이에 술을 가져오라고 명하고 얼른 몇 곡을 연주하게 했다. 곡이 끝난 후 애달파하면서 젊었을 때의 즐거웠던 일과 지금 정처 없이 초췌해져서 강호를 떠돌고 있는 일을 스스로 말했다. 나는 지방관으로 나온 지 2년 동안 편안히 스스로 안위했는데, 이 사람의 말에 느낀 바가 있었고 이날 밤 비로소 폄적의 기분이 들었음을 깨달았기에 긴 노래를 지어 그에게 주었으니 모두 614자이고 제목은 「비파의 노래」라고 하였다.

심양강 어귀에서 밤에 손님을 보내는데
단풍잎과 갈대꽃이 가을에 쓸쓸하다.
주인은 말에서 내리고 손님은 배에 머물다가
술을 들어 마시려는데 음악이 없구나.
술에 취해도 즐겁지 않아 애달프게 헤어지려 하고
작별할 때 아득하게 강에 달이 잠겼는데,

갑자기 물 위에서 비파 소리가 들리니
주인은 돌아가길 잊었고 손님은 떠나질 못했다.
소리를 찾아 연주하는 이가 누구인지 조용히 물어보니
비파 소리를 멈추고는 말하려다가 머뭇거린다.
배를 옮겨 가까이 가서 만나기를 청하고는
술을 더하고 등불을 도로 밝히고 다시 술자리를 연 뒤,
천 번 만 번 부르고서야 겨우 나오는데
여전히 비파를 품에 안고는 얼굴을 반쯤 가렸다.
축을 돌리고 현을 튕겨 두세 번 소리를 내니
곡조를 이루기 전에 먼저 정이 일어난다.
한 줄 한 줄 누르니 소리 소리에 상념이 잠겨
마치 평생 뜻을 이루지 못한 것을 호소하는 듯,
눈을 내리깔고 손 가는 대로 연이어 연주하여
가슴속의 끝없는 일을 다 말한다.
살짝 누르다가 천천히 문지르고 튕기다가 또 뜯으니
처음엔 「예상우의곡」이고 그 뒤엔 「육요」이다.
굵은 줄은 쭈룩쭈룩 소나기 같고
가느다란 줄은 쪼록쪼록 몰래 속삭이는 것 같다.
쭈룩쭈룩 쪼록쪼록 엇섞여 타니
큰 구슬 작은 구슬이 옥쟁반에 떨어지다가,
꾀꼴꾀꼴 꾀꼬리 소리가 꽃 아래로 미끄러지고
흐느끼는 샘물이 얼음 밑으로 어렵게 흘러간다.
얼음 샘물이 차가워져 막힌 듯 줄이 굳어 끊어지고
굳어 끊어져 통하지 않으니 소리가 잠시 멈추었다.

별도로 깊은 근심이 있어 남모르는 한이 일어나니
이때의 소리 없음이 소리 있을 때를 능가하다가,
은빛 병이 갑자기 깨져 물과 음료가 쏟아지고
철갑 기병이 돌연 나와서 칼과 창을 울린다.
곡이 끝나고서 채를 거두며 가운데를 그으니
네 줄이 한소리가 되어 비단 찢어지는 것과 같은데,
동쪽 배와 서쪽 배가 조용히 말이 없고
그저 강 중간에 비친 하얀 가을 달만 바라본다.
생각에 빠져 있다가 채를 놓아 현 사이에 꽂고는
옷을 여미고 일어나 안색을 가다듬은 뒤,
스스로 이렇게 말한다. "본래 장안의 여자로
집이 하마릉 아래에 있어 그곳에서 살았는데,
열세 살에 비파 타는 기법을 배워 완성했기에
이름이 교방의 첫번째 부에 속했습니다.
곡이 끝나면 일찍이 훌륭한 악사의 탄복을 일으켰고
단장을 마치면 매번 기녀의 질투를 받았으며,
오릉의 젊은이들이 다투어 재물을 주었기에
한 곡에 붉은 비단 받았는데 헤아릴 수 없었습니다.
머리에 상감한 은빗치개는 장단 맞추다가 부서지고
핏빛 붉은 비단 치마는 술을 엎질러 얼룩졌으니,
이번 해도 즐기며 웃고 또 이듬해도 그렇게
가을 달과 봄바람을 생각 없이 보내다가,
남동생은 군대에 가고 엄마도 죽고
밤이 가고 아침이 오며 얼굴빛도 시들었습니다.

문 앞이 썰렁해져 수레와 말이 드물어지고
늘그막에 시집가서 상인의 아내가 되었는데,
상인은 이익만 중시하고 이별은 가볍게 여겨
지난달에 부량으로 차를 사러 떠났습니다.
강어귀를 오가면서 빈 배를 지키자니
배를 둘러싼 달빛은 밝고 강물은 차가웠으며,
밤 깊어 문득 젊었을 때의 일을 꿈꾸었는데
꿈속에 울어 화장에 눈물 번져 붉은빛이 낭자했습니다."
나는 비파 소리 듣고 이미 탄식하고
또 이 말을 듣게 되자 거듭 쯧쯧거렸는데,
둘 다 마찬가지로 하늘가를 떠도는 사람이니
서로 만남에 굳이 이전에 알던 이일 필요가 있겠는가?
"나는 지난해에 장안을 떠나
심양성에 폄적되어 병들어 누웠는데,
심양은 땅이 외지고 음악이 없어
한 해가 다하도록 악기 소리를 듣지 못했다.
사는 곳이 분강 근처라서 땅이 낮고 축축하여
누런 갈대와 고죽이 집을 둘러 자랐으니,
거기에 아침저녁으로 무슨 소리가 들리겠나?
두견이 피를 토하고 원숭이가 슬피 울 뿐이다.
봄 강에 꽃이 핀 아침과 가을에 달 비치는 밤
가끔 술을 가지고 가서 또 홀로 기울이니,
산사람의 노래와 시골의 피리 소리가 어찌 없으랴만
웅알웅알 삐익삐익 듣기가 어려웠다.

오늘 밤에 그대의 비파 소리를 듣고는
마치 신선의 음악을 들은 듯 귀가 잠시 밝아졌으니,
사양 말고 다시 앉아 한 곡을 탄다면
그대 위해 번안하여 「비파행」을 지어주리라."
이러한 내 말에 감동하여 한참 동안 서 있더니
도로 앉아 현을 조이자 현이 더욱 팽팽해져,
처량하기가 방금 전의 소리와 같지 않기에
자리 채운 이들 다시 듣고는 모두 얼굴 가리고 우는데,
좌중에서 눈물 흘린 것이 누가 가장 많은가
강주사마는 푸른 적삼이 축축하다.

琵琶行幷序

元和十年, 予左遷九江郡司馬.[1] 明年秋, 送客湓浦口,[2] 聞船中夜彈琵琶者, 聽其音, 錚錚然有京都聲.[3] 問其人, 本長安倡女,[4] 嘗學琵琶於穆曹二善才,[5] 年長色衰, 委身爲賈人婦. 遂命酒, 使快彈數曲. 曲罷憫然,[6] 自敘少小時歡樂事, 今漂淪憔悴,[7] 轉徙於江湖間. 予出官二年恬然自安,[8] 感斯人言, 是夕, 始覺有遷謫意, 因爲長句歌以贈之, 凡六百一十六言, 命曰琵琶行.

潯陽江頭夜送客,[9] 楓葉荻花秋瑟瑟.[10]
主人下馬客在船, 擧酒欲飮無管弦.[11]
醉不成歡慘將別, 別時茫茫江浸月.[12]
忽聞水上琵琶聲, 主人忘歸客不發.

尋聲暗問彈者誰,　琵琶聲停欲語遲.
移船相近邀相見,　添酒回燈重開宴.[13]
千呼萬喚始出來,　猶抱琵琶半遮面.
轉軸撥弦三兩聲,[14] 未成曲調先有情.
弦弦掩抑聲聲思,[15] 似訴平生不得志.
低眉信手續續彈,[16] 說盡心中無限事.
輕攏慢撚抹復挑,[17] 初爲霓裳後六幺.[18]
大弦嘈嘈如急雨,[19] 小弦切切如私語.[20]
嘈嘈切切錯雜彈,[21] 大珠小珠落玉盤.
間關鶯語花底滑,[22] 幽咽流泉冰下難.[23]
氷泉冷澀弦凝絶,[24] 凝絶不通聲暫歇.
別有幽愁暗恨生,　此時無聲勝有聲.
銀甁乍破水漿迸,[25] 鐵騎突出刀槍鳴.
曲終收撥當心畫,[26] 四弦一聲如裂帛.
東船西舫悄無言,[27] 唯見江心秋月白.
沈吟放撥揷弦中,　整頓衣裳起斂容.[28]
自言本是京城女,　家在蝦蟆陵下住.[29]
十三學得琵琶成,　名屬敎坊第一部.[30]
曲罷曾敎善才服,　妝成每被秋娘妒.[31]
五陵年少爭纏頭,[32] 一曲紅綃不知數.
鈿頭銀篦擊節碎,[33] 血色羅裙翻酒污.
今年歡笑復明年,　秋月春風等閑度.[34]
弟走從軍阿姨死,[35] 暮去朝來顏色故.
門前冷落車馬稀,　老大嫁作商人婦.

商人重利輕別離， 前月浮梁買茶去.[36)]
去來江口守空船,[37)] 繞船月明江水寒.
夜深忽夢少年事， 夢啼妝淚紅闌干.[38)]
我聞琵琶已嘆息， 又聞此語重喞喞.[39)]
同是天涯淪落人,[40)] 相逢何必曾相識.
我從去年辭帝京， 謫居臥病潯陽城.
潯陽地僻無音樂， 終歲不聞絲竹聲.
住近湓江地低濕,[41)] 黃蘆苦竹繞宅生.[42)]
其間旦暮聞何物， 杜鵑啼血猿哀鳴.
春江花朝秋月夜， 往往取酒還獨傾.
豈無山歌與村笛,[43)] 嘔啞嘲哳難爲聽.[44)]
今夜聞君琵琶語， 如聽仙樂耳暫明.
莫辭更坐彈一曲， 爲君翻作琵琶行.[45)]
感我此言良久立， 卻坐促弦弦轉急.[46)]
淒淒不似向前聲,[47)] 滿座重聞皆掩泣.
座中泣下誰最多， 江州司馬青衫濕.

[주석]

1) 九江郡(구강군): 지금의 강서성 구강시九江市이다. 수나라 때 구강군이었는데 당나라 천보 연간에 심양군潯陽郡으로 고쳤고 건원 연간에 강주江州로 바꾸었다. 司馬(사마): 주의 장관을 보좌하던 관원이다.

2) 湓浦口(분포구): 분포의 어귀. 분포는 구강 서쪽에서 장강으로

합류한다.

3) 錚錚(쟁쟁): 금속 같은 것이 부딪치며 나는 소리. 여기서는 비파 소리를 가리킨다. 京都聲(경도성): 장안에서 연주하는 가락.

4) 倡女(창녀): 가무로 사람을 즐겁게 하는 기녀.

5) 穆曹(목조): 목 씨와 조 씨. 누구인지는 알려져 있지 않다. 善才(선재): 비파를 잘 연주하는 사람의 호칭이다. 일설에는 원화 연간에 조보曹保의 아들 조선재曹善才가 비파를 잘 연주하였기에 비파에 정통한 이를 '선재'라고 불렀다고 한다.

6) 憫然(민연): 애달픈 모양.

7) 漂淪(표륜): 이리저리 떠돌다.

8) 恬然(염연): 편안한 모양.

9) 潯陽江(심양강): 구강시 일대를 흐르는 장강을 말한다.

10) 荻花(적화): 갈대꽃. 瑟瑟(슬슬): 쓸쓸한 모양. 또는 바람에 흔들리는 소리.

11) 管弦(관현): 관악기와 현악기. 음악을 뜻한다.

12) 茫茫(망망): 아득한 모양.

13) 回燈(회등): 등불을 다시 켜다.

14) 轉軸(전축): 축을 돌리다. 현을 감은 축을 돌려 현의 음을 조율하는 것이다. 撥弦(발현): 현을 튕기다.

15) 掩抑(엄억): 누르다. 손가락으로 현을 누르는 것이다. 이와 달리 낮은 음이 난다는 뜻으로 풀이하는 설도 있다.

16) 信手(신수): 손 가는 대로. 능숙하게 연주하는 것이다.

17) 攏(롱): 현을 누르다. 撚(년): 현을 비비다. 抹(말): 현을 튕기다. 挑(조): 현을 뜯다.

18) 霓裳(예상): 「예상우의곡霓裳羽衣曲」. 무지개 치마에 깃털 옷이란 뜻으로 춤곡의 이름이다. 현종이 월궁月宮에서 신녀를 만난 내용을 표현한 것인데, 현종이 여아산女兒山에 올라 신선 세계에서 선녀를 만난 듯한 느낌을 표현하며 만들었다는 설과 서량부절도사西涼府節度使 양경술楊敬述이 바친 서역 무곡「바라문婆羅門」을 현종이 윤색하여 지었다는 설이 있다. 六幺(육요): 당나라 때 서역에서 전해 온 비파곡의 이름이다.

19) 嘈嘈(조조): 크고 웅장한 소리.

20) 切切(절절): 자잘한 소리.

21) 錯雜(착잡): 이리저리 섞이다.

22) 間關(간관): 꾀꼬리 울음 소리.

23) 幽咽(유열): 나지막이 흐느끼다. 冰下難(빙하난): 얼음 아래에서 힘들게 흘러간다는 말이다. '수하탄水下灘'으로 된 판본도 있는데 '물이 세차게 흘러간다'는 뜻이어서 아래 구절과 잘 호응하지 않는다.

24) 冷澀(냉삽): 차가워져 막히다. 물이 얼어붙는다는 뜻이다. 凝絶(응절): 부드러운 현이 굳어지며 끊어진다는 말이다.

25) 乍(사): 갑자기. 迸(병): 솟구쳐 나오다.

26) 收撥(수발): 채를 거두다. '발'은 현을 튕기는 작은 막대기를 말한다. 當心畫(당심획): 가운데를 내리긋다. 채를 가슴께에서 한 번 내리그어 네 현을 한꺼번에 튕기는 것이다.

27) 悄(초): 조용하다.

28) 斂容(염용): 안색을 가다듬다.

29) 蝦蟆陵(하마릉): 장안 남동쪽의 곡강曲江 부근. 당시 술집과 기

녀가 많았다. 한나라 동중서董仲舒의 묘가 그곳에 있어 지나가던 사람들이 말에서 내려 예를 표하였기 때문에 '下馬陵'이라고 하였는데 와전되어 '蝦蟆陵'이 되었다고 한다.

30) 教坊(교방): 당나라 때 악공과 가기歌妓를 양성하던 기관이다. 第一部(제일부): 첫번째 부. 여기서는 가장 우수한 악대를 말한다.

31) 秋娘(추낭): 당시의 기녀 중에 이런 이름을 가진 자가 많았는데 여기서는 기녀 일반을 가리킨다.

32) 五陵(오릉): 장안성 북쪽에 있는 한나라 다섯 황제의 무덤. 이 근처에 귀족과 권문세가가 많이 살았다. 纏頭(전두): 노래나 춤이 끝난 뒤 기녀들에게 주는 재물.

33) 鈿頭銀篦(전두은비): 머리 부분이 자개로 장식된 은으로 만든 빗치개. '비'는 송곳같이 생긴 것으로 빗살을 청소하거나 가르마를 탈 때 사용한다. 擊節(격절): 박자를 맞추며 두들기다.

34) 等閑(등한): 별생각 없이. 아무렇게나.

35) 阿姨(아이): 어머니. 또는 이모. 기녀를 관리하는 여인을 가리킬 수도 있다.

36) 浮梁(부량): 지금의 강서성 부량현. 차의 집산지이다.

37) 守空船(수공선): 빈 배를 지키다. 남편이 탄 배가 오기를 기다리지만 오로지 남편이 타지 않은 배만 있다는 뜻이다.

38) 妝淚(장루): 화장한 얼굴에 눈물이 흐르다. 紅闌干(홍란간): 붉은빛이 이리저리 어지럽다. 화장이 눈물에 번진 모습이다.

39) 喞喞(즉즉·즐즐): 탄식하는 소리.

40) 淪落(윤락): 떠돌다.

41) 湓江(분강): 장강의 지류.

42) 苦竹(고죽): 대나무의 일종. 먹으면 쓴맛이 난다고 한다.

43) 山歌(산가): 민가. 시골 사람들이 부르는 노래이다. 村笛(촌적): 시골 사람이 부는 피리 소리.

44) 嘔啞(구아): 옹알거리다. 소리가 작고 발음이 분명치 않은 것이다. 노래가 시원찮다는 뜻이다. 嘲哳(조찰): 조잡한 악기 소리.

45) 翻作(번작): 번안하여 짓다. 비파 연주의 느낌을 시로 옮겨낸다는 뜻이다.

46) 促弦(촉현): 현을 조이다.

47) 向前(향전): 방금 전.

[해설]

이 시는 백거이가 어떤 여인이 타는 비파 연주를 들은 상황을 적은 것이다. 비파는 서역에서 들어온 악기로 현이 네 줄이며 기타처럼 생겼고 짧은 막대기로 현을 뜯거나 튕기면서 연주한다. 서문에 따르면 백거이가 강주사마江州司馬로 있을 때 어떤 이를 전송하기 위해 강가의 배 안에 있는데 어디선가 장안의 가락이 섞인 비파 연주가 들리기에 연주자를 찾아가서 그의 사정을 듣고 곡을 청해 들었다. 그 여인의 기구한 사정을 듣고 한 맺힌 비파곡을 들은 뒤 자신 역시 편벽한 곳으로 폄적되어 있는 서글픈 심사를 읊었다.

심양강에서 배를 타고 갈 손님을 송별하기 위해 말을 타고 강나루까지 왔다. 이별의 정이 서글픈데 가을 날씨 또한 스산하다. 술을 마셔 흥을 돋우려 해도 음악이 없어 흥취가 나질 않는다. 이대로 작별하려고 하는데 강에는 달빛이 비쳐 더욱 사람의 마음을 심란하게 만든다. 이때 비파 소리가 들리는데 그 소리를 듣느라 작별을 하지 못하고 멈춰 선다. 누구일까? 비파 소리가 나는 곳으로 다가가 누구냐고 물어보니 연주를 멈추고는 머뭇거린다. 아마도 부끄러워서이리라. 이제는 아예 배를 그 옆으로 옮겨 술을 더 가져오라 하고 등불도 새로 밝히고 술자리를 다시 열고는 정식으로 그녀를 부른다. 하지만 아무리 불러도 오지 않는다. 천 번 만 번을 부르니 겨우 나오는데 비파를 품에 안고는 얼굴을 반이나 가리고 있다. 역시나 다른 사람들 앞에 서는 걸 부끄러워하는 것이다.

현을 감은 축을 돌려 현을 두세 번 튕겨 음을 맞추는데 이미 그 소리가 남다르다. 한 줄 한 줄 눌러서 소리를 내는데 한 음 한 음에 그녀의 상념이 잠겨 있는 듯하다. 무슨 한이 이렇게 많은 것일까? 다소곳이 앉아 손 가는 대로 능숙하게 연주하는데 자신의 마음속 이야기를 다 털어놓는 듯하다. 갖은 기교로 연주하는데 소나기가 쏟아지는 듯 세차게 퍼붓다가도 연인들이 몰래 속삭이듯 나직해지기도 한다. 그런 기복이 점차 엇섞이니 구슬이 쟁반에 떨어지는 듯, 꾀꼬리 소리가 꽃 아래로 미끄러지는 듯, 샘물이 얼음장 밑으로 어렵게 흘러가는 듯, 갖가지 소리가 난다. 그런데 너무 격정적이었을까? 줄이 끊어지고 소리가 잠시 멈추었다. 예상치 않은 순간이지만 어찌 된 일인지 지금의 정적 속에 남모르는 한과 깊은 근심이 느껴진다. 오히려 여기서 클라이맥스를 느낀다. 이어 다시 격정적인 연주가 펼쳐진다. 물병이 깨져 물이 쏟아지는 듯, 철갑 기병이 갑자기 달려 나와 창칼을 휘두르는 듯. 마지막으로 네 줄을 한꺼번에 튕겨 커다란 화음을 내니 마치 비단이 찢어지는 듯하다. 끝났다. 정적이 흐른다. 아무도 말을 하지 않는다. 말을 할 수가 없다. 그저 강에 달빛만 비칠 뿐이다.

연주를 마친 여인은 복장을 단정히 하고는 자신의 이야기를 한다. "본래 장안에서 태어나 어릴 때부터 비파를 배워 교방의 첫번째 부에 속할 정도의 기교를 익혔다. 훌륭한 기량과 빼어난 미모로 재물도 많이 얻었으며 연주를 통해 화려하고 방탕한 생활을 했다. 그러는 가운데 식구들도 죽거나 흩어지고 자신의 미모도 쇠락하자 자신을 찾는 사람이 없었기에 지금은 상인의 아내가 되었다. 그런데 남편은 지금 멀리 떠나갔으며 언제 돌아올지 모르는 남편을 기다리며 빈 배만 지키고 있다." 이런 이야기를 들으니 비파 연주에 한스러움이 맺혔던 까닭을 알겠고 그녀의 인생이 더욱 애달프다. 나도 역시 그러한 처지이니 오늘 처음 만났지만 동병상련의 마음은 한가지이고 그 누구보다도 상대의 마음을 더욱 이해할 수 있다. 나는 어떠한가? "장안에서 폄적되어 외진 심양에 오니 음악 소리를 듣지 못해 항상 우울하다. 더구나 집 주위에는 그저 두견과 원숭이만 슬피 울 뿐이다. 그래도 꽃이 핀 봄날 아침이나 달빛 비치는 가을밤에 흥취가 나면 술을 들고 이리저리 다니지만 혼자일 뿐이라 흥이 이어지질 않는다. 음악 소리로 산사람의 노래나 촌부가 부르는 피리가 있긴 하지만 무슨 말인지도 모를 정도이고 귀만 아플 뿐이다. 그러던 차에 이 여인의 비파 연주를 듣게 됐는데 내 귀가 다 밝아졌다. 만일 한 곡을 더 연주한다면 그 음악의 흥을 그대로 담아서 시를 짓겠다." 여인이 다시 비파를 들고 연주하는데 현을 더 조이니 아까보다 더 구슬픈 곡조가 나온다. 모두들 눈물을 흘리지 않을 수 없다. 그중에서도 가장 슬픈 건 백거이이다.

서문에 따르면 백거이는 강주사마로 폄적되었지만 항상 편안하게 여겼기에 그다지 근심이 없다고 했다. 이 여인의 연주를 듣고서야 비로소 장안에서 멀리 떨어져 홀로 지내는 서글픈 신세를 느낀다고 했다. 그건 아마도 여인의 음악에 장안의 가락이 있어서일 것이다. 서울 강남의 클럽에 다니던 청년이 지방에 살면서 느끼는 그런 서글픔일 것이다. 평소 음악을 무척이나 좋아했던 백거이였기에 장안의 고급스러운 음악을 듣지 못하는 것이 다른 무엇보다도 괴로웠을 것이다. 그 괴로움의 크기는 이 시가 614자의 장편인 것에서 짐작할 수 있다.

66. 한유의 비

이상은李商隱

원화 연간 천자의 신령스럽고 씩씩한 모습
저분이 어떤 분인가? 헌원씨와 복희씨구나.
맹세하건대 장차 위로 여러 성군의 치욕을 씻고는
정전 안에 앉아 사방 오랑캐를 조회하려 하셨다.
회서에 도적이 있은 지 오십 년
큰 이리가 살쾡이를 낳고 살쾡이가 말곰을 낳아,
산과 강에서 살지 않고 평지에서 사는데
긴 창과 날카로운 창이 해를 향해 휘두를 수 있을 정도였다.
황제께서 어진 재상을 얻었고 그 재상은 배도인데
도적이 베어도 죽지 않았으니 신령이 도우신 것이었고,
허리에는 재상의 인장을 차고 총사령관이 되어
음산한 바람 부는 참담한 곳에 천자의 깃발 드날렸다.
이소, 한공무, 이도고, 이문통은 용맹한 장군이 되고
예부원외랑 이종민은 붓을 들고 따랐으며,
행군사마 한유는 지혜롭고 용감하고
십사만의 군대는 호랑이 비휴와 같았다.
채주에 들어가 적을 포박하여 태묘에 바치니
공은 어디에도 뒤지지 않고 은혜는 헤아릴 수 없었는데,
황제께서 "그대 배도의 공적이 으뜸이니
그대의 종사관 한유가 마땅히 글을 지어야 한다"라고 하셨다.

한유가 절을 하고 머리를 조아린 뒤 발 구르고 너울거리며
"금석에 새길 문장은 신이 지을 수 있으나,
예로부터 세상에서는 이를 대문호의 글로 칭하였고
이 일은 제 직분에 속한 것은 아니지만,
어진 일은 자고로 사양하지 않는 법입니다"라고 하니
말이 끝나자 천자께서 누차 고개를 끄덕이셨다.
공은 물러나 재계하고 작은 전각에 앉아서
큰 붓에 먹물을 찍으니 얼마나 시원스러웠던가?
「요전」과 「순전」의 글을 바꿔서 쓰고
「청묘」와 「생민」의 시를 고쳐서 쓴 것이었다.
문장이 파격적인 형식으로 완성되자 글을 종이에 써서
새벽에 천자에게 두 번 절하고 붉은 계단에 펼쳐놓고는,
표를 올려 말하기를, "신 한유가 죽을 줄도 모르고 올리나니
신성한 공덕을 읊어서 그 비문을 썼습니다"라고 했다.
비의 높이는 세 장이고 글자는 말박만 한데
신령한 거북이 등에 지고 용이 위에 서리게 되었다.
구법이 기이하고 표현이 중의적이어서 이해하는 이가 드문데
천자에게 참언하길 그것이 사사롭다고 말하니,
백 척의 긴 줄로 비석을 끌어당겨 넘어뜨리고
거친 모래와 큰 돌로 글자를 갈아 없애버렸다.
공의 이 문장은 자연의 기운과 같아서
그 전에 이미 사람들의 마음속에 들어갔으니,
탕임금의 세숫대야와 공 씨의 세발솥에 명문이 있었는데
지금 그 기물은 없어졌지만 그 글이 남아 있는 것과 같다.

아, 성스러운 임금과 성스러운 재상
서로 함께 빛나며 돈후함과 화락함을 드러냈으니,
공의 이 문장이 후세에 보이지 않는다면
어떻게 삼황오제와 비길 수 있겠는가?
바라건대 만 번을 베껴 쓰고 만 번을 읽어서
입가에 거품이 나고 오른손에 굳은살이 생기고,
일흔두 세대 동안 전해져서
봉선의 옥첩문이 되고 명당의 근본이 되기를.

韓碑

元和天子神武姿, 彼何人哉軒與羲.[1]
誓將上雪列聖恥,[2] 坐法宮中朝四夷.[3]
淮西有賊五十載,[4] 封狼生貙貙生羆.[5]
不據山河據平地, 長戈利矛日可麾.[6]
帝得聖相相曰度, 賊斫不死神扶持.[7]
腰懸相印作都統,[8] 陰風慘澹天王旗.
愬武古通作牙爪,[9] 儀曹外郎載筆隨.[10]
行軍司馬智且勇,[11] 十四萬衆猶虎貔.[12]
入蔡縛賊獻太廟, 功無與讓恩不訾.[13]
帝曰汝度功第一, 汝從事愈宜爲辭.
愈拜稽首蹈且舞, 金石刻畫臣能爲.[14]
古者世稱大手筆,[15] 此事不繫于職司.[16]
當仁自古有不讓,[17] 言訖屢頷天子頤.[18]

公退齋戒坐小閣， 濡染大筆何淋漓.[19]

點竄堯典舜典字,[20] 塗改淸廟生民詩.[21]

文成破體書在紙， 淸晨再拜鋪丹墀.

表曰臣愈昧死上,[22] 詠神聖功書之碑.

碑高三丈字如斗， 負以靈鼇蟠以螭.[23]

句奇語重喩者少， 讒之天子言其私.[24]

長繩百尺拽碑倒， 粗砂大石相磨治.

公之斯文若元氣， 先時已入人肝脾.

湯盤孔鼎有述作,[25] 今無其器存其辭.

嗚呼聖王及聖相， 相與烜赫流淳熙.[26]

公之斯文不示後， 曷與三五相攀追.[27]

願書萬本誦萬遍， 口角流沫右手胝.[28]

傳之七十有二代， 以爲封禪玉檢明堂基.[29]

[주석]

1) 軒與羲(헌여희): 고대 전설상의 제왕인 헌원씨軒轅氏와 복희씨伏羲氏를 가리킨다.

2) 雪(설): 치욕을 씻다.

3) 法宮(법궁): 황제가 정사를 처리하는 정전.

4) 淮西(회서): 회수淮水의 상류 지역. 대종代宗 때 이희열李希烈이 할거하여 반란을 일으킨 후 수십 년 동안 지방 번진의 통치하에 있었다.

5) 封狼(봉랑): 큰 이리. 貙(추): 살쾡이. 또는 너구리. 羆(비): 말곰.

6) 日可麾(일가휘): 태양에 창을 휘두를 수 있다.『회남자』에 따르면, 노魯나라 양공陽公이 한韓나라와 싸우다가 해가 지려 하자 창을 쥐고 해를 향해 휘두르니 해가 뒤로 물러나서 계속 싸울 수 있었다고 한다. 대체로 태양도 움직일 수 있는 용맹한 기세를 말하기도 하고 태양을 뒤돌려 자연의 순리를 그르치는 무도함을 말하기도 한다.

7) 賊斫(적작): 적이 베다. 헌종이 번진 정벌에 나서자 이를 막기 위해 왕승종王承宗과 이사도李師道가 조정에 자객을 보냈는데 재상인 무원형武元衡은 살해당하였고 배도裴度는 중상만 입었다.

8) 都統(도통): 총사령관. 배도는 당시 회서선위처치사淮西宣慰處置使에 임명되었다.

9) 愬武古通(소무고통): 배도의 부장部將인 이소李愬, 한공무韓公武, 이도고李道古, 이문통李文通을 가리킨다. 牙爪(아조): 어금니와 발톱. 용맹한 장군을 비유한다. 또는 부하 장군을 비유하기도 한다.

10) 儀曹外郎(의조외랑): 당시 예부원외랑禮部員外郎이었던 이종민李宗閔을 가리킨다.

11) 行軍司馬(행군사마): 한유를 가리킨다.

12) 貔(비): 비휴. 호랑이와 비슷한 맹수이다.

13) 無與讓(무여양): 양보해줄 사람이 없다. 不訾(불자): 헤아릴 수가 없다.

14) 刻畫(각획): 자세히 묘사하다.

15) 大手筆(대수필): 대문장가의 글.

16) 職司(직사): 직무.

17) 當仁不讓(당인불양): 『논어 · 위령공衛靈公』에 "어진 일을 할 때가 되면 스승에게도 양보하지 않는다當仁不讓於師"라는 말이 있다.

18) 訖(흘): 마치다. 頷頤(함이): 턱을 끄덕이다. 동의하거나 승낙하는 모습이다.

19) 濡染(유염): 붓을 적시다. 淋漓(임리): 물이 흠뻑 젖은 모양. 시원시원한 모양.

20) 點竄(점찬): 지우고 고치다. 堯典舜典(요전순전): 「요전」과 「순전」은 모두 『서경』의 편명으로 각각 요임금과 순임금의 공적을 칭송했다.

21) 塗改(도개): 지우고 고치다. 清廟生民(청묘생민): 「청묘」는 『시경 · 주송周頌』의 편명으로 문왕의 공적을 칭송했고 「생민」은 『시경 · 대아大雅』의 편명으로 후직后稷의 공적을 칭송했다. 한유가 이 비문을 올리면서 쓴 표에 따르면 옛 왕의 업적이 이러한 글에 잘 드러나 있으며 이로써 그 공덕이 후세에 전해질 수 있다고 했다. 이상 두 구는 한유가 이러한 글의 형식과 풍격을 본떠서 비문을 지었다는 뜻이다.

22) 昧死(매사): 무지하여 죽을죄를 범하다. 신하가 황제에게 글을 올릴 때 쓰는 관용적인 표현이다.

23) 靈鼇(영오): 신령스러운 거북. 비석의 귀부를 말한다.

24) 讒之天子(참지천자): 천자에게 참언을 하다. 당시 한유의 비문에는 배도의 공적이 많이 서술되어 있었는데 오원제를 생포할 때는 이소의 공이 제일 컸기에 이소가 이를 불평했고 당안공주

唐安公主의 딸인 이소의 부인이 궁궐 안에서 하소연했다. 그러자 헌종은 한유의 비문을 갈아서 없애고 한림학사 단문창에게 다시 비문을 지으라고 했다.

25) 湯盤(탕반): 탕임금의 세숫대야. "만일 날마다 새롭게 하면 날마다 새로워지고 또 날마다 새로워진다苟日新, 日日新, 又日新"라는 명문이 새겨져 있었다고 한다. 孔鼎(공정): 공자의 조상인 정고보正考父의 세발솥. "한 번 명령을 받으면 숙이고, 두 번 명령을 받으면 구부리고, 세 번 명령을 받으면 더욱 구부려라. 그러면 담장을 따라 걸어도 또한 나를 감히 업신여기는 사람이 없을 것이다一命而僂, 再命而傴, 三命而俯, 循墻而走, 亦莫予敢侮"라는 명문이 새겨져 있었다고 한다.

26) 烜赫(훤혁): 빛나는 모양. 淳熙(순희): 돈후함과 화락함.

27) 曷(갈): 어찌. 三五(삼오): 중국의 전설적인 황제인 삼황오제三皇五帝. 攀追(반추): 높이 있는 이와 비교하며 좇아가다.

28) 口角(구각): 입가. 胝(지): 굳은살.

29) 封禪(봉선): 천자가 태산에서 하늘과 땅에 공적을 아뢰며 제사를 지내는 의식. 玉檢(옥검): 옥으로 만든 문서함. 봉선 행사에 사용하는 옥첩을 보관하는 것이다. 明堂(명당): 조정의 정사를 행하는 곳.

[해설]

이 시는 이상은이 한유韓愈가 「회서를 평정한 공적을 적은 비문平淮西碑」을 짓게 된 과정과 그 의의에 대해 적은 것이다. 회서 절도사 오원제吳元濟가 채주蔡州에서 반란을 일으키자 헌종憲宗은 원화 12년(817) 배도裴度를 총사령관에 임명하여 이를 토벌했다. 당시 한유는 배도의 행군사마行軍司馬가 되어 따라갔으며 토벌이 끝난 뒤 그 업적을 기리는 비문을 쓰게 되었다. 하지만 이후 이소李愬가 자신의 공이 제대로 인정되지 않았다고 호소하니 헌종은 조서를 내려 한유의 비를 없애고 한림학사 단문창段文昌이 지은 글을 새기도록 했다. 이상은은 이러한 과정을 서술한 뒤 한유 비문의 탁월함을 칭송했다.

원화 연간의 천자인 헌종은 신령스럽고 씩씩하여 헌원씨와 복희씨에 비견되는데, 사방의 오랑캐에게 능욕당한 선왕의 치욕을 씻기로 맹세했다. 지금 회서에 반란군이 있은 지 50년이 되었는데 그 세력이 점차 커지고 흉악해졌으며 백성들을 괴롭히고 극악무도함은 태양도 물러나게 할 정도이다. 이에 어진 재상 배도를 얻었는데 반란의 무리가 그를 살해하려 했지만 무사했으니 이는 신령의 도움이었다. 배도가 총사령관이 되어 천자의 깃발을 휘날리며 가는데 여러 장군과 부관들이 뒤따랐으며 14만의 군대가 출동했다. 마침내 반란군의 무리를 생포하여 조정에 바치니 황제가 한유에게 공적을 적은 비문을 쓰도록 했다. 한유는 황송하고 기쁜 마음에 덩실덩실 춤을 추고는 "금석에 새길 문장을 제가 지을 수는 있겠지만 이는 예로부터 대문장가가 지을 수 있는 글이라 칭해져서 감당하기 어렵고 또한 제 직분에도 맞지 않는 일입니다. 하지만 예로부터 어진 일을 당하면 사양하지 않는다고 했으니 이 훌륭한 일을 제가 어찌 사양하겠습니까?"라고 했다. 이에 천자도 옳은 말이라 여기고 수긍했다. 공이 물러나 『서경』과 『시경』에서 황제의 공덕을 칭송한 글을 본떠 글을 지어서 비문을 직접 써 바쳤다. 이에 그 글로 비석을 새기니 높이는 세 장이고 글자는 말박만 했으며, 아래위를 거북이와 용으로 장식했다. 한유의 문장은 원래 기이하고 중의적이어서 이해하기 쉽지 않은데, 이소와 그의 아내인 당안공주의 딸이 참언하여 비석은 허물어지고 비문은 문질러 없애버렸다. 비록 그 기물은 없어졌지만 한유의 문장은 자연의 기운과 같아서 이미 절로 사람들의 폐부에 들어가 있으니, 어찌 그것까지 없앨 수 있었겠는가? 옛날 탕임금의 세숫대야와 공자의 7대조 정고보의 세발솥은 없어졌지만 그 명문은 아직도 남아 있지 않은가? 한유의 비문도 마찬가지이다. 지금 이 비문이 없다면 천자의 성스러움과 재상의 공적이 어찌 세상에 드러나서 삼황오제와 비견될 수 있겠는가? 부디 사람들이 입가에 거품이 날 정도로 읽고 외우고 손에 굳은살이 박이도록 베껴 쓰게 되어, 오래도록 전해져서 천자의 공적을 하늘에 알리는 봉선제의 제문이 될 수 있고 조정의 기본이 되기를 바란다.

이상은이 이러한 시를 지은 것은 당시 재상을 지낸 이덕유李德裕 때문인 것으로 보인다. 이덕유는 무종武宗의 지지를 받으며 변방 반란군의 토벌에 힘썼는데, 선종宣宗이 즉위한 뒤 그를 폄적시켰다. 이러한 처사에 대한 불만을 이 시로 표출했는데, 이상은의 다른 시와는 풍격이 다르며 한유의 시풍을 본뜬 것으로 보인다.

67. 연 땅의 노래 및 서문

고적高適

개원 26년(738) 나그네 중에 총사령관을 따라 변방으로 나갔다가 돌아온 이가 있었는데 「연 땅의 노래」를 지어서 내게 보여주었다. 이에 수자리하러 나가는 일에 관해 감개가 일어 그의 시에 화답한다.

한나라 동북 지역에서 전쟁이 나자
한나라 장수가 집을 떠나 잔악한 적을 정벌하러 가니,
남자는 본래 거침없이 다니는 것을 중시하였기에
천자께서 특별히 용안을 보여주셨지.
징을 치고 북을 두드리며 유관으로 내려가니
깃발들이 갈석산 사이에 길게 이어졌는데,
교위의 깃 꽂은 급전이 사막을 날아오고
선우의 사냥 불빛이 낭산을 비추었다.
산천은 변방 지역 끝까지 황량한데
오랑캐 기병이 비바람 치듯 침범하여,
전사들이 군진 앞에서 절반이 죽었지만
미인은 장막 안에서 여전히 노래하고 춤추었다.
넓은 사막에는 가을이 끝나자 변새의 풀이 시들었고
외로운 성에는 해 질 녘 싸울 병사가 드문데,

몸이 성은을 입고는 항상 적을 경시해
관산에서 힘을 다해 포위를 풀지 못해서이지.
갑옷 입고 멀리 수자리하러 가서 고생한 지 오래라
헤어진 뒤 응당 옥젓가락 같은 눈물 흘릴 터이니,
젊은 아내는 성 남쪽에서 애간장이 끊어지려 하고
원정 나간 이는 계북에서 공연히 고개 돌려보는구나.
변방의 바람이 휘몰아치니 어찌 지낼 수 있으랴?
외딴곳이라 아득하니 또 무엇이 있는가?
하루 종일 살기 어린 전운이 일어나고
밤새도록 차가운 조두 소리가 전해 온다.
흰 칼날에 낭자한 핏자국을 서로 보면서
절조를 지켜 죽을지언정 예로부터 어찌 공훈을 바랐는가?
그대는 보지 못했는가, 사막의 전쟁이 고달파
지금까지 여전히 이 장군을 그리워하는 것을.

燕歌行幷序[1]

開元二十六年, 客有從元戎出塞而還者,[2] 作燕歌行以示適. 感征戍之事, 因而和焉.

漢家煙塵在東北, 漢將辭家破殘賊.
男兒本自重橫行, 天子非常賜顏色.
摐金伐鼓下楡關,[3] 旌旗逶迤碣石間.[4]
校尉羽書飛瀚海,[5] 單于獵火照狼山.[6]

山川蕭條極邊土,[7] 胡騎憑陵雜風雨.[8]
戰士軍前半死生, 美人帳下猶歌舞.
大漠窮秋塞草衰, 孤城落日鬪兵稀.
身當恩遇常輕敵, 力盡關山未解圍.
鐵衣遠戍辛勤久, 玉筋應啼别離後.
少婦城南欲斷腸, 征人薊北空回首.[9]
邊風飄飄那可度,[10] 絶域蒼茫更何有.
殺氣三時作陣雲,[11] 寒聲一夜傳刁斗.[12]
相看白刃血紛紛, 死節從來豈顧勳.
君不見沙場爭戰苦, 至今猶憶李將軍.[13]

[주석]

1) 燕歌行(연가행): 악부시의 제목 중 하나로 대체로 변방으로 종군 나간 이의 고달픔이나 그를 그리워하는 여인의 슬픔을 노래하였다. '연'은 지금의 북경시 지역으로 예부터 이민족과 전쟁이 많았던 곳이다.

2) 元戎(원융): 총사령관. '어사대부장공御史大夫張公'으로 된 판본도 있는데, 어사대부를 지내다가 유주절도사幽州節度使로 파견된 장수규張守珪를 가리킨다. 그는 개원 26년(738) 부하 장수인 조감趙堪, 백진타라白眞陁羅 등으로 하여금 황수湟水 북쪽에서 반란군과 싸우게 했는데 처음에는 이겼지만 결국 패했다. 그는 조정에 크게 이겼다고 보고했으나 현종이 사실을 알고는 내상시內常侍 우선동牛仙童을 파견해 조사하도록 했다. 하지만 장수규

는 우선동에게 뇌물을 주어 이 일을 무마했다.

3) 摐金(종금): 쇠를 치다. 징을 친다는 뜻이다. 伐鼓(벌고): 북을 치다. 楡關(유관): 지금의 하남성 중모현中牟縣 남쪽과 지금의 하북성 진황도秦皇島에 유관이 있었으며, 대체로 널리 북쪽의 변방 지역을 가리킨다.

4) 逶迤(위이): 구불구불 길게 이어진 모양. 碣石(갈석): 지금의 하북성 창려현昌黎縣 북쪽에 있는 산. 동북 변방의 상징적인 산이다.

5) 校尉(교위): 변방 이민족이 사는 지역의 일을 담당하는 장관이다. 羽書(우서): 깃을 꽂은 문서. 긴급한 문서이다. 瀚海(한해): 사막을 뜻한다.

6) 單于(선우): 흉노족의 우두머리. 獵火(엽화): 사냥을 하기 위해 놓은 불. 여기서는 변방 이민족이 전쟁을 하기 위해 들고 있는 불을 가리킨다. 狼山(낭산): 낭거서산狼居胥山. 지금의 몽골에 있다.

7) 蕭條(소조): 쓸쓸한 모양. 황량한 모양.

8) 憑陵(빙릉): 마음대로 짓밟는 모양.

9) 征人(정인): 원정 나간 사람. 薊北(계북): 지금의 북경시 인근.

10) 飄飄(표표): 바람이 어지러이 부는 모양. 度(도): 지내다. 견디다.

11) 三時(삼시): 아침, 낮, 저녁. 하루 종일을 가리킨다. 陣雲(진운): 진을 친 듯이 피어오르는 구름.

12) 刁斗(조두): 구리로 만든 국자 모양의 취사도구로 밤에는 이것을 치며 경계하였다.

13) 李將軍(이장군): 한나라의 장군 이광李廣으로 보는 설과 전국시대 조나라의 장군 이목李牧으로 보는 설이 있다. 모두 흉노족과 싸워 큰 공을 세우고 병사들을 아꼈던 장군이다.

[해설]

이 시는 고적이 변방의 전쟁에 참여한 병사들의 고통을 읊은 것으로, 황제의 권세에 빌붙어 방탕하게 지내는 장군을 풍자하는 내용이다. 제목의 '연燕'은 지금의 북경시 지역으로 당나라 때는 동북쪽 변방이었으며 변방 이민족과의 전쟁이 많았던 곳이다.

서문에서 고적은 변방으로 종군했다가 돌아온 이가 부른 노래에 화답하며 이 시를 지었다고 했는데, 고적은 이러한 병사들의 고통을 노래한 시를 많이 지었다.

한나라 동북 지역에 전쟁이 나자 한나라 장수가 적을 정벌하러 출정했다. 여기서 말하는 한나라는 당연히 당나라를 뜻한다. 당나라 시에서는 한나라를 빗대어 당나라를 말하는 것이 상례였다. 그 장군은 원래 거침없이 다니는 것을 좋아했기에 출정에 앞서 황제가 친히 그를 궁중으로 불러 만나서 격려했다. 여기서 '거침없이 다닌다'는 말은 장군이 종횡무진 싸우는 용맹성을 표현한 것이기도 하지만, 그 이면에는 제멋대로 한다는 포악성이 담겨 있기도 하다.

징과 북을 울리고 화려한 깃발을 들고는 북쪽 변새인 유관을 나가 접전지인 갈석산에 도착했다. 그곳에는 흉노족의 우두머리인 선우가 전쟁을 하기 위해 불빛을 환히 비추고 병사들은 급전을 보내온다. 오랑캐 기병이 물밀듯이 침범하니 병사들은 힘없이 절반이나 죽었다. 하지만 장군은 무얼 하고 있는가? 장막 안에서 미인들과 노래하고 춤추며 연회를 벌이고 있다. 구원병도 오지 않는 포위된 성에서 그저 황제가 도와줄 것이라 믿고 안일하게 대처하다가 힘도 쓰지 못하고 패배한 것이다. 산천은 변방 끝까지 황량하다는 표현과 가을이 끝나니 변새의 풀이 시들었다는 말에서 죽음의 기운이 느껴진다.

살아남은 병사들은 무엇을 하고 있을까? 변방으로 종군한 지 오래되었기에 그저 고향에 있는 식구들이 보고 싶을 뿐이다. 젊은 아내는 나를 그리워하며 젓가락 같은 굵은 눈물을 흘리며 애간장이 타고 있을 것이다. 그 얼굴이 보일까 싶어 고개 돌려보지만 여전히 뿌연 먼지만 있을 뿐이다. 아직도 전쟁이 끝나지 않았기에 하루 종일 살기 어린 전운이 감돌고 밤새도록 경계를 알리는 딱따기 소리만 들린다. 하지만 이대로 죽을 수는 없다. 우리는 반드시 적을 물리치고 돌아가야 한다. 피 묻은 칼날을 서로 쳐다보며 살아남은 병사들은 서로 의지를 북돋운다. 우리가 싸워 이긴들 공적은 언제나 장군의 몫이었지, 우리에게는 아무것도 주어진 게 없다. 그저 우리는 스스로 목숨을 부지해 살아남아야 할 뿐이다. 옛날 한나라의 이광李廣 장군이나 조나라의 이목李牧 장군은 전쟁터에서 병사들과 함께 싸우고 그 공적을 병사들과 함께 나누었는데, 그런 훌륭한 장군이 지금 우리에게 없는 것이 한스러울 뿐이다.

68. 옛날의 종군에 관한 노래

이기李頎

흰 태양이 뜬 낮에는 산에 올라 봉화를 바라보고
황혼이 지는 저녁에는 말에게 물 먹이러 교하로 가는데,
종군하는 이의 조두 소리에 흩날리는 모래가 어둑하고
공주를 위한 비파 소리에는 깊은 원망이 많았다.
만 리 길에 야영하지만 성곽은 보이지 않고
어지러이 날리는 눈비는 넓은 사막에 이어져 있으며,
오랑캐 땅의 기러기는 애달피 울며 밤마다 날고
오랑캐 땅에 있는 사내의 눈물은 두 줄기로 떨어졌다.
듣자니 옥문관은 여전히 막혔다고 하니
응당 목숨을 바쳐 재빠른 수레를 따라야 했으리라.
해마다 전사의 뼈가 먼 변방에 묻혔는데
한나라 궁궐로 들어가는 포도만 공연히 보였다.

古從軍行

白日登山望烽火，黃昏飮馬傍交河.[1)]
行人刁斗風沙暗,[2)] 公主琵琶幽怨多.
野營萬里無城郭，雨雪紛紛連大漠.
胡雁哀鳴夜夜飛，胡兒眼淚雙雙落.[3)]
聞道玉門猶被遮,[4)] 應將性命逐輕車.[5)]

年年戰骨埋荒外,[6] 空見蒲萄入漢家.

[주석]

1) 飮馬(음마): 말에게 물을 먹이다. 交河(교하): 지금의 신강자치구에 있는 강의 이름.

2) 行人(행인): 멀리 정벌 나간 군인. 刁斗(조두): 구리로 만든 국자 모양의 취사도구로 밤에는 이것을 치며 경계하였다.

3) 胡兒(호아): 오랑캐 지역의 사내. 정벌 나간 이를 가리킨다.

4) 玉門(옥문): 변방으로 나가는 관문의 하나인 옥문관.

5) 輕車(경거): 가벼운 수레. 빨리 달리는 수레이다. 또는 무제武帝 때의 경거장군輕車將軍 이채李蔡를 가리킨다.

6) 荒外(황외): 팔황八荒의 바깥. 변방을 가리킨다.

[해설]

이 시는 이기가 옛날 한나라 무제 때 종군에 관한 일들을 엮어서 읊은 것이다. 당시 병사들의 고난에는 개의치 않고 황실의 향락만을 추구하는 모습을 표현했는데, 이를 통해 당나라 당시의 상황을 풍자한 것으로 보인다.

변방의 전장터에서 종군하는 병사는 낮에는 산에 올라 봉홧불을 바라보고 저녁이 되면 말에게 물을 먹이기 위해 강가로 간다. 경계를 하기 위해 딱따기를 치는데 바람에 날리는 모래에 사방은 어둑하고 변방에서 위로하며 연주하는 악기 소리에는 원망의 기운이 가득하다.

한나라 무제武帝 때 이민족의 왕인 곤막琨莫이 한나라 공주와 혼인할 것을 청하자 무제는 강도왕江都王 유건劉建의 딸 유세군劉細君을 공주로 가장하여 시집보냈다. 길을 가던 도중 그녀를 위로하기 위해 사람들을 시켜 비파를 연주하게 했다. 하지만 그 음악 소리에는 여전히 원망의 기운이 가득하고 돌아갈 기약은 전혀 보이질 않는다.

만 리를 떠돌며 야영하는 것은 주위에 보이는 성이 없어서이고 광활한 사막에 비와 눈이 어지럽게 휘몰아친다. 게다가 밤에 기러기도 슬피 울며 지나가니 종군하는 이의 눈에 눈물이 주룩주룩 흐른다. 그래도 저 기러기는 남방으로 날아가니 내가 살던 고향을 지나갈 터이다.

한나라 무제는 대완大宛에서 생산되는 좋은 말을 얻기 위해 이광리李廣利를 보내 전쟁을 했는데, 여러 해 동안 성과도 없이 사상자가 증가하자 이광리는 상서를 올려 전쟁을 그만두기를 청했다. 하지만 무제는 옥문관을 막은 뒤 혹 한나라 병사 중에 옥문관으로 들어오는 자가 있으면 죽여버리라고 했다. 이제 고향으로 돌아갈 길도 막혔다. 그러니 날렵한 수레를 타고 가는 장군을 따라서 죽기 살기로 싸우는 수밖에는 없다. 그렇지만 이렇게 싸운들 또 누가 알아주겠는가? 수많은 병사들이 이곳을 지키기 위해 목숨을 잃었건만 결국 왕실에서 원하는 건 이곳에서 나는 맛난 과일일 뿐이다.

무제가 대완과 전쟁을 하여 변방을 확보하자 대완에서는 왕자를 한나라에 인질로 보내고 매해 천마天馬 두 필을 바치기로 약속했다. 이에 무제는 사신을 보내 재물을 하사했는데 사신이 돌아오면서 대완에서 포도씨를 가져와 궁에 심었다고 한다.

결국 변방의 정벌은 한나라 궁중의 환락을 위한 것일 뿐이고, 이를 위해 백성들이 겪은 고생과 공적은 아무도 기억해주지 않는다. 그리고 이러한 역사는 지금도 되풀이되고 있다.

69. 낙양의 아가씨에 관한 노래

왕유王維

낙양의 아가씨가 맞은편 집에 사는데
딱 좋은 얼굴에 나이는 열다섯 남짓.
낭군은 옥 장식 굴레의 청총마를 탔고
시녀는 금쟁반에 잉어회를 담았다.
채색 누각 붉은 누대가 모두 서로 마주보고 있으며
붉은 복숭아꽃 푸른 버들이 처마 앞에 늘어서 있는데,
보낼 때는 비단 휘장 친 향기 나는 수레에 태우고
돌아올 때는 보석 부채 들고 꽃무늬 휘장으로 맞이한다.
제멋대로인 남편은 젊은 나이에 부귀해져
의기의 교만과 사치가 석숭보다 심하니,
스스로 벽옥을 사랑하여 직접 춤을 가르치고
산호수를 가져다가 남에게 주어도 아까워하지 않는다.
봄 창가에 새벽이 되어 구미등의 불을 끄면
구미등에서 팔랑팔랑 꽃잎이 날리고,
놀이가 끝나자 음악 연주할 시간도 없이
단장을 마치고는 그저 향기를 쬐며 앉아 있다.
성안의 아는 사람들은 모두가 번화한 집안 출신이고
밤낮으로 들르는 곳은 조씨 집과 이씨 집이다.
옥 같은 얼굴의 월 땅 여인을 누가 사랑하겠는가?
빈천한 몸으로 강가에서 손수 비단을 빨고 있으니.

洛陽女兒行

洛陽女兒對門居, 纔可容顔十五餘.[1)]
良人玉勒乘驄馬,[2)] 侍女金盤鱠鯉魚.[3)]
畫閣朱樓盡相望, 紅桃綠柳垂簷向.
羅幃送上七香車,[4)] 寶扇迎歸九華帳.[5)]
狂夫富貴在青春,[6)] 意氣驕奢劇季倫.[7)]
自憐碧玉親教舞, 不惜珊瑚持與人.
春牕曙滅九微火,[8)] 九微片片飛花璅.[9)]
戲罷曾無理曲時,[10)] 妝成只是熏香坐.
城中相識盡繁華, 日夜經過趙李家.[11)]
誰憐越女顔如玉,[12)] 貧賤江頭自浣紗.[13)]

[주석]

1) 纔可(재가): 딱 좋다.
2) 良人(양인): 남편. 玉勒(옥륵): 옥으로 장식한 재갈. 驄馬(총마): 좋은 말의 이름.
3) 鯉魚(이어): 잉어.
4) 羅幃(나위): 비단 휘장. 여기서는 수레 장식을 가리킨다. 七香車(칠향거): 여러 향료를 칠하거나 여러 향목으로 만든 수레. 고급스러운 수레이다.
5) 寶扇(보선): 화려한 장식이 있는 부채. 九華帳(구화장): 많은 꽃

으로 장식한 장막.

6) 狂夫(광부): 제멋대로 하는 사내. 또는 부인이 다른 사람에게 자신의 남편을 지칭하는 용어이기도 하다.

7) 劇(극): ~보다 심하다. 季倫(계륜): 진晉나라 석숭石崇의 자이다. 그는 교만과 사치로 유명하였다.

8) 曙(서): 날이 새다. 九微火(구미화): 구미등. 한나라 무제가 서왕모를 맞이할 때 켰다고 한다. 여기서는 화려한 등을 가리킨다.

9) 花璅(화소): 꽃잎.

10) 理曲(이곡): 곡을 연주하다.

11) 趙李家(조리가): 조씨 집안과 이씨 집안. 한나라 성제成帝의 후비였던 조비연과 이평李平의 집안을 가리킨다.

12) 越女(월녀): 월나라 여인. 서시를 가리킨다. 그녀는 약야계에서 빨래하는 일을 하다가 선발되어 미인계를 쓰기 위해 오나라 왕 부차에게 바쳐졌다.

13) 浣紗(완사): 비단을 빨다.

[해설]

이 시는 왕유가 낙양의 아가씨에 대해 읊은 것으로 부귀한 집안에서 호사스럽게 사는 모습을 표현했다. 이를 통해 가난한 삶을 사는 백성들을 돌보지 않고 방탕하게 사는 권세가를 풍자했다. '낙양의 아가씨'라는 제목은 양梁 무제武帝가 지은 악부시인 「황하의 물에 관한 노래河中之水歌」의 첫 구인 "낙양의 아가씨는 이름이 막수이다洛陽女兒名莫愁"에서 따온 것인데, 막수는 호사스러운 생활을 한 미인으로 유명하다. 이 시는 반드시 막수를 읊은 것으로 볼 수는 없으며, 이러한 악부시의 전통적인 내용을 답습하면서 당시의 상황을 풍자한 것으로 보인다.

낙양의 아가씨가 맞은편 집에 사는데 방년 열다섯 남짓으로 얼굴이 꽃같이 예쁘다. 이제 청총마를 탄 훌륭한 남자를 만나 결혼을 하게 되었다. 채색 누각과 붉은 누대가 높이 솟은 집에서 살면서 비단 휘장을 친 고급 수레를 타고 다닌다. 남편도 젊은 나이에 부귀해져 사치스럽기가 그지없으니, 남조 양나라 여남왕汝南王의 첩인 벽옥과 같은 미인에게 직접 춤을 가르쳐주는가 하면, 진나라의 부호 석숭이 다른 사람의 산호수를 마구 부순 뒤 자기가 가지고 있던 더 좋은 산호수를 주었다는 이야기처럼 자신의 보물을 다른 사람에게 줘버리고도 아까워하지 않는다. 여인의 삶도 편안하고 호화롭다. 밤새 화려한 등불을 켜놓고 있다가 새벽에 끄면 그 불꽃이 마치 꽃잎이 날리는 것 같고, 놀이가 끝나면 어느새 단장을 마치고 향내를 쬐며 앉아 있다. 교유하는 자들은 모두 권세가이고 조비연이나 이평과 같은 왕후를 배출한 집안들이다. 그러니 빈천한 몸으로 손수 빨래나 하고 있는 이들을 누가 살펴보고 아끼겠는가? 비록 서시같이 옥 같은 얼굴을 하고 있더라도.

70. 늙은 장군의 노래

왕유王維

젊은이가 열다섯 살 스무 살 때에는
걸어가다가 오랑캐 말을 빼앗아 타고 달렸으며,
산속에서 하얀 이마 호랑이를 쏘아 잡았으니
어찌 업하의 누런 수염 장수 조창에 버금갔겠는가?
홀몸으로 삼천 리를 돌아다니며 싸우고
한 자루 검으로 일찍이 백만 대군에 맞섰는데,
한나라 군사가 신속히 달려가면 벼락같았으니
오랑캐 기병은 도망가며 철로 만든 질려를 두려워했다.
위청이 전쟁에 패하지 않은 건 하늘의 행운 때문이었고
이광에게 공이 없었던 건 운수가 나빴기 때문이었다.
버림받게 된 뒤로 곧장 노쇠해지고
세상일은 뜻대로 되지 않아 백발이 되었으니,
옛날엔 화살을 날리면 온전히 남은 눈알이 없었는데
지금은 혹이 왼쪽 팔꿈치에 생겼기에,
길가에서 때때로 동릉후의 외를 팔고
문 앞에서 오류선생의 버드나무 심는 것을 배웠다.
고목이 아련히 외진 골목에 이어지고
차가운 산이 쓸쓸히 텅 빈 창을 마주하고 있지만,
소륵성에서 샘물이 솟아나게 하도록 맹세할지언정
공연히 술주정하던 영천 사람과는 비슷하지도 않다.

하란산 밑에서 구름처럼 진을 치자
긴급한 격문이 교대로 달려 아침저녁으로 들려오기에,
부절을 받은 사신이 삼하에서 젊은이를 모으고
조서를 내려 다섯 갈래의 길로 장군을 출정시킨다.
눈같이 하얀 철갑옷을 한번 털어보고
보검을 잡아 별 문양을 한번 움직여보고는,
연나라 활을 얻어 적의 대장을 쏘아 맞히기를 바라고
월나라 군사가 우리 임금을 놀라게 한 걸 부끄러워한다.
옛날의 운중태수를 싫어하지 말지니
아직도 한번 싸우면 공을 세울 만하기 때문이다.

老將行

少年十五二十時, 步行奪得胡馬騎.
射殺山中白額虎, 肯數鄴下黃鬚兒.[1]
一身轉戰三千里, 一劍曾當百萬師.
漢兵奮迅如霹靂, 虜騎崩騰畏蒺藜.[2]
衛靑不敗由天幸, 李廣無功緣數奇.[3]
自從棄置便衰朽,[4] 世事蹉跎成白首.[5]
昔時飛箭無全目, 今日垂楊生左肘.[6]
路旁時賣故侯瓜,[7] 門前學種先生柳.[8]
蒼茫古木連窮巷,[9] 寥落寒山對虛牖.[10]
誓令疏勒出飛泉,[11] 不似潁川空使酒.[12]
賀蘭山下陣如雲,[13] 羽檄交馳日夕聞.[14]

節使三河募年少,[15] 詔書五道出將軍.[16]

試拂鐵衣如雪色, 聊持寶劍動星文.[17]

願得燕弓射大將, 恥令越甲鳴吾君.[18]

莫嫌舊日雲中守,[19] 猶堪一戰取功勛.

[주석]

1) 數(수): 버금가다. 못하다. 鄴下(업하): 삼국시대 위나라의 수도. 黃鬚兒(황수아): 누런 수염의 사내. 조조의 둘째 아들인 조창曹彰으로 용맹으로 이름이 났다.

2) 崩騰(붕등): 빨리 도망가다. 蒺藜(질려): 원래는 열매의 껍질에 날카로운 가시가 있는 식물의 이름인데, 여기서는 나무나 쇠로 그 모양을 본떠 길 위에 뿌려 적군의 행진을 막는 장애물을 가리킨다.

3) 數奇(수기): 나쁜 운수.

4) 棄置(기치): 버림받다. 조정으로부터 인정받지 못한 채 물러난 것을 말한다.

5) 蹉跎(차타): 실의한 모양.

6) 垂楊(수양): 혹을 가리킨다. 원래 '류瘤'가 혹인데 음이 같은 '류柳'와 통용되며, 여기서는 그것과 뜻이 같은 '양'을 사용하였다. 左肘(좌주): 왼쪽 팔꿈치.

7) 故侯瓜(고후과): 옛 후의 외. 여기서 '고후'는 진秦나라의 동릉후東陵侯를 가리킨다. 동릉후는 진나라가 망한 뒤 평민이 되어 성문 밖에서 외를 키웠다. 여기서는 신분이 전락하여 힘들게 먹

고사는 것을 비유한다.

8) 先生柳(선생류): 선생의 버드나무. 도연명은 전원으로 돌아온 뒤 자기 집에 다섯 그루의 버드나무를 심고는 스스로 오류선생五柳先生이라고 칭하였다. 유유자적하게 사는 것을 비유한다.

9) 蒼茫(창망): 아득한 모양. 끝없는 모양.

10) 寥落(요락): 쓸쓸한 모양.

11) 疏勒(소륵): 지금의 신강자치구 소륵현疏勒縣. 후한後漢 때 경공耿恭이 이곳에서 흉노와 싸웠는데 흉노가 물길을 끊어버렸다. 성안에 우물을 팠지만 물이 나오지 않자 경공이 옷을 단정히 하고 하늘에 기도를 올리니 샘물이 나왔다. 이 소식을 들은 흉노는 신이 돕는다고 여기고는 철수했다.

12) 使酒(사주): 술주정을 부리다. 영천潁川 출신인 관부灌夫는 한나라 경제景帝 때의 장군인데, 성격이 강직하고 술을 마시면 기세를 부렸다. 어느 날 술자리에서 승상 전분田蚡에게 성질을 부린 것이 화근이 되어 그의 탄핵을 받아 멸족당했다.

13) 賀蘭山(하란산): 지금의 감숙성에 있는 산. 서쪽 변방의 거점지였다.

14) 羽檄(우격): 깃을 꽂은 군사 문서. 긴급한 문서이다.

15) 節使(절사): 황제의 부절符節을 받아 파견하는 사신. 三河(삼하): 하동河東, 하남河南, 하내河內 일대로 대체로 지금의 하남성과 산서성 일부를 가리킨다.

16) 五道(오도): 다섯 갈래 길. 여러 방향에서 적군을 향해 군대를 보내는 것이다.

17) 星文(성문): 검에 새겨진 별 모양의 무늬.

18) 越甲鳴吾君(월갑명오군): 월 땅의 갑옷 입은 군대가 우리 임금을 소리치도록 놀라게 하다. 춘추시대 때 월나라 군사가 제나라 국경을 침범하자 제나라의 옹문자적雍門子狄이 왕에게 죽기를 청했다. 제나라 왕이 그 이유를 묻자 옹문자적이 말하기를, "옛날에 임금이 사냥을 할 때 수레를 잘못 몰아 왼쪽 바퀴에서 소리가 나 왕이 놀라 소리를 치자 수레 몰던 이가 스스로 죽기를 청하고 자결했는데, 이번 일은 그보다 심하니 죽어 마땅합니다"라고 하고는 스스로 목을 찔러 죽었다.

19) 雲中守(운중수): 운중의 태수. 한나라 문제 때의 장군인 위상魏尙이 운중태수로 있을 때 흉노족은 그를 두려워하여 함부로 침범하지 못했다.

[해설]

이 시는 왕유가 늙은 장군에 관해 읊은 것이다. 늙은 장군이 누구를 지칭하는지에 관해서는 알려져 있지 않다. 젊었을 때 용맹하게 싸웠지만 공로를 인정받지 못하고 지금은 늙어 평범한 삶을 살고 있지만 여전히 적을 물리칠 기개와 용기가 있음을 말했다.

한창 젊었을 때는 오랑캐의 말을 빼앗아 타고 달아나기도 하였고 사납기로 유명한 흰 이마 호랑이를 잡기도 했으니 용맹으로 이름난 조창曹彰보다 못하지 않았다. 전국을 누비며 백만 대군에 맞서 싸웠으니 벼락같이 달려가면 적군은 후퇴하며 가시 같은 장애물에 찔려 발이 다칠까 염려할 지경이었다. 한나라의 위청衛靑 장군이 항상 승리했다고 하지만 그건 운이 좋았던 것이지 나처럼 용맹했던 것은 아니었다. 하지만 용맹해서 많은 공을 세우고도 인정받지 못한 이광李廣 장군처럼 나 역시 인정받지 못한 채 버려지게 되었다. 그 뒤로는 노쇠해지고 백발이 되어버렸다. 옛날에는 화살을 쏘면 적군의 눈에 백발백중했지만 지금은 팔꿈치에 혹이 생겨 활을 당기기도 어렵다. 그러니 이제 진나라의 동릉후가 평민이 되어 외를 길렀듯이 나도 외나 길러 팔게 되었고, 도연명陶淵明이 시골에서 버드나무 다섯 그루를 심어놓고 한가로이 살았던 것을 흉내 내게 되었다. 고목이 연이어진 궁박한 골목에서 쓸쓸히 지내고 있지만 아직도 소륵성에서 포위되었을 때 기도를 해 샘물이 솟아나도록 했던 용맹한 한나라 장군 경공耿恭의 기개를 가지고 있다. 단연코 술 마시고 주정을 부려 쫓겨났던 한나라 장군 관부灌夫와는 다른 모습을 가지고 있다.

지금 오랑캐가 하란산 밑에서 전쟁을 준비하기에 긴급한 소식이 아침저녁으로 들려온다. 절도사는 곳곳에서 젊은이를 소집하고 천자는 조서를 내려 장군을 파견한다. 이러한 급박한 때에 나는 무엇을 해야 하는가? 다시 철갑옷의 먼지를 떨고 별 모양의 무늬로 빛나는 보검을 한번 휘둘러본다. 감히 우리 천자를 놀라게 내버려둔 것에 대해 부끄러워하면서 그 적장을 쏘아 맞힐 것이다. 그러니 옛날 흉노족이 감히 범접하지 못했던 운중雲中의 태수와 같은 나를 미워하지 말고 등용해야 할 것이다. 아직도 공을 세울 수 있기 때문이다. 나는 아직 싸워 이길 수 있다.

71. 무릉도원에 관한 노래

왕유王維

고깃배로 물을 따라가며 산속의 봄을 사랑하는데
옛 나루터를 끼고 양쪽 강기슭에 복숭아꽃이 피었기에,
붉은 꽃을 앉아서 보느라 멀리 떠나온 줄도 몰랐는데
가다가 푸른 시내 끝나자 홀연 어떤 이를 만났다.
산어귀로 가만히 들어가니 처음엔 구불구불하다가
산이 열려 드넓게 바라보이고 갑자기 평평해졌는데,
멀리 보니 한 곳에 구름까지 솟은 나무가 모여 있고
가까이 들어가니 수천 집이 꽃과 대나무 속에 흩어져 있다.
나무꾼이 처음에는 한나라식의 이름을 말해주고
주민들은 진나라 때의 옷을 그대로 입고 있는데,
주민들은 무릉도원에서 함께 머물며
또한 속세 밖에 전원을 일구었다.
달 밝은 소나무 아래 집들이 조용하더니
해가 구름 속에서 나오자 닭과 개가 시끄러운데,
세속의 손님이 왔다는 소식에 놀라 다투어 모여들어서
서로 먼저 집으로 데리고 가 도회지에 관해 물어본다.
새벽녘에는 문과 골목에 꽃잎을 쓸어 열고
저물녘에는 어부와 나무꾼이 물길을 타고 들어오는데,
처음에는 피신처를 구하려고 인간 세상을 떠났다가
다시 신선에 관해 묻기 위해 마침내 돌아가지 않았다.

누가 알았으랴? 협곡 안에 사람이 살고 있을 줄을
세속에서 멀리 바라보면 그저 구름 덮인 산뿐인데.
신령한 경지가 듣기도 보기도 어렵다는 것은 의심치 않지만
세속의 마음이 완전히 사라지지 않아 고향을 그리워하였기에,
동굴에서 나오면 당연히 산과 물이 가로막고 있겠지만
끝내는 집을 떠나 오래도록 마음껏 노닐리라 생각했다.
지나온 길을 오래도록 헷갈리지 않으리라 스스로 생각했지만
봉우리와 골짜기가 지금 왔을 때 변해 있을 줄 어찌 알았으랴?
당시에 산속 깊이 들어간 것만 그저 기억날 뿐
푸른 시내를 몇 번 건너서 구름 덮인 숲에 이르렀던가?
봄이 오니 온통 복숭아꽃이 떠 있는 물인데
신선의 마을을 분간할 수 없으니 어디서 찾을 수 있을까?

桃源行

漁舟逐水愛山春，兩岸桃花夾古津.
坐看紅樹不知遠，行盡靑溪忽値人.[1]
山口潛行始隈隩,[2] 山開曠望旋平陸.[3]
遙看一處攢雲樹，近入千家散花竹.
樵客初傳漢姓名,[4] 居人未改秦衣服.
居人共住武陵源，還從物外起田園.[5]
月明松下房櫳靜,[6] 日出雲中雞犬喧.
驚聞俗客爭來集，競引還家問都邑.
平明閭巷掃花開，薄暮漁樵乘水入.

初因避地去人間, 更問神仙遂不還.
峽裏誰知有人事, 世中遙望空雲山.
不疑靈境難聞見, 塵心未盡思鄉縣.
出洞無論隔山水, 辭家終擬長游衍.[7)]
自謂經過舊不迷, 安知峰壑今來變.
當時只記入山深, 青谿幾度到雲林.
春來遍是桃花水, 不辨仙源何處尋.

[주석]

1) 忽値人(홀치인): 갑자기 사람을 만나다. 판본에 따라 '불견인不見人'으로 되어 있으며 '사람을 만나지 못하였다'는 뜻이다.

2) 隈隩(외오): 구불구불하고 험한 길.

3) 旋(선): 갑자기.

4) 漢姓名(한성명): 한나라 때의 이름. 이들이 한나라의 풍습을 가지고 있다는 말이다.

5) 還(환): 게다가. 物外(물외): 세속의 바깥. 무릉도원을 가리킨다.

6) 房櫳(방롱): 주택.

7) 游衍(유연): 마음껏 노닐다.

[해설]

이 시는 도연명陶淵明의 「도화원기桃花源記」에 나오는 이야기를 왕유가 각색하여 지은 것이다. 동진東晉 시기에 어느 어부가 복숭아꽃이 떠 있는 물을 따라가다가 별세계를 발견했는데, 그곳에는 진秦나라의 난리를 피해 들어온 사람들이 살고 있었다. 그들의 환대를 받고 다시 세속으로 돌아왔는데 그곳을 다시 찾아가려 했지만 길을 찾을 수 없었다. 원래의 이야기는 대략 이러한데, 이 시 역시 비슷한 내용을 가지고 있다. 다만 이 시에서는 무릉도원이 신선 세계로 묘사되어 있는데 이로부터 후대의 사람들은 도화원에 신선 세계의 이야기를 섞어서 기술하는 경향이 생겨났다.

어부가 봄날 복숭아꽃을 구경하느라 멀리 간 줄도 모르고 가다 보니 시내가 끝나고 산이 있는데, 그 어귀로 들어가니 구불구불하다가 평평한 곳이 나온다. 그곳에는 수없이 많은 집이 있는데 나무꾼을 만나니 한나라 때 방식으로 통성명을 하고 주민들은 진나라 때의 옷을 입고 있다. 날이 새자 사람들은 어부를 만나려고 모여들었다. 이들의 삶은 아침에는 꽃잎을 쓸어 길을 열고, 낮에는 나무를 하거나 물고기를 잡으며, 저녁이 되면 집으로 돌아온다. 처음에는 세상의 난리를 피해 들어왔지만 이곳에서 신선의 도를 얻고는 세속으로 나가지 않는다. 밖에서 보면 구름 덮인 산뿐인데 그 속에 신선 세계가 있을 줄 어찌 생각했겠는가? 어부는 이런 신선 세계가 정말 얻기 힘든 것인 줄은 알고 있지만, 한편으로 세속에 있는 식구들 생각이 난다. 내가 나가면 산과 물이 가로막고 있겠지만 지나간 길을 잘 기억하면 다시 돌아올 수 있을 것이다. 이런 생각에 그곳을 떠났다가 다시 돌아오려 했지만 길을 찾을 수 없다. 주위에는 온통 물마다 복숭아 꽃잎이 떠 있으니, 자신이 애초에 갔던 물길도 찾을 수 없고 자신이 봤던 골짜기와 봉우리도 보이질 않는다. 결국 신선 세계는 찾을 수 없는 것이구나.

72. 촉으로 가는 길이 험난하다

이백李白

아아!
위험하고 높도다.
촉으로 가는 길이 험난하여
푸른 하늘에 오르는 것보다 어렵다.
잠총과 어부가
나라를 세운 때가 얼마나 아득한가?
그 후로 사만 팔천 년 동안
진나라 변새와는 인적이 통하지 않았다.
장안 서쪽의 태백산에 새가 다니는 길만 있었기에
아미산 꼭대기를 가로지를 수 있었는데,
땅이 무너지고 산이 꺾여 장사들이 죽자
그 후에 하늘사다리와 돌다리가 줄줄이 이어졌다.
위로는 여섯 용이 해를 돌리게 하는 높은 산이 있고
아래로는 부닥치는 물결을 꺾이게 하는 휘도는 강이 있으니,
황학이 날아도 오히려 지나갈 수 없고
원숭이가 건너려 해도 더위잡고 오를 일을 근심한다.
청니령은 어찌 그리 꼬불꼬불한가?
백 걸음 가는 동안 아홉 번 바위산을 휘감는데,
삼성을 만지고 정성을 지나며 위를 쳐다보고는 숨을 죽이고
손으로 가슴 쓰다듬으며 앉아서 길게 탄식한다.

그대에게 묻노니 서쪽에서 노닐다 언제 돌아오려는가?
길은 두렵고 바위는 가팔라서 오를 수 없는 데다,
다만 보이는 건 슬픈 새가 오래된 나무에서 울며
암수가 따라 날면서 숲 사이를 도는 것뿐이고,
또 들리는 건 두견새가 달밤에 울며
빈산을 슬퍼하는 것뿐인데.
촉으로 가는 길이 험난하여
푸른 하늘에 오르는 것보다 어려우니,
사람이 이런 말을 들으면 젊은 얼굴이 시들어버린다.
이어진 봉우리는 하늘까지 한 자도 채 되지 않고
마른 소나무는 거꾸로 걸려 절벽에 기대 있으며,
급한 여울과 거센 물줄기는 다투어 소리치고
물이 부딪치는 벼랑과 구르는 돌로 수많은 골짝에 천둥이 친다.
그 험준함이 이와 같은데
아아 그대 먼 길 가는 이는 어찌 가려는가?
검각은 뾰족하고 우뚝하여
한 사람이 관문을 막고 있으면
만 사람이라도 열 수가 없으니,
지키는 자가 혹시라도 친한 이가 아니면
이리나 승냥이로 변한다고 한다.
아침에는 사나운 호랑이를 피하고
저녁에는 긴 뱀을 피해야 하는데,
이를 갈아 피를 빠니
죽은 사람이 삼처럼 어지러이 널려 있다고 한다.

금성이 비록 즐겁다고 하지만
일찌감치 집으로 돌아감만 못할 것이다.
촉으로 가는 길이 험난하여
푸른 하늘에 오르는 것보다 어려우니,
몸을 돌려 서쪽 바라보며 길게 탄식한다.

蜀道難

噫吁嚱,[1] 危乎高哉.
蜀道之難, 難於上青天.
蠶叢及魚鳧, 開國何茫然.
爾來四萬八千歲, 不與秦塞通人煙.[2]
西當太白有鳥道, 可以橫絕峨眉巓.
地崩山摧壯士死, 然後天梯石棧相鉤連.
上有六龍回日之高標,[3] 下有衝波逆折之回川.
黃鶴之飛尚不得過, 猿猱欲度愁攀援.[4]
青泥何盤盤,[5] 百步九折縈巖巒.
捫參歷井仰脅息,[6] 以手撫膺坐長嘆.
問君西遊何時還, 畏途巉巖不可攀.
但見悲鳥號古木, 雄飛雌從繞林間.
又聞子規啼夜月,[7] 愁空山.
蜀道之難, 難於上青天, 使人聽此凋朱顏.
連峰去天不盈尺, 枯松倒挂倚絕壁.
飛湍瀑流爭喧豗,[8] 砯崖轉石萬壑雷.[9]

其險也若此, 嗟爾遠道之人胡爲乎來哉.

劍閣崢嶸而崔嵬,[10] 一夫當關, 萬夫莫開.

所守或匪親, 化爲狼與豺.

朝避猛虎, 夕避長蛇,

磨牙吮血,[11] 殺人如麻.

錦城雖云樂, 不如早還家.

蜀道之難, 難於上靑天, 側身西望長咨嗟.[12]

[주석]

1) 噫吁嚱(희우희): 놀라울 때 내는 감탄사. 촉 땅의 방언이라고 한다.

2) 人煙(인연): 인가의 연기. 인적을 의미한다.

3) 高標(고표): 높은 표지. 높은 산을 의미한다.

4) 猿猱(원노): 원숭이. 攀援(반원): 더위잡고 오르다.

5) 盤盤(반반): 구불구불한 모양.

6) 捫參(문삼): 삼성參星을 만지다. 삼성은 촉 땅을 상징하는 별이다. 歷井(역정): 정성井星을 지나다. 정성은 진 땅을 상징하는 별인데, 진 땅은 장안을 가리킨다. 脅息(협식): 숨을 죽이다.

7) 子規(자규): 촉나라 왕 중에 두우杜宇가 있었는데 죽어서 두견새가 되었다고 한다. 또 두견새는 촉 땅에 많은 새로 그 울음소리가 '불여귀거不如歸去'와 같았다는데, 돌아가는 것이 좋다는 뜻이다.

8) 飛湍(비단): 날듯이 흐르는 여울. 喧豗(훤회): 시끄러운 소리.

9) 砯(빙): 물이 산의 바위에 부딪치는 소리.

10) 崢嶸(쟁영): 높이 솟은 모양. 崔嵬(최외): 우뚝 솟은 모양.

11) 吮血(연혈): 피를 빨아 먹다.

12) 咨嗟(자차): 탄식하다.

[해설]

이 시는 이백이 촉으로 들어가는 길의 험난함을 노래한 것이다. 장안에 있던 이백이 촉 땅인 성도로 들어가는 친구를 전송하면서 지은 것이라는 설이 가장 유력한데, 대체로 그 길의 험난함을 말하며 가지 말라고 만류하는 뜻을 표현했다.

촉으로 가는 길이 험난하여 하늘을 오르기보다 어렵다. 그 어려움에 대해 태곳적의 일부터 언급한다. 잠총蠶叢은 촉 땅에 나라를 세운 군주이고 어부魚鳧는 세번째 왕인데 그 후로 4만 8천 년 동안 중원과 사람의 왕래가 없었다. '4만 8천 년'이란 숫자에 관한 근거는 현재 확인할 수 없으니 아마도 이백이 스스로 지어낸 이야기일 수도 있다. 중원에서 촉 땅으로 가려면 태백산을 지나가야 하는데 그곳에는 오직 새가 날아다닐 수 있는 길만 있을 뿐 사람이 다니는 길은 없어서 지나갈 수가 없었다. 하지만 진秦나라 혜왕 때 드디어 길이 열리게 된다. 혜왕은 촉 땅의 왕에게 미인계를 쓰기 위해서 다섯 미인을 선발하여 시집보내도록 하자 촉왕이 다섯 장정을 보내 그들을 맞이하게 했다. 돌아오는 도중에 큰 뱀 한 마리가 굴속으로 들어가는 것을 발견하고는 다섯 장정이 힘을 합쳐 뱀의 꼬리를 잡아당기니 산이 무너져버렸다. 이때 다섯 장정과 다섯 여인은 모두 무너진 돌더미에 깔려 죽었고, 이로부터 산이 다섯 개의 고개로 나누어졌다고 한다. 그 후로 절벽에 하늘을 오를 듯한 사다리를 만들고 벼랑에 돌로 잔도를 건설하여 겨우 지나갈 수 있게 되었다.

하지만 여전히 그 길은 위험하고 가파르다. 바로 위에는 해를 실은 수레를 끄는 여섯 용이 돌아갈 수밖에 없는 높은 산이 있고 아래로는 이리저리 부닥치며 휘감아 도는 강이 있어, 황학도 날아서 지나갈 수 없고 높은 곳을 잘 오르는 원숭이도 감히 뛰어오르지 못한다. 게다가 청니령의 고개는 꼬불꼬불할 뿐만 아니라 너무 높아서 마치 별을 만질 수 있을 듯하니, 지나가는 사람이 그곳을 올려다보고는 걸음을 옮기지 못하고 앉아서 탄식만 할 뿐이다. 그러니 그곳을 지나가는 사람은 없고 그저 슬피 우는 새만 있다. 이런 말을 들으면 붉은 얼굴의 젊은이도 새파랗게 질릴 수밖에 없다. 위로는 봉우리가 높아서 하늘까지의 거리가 한 자도 채 되지 않고 소나무도 위로 자라지 못하고 거꾸로 걸려 있으며, 아래로는 거센 물줄기가 벼랑을 치고 돌을 굴려 그 소리가 마치 우레가 치는 듯하다. 이런 험한 곳을 어찌 지나갈 것인가?

검각은 중원에서 촉 땅으로 들어가는 유일한 관문이다. 양쪽 산줄기 사이에 지세가 낮아서 사람들이 지나갈 만하지만, 좁아서 한 사람만 겨우 지나갈 수 있다. 만일 누군가 그곳을 지키고 있으면 만 명이 지나가려고 해도 당해낼 수가 없다. 그래서 예로부터 황제의 친척만이 그곳을 지키도록 했다. 만일 그곳을 지키는 이가 반역의 뜻을 가지면 누구도 다시 되찾을 수 없기 때문이다. 게다가 사나운 호랑이와 긴 뱀이 있어 사람을 마구 죽여버린다. 금성, 즉 성도는 촉 땅에서 가장 큰 도회지인데, 그곳에 아무리 즐거운 일이 많다고 한들 가는 길이 험난하고 죽을지도 모르니 차라리 일찌감치 집으로 돌아가는 것이 나을 것이다. 그러니 선뜻 그곳으로 발걸음을 옮기지 못하고 그저 서쪽에 있는 촉 땅을 바라보며 탄식할 뿐이다.

장단구를 적절히 섞어가면서 기괴한 표현을 사용했는데, 이를 통해 촉 땅으로 가는 길의 험난함을 시각적으로도 잘 표현했다. 후에 이백은 이 시를 당시 비서감秘書監으로 있던 하지장賀知章에게 보여주니 그가 감탄을 하면서 허리에 차고 있던 금거북을 풀어 이백과 함께 술을 마셨다고 한다. 그리고 이백에게 하늘에서 쫓겨난 신선이라는 뜻인 '적선인謫仙人'을 별호로 지어주었다.

73-1. 오래도록 그리워하다 제1수

이백李白

오래도록 그리워하니
그 사람은 장안에 있다.
귀뚜라미는 가을에 우물가에서 울고
옅은 서리에 쓸쓸해져 대자리 빛깔도 차갑다.
외로운 등불 침침하고 그리움에 애간장 끊어질 듯한데
휘장 걷고 달을 바라보며 공연히 길게 탄식한다.
꽃같이 아름다운 이는 구름 너머에 있는데
위로는 아득하게 푸른 높은 하늘이 있고
아래로는 맑은 강의 거센 물결이 있다.
하늘은 넓고 길은 멀어 혼백도 날아가기 힘드니
꿈속에서도 관문의 산이 험난하여 도달하지 못한다.
오래도록 그리워하니
가슴이 무너진다.

長相思 其一

長相思, 在長安.
絡緯秋啼金井闌,[1] 微霜凄凄簟色寒.[2]
孤燈不明思欲絶, 卷帷望月空長嘆.
美人如花隔雲端, 上有靑冥之高天, 下有淥水之波瀾.

天長路遠魂飛苦, 夢魂不到關山難.

長相思, 摧心肝.

[주석]

1) 絡緯(낙위): 귀뚜라미. 베짱이라는 설도 있다. 井闌(정란): 우물 둘레에 친 난간.

2) *淒淒*(처처): 차갑고 쓸쓸한 모양. 簟(점): 대나무 자리.

[해설]

이 시는 이백이 장안에 있는 임을 그리워하며 지은 것이다. 실제 인물을 염두에 두고 지은 것이 아니라 옛 악부시의 제목에 따라 상상하며 내용을 엮은 것이다. 하지만 장안은 천자가 있는 곳이고 천자에 대한 그리움을 여인에 대한 그리움에 빗대 표현하는 경우가 많은 것을 염두에 두면, 이는 궁궐에서 쫓겨난 이백이 천자가 다시 불러주기를 바라는 마음을 표현한 것으로 볼 수도 있다.

오래도록 그리워하는 이가 장안에 있다. 그러니 자신이 있는 곳은 장안이 아니라 지방일 것이고, 그 사람과는 장안에 있을 때 사귀었을 것이다. 그 사람이 없는 이곳은 처량하고 쓸쓸하다. 쇠락의 계절 가을이 되니 귀뚜라미가 구슬피 울고 찬 서리가 내리니 여름내 사용하던 대자리가 차갑다. 홀로 지내는 방에 켜놓은 등불도 밝지 않다. 밝아봤자 그 사람이 없으니 소용도 없다. 그저 그 사람을 그리워하며 애간장이 끊어질 듯하다. 답답한 마음에 휘장을 걷어보니 휘영청 밝은 달이 떠 있다. 지금 이 밤에 그 사람도 이 달을 보고 있으리라. 이런 생각을 하다 보니 그저 탄식만 나온다. 아름다운 그 사람은 저 구름 너머에 있는데 그곳으로 가려고 하니 위로는 높은 하늘이 넓게 펼쳐져 있고 아래로는 강물에 거센 물결이 인다. 수레를 타고 가자니 길이 너무 멀고 배가 있더라도 파도를 헤치며 갈 수 없다. 꿈속의 혼은 그래도 날아갈 수 있으니 가능성이 있지 않을까? 하지만 그 길이 너무 멀어서 날아가기도 힘들다. 게다가 관문의 산은 얼마나 험한지 그곳을 넘어가는 것이 쉽지 않다. 꿈속에서조차도 만나기 힘든 그 사람. 어떻게 하면 이 그리움을 해소할 수 있을까? 오래도록 그리워하다 보니 억장이 무너진다.

사무치는 그리움에 몸과 마음이 상할 뿐 그 사람을 만날 수는 없다. 그리워하는 사람을 만나지 못하는 절망의 극한을 보여주고 있다.

73-2. 오래도록 그리워하다 제2수

이백李白

햇빛이 다하려 할 때 꽃은 안개를 머금었고
달빛은 하얀 비단과 같아 근심으로 잠 못 듭니다.
봉황 새긴 안족이 있는 조나라 슬을 막 멈추고
원앙 뜻을 담은 줄이 있는 촉나라 금을 타려고 하는데,
이 곡조에 뜻을 담아도 전해줄 이가 없으니
봄바람에 실어 연연산으로 부치기를 바라며
아득히 푸른 하늘 너머 있는 그대를 생각합니다.
예전에 추파를 던지던 눈은
이제는 눈물이 흐르는 샘이 되었는데,
애끊는 제 마음을 못 믿겠으면
돌아와 밝은 거울 앞의 제 모습을 보십시오.

長相思 其二

日色欲盡花含煙, 月明如素愁不眠.
趙瑟初停鳳凰柱, 蜀琴欲奏鴛鴦絃.
此曲有意無人傳, 願隨春風寄燕然,[1] 憶君迢迢隔靑天,
昔時橫波目,[2] 今作流淚泉.
不信妾腸斷, 歸來看取明鏡前.

[주석]

1) 燕然(연연): 산 이름. 지금의 몽골에 있는 항애산杭愛山.

2) 橫波目(횡파목): 곁눈질하는 눈. 여인이 남자에게 추파를 던지는 것이다.

[해설]

이백의 시문집에는 이 시가 앞의 시와 다른 곳에 수록되어 있는데, 형당퇴사가 시의 제목이 같고 정조가 비슷하기에 연작시로 묶어놓은 것으로 보인다. 앞의 시는 가을에 남자가 장안에 있는 여인을 그리워하는 것이고 이 시는 봄에 여인이 변방에 있는 남자를 그리워하는 것이다. 마치 양쪽으로 떨어진 두 사람의 관점에서 각각 한 수씩 지은 것처럼 보이기도 한다. 그렇지만 이 시 역시 앞의 시와 마찬가지로 천자에 대한 그리움을 표현한 것일 수도 있다.

해가 서산으로 지려고 한다. 햇빛을 받아 반짝이던 꽃에도 저녁 어스름이 내려서 희미하게 보인다. 어느새 밝은 달이 떠오르니 또 그 사람이 생각나 잠이 오지 않는다. 이 그리움을 어떻게 달래볼까? 옆에 있는 슬을 튕겨본다. 그 슬의 안족에는 봉황이 새겨져 있다. 봉은 수컷이고 황은 암컷이니 두 마리가 사이좋게 지내는 정감을 연주하라고 만든 것이다. 특히 옛날 조나라 여인들은 슬을 잘 연주했으니 더욱이 그 정감이 잘 표현될 것이다. 그러다가 다시 금을 연주해본다. 이 금에는 사이좋기로 이름난 원앙의 뜻이 담겨 있다. 한나라 때 사마상여司馬相如는 금을 잘 연주했는데 촉 땅 사람인 탁문군卓文君이 그 소리를 듣고 사랑에 빠졌다. 지금도 이 금을 연주하면 그 사람이 다시 찾아올 것만 같다. 금과 슬. 금슬이 좋다는 말이 있듯이 사랑의 정을 담아서 금과 슬을 연주한다. 하지만 이 곡조에 실린 여인의 마음을 전해줄 이가 없다. 봄바람은 어디라도 갈 수 있을 터이니, 바람에 실어 이 곡조를 변방의 연연산燕然山에 있는 임에게 띄워 보내본다. 하지만 그곳은 아득한 저 하늘 너머가 아닌가? 봄바람인들 제대로 이 마음을 전해줄 수 있을까? 예전에는 치기 어린 눈빛을 보내며 사랑의 마음을 전하였는데 이제는 그리움과 걱정에 그저 눈물을 흘릴 뿐이다.

이러한 애끊는 절절한 마음을 그이가 알까? 내 마음을 전해받아도 이러한 상황을 믿지 못하는 건 아닐까? 그렇다면 직접 와서 보시라. 지금 내 몰골이 어떻게 변하였는지.

마지막의 두 구는 상당히 당돌하게까지 여겨지는데, 그렇게 해서라도 임이 돌아오기를 바라는 마음에서 나온 것이리니, 그만큼 여인의 마음이 절박하기 때문일 것이다.

74. 갈 길 험난하다

이백李白

금단지의 맑은 술은 만 말이고
옥쟁반의 진귀한 음식은 만 전짜리이지만,
잔을 멈추고 젓가락을 던진 채 먹지 못하고
칼을 빼 들고 사방을 바라보니 마음이 아득하다.
황하를 건너려 해도 얼음이 강을 막았고
태항산을 오르려 해도 눈으로 하늘이 어둑하다.
한가하면 푸른 시내에서 낚시 드리우다가
홀연히 또 배를 타고서 태양 가로 가는 꿈을 꾼다.
갈 길 험난하다
갈 길 험난하다.
갈림길은 많은데
지금 나는 어디에 있는가?
긴 바람 타고 파도를 깨는 날이 반드시 오리니
곧장 구름같이 높은 돛을 달고 푸른 바다를 건너가리라.

行路難

金樽淸酒斗十千,[1] 玉盤珍羞直萬錢.
停杯投筯不能食, 拔劍四顧心茫然.
欲渡黃河冰塞川, 將登太行雪暗天.

閑來垂釣碧溪上, 忽復乘舟夢日邊.
行路難, 行路難,
多歧路, 今安在.
長風破浪會有時, 直挂雲帆濟滄海.

[주석]

1) 斗十千(두십천): 만 말. 많은 양을 의미한다. 이와 달리 '한 말에 만 전이다'라고 풀이하여 고급 술을 의미하는 것으로 보기도 한다.

[해설]

이 시는 이백이 험난한 인생살이의 어려움에 대해 쓴 것으로 세 수로 이루어진 연작시 중 첫번째 시이다. 뜻대로 되지 않아 어떻게 해야 할지 모르는 상황이지만 그래도 좋은 날이 오리라는 낙관적인 마음을 표현하였다.

지금 눈앞에는 금빛 술 단지에 맑은 술이 만 말이나 들어 있다. 음식을 내놓은 그릇은 옥으로 만든 것이고 음식도 진귀해서 만 전짜리이다. 아마도 왕이나 귀족이라야 이런 음식을 먹을 수 있을 터인데, 이백이 지금 이런 호강을 누리고 있다. 이백의 살림살이가 이렇게 좋지는 않았을 터이니 아마도 권세가 집의 연회 자리에 초청을 받았을 것이다. 그것도 아니라면 이러한 설정은 극단적인 물질적 풍요를 상징적으로 표현한 것일 수도 있다. 어찌 되었건 이런 좋은 음식을 이백은 차마 먹지 못한다. 마음이 불편해서이다. 답답함을 못 이기고 칼을 빼 들고 사방을 두리번두리번 돌아보지만 아득한 마음은 풀리지 않는다. 이백은 문인이지만 젊었을 때 검술을 연마하였고 장안에서 사람을 찔렀다는 기록도 있으니 칼을 차고 다닌 것은 사실일 것이다.

이백이 이렇게 답답해하는 이유는 무엇일까? 이러한 물질적인 호화로움이 자신이 궁극적으로 바라던 것이 아니기 때문이다. 자신은 넓은 황하를 건너 높은 태항산을 오르고자 하였다. 이 세상의 가장 높은 곳에 올라 자신의 뜻을 마음껏 펼치고 뛰어난 공적을 세워 역사에 이름을 길이 남기고자 하였다. 하지만 황하에는 얼음이 있어 배를 타고 갈 수가 없고 태항산에는 눈보라가 쳐서 올라갈 수가 없다. 그러니 어찌할 바 없이 그냥 기다리기로 한다. 옛날 강태공이 낚시를 하며 문왕을 기다렸던 것처럼. 그리고 꿈도 꾼다. 배를 타고 황하를 건너 태항산에 올라 하늘 위 태양 가로 가는 꿈을. 태양은 천자를 가리킨다.

하지만 지금 기다리고 꿈을 꾸는 이 시간이 너무나 답답하다. 그리고 그런 일을 일어나게 하는 과정이 너무나 힘들다. 갈림길도 많아 어디로 가야 하는지 알 수 없다. 내가 지금 어디 있는지도 모르겠다. 답답할 뿐이다. 하지만 나는 계속 이렇게 답답하게 살지는 않을 것이다. 언젠가는 반드시 황하를 건너갈 날이 올 것이다. 멀리까지 배를 보내줄 바람이 불어오면 곧장 높은 돛을 달고 거센 파도를 깨뜨리며 푸른 바다를 건너 태양으로 올라갈 것이다.

자신의 뜻을 이루기 위해 끊임없이 노력했지만 성공하지 못한 이백은 수없이 좌절하였다. 하지만 한 번도 포기하지 않았다.

끊임없는 좌절의 다른 이름은 끊임없는 도전이다. 언젠가 반드시 올 한 번의 성공을 위해 이백은 수없이 좌절하며 고뇌했다.

75. 술을 드시오

이백李白

그대는 보지 못했는가?
황하의 물이 하늘 위에서 내려와
치달려 바다로 가고는 다시 돌아오지 않는 것을.
그대는 보지 못했는가?
높은 집에서 맑은 거울의 흰머리를 슬퍼하니
아침에는 검푸른 실 같더니 저녁에는 흰 눈같이 된 것을.
인생에서 뜻을 이루면 즐거움을 다해야 하니
금빛 술동이가 빈 채로 달을 대하게 해서는 안 된다.
하늘이 내린 나의 재주는 반드시 쓰임이 있을 것이고
천금의 돈을 흩뿌려 다 써버려도 다시 돌아올 것이니,
양을 삶고 소를 잡아 잠시 즐기고
모름지기 한 번에 삼백 잔은 마셔야 한다.
잠부자
단구생이여,
술을 드시게
그대들은 멈추지 마시게.
그대들에게 노래 한 곡조 하리니
그대들은 날 위해 귀 기울여 들으시게.
종 치고 북 치는 고급 음악과 진귀한 음식은 귀할 게 없으니
다만 늘 취하기를 바랄 뿐 깨어 있기를 바라지는 않는다.

예로부터 성현들은 모두 적막해졌지만
오직 술 마신 자만이 그 이름을 남겼지.
진왕 조식은 옛날 평락관에서 잔치하면서
만 말의 술을 마음껏 즐겼으니,
주인은 어찌 돈이 모자란다고 말하겠는가?
응당 곧장 술을 사 와 그대들과 마주하고 마셔야 하리라.
다섯 개의 꽃잎 무늬가 있는 명마와
천금의 가치가 있는 갖옷,
아이 불러서 이걸 가지고 나가 좋은 술로 바꿔오게 하여
그대들과 함께 만고의 근심을 녹이리라.

將進酒[1)]

君不見, 黃河之水天上來, 奔流到海不復回.
君不見, 高堂明鏡悲白髮, 朝如靑絲暮成雪.
人生得意須盡歡, 莫使金樽空對月.
天生我材必有用, 千金散盡還復來.
烹羊宰牛且爲樂,[2)] 會須一飮三百杯.
岑夫子 丹丘生,
將進酒 君莫停.
與君歌一曲, 請君爲我傾耳聽.
鐘鼓饌玉不足貴,[3)] 但願長醉不願醒.
古來聖賢皆寂寞, 惟有飮者留其名.
陳王昔時宴平樂, 斗酒十千恣歡謔.[4)]

主人何爲言少錢, 徑須沽取對君酌.[5]
五花馬, 千金裘,
呼兒將出換美酒,[6] 與爾同銷萬古愁.

[주석]

1) 將(장): 상대방에게 청하다. 進酒(진주): 술을 마시다.
2) 宰牛(재우): 소를 잡다.
3) 鐘鼓(종고): 종을 치고 북을 울리다. 좋은 음악을 가리킨다. 饌玉(찬옥): 옥 같은 음식. 귀한 음식을 가리킨다. 옛날 부유한 집안에서는 식사할 때 종을 치고 솥을 늘어놓았다고 하는데 그런 장면을 묘사한 것일 수도 있다.
4) 斗酒十千(두주십천): 말의 술이 만이다. 술이 만 말이다. 이와 달리 '한 말의 술이 만 전이다'라고 풀이할 수도 있다. 恣(자): 마음대로. 歡謔(환학): 즐기다.
5) 徑(경): 곧장. 沽取(고취): 사 오다.
6) 將(장): ~을 가지고서.

[해설]

이 시는 권주가, 즉 상대방에게 술을 권하는 내용의 노래이다. 술과 달의 시인이라고 하는 이백의 시 중에서 술에 관해 가장 유명한 시인데, 이백 특유의 낭만적인 서정이 잘 펼쳐져 있을 뿐만 아니라 이백 사고의 큰 규모와 호방함이 잘 드러나 있다.

중국에서 가장 큰 강이 황하인데 예로부터 서쪽에 신선들이 산다는 곤륜산에서 내려온다고 믿었다. 하늘 끝에서 내려오는 황하가 동쪽으로 끊임없이 치달려 바다로 간다. 그리고 다시는 돌아오지 않는다. 이 두 구절에서 이백은 서쪽 끝에서 동쪽 끝까지, 하늘 끝에서 바다까지 순식간에 횡단해버린다. 광활한 천지를 단숨에 지나가버리니 규모가 대단하다. 이백 자신의 가슴속에도 이런 황하가 들어가 있기에 이런 광대한 기상을 담은 표현을 사용할 수 있었던 것이 아닐까? 규모뿐만 아니라 속도감 또한 대단하다. 한번 지나가면 다시 돌아오지 않는 세월의 빠름에서 그 속도감이 한 번 더 느껴진다. 그래서 아침에는 검푸르던 머리칼이 저녁에는 눈처럼 하얗게 된 것을 슬퍼한다. 황하의 흐름이 우주의 시간과 맞먹는 반면에 인간의 생애는 겨우 하루에 불과할 뿐이다. 정말 초라하고 보잘것없는 존재가 인간이다.

그러니 인간은 무엇을 해야 하는가? 그저 이 순간을 즐겨야 한다. 부귀영화와 높은 관직을 이루어야 뜻을 이룬 것 같지만 이 모든 것은 일장춘몽일 따름이다. 오히려 하루하루 즐겁게 노니는 것이 인생의 목표를 달성한 것이다. 지금 당장 관직에 나가 업적을 세우지 않더라도 걱정할 필요가 없다. 내가 가진 재능은 하늘이 준 것이니 하늘의 뜻대로 언젠가는 사용될 것이다. 그리고 돈이라는 것은 돌고 도는 것이니 지금 다 써버려도 언젠가는 다시 돌아오게 되어 있다. 그러니 내 재능이 쓰이지 않는다고 조급해할 것도 없고 노후를 위해 재산을 아낄 필요도 없다. 양도 삶고 소도 잡아서 술을 마시며 즐겨야 한다. 술을 마셔도 3백 잔은 마셔야 한다.

잠부자는 이백의 친구인 잠훈岑勛이고 단구생은 또 다른 친구이자 도사인 원단구元丹丘이다. 이들을 초청해 한잔 거나하게 하면서 이백이 노래를 한 곡조 한다. 그 내용은 아마도 이 노래일 것이다. 자신이 평소 귀하게 여기는 바는 호사스러운 음악이나 진귀한 음식이 아니고 그저 계속 취해 있는 것이다. 예로부터 많은 성현이 있었지만 그들은 결국 죽어버렸으며 아무도 그 이름을 기억하지 못한다. 하지만 술을 마신 자만은 이름을 남겼다. 그렇게 술을 마셔서 이름을 남긴 이로 진왕陳王 또는 진사왕陳思王이라고 하는 조식曹植이 있다. 그는 평락관에서 잔치를 하며 고급 안주에다 술을 마음껏 즐겼다. 모름지기 이렇게 마시고 즐겨야 역사에 이름을 남길 것이다. 어찌 돈이 부족하다고 말하는가? 다섯 꽃잎 무늬가 있는 명마와 고급 갖옷을 팔아다가 술을 마련해야 한다. 그 술을 마시며 지금 가지고 있는 근심, 천 년의 긴 세월 동안 인간이 해왔던 근본적인 근심, 부귀영화를 누리기 위해 모든 것을 희생하며 살았던 인간들의 근심, 하루살이 같은 인간의 덧없는 삶에 대한 근심, 이런 모든 근심을 싹 없애버려야 할 것이다.

하지만 이렇게 술을 마셔도 그 근심은 결코 없어지지 않았으니, 이러한 음주는 결국 처절한 몸부림의 한 단면이 아닐까 생각한다. 역사에서 술을 마신 사람만 기억한다고 한 이백의 말이 과연 진심이었을까? 이백의 호기를 가감 없이 드러내기에는 적당한 생각이지만, 그의 진심은 아니었을 것이다. 자신의 재능을 펼칠 기회가 없었던 답답함이 그만큼 컸던 것이리라.

76. 전쟁 수레의 노래

두보杜甫

수레는 덜컹덜컹
말은 히힝
출정하는 이들은 활과 화살을 각자 허리에 찼다.
아버지와 어머니, 처와 자식이 달려가며 전송하느라
먼지가 일어 함양교가 보이지 않는다.
옷을 당기고 발을 구르며 길을 막고 통곡하니
곡소리가 위로 솟아 하늘까지 닿는다.
길을 지나가던 옆 사람이 출정하는 이에게 물으니
출정하는 이는 그저 말하기를, "잦은 징발 때문입니다.
어떤 이는 십오 세부터 북쪽으로 가서 황하를 지키다가
사십 세가 되어서는 서쪽으로 가서 둔전을 경작합니다.
떠나갈 때 이장이 머리를 싸매주었는데
돌아왔을 때는 백발로 또 변방에서 수자리를 삽니다.
변방에는 흐르는 피가 바다를 이루었지만
황제는 변방 개척의 뜻이 아직 끝나지 않았습니다.
그대는 듣지 못했습니까?
한나라 화산 동쪽의 이백 고을에서
수천수만의 촌락이 잡목으로 황폐해졌다는 것을.
설령 건장한 아낙이 있어 호미와 쟁기를 잡는다고 해도
벼가 자라는 이랑은 동서의 구분이 없습니다.

더욱이 진 땅의 병사는 힘든 전쟁을 잘 견뎌낸다 하여
개와 닭에 다를 바 없이 내몰립니다.
어르신이 비록 제게 물어보시지만
군역 가는 제가 감히 한스러움을 말할 수 있겠습니까?
또 금년 겨울 같은 경우
관서의 군역을 아직 끝내지도 않았는데,
현의 관리가 급하게 조세를 요구하니
조세 낼 것이 어디서 나오겠습니까?
아들을 낳는 것은 나쁜 일이고
딸 낳는 것이 도리어 좋은 일임을 진실로 알겠습니다.
딸을 낳으면 그래도 이웃에 시집보낼 수 있지만
아들을 낳으면 땅에 묻혀 온갖 잡초에 맡겨질 뿐입니다.
그대는 보지 못했습니까?
청해 부근에는
예로부터 백골을 거두는 사람이 없어,
새 귀신이 원통해하고 옛 귀신이 통곡하나니
흐리고 비가 오면 훌쩍이는 소리가 난답니다"라고 한다.

兵車行

車轔轔[1] 馬蕭蕭,[2] 行人弓箭各在腰.
耶娘妻子走相送,[3] 塵埃不見咸陽橋.
牽衣頓足攔道哭,[4] 哭聲直上干雲霄.[5]
道旁過者問行人,[6] 行人但云點行頻.[7]

或從十五北防河,　便至四十西營田.[8)]

去時里正與裹頭,[9)] 歸來頭白還戍邊.[10)]

邊庭流血成海水,[11)] 武皇開邊意未已.[12)]

君不聞 漢家山東二百州,[13)] 千村萬落生荊杞.[14)]

縱有健婦把鋤犁,[15)] 禾生隴畝無東西.[16)]

况復秦兵耐苦戰,[17)] 被驅不異犬與雞.

長者雖有問, 役夫敢申恨.

且如今年冬, 未休關西卒.

縣官急索租, 租稅從何出.

信知生男惡, 反是生女好.

生女猶得嫁比鄰,[18)] 生男埋沒隨百草.

君不見 青海頭, 古來白骨無人收.

新鬼煩冤舊鬼哭,[19)] 天陰雨濕聲啾啾.[20)]

[주석]

1) 轔轔(인린): 수레가 덜컹거리는 소리.

2) 蕭蕭(소소): 말이 히힝거리는 소리.

3) 耶娘(야낭): 아버지와 어머니를 가리킨다.

4) 頓足(돈족): 발을 구르다. 攔道(난도): 길을 가로막다.

5) 干(간): 찌르다. 닿다.

6) 行人(행인): 멀리 출정하는 사람.

7) 點行(점행): 명부의 이름을 점검하여 징집하고는 출정하게 하는 일을 말한다.

8) 營田(영전): 둔전을 경영하다. 행역을 나가서 전쟁이 없을 때 병사들이 식량을 마련하기 위해 밭을 일구는 것이다.

9) 里正(이정): 이장. 마을의 책임자. 裹頭(과두): 머리를 싸매다. 징집당하는 이가 너무 어리기 때문에 이장이 직접 복장을 챙겨주는 것이다.

10) 還戍邊(환수변): 또 변방에서 수자리를 살다. 수자리 사는 변방으로 돌아가다.

11) 邊庭(변정): 변방.

12) 武皇(무황): 원래는 한나라 무제를 가리키는데 여기서는 당나라 현종을 말한다. '무武'가 '아我'로 된 판본도 있다.

13) 漢家(한가): 한나라. 여기서는 당나라를 가리킨다. 山東(산동): 여기서는 화산 동쪽을 가리키는데, 거의 중국 전체를 포괄한다.

14) 萬落(만락): 만 개의 부락. 荊杞(형기): 가시나무와 구기자나무. 잡목을 의미한다.

15) 縱(종): 설령. 鋤犁(서리): 호미와 쟁기.

16) 隴畝(농무): 밭의 이랑.

17) 況復(황부): 게다가. 더욱이. 秦兵(진병): 진 땅의 병사. 장안이 옛날 진나라의 중심지였기에 여기서는 장안 지역의 병사를 가리킨다.

18) 比鄰(비린): 이웃.

19) 煩冤(번원): 괴로워하며 애통해하다.

20) 啾啾(추추): 처량하게 흐느껴 우는 소리를 가리킨다.

[해설]

이 시는 두보가 잦은 병역과 과도한 세금으로 고통받는 백성들의 하소연을 적은 것이다. 천보 8년(749) 6월 가서한哥舒翰이 토번吐蕃의 석보성石堡城을 공격했다가 수만 명의 병사가 죽었다. 천보 10년(751) 4월 선우중통鮮于仲通이 남조南詔를 정벌하러 갔다가 대패하여 6만 명의 병사가 죽었다. 하지만 재상 양국충楊國忠은 다시 남조를 정벌하려고 전국에서 대대적으로 병력을 징발했다. 이러한 잦은 징발과 전쟁에서의 몰살로 백성들은 조정을 원망했다. 두보는 이 시를 통해 당시 이러한 상황을 고발하고자 했다.

출정하는 이들이 수레와 말을 타고 줄지어 가고 있다. 온 가족이 다 나와서 이들을 전송하는데, 먼지가 많이 일어 장안에 있는 다리가 보이지 않을 정도이다. 이제 가면 돌아오지 못할 것을 직감하기에 서로 울부짖으며 통곡한다. 이때 길 옆에 서 있던 두보가 출정하는 이에게 무슨 일이냐고 묻는다. 그의 대답은 구구절절 애절하다. 첫마디가 아주 단호하다. "잦은 징발 때문이다." 15세부터 징발이 시작되는데 북쪽 변방에서 수자리를 서다가 서쪽 변방으로 가서 둔전을 경작한다. 전쟁이 없으면 경작하여 군량미를 비축하고 전쟁이 나면 곧장 전투에 투입되는 셈이다. 이장이 머리에 두건을 씌워줄 정도로 어릴 때 전쟁터에 나갔는데 돌아올 때는 이미 백발이 되어버렸고 또 징발되어 나가는 처지이다. 전사자의 피가 바다를 이루도록 많은 이가 죽었지만 황제가 변방 영토를 확장하려는 뜻은 사그라들지 않는다. 갑자기 한나라 때의 이야기를 한다. 하지만 이것은 당연히 당시의 이야기이다. 중원 동쪽의 모든 고을이 징집으로 인해 장정들이 다 죽어버려 가시나무와 구기자나무만 자라는 황폐한 곳이 되어버렸다. 남자가 없어 어쩔 수 없이 아낙네가 농사를 짓지만 농지가 반듯하게 정리되지 않아 농사가 제대로 이루어지지 않는다. 옛 진나라였던 장안 지역의 남자들은 전쟁을 잘한다는 소문이 났기에 걸핏하면 이리저리 징발당한다.

그 병사가 갑자기 말을 돌린다. "어르신이 물어보시니 말씀을 드리기는 하지만 어찌 한스러움을 말할 수 있겠습니까?" 그렇다면 지금까지 말한 것은 무엇인가? 아직 본론은 시작도 안 했다는 말이고, 이런 상황은 한스러움을 넘어서서 무덤덤하기까지 하다는 말이다. 그러면서도 한스러움을 계속 말한다.

올해 겨울에는 군역을 하느라 농사도 제대로 짓지 못했는데 관리가 와서 세금을 재촉한다. 도대체 무슨 돈으로 세금을 내란 말인가? 옛날에는 딸보다 아들을 더 귀하게 여겨 아들 낳는 것을 좋은 일로 여겼지만 지금은 그 반대이다. 딸을 낳으면 이웃에 시집보내 평생 같이 살 수 있지만 아들을 낳으면 그저 전쟁터로 끌려 나가 죽을 처지이니 아들 낳는 것이 더 이상 좋은 일이 못 된다. 전쟁이 빈발하였던 변방인 청해 부근에는 전사자의 시신을 거두어주는 이조차 없어 귀신들이 통곡하는 소리가 끊이질 않는다고 한다.

지금 이 시는 살아 있는 자들의 통곡이고 곧 전쟁터에서 귀신이 될 이들의 원망이다.

77. 아름다운 여인에 관한 노래

두보杜甫

삼월 삼일 날씨가 맑고 새로워
장안의 물가에 미인이 많다.
자태가 농염하고 마음은 고원하니 맑고 참되며
살결은 곱고 매끄러운 데다 몸매가 적당하다.
수놓은 비단옷은 늦봄과 잘 어울리는데
금실로 공작을 수놓고 은실로 기린을 수놓았다.
머리 위에는 무엇이 있나?
비췻빛 은은한 머리 장식의 잎이 살쩍 가에 드리워 있다.
등 뒤에는 무엇이 보이는가?
구슬이 누르는 허리띠가 알맞게 몸에 어울린다.
그 가운데 구름 같은 장막에는 양귀비의 친척이 있는데
대국의 이름을 하사받은 괵국과 진국이다.
자줏빛 낙타의 등 요리가 푸른 솥에서 나오고
수정 쟁반에는 하얀 생선살을 내놓았지만,
실컷 먹었기에 무소뿔 젓가락을 오랫동안 대지 않는데도
방울 달린 칼로 잘게 썰며 괜스레 어지러이 움직인다.
환관은 말을 달려도 먼지를 일으키지 않는데
황실의 주방에서 끊임없이 진수성찬을 보내오며,
퉁소와 북의 구슬픈 음악이 귀신을 감동시키고
빈객과 시종들 북적대는데 실로 요직에 있는 이들이다.

뒤에 오는 안장 채운 말은 얼마나 느긋한가?
천막에 이르러 말에서 내려 비단 자리로 들어간다.
버들개지는 눈처럼 떨어져 흰 마름을 덮고
청조는 날아가며 붉은 수건을 물었다.
손을 쬐면 델 만큼 권세가 비할 데 없으니
삼가 가까이 다가서지 말지니, 승상이 진노하신다.

麗人行

三月三日天氣新, 長安水邊多麗人.
態濃意遠淑且眞, 肌理細膩骨肉勻.[1)]
繡羅衣裳照暮春, 蹙金孔雀銀麒麟.[2)]
頭上何所有, 翠微盍葉垂鬢脣.[3)]
背後何所見, 珠壓腰衱穩稱身.[4)]
就中雲幕椒房親,[5)] 賜名大國虢與秦.
紫駝之峰出翠釜,[6)] 水精之盤行素鱗.[7)]
犀筯厭飫久未下,[8)] 鸞刀縷切空紛綸.[9)]
黃門飛鞚不動塵,[10)] 御廚絡繹送八珍.[11)]
簫鼓哀吟感鬼神, 賓從雜遝實要津.[12)]
後來鞍馬何逡巡,[13)] 當軒下馬入錦茵.[14)]
楊花雪落覆白蘋, 青鳥飛去銜紅巾.
炙手可熱勢絶倫, 愼莫近前丞相嗔.

[주석]

1) 肌理(기리): 살결. 細膩(세니): 부드럽고 매끄럽다.

2) 蹙金(축금): 금실로 수를 놓다.

3) 翠微(취미): 비췻빛이 은은하다. 또는 비취로 미세하게 장식되어 있다. 㔩葉(압엽): 잎 모양의 머리 장식품. 鬢唇(빈순): 살쩍 가장자리.

4) 腰衱(요겹): 허리띠. 혹은 허리 부분의 옷자락. 穩稱身(온칭신): 알맞게 몸과 어울리다. 적당히 몸과 잘 어울린다는 말이다.

5) 就中(취중): 그중에. 雲幕(운막): 구름처럼 가벼이 날릴 듯한 장막. 또는 구름 모양으로 펼쳐진 장막. 여기서는 괵국부인과 진국부인 등 양씨 자매가 자리 잡은 곳을 가리킨다. 椒房(초방): 한나라 때의 궁전 이름으로 황후가 거처하던 곳이다. 여기서는 양귀비를 가리킨다.

6) 紫駝之峰(자타지봉): 자줏빛 낙타의 등에 있는 혹. 여기서는 그것을 재료로 한 요리를 가리킨다. 翠釜(취부): 비췻빛이 도는 솥. 부유한 집에서 사용하는 솥을 말한다.

7) 行素鱗(행소린): 하얀 생선살을 담아서 손님에게 내놓는 것을 말한다.

8) 犀筯(서저): 무소뿔로 만든 젓가락. 厭飫(염어): 물리도록 실컷 먹다. 未下(미하): 내리지 않다. 젓가락을 음식에 대지 않는다는 말이다.

9) 鸞刀(난도): 방울이 달린 칼. 제사 지낼 때 제물을 자르는 것이다. 縷切(누절): 실처럼 가늘게 자르다. 紛綸(분륜): 어지러운 모양. 요리하느라 부산스러운 모습이다.

10) 黃門(황문): 환관. 飛鞚(비공): 나는 듯한 굴레. 빨리 달리는 말을 가리킨다.

11) 御廚(어주): 궁중에서 천자가 먹는 음식을 만드는 주방. 絡繹(낙역): 끊이지 않고 이어지는 모양. 八珍(팔진): 여덟 가지 귀한 음식.

12) 賓從(빈종): 내빈과 그 시종. 雜遝(잡답): 뒤섞인 모양. 매우 많은 모양. 要津(요진): 요직.

13) 逡巡(준순): 느릿한 모양. 거드름 피우는 모양.

14) 當軒(당헌): 장막을 친 곳에 이르다. 錦茵(금인): 비단 깔개.

[해설]

이 시는 두보가 아름다운 여인들이 봄날 장안에서 노니는 모습을 보고 지은 것인데, 양귀비와 양국충 집안의 호사스러운 모습을 그려 이들의 방탕함을 풍자하였다.

삼월 삼짇날, 중국에서는 상사절上巳節이라고 하는데 장안의 사람들은 곡강曲江에 가서 머리를 감으며 불길한 기운을 씻고 연회를 펼치며 흥겨운 날을 보낸다. 올해 상사절에는 날씨가 더욱 좋아서 사람들이 많을 뿐만 아니라 아름다운 여인들도 많다. 농염한 자태, 고원한 마음, 곱고 매끄러운 살결, 적당한 몸매, 금실로 공작을 수놓고 은실로 기린을 수놓은 화려한 옷, 머리 위에는 비췻빛 머리 장식, 등 뒤로는 구슬로 장식한 허리띠. 화려한 장식으로 치장하고 멋진 옷을 입은 아름다운 여인들이 있다. 그 가운데 제일 높은 장막에는 양귀비의 자매들이 있다. 바로 괵국부인과 진국부인이다. 그리고 사실 앞에 서술한 여인의 모습은 일반 여인이 아니라 바로 이 괵국부인과 진국부인의 모습을 형용한 것이다. 이들이 먹는 음식은 또 어떠한가? 낙타 등으로 만든 요리와 생선회가 고급 식기에 놓여 있다. 그리고 궁중의 주방에서 진수성찬을 만들어 환관들이 쉴 새 없이 말을 타고 실어 나른다. 환관이 음식을 나르는 것이 얼마나 조심스러운지 말을 나는 듯 달려도 먼지 하나 일지 않는다. 음악 역시 귀신을 감동시킬 정도이며, 이 연회에 참석한 이들은 모두 조정의 요직에 있는 이들이다. 황제의 연회로 착각할 정도의 규모이다.

이러한 연회에 제일 늦게 느긋이 말을 타고 오는 이가 있다. 황제가 아니라 바로 양국충이다. 이러한 그의 권세를 누가 막을 수 있을 것인가? 그러니 함부로 가까이 가지 말아야 한다. 만일 그의 심기를 거스른다면 목숨을 부지하기 어려울 것이다.

"버들개지는 눈처럼 떨어져 흰 마름을 덮고, 청조는 날아가며 붉은 수건을 물었다"라고 한 부분에 대해서는 대체로 당시 눈앞의 경물을 있는 대로 읊으면서도 그 이면으로는 양국충과 괵국부인의 음란한 생활을 비유적으로 표현한 것이라는 설이 많다. 북위北魏의 호태후胡太后가 젊고 체구가 우람하며 힘이 센 양화楊華와 사통했는데, 양화는 화가 미칠까 두려워 군대를 끌고서 양梁나라에 투항했다. 호태후는 그를 그리워하다가 「양백화楊白花」 노래를 지었고, "따뜻한 봄 이삼월에 버들이 일제히 꽃을 피웠다. 봄바람이 어느 날 밤 여인의 방에 들어가더니 버들꽃이 훨훨 날아 남쪽 집에 떨어졌다陽春二三月, 楊柳齊作花. 春風一夜入閨闥, 楊花飄蕩落南家"라고 했다. 그리고 '청조'는 서왕모의 소식을 전하는 새인데 여기서는 남녀 간의 사사로운 정을 전달하는 매개를 비유한다.

시 전체에 걸쳐서 직접적으로 풍자하고 비판하는 말은 없지만 있는 그대로의 모습을 읊으면서도 그 이면에는 모두 비수 같은 풍자로 가득 차 있다. 만일 양국충의 심기를 거스른다면 손이 델 것같이 뜨거운 그의 권세에 어찌 될지 모른다고 했는데, 두보가 이 시를 짓고도 살아남은 것은 시의 내용이 그만큼 교묘했기 때문이리라.

78. 강가에서 슬퍼하다

두보杜甫

소릉의 시골 노인이 소리를 삼키며 울면서
봄날에 몰래 곡강 굽이를 걸어가노라니,
강변의 궁전에는 수천의 문이 닫혔는데
가느다란 버들과 새 부들은 누구를 위해 푸른가?
생각해보니 옛날에 무지개 깃발이 남쪽 부용원으로 내려오면
동산의 경물에 빛이 났고,
소양전 안에서 으뜸가는 미인이
수레를 같이 타고 임금을 따르며 임금 옆에서 모셨지.
수레 앞의 재인은 활과 화살을 찼고
흰 말은 황금 재갈을 물고 있었는데,
몸을 젖혀 하늘을 향해 올려보고는 구름을 쏘면
화살 한 대로 날아가는 새 한 쌍이 바로 떨어졌지.
눈이 맑고 이가 하얀 미인은 지금 어디 있나?
피에 젖은 떠도는 혼백은 돌아오지 못하는구나.
맑은 위수는 동쪽으로 흐르고 검각은 깊숙한데
떠난 사람 남은 사람 피차 소식이 없다.
사람이 정이 있어 눈물이 가슴을 적시지만
강물과 강가의 꽃은 어찌 다함이 있겠는가?
황혼 녘에 오랑캐 기병의 먼지가 성에 가득하기에
성 남쪽으로 가려다 성 북쪽을 바라본다.

哀江頭

少陵野老呑聲哭,[1] 春日潛行曲江曲.
江頭宮殿鎖千門, 細柳新蒲爲誰綠.
憶昔霓旌下南苑,[2] 苑中景物生顔色.
昭陽殿裏第一人,[3] 同輦隨君侍君側.[4]
輦前才人帶弓箭,[5] 白馬嚼齧黃金勒.[6]
翻身向天仰射雲, 一箭正墜雙飛翼.[7]
明眸皓齒今何在, 血汚遊魂歸不得.
淸渭東流劍閣深,[8] 去住彼此無消息.
人生有情淚沾臆, 江水江花豈終極.
黃昏胡騎塵滿城, 欲往城南望城北.[9]

[주석]

1) 少陵(소릉): 지금의 섬서성 장안현長安縣 두릉杜陵 동남쪽으로 두보의 집이 그곳에 있었다.

2) 霓旌(예정): 오색 깃털을 엮어 만든 깃발. 南苑(남원): 장안성 남쪽에 있던 부용원芙蓉苑을 가리킨다.

3) 昭陽殿(소양전): 한나라 때의 궁전으로 조비연趙飛燕이 머물던 곳이다. 여기서는 양귀비를 두고 한 말이다.

4) 輦(련): 천자의 수레.

5) 才人(재인): 궁중의 여관女官으로 정사품에 해당한다.

6) 嚼齧(작설): 씹다. 물고 있다는 말이다.

7) 飛翼(비익): 날아다니는 날개. 새를 가리킨다.

8) 淸渭(청위): 맑은 위수. 위수는 장안성 북쪽을 흐르는데 양귀비가 죽은 마외역馬嵬驛이 있다. 劍閣(검각): 장안에서 촉 땅으로 들어갈 때의 관문이다. 안녹산이 장안을 공격하자 현종은 검각을 통해 성도로 들어갔다.

9) 城南(성남): 장안성의 남쪽. 두보의 거처가 있던 소릉을 가리킨다. 城北(성북): 장안성의 북쪽. 당시 숙종이 있던 곳을 가리킨다. 이와 달리 북쪽에 있는 장안성으로 보는 설도 있다.

[해설]

이 시는 두보가 장안의 곡강曲江 어귀에서 양귀비의 죽음을 슬퍼하면서 지은 것이다. 현종의 총애를 받았던 양귀비는 안녹산의 난이 일어났을 때 현종과 함께 피난을 가다가 병사들에게 죽임을 당했다. 표면적으로는 양귀비의 죽음을 슬퍼한 것이지만 그 이면에는 나라가 혼란스럽게 된 것에 대한 애환이 들어가 있다.

소릉少陵 출신의 늙은이 두보가 소리를 죽인 채 흐느끼면서 몰래 곡강 어귀를 걸어가고 있다. 지금 장안은 이미 안녹산의 무리에게 함락되었고 양귀비에 대한 여론이 좋지 않기에 혹여 양귀비를 슬퍼하는 자신의 모습이 다른 사람에게 들킬까 두렵다. 곡강은 어떤 곳인가? 현종과 양귀비가 나와 노닐던 곳이 아닌가? 옛날 노닐던 그곳의 문은 지금 다 닫혀 있고 그곳에서 노닐던 사람도 아무도 없다. 그저 가느다란 버들과 부들만이 새로

푸릇푸릇 돋아나 있을 뿐이다. 새롭게 봄은 왔건만 그곳에서 노니는 사람은 없다. 두보 역시 마음이 편치 않다. 그러니 무심하게 다시 푸르게 돋은 버들과 부들이 야속하기만 하다.

옛날 현종과 양귀비가 곡강에 있던 부용원芙蓉苑으로 노닐러 행차할 때 무지개 깃발이 수없이 펄럭였으며, 양귀비의 미모로 인해 그곳의 경물이 빛을 발하지 않았던가? 궁궐의 최고 미인이 현종과 함께 수레를 타고 다녔다. 궁녀들은 황금 재갈을 물린 백마를 타고 활과 화살을 차고 있었는데, 이들이 하늘을 향해 화살을 쏘면 한 번에 새 두 마리가 떨어지곤 하였다. 참으로 화려하고 흥겨웠던 놀이였다. 하지만 이제 맑은 눈과 하얀 이를 가진 미인 양귀비는 어디 있는가? 그 혼백은 또 어디를 떠돌고 있는가? 양귀비가 죽은 위수는 여전히 흐르고 있지만 양귀비는 죽어 사라졌으며 현종은 검각을 통해 촉 땅으로 피신해 있다. 떠나버린 양귀비와 남아 있는 현종은 서로 소식이 전해지지 않는다. 두보 역시 그 두 사람을 이제 만날 기약이 없다. 이런 서글픔에 눈물을 흘리지만 강물은 유유히 흘러가고 강가의 꽃은 끊임없이 피어난다. 무심한 강물이고 무정한 꽃이다. 이렇게 슬피 눈물을 흘리다가 어둑해져서야 성 남쪽에 있는 소릉으로 발걸음을 옮긴다. 하지만 장안성에는 안녹산의 반란군이 가득하니 이러한 어지러운 세태에 의지할 곳이 없다. 지금 장안성 북쪽 지역에 숙종이 새로 즉위했으니 아마도 우리를 구원해주지 않을까? 일말의 희망을 품어본다.

79. 왕손을 슬퍼하다

두보杜甫

장안성 꼭대기의 머리가 하얀 까마귀
한밤중에 연추문으로 날아와 그 위에서 울다가,
또 인가로 날아가서 큰 집의 지붕을 쪼아대니
지붕 아래의 높은 관리는 오랑캐를 피해 달아났다.
황금 채찍이 부러지고 아홉 마리 말이 죽었으며
육친이 기다렸다가 함께 말을 달려 도망가지 않았기에,
허리에 패옥과 푸른 산호를 차고서
가련하게도 왕손이 길모퉁이에서 울고 있다.
물어보아도 성명을 말하려 하지 않고
고달프니 그저 종으로 삼아달라고만 말하는데,
이미 백 일 동안 가시덤불에서 숨어 있었기에
몸에 성한 살갗이 하나도 없다.
고제의 자손은 모두 코가 높았고
천자의 자손은 절로 보통 사람과는 다른데,
승냥이와 이리는 성읍에 있고 용은 들판에 있으니
왕손께서는 천금의 몸을 잘 보호하셔야 한다.
네거리 큰길에서 긴 이야기는 감히 할 수 없기에
그저 왕손을 위하여 잠깐 서 있는다.
"지난밤 동풍이 피비린내를 날려 오더니
동쪽에서 온 낙타가 옛 도성에 가득한데,

북방의 건아가 훌륭한 무예를 가졌지만
예전에는 그리도 용맹하더니 지금은 어찌 그리 둔합니까?
제가 듣자니 천자께서 이미 자리를 넘기시자
성스러운 덕이 북쪽으로 남선우를 감복시켰기에,
화문에서 얼굴 가죽을 베어내며 설욕하기를 청했다니
삼가 입 밖으로 내서 다른 사람들이 살펴보게 하지 마십시오.
슬프도다, 왕손은 부디 소홀히 하지 마시길
오릉의 아름다운 기운이 사라졌던 적이 없었습니다."

哀王孫

長安城頭頭白烏, 夜飛延秋門上呼.[1]
又向人家啄大屋, 屋底達官走避胡.
金鞭斷折九馬死, 骨肉不待同馳驅.[2]
腰下寶玦青珊瑚,[3] 可憐王孫泣路隅.
問之不肯道姓名,[4] 但道困苦乞爲奴.[5]
已經百日竄荊棘,[6] 身上無有完肌膚.[7]
高帝子孫盡隆準,[8] 龍種自與常人殊.[9]
豺狼在邑龍在野, 王孫善保千金軀.
不敢長語臨交衢,[10] 且爲王孫立斯須.[11]
昨夜東風吹血腥, 東來橐駝滿舊都.[12]
朔方健兒好身手,[13] 昔何勇銳今何愚.
竊聞天子已傳位,[14] 聖德北服南單于.[15]
花門剺面請雪恥,[16] 愼勿出口他人狙.[17]

哀哉王孫愼勿疏, 五陵佳氣無時無.[18)]

[주석]

1) 延秋(연추): 당나라 때 장안 궁궐의 서쪽에 있던 문의 이름.

2) 骨肉(골육): 육친, 혈연. 馳驅(치구): 말을 빨리 내달리다.

3) 寶玦(보결): 보배로운 결옥. 결옥은 패옥의 일종으로 둥근 모양인데 한쪽이 터져 있다.

4) 道(도): 말하다.

5) 乞(걸): 구걸하다. 청하다.

6) 竄(찬): 숨다. 荊棘(형극): 가시나무.

7) 肌膚(기부): 살갗. 피부.

8) 高帝(고제): 한나라 고조 유방. 隆準(융준): 높은 코.

9) 龍種(용종): 용의 자손. 천자의 자손을 비유한다.

10) 交衢(교구): 교차하는 너른 길.

11) 斯須(사수): 잠시.

12) 橐駝(탁타): 낙타. 舊都(구도): 옛 도성. 장안을 가리킨다. 안녹산에게 함락당했기 때문에 이렇게 말한 것이다.

13) 身手(신수): 재주. 무예. 체격.

14) 竊(절): 훔치다. 윗사람에게 말할 때 상투적으로 쓰는 겸손한 표현이다. 傳位(전위): 왕위를 넘겨주다. 현종이 숙종에게 천자의 자리를 선양한 것을 말한다.

15) 服(복): 감복시키다. 南單于(남선우): '선우'는 원래 흉노족의 우두머리를 일컫는데 그중 남쪽에 있던 이들을 '남선우'라고 하

였으며 당시 회흘족을 가리킨다.

16) 花門(화문): 지금의 감숙성 장액현張掖縣 동북쪽의 지명으로 당시 회흘의 영토였다. 剺面(이면): 얼굴 가죽을 벗기다. 대체로 회흘족이 큰 슬픔이 있을 때 이런 행동을 한다고 하는데 여기서는 결의를 다지는 모습으로 보인다. 雪恥(설치): 치욕을 씻다.

17) 狙(저): 몰래 엿보다. 염탐하다.

18) 五陵(오릉): 원래는 한나라 다섯 황제의 무덤, 장릉長陵, 안릉安陵, 양릉陽陵, 무릉茂陵, 평릉平陵을 말하는데, 여기서는 당나라 다섯 황제의 무덤, 헌릉獻陵, 소릉昭陵, 건릉乾陵, 정릉定陵, 교릉橋陵을 말한다.

[해설]

이 시는 안녹산의 난으로 현종이 성도로 피신을 갔는데 미처 따라가지 못한 왕의 자손을 두보가 길에서 만났기에 당시의 상황을 개탄하며 지은 것이다. 왕이 도성을 버리고 피신한 것도 애달픈 일인데 얼마나 상황이 급박했으면 왕의 일가를 다 데리고 가지 못해 덤불 속에서 숨어 지내며 고생하고 있었다니 그 애통함이 얼마나 컸겠는가? 이러한 내용을 통해 당시의 참담한 상황을 그려내고 무기력한 황실을 비판했다.

장안성 꼭대기에 머리가 하얀 까마귀가 앉았다. 옛날 남조 양나라 때 후경侯景이 왕위를 찬탈하고는 궁궐 문인 주작문朱雀門을 새로 장식하라고 명령을 내리자 머리가 흰 까마귀 수만 마리가 모여들었다고 했다. 머리가 하얀 까마귀는 왕권이 침해받으리라는 불길한 징조이다. 이날도 하얀 까마귀가 한밤중에 궁궐의 문인 연추문延秋門에 내려앉아 울었고 또 왕족이 살고 있는 집의 지붕을 쪼아댔다. 안녹산이 장안으로 쳐들어온다는 소식이 들렸다. 이제 현종뿐만 아니라 왕족과 고위 관료들이 모두 도망가기 시작한다. 얼마나 다급했을까? 황금 채찍이 부러지고 왕족을 태우는 수레를 끄는 아홉 마리 말도 죽어버렸다. 너도나도 살아야겠다는 마음에 왕족의 일부가 미처 따라오지 못했지만 그저 도망치기에 바쁘다. 그러니 뒤처진 왕손은 어쩔 수 없이 길모퉁이에서 울고 있다.

두보가 그 왕손을 보고 이름을 물어보아도 대답하지 않고 그저 데리고 가서 종으로 삼은 뒤 머물 곳과 먹을 것을 달라고만 한다. 허리에 패옥과 청산호를 차고 있는 걸 보니 왕의 자손이 분명한데도 굶주림과 피로로 지쳐 더 이상 체면을 차릴 여유가 없다. 백 일 넘게 적을 피해 가시덤불에 숨어 지내다 보니 살갗은 가시에 긁혀 성한 곳이 하나도 없다. 옛날 한나라 고조 유방은 코가 높았다고 했고 대대로 왕족은 겉모습부터가 일반 사람하고 다른 법인데, 어찌하여 이 왕족은 이런 몰골이 되어버렸나? 승냥이와 이리같이 사나운 안녹산의 반군은 천자의 황궁을 차지하고 있고 용과 같은 황제는 들판을 떠돌고 있다. 이래서는 안 된다. 부디 천금과 같은 옥체를 잘 보존하셔야 한다. 사람들이 많이 다니는 네거리에서 왕손과 긴 이야기를 나눌 처지는 못 되지만 그 처지가 너무 처량하기에 두보가 잠깐 같이 머물러주면서 이런저런 이야기를 하며 위로의 말을 건넨다.

"지난밤 안녹산의 무리가 쳐들어오자 피비린내가 바람결에 가득 날려 오고 그들이 타고 온 낙타로 장안성이 가득해졌습니다. 북쪽을 지키던 가서한哥舒翰 장군의 삭방군은 원래 훌륭한 무예를 갖추었는데 예전에는 그리도 용맹하더니 이번에 안녹산의 무리와 맞설 때는 맥도 못 추고 패배했답니다. 최근에 듣자하니 성도에 있는 현종이 왕위를 태자에게 물려주어 영무에서 숙종이 즉위했다고 합니다. 이러한 말을 들은 북쪽의 남선우 회흘족이 천자의 성스러운 덕에 감화를 받아서 당나라를 구해주기 위해 결의를 했다고 합니다. 곧 회흘족이 와서 안녹산 무리를 물리치고 장안을 수복할 것이니 난리가 끝날 때가 머지않았습니다. 혹 누군가가 이 사실을 알면 대비를 하게 될 터이니 왕손께서는 절대 이 말을 누설하지 마십시오. 당나라 다섯 황제의 무덤에 있는 아름다운 기운은 예나 지금이나 사라진 적이 없으니 이들의 영령이 반드시 당나라를 지켜주실 것입니다. 그러니 부디 몸을 소홀히 다루지 마시고 무사하시길 바랍니다."

당시 안녹산은 미처 피난 가지 못한 왕족을 찾아내어 백여 명을 몰살했으며, 현종을 모시고 따라간 대신들의 자손들 역시 찾아내서 몰살했다. 이러한 상황에서 만난 왕손이었기에 더더욱 두보는 걱정이 많았을 것이다. 절체절명의 상황에서 비참한 몰골을 하고 있는 왕손을 만난 두보는 평소 나라를 걱정하는 마음이 누구보다도 컸기에 더욱 가슴 아팠을 것이다. 그러한 비통함이 일필휘지의 시 속에 고스란히 남겨져 있다.

권 3

오언율시五言律詩

80. 노 땅을 지나다가 공자께 제사를 지내고 탄식하다

현종玄宗

선생께서는 무엇 때문에
일생 동안 허둥지둥 사셨는가?
땅은 여전히 추 씨의 고을이지만
집은 바로 노왕의 궁이 되었구나.
봉황이 안 온다고 탄식하며 신세의 불운을 한탄하셨고
기린이 잡혔다고 상심하며 도가 다했음을 원망하셨지.
지금 두 기둥 사이의 제사 지내는 것을 보아하니
마땅히 꿈속에서 보신 것과 같으리라.

經魯祭孔子而歎之

夫子何爲者, 栖栖一代中.[1]
地猶鄹氏邑, 宅卽魯王宮.
歎鳳嗟身否,[2] 傷麟怨道窮.
今看兩楹奠,[3] 當與夢時同.

[주석]

1) 栖栖(서서): 허둥대는 모양.

2) 否(비): 막히다. 순통하지 않다. 『주역』의 괘명이기도 하다.

3) 兩楹(양영): 대칭의 두 기둥. 은나라 사람들은 사람이 죽으면 관을 두 기둥 사이에 두었다고 한다. 공자는 은나라의 후손인데 꿈속에서 두 기둥 사이에서 제사 받는 것을 보고는 죽음을 예감하였다. 奠(전): 제사를 지내다.

[해설]

이 시는 현종이 태산에서 봉선례를 올리고 돌아오던 도중 곡부曲阜에 있던 공자의 고택을 방문해서 공자에게 제사를 지내고 지은 것이다. 현종은 공자를 문선왕文宣王에 봉하고 열 명의 제자 좌상坐像을 만들어 공자의 묘에 배향했다. 그만큼 공자를 공경하였으니 그 추모의 마음이 어떠했는지 짐작할 수 있다.

공자는 무엇 때문에 일생을 이리저리 떠돌아다니며 허둥지둥 일을 하셨는가? 그렇게 열심히 주유했지만 아무런 성과도 없었으며 그런 공자의 마음을 당시 사람들이 이해하지도 못했다. 『논어 · 헌문憲問』에 보면 미생묘微生畝가 공자에게 "그대는 어찌하여 허둥지둥 다니십니까? 아마도 말재주로 사람을 현혹하기 위해서인가요?丘何爲是栖栖者歟, 無乃爲佞也"라고 했다고 한다. 그렇게 살다가 죽은 공자의 집에 현종이 지금 와서 보니 그 땅은 그대로 추 씨가 살던 마을이지만 공자의 집은 노나라 공왕恭王의 집이 되었다. 공자의 아버지가 일찍이 추읍의 대부가 되었고 공자가 이 마을에서 태어났으니 명실상부 공자의 고향이다. 하지만 그가 죽은 뒤 노나라 공왕이 자신의 집을 넓히기 위해서 공자의 집을 허물어버렸으니, 그의 생가는 이제 사라지고 없다. 살아서도 뭇사람들의 오해와 멸시 속에 살았는데 죽어서도 그 자취가 남지 않게 된 것이다.

『논어·자한子罕』에 보면 공자가 "봉황새도 오지 않고, 황하에서 그림도 나오지 않으니 나는 이제 끝났다鳳鳥不至, 河不出圖, 吾已矣夫"라고 탄식했다고 한다. 천하가 태평하게 다스려지면 나타난다는 봉황새도 오지 않고 황하에 그림을 짊어진 거북도 나타나지 않으니 이렇게 혼란한 세상에서는 더 이상 자신의 도를 실현할 수 없다고 여기며 탄식했다. 또 『사기·공자세가孔子世家』를 보면 노나라 사람이 기린을 잡아 죽이자 공자가 그것을 보고는 "나의 도가 이제 다했다吾道窮矣"라고 탄식했다고 한다. 그리고 공자가 노나라의 역사서인 『춘추』를 지으면서도 기린을 잡은 것까지만 서술했다. 성인의 도를 가지고 있으며 이를 실현하고자 했지만 성과를 거두지 못한 채 죽음을 기다렸던 것이다.

『예기禮記·단궁상檀弓上』에 보면 공자가 "내가 전날 밤에 두 기둥 사이에 앉아 제사를 받는 꿈을 꾸었다. 대저 훌륭한 왕이 일어나지 않았으니 천하에서 누가 나를 존중하겠는가? 나는 아마 곧 죽을 것이다予疇昔之夜, 夢坐奠於兩楹之間. 夫明王不興, 而天下其孰能宗予. 予殆將死也"라고 말했으며 일주일 후에 돌아가셨다고 한다. 지금 현종이 공자를 위해 제사를 지내고 있는데 아마 이 모습이 공자가 죽기 전에 꿈속에서 본 그 장면과 같을 것이다. 비록 공자는 살아서는 존중을 받지 못했지만 이제 현종이 어진 군주로서 공자를 공경하고 있으며 그를 위해 정성껏 제사를 지내고 있다. 이제야 공자는 편히 눈을 감을 수 있지 않을까?

왕이 지은 시이지만 여러 가지 문헌의 기록을 엮어서 정성껏 지었음을 알 수 있으며, 그 이면에는 공자 이후로 가장 훌륭한 왕이 자신이라는 자부심이 들어 있다.

81. 달을 바라보며 먼 곳에 있는 이를 그리워하다

장구령張九齡

바다 위로 밝은 달이 떠오르니
하늘 끝에서 이때를 함께할 터인데,
임은 긴 밤을 원망하며
밤새도록 그리움이 생기겠지.
촛불 끄고 방에 가득한 달빛을 즐기다가
옷 걸치고 나가니 이슬 젖어옴을 느끼는데,
손에 가득 떠서 드릴 수 없기에
잠자리로 돌아가 아름다운 기약을 꿈꾼다.

望月懷遠

海上生明月， 天涯共此時.
情人怨遙夜,[1] 竟夕起相思.[2]
滅燭憐光滿， 披衣覺露滋.
不堪盈手贈,[3] 還寢夢佳期.

[주석]

1) 情人(정인): 연인. 임을 가리킨다. 이와 달리 작자 자신을 가리킨다고 보는 설도 있다. 遙夜(요야): 긴 밤.

2) 竟夕(경석): 밤새도록. 起相思(기상사): 그리움을 일으키다. 그리움이 생겨난다는 말이다. 이와 달리 그리움에 잠 못 들고 일어나 있다라고 풀이하기도 한다.
3) 不堪(불감): 할 수 없다. 盈手(영수): 손에 가득 채우다.

[해설]

이 시는 장구령이 밤에 밝게 뜬 달을 보며 멀리 있는 이를 그리워하며 지은 것이다. 방탕한 생활을 하던 현종은 간신의 말을 듣고 장구령을 형주장사荊州長史로 쫓아버렸는데, 장구령이 멀리서도 궁에 있는 천자를 그리워하는 마음을 이 시에 기탁했다고 보는 설이 있다.

바다 위로 밝은 달이 떠올랐다. 지금 있는 곳에서 바다가 보일 리는 없겠지만 바다라는 공간은 육지의 맨 끝이라는 느낌을 주고 그만큼 먼 곳에 있음을 의미한다. 그리고 하늘 끝 먼 곳에 있는 임이 이 순간을 함께하고 있을 것이다. 내가 지금 저 달을 바라보고 있는 이 순간 하늘 끝에 있는 임 역시 지금 저 달을 바라보고 있을 것이다. 마치 우리가 함께 지내며 밝은 달 아래에서 사랑을 속삭였던 그때와 마찬가지로. 헤어진 뒤로 임은 홀로 지내는 밤이 길다고 원망하며 밤새도록 그리움이 일어날 것이다. 이렇게 먼 곳의 임을 그리워하며 잠시 달빛을 즐겨본다. 촛불을 끄니 온 방에 밝은 달빛이 가득 찬다. 이 분위기가 너무 사랑스럽다. 그래서 더 즐기기 위해 옷을 입고 마당으로 나가서 하늘에 뜬 달을 실컷 바라본다. 시간이 얼마나 지났을까? 이슬에 옷과 버선이 축축이 젖었다. 이렇게 아름다운 달빛을 어찌할 것인가? 한 움큼 떠다가 임에게 보내주고 싶지만 그럴 수 없다. 달빛을 포장할 수도 없고 포장한다 하더라도 멀어서 보낼 수도 없다. 어쩔 수 없이 잠자리에 들어 꿈이라도 꿔본다. 오늘 꿈에는 임을 만나서 이 달빛을 함께 즐길 수 있을 것이다.

밝은 달빛을 함께하고자 한 움큼 떠서 전해주겠다는 마음이 다정하면서도 애잔하다.

82. 두 소부가 촉주로 부임해서 가다

왕발王勃

장안의 성궐은 경기 세 지역의 보위를 받는데
바람과 안개 속에서 촉 땅의 다섯 나루터를 바라본다.
헤어지는 마음을 그대와 함께하니
벼슬 따라 떠도는 신세는 둘 다 똑같구나.
이 세상 안에 자신을 알아주는 이가 있으면
하늘 끝에 있더라도 이웃과 같은 것이니,
하지 말게나, 갈림길에서
아녀자와 함께 수건 적시는 일 따위는.

杜少府之任蜀州

城闕輔三秦,[1] 風煙望五津.[2]
與君離別意, 同是宦遊人.[3]
海內存知己, 天涯若比隣.[4]
無爲在岐路, 兒女共霑巾.[5]

[주석]

1) 城闕(성궐): 여기서는 장안성과 궁궐을 가리킨다. 三秦(삼진): 장안을 둘러싼 관중關中 지역을 가리킨다. 초나라의 항우項羽가

진秦나라를 멸망시킨 뒤 관중 지역을 셋으로 나누고 각각 옹왕雍王, 적왕翟王, 새왕塞王을 봉하였는데, 이를 삼진이라고 불렀다.

2) 五津(오진): 촉 땅의 민강岷江에 있는 다섯 나루터로 백화진白華津, 만리진萬里津, 강수진江首津, 섭두진涉頭津, 강남진江南津을 말한다.

3) 宦遊人(환유인): 지방을 다니며 관직 생활을 하는 사람.

4) 比隣(비린): 이웃.

5) 兒女(아녀): 아녀자. 또는 젊은 남녀.

[해설]

이 시는 왕발이 장안에서 촉주蜀州로 부임해 가는 두杜 씨를 송별하며 지은 것이다. 촉주는 지금의 사천성에 있는 지명이며, 소부는 현위縣尉의 별칭이다. 현위는 현의 책임자인 현령의 속관이다. 두 씨가 누구인지는 자세히 알려져 있지 않으나 왕발과 친하게 지냈던 것으로 보인다.

장안의 성과 궐문은 인근 지역의 보위를 받는 중요한 곳이다. 천자가 있는 곳이기도 하고 궁궐에서 관직을 하고 있다는 것은 크나큰 영광이다. 이런 곳을 떠나 멀리 촉 지방으로 친구가 떠나가게 되었다. 멀리 촉 지방에 있는 다섯 나루터를 향해 바라보지만 바람과 안개 때문에 잘 보이질 않는다. 아마도 갈 길이 순탄하지는 않을 듯싶다. 그리고 그곳에서의 생활도 순탄하지 않을 것 같다. 헤어진 뒤 그리워하며 그쪽을 바라보아도 잘 보이질 않을 터이니 그리움이 더해질 것이다. 이렇게 헤어짐을 슬펴하는 마음을 같이 나누다 보니 우리 신세가 더 초라해 보인다. 우리는 천자의 명령에 따라 이리저리 옮겨가며 관직 생활을 해야 하는 사람이다. 둘 다 조정에서 근무하면 더할 나위 없겠지만 인간사가 어찌 다 뜻대로만 되겠는가? 그렇게 각자 지역을 전전하다 보면 간혹 스쳐 지나가며 만날 수는 있을 것이다. 이것은 운명이니 어찌하겠는가? 하지만 이렇게 넓은 세상에 자신을 알아주는 '지기'가 한 명이라도 있다면 아무리 멀리 떨어져 있더라도 우리는 이웃으로 사는 것과 같을 것이다. 촉주로 가는 것이 마치 옆집으로 가는 것과 마찬가지인데 슬퍼할 일이 무어 있겠는가? 우리가 아무리 멀리 떨어져 있어도 그대 마음을 내가 알고 내 마음을 그대가 알고 있으니, 우리는 항상 같이 있는 것과 다름없다. 내가 항상 그대를 걱정하고 격려할 것이다. 그러니 옆에 있는 아녀자들과 함께 눈물 흘리지 말고 당당하게 떠나가시게.

말은 이렇게 당차게 하고 있지만 그래도 헤어짐이 슬픈 것은 어쩔 수 없을 것이다. 그리고 이번의 헤어짐 이후에 다시는 만날 기약이 없기에 더더욱 애잔하다. 그래도 이 세상에 자신을 알아주는 친구가 한 명이라도 있다는 것은 소중하고 감사한 일이다.

83. 감옥에서 매미를 읊다 및 서문

낙빈왕駱賓王

내가 갇힌 감옥의 담장 서쪽은 법을 담당하는 청사인데 그곳에 오래된 홰나무가 몇 그루 있다. 비록 그 살려는 뜻을 알만하니 은중문의 고목과 같지만, 송사의 처리가 이곳에서 행해지니 바로 주나라 소백의 팥배나무와 같은 셈이리라. 매번 석양이 비쳐 그림자를 낮게 드리우면 가을 매미가 끊어졌다 이어졌다 우는 소리가 나직이 탄식하는데 일찍이 들었던 것보다 애절하다. 아마도 사람의 마음이 예전과 달라졌기에 벌레 소리도 예전에 들을 때보다 슬픈 것이리라. 아아, 그 소리는 얼굴을 감동시키고 그 덕은 현인을 닮았으니 그 몸을 깨끗이 하여 군자와 현달한 이의 고아한 행실을 받들고, 그 껍질을 벗어 신선 세계에서 신선이 되는 신령한 자태를 갖추었다. 때를 기다렸다가 나타나니 음양의 이치에 응해서이고 절기에 맞춰 변태하니 물러서고 나아갈 기미를 살펴서이다. 눈이 있어서 뜨고 있으니 세상의 도가 혼미하다고 해서 그 보는 바를 어둡게 하지 않고, 날개가 있어 절로 얇으니 세속이 두꺼운 것을 좋아한다고 해서 그 참됨을 바꾸지 않는다. 높은 나무의 산들바람 속에서 노래를 하니 그 운치는 하늘이 내린 자질을 마음대로 하고 맑은 가을에 떨어지는 이슬을 마시니 그 맑음은 다른 사람이 알까 두려워할 정도이다. 나는 길을 잃어서 힘들어하고 근심하였기에 좋은 시절을 만났지만 포승줄에

묶이게 되었다. 슬퍼하며 아파하지는 않았지만 스스로를 원망했으니 흔들려 떨어지기도 전에 먼저 시들어버린 꼴이다. 매미가 우는 소리를 듣고는 억울함을 바로잡아달라는 상소문을 이미 상주한 사실을 깨달았지만 사마귀가 매미를 잡으려고 그 그림자를 안고 있는 모습을 보니 위태로운 기미가 아직 안 전해지지 않았음을 두려워한다. 이에 느끼는 바가 있어서 시를 지어 날 알아주는 친구에게 준다. 부디 정이 사물로 인해 감응하여 약한 날개가 부서져 흩어지는 것을 슬퍼하고, 도가 사람에 기탁해 알려져서 남은 소리가 적막해졌음을 가여워해 주기를 바란다. 이건 정식으로 쓴 문장이라고 할 수는 없으며 이로써 깊은 근심을 대신할 따름이다.

서방 별자리가 뜬 가을에 매미가 노래하고
남방에서 관을 쓴 죄인은 나그네 심사가 깊다.
검은 털의 그 모습을 견딜 수 없나니
흰 머리칼로 읊조리는 나를 찾아와 마주해서이지.
이슬이 무거우니 날아도 나아가기 힘들고
바람이 심하니 소리를 내도 쉽사리 사라진다.
고결함을 믿는 이가 아무도 없으니
누구에게 내 마음을 보여줄까?

在獄詠蟬幷序

余禁所禁垣西,[1] 是法廳事也,[2] 有古槐數株焉. 雖生意可知,同殷仲文之古樹,[3] 而聽訟斯在,[4] 卽周召伯之甘棠.[5] 每至夕照低陰, 秋蟬疏引,[6] 發聲幽息,[7] 有切嘗聞. 豈人心異于曩時,[8] 將蟲響悲于前聽. 嗟乎, 聲以動容, 德以象賢. 故潔其身也, 稟君子達人之高行, 蛻其皮也, 有仙都羽化之靈姿.[9] 候時而來, 順陰陽之數, 應節爲變, 審藏用之機.[10] 有目斯開,[11] 不以道昏而昧其視, 有翼自薄, 不以俗厚而易其眞. 吟喬樹之微風, 韻姿天縱,[12] 飮高秋之墜露, 淸畏人知.[13] 僕失路艱虞, 遭時徽纆.[14] 不哀傷而自怨, 未搖落而先衰. 聞蟪蛄之流聲,[15] 悟平反之已奏,[16] 見螳螂之抱影,[17] 怯危機之未安. 感而綴詩, 貽諸知己.[18] 庶情沿物應,[19] 哀弱羽之飄零,[20] 道寄人知,[21] 憫餘聲之寂寞. 非謂文墨,[22] 取代幽憂云爾.

西陸蟬聲唱,[23] 南冠客思深.[24]
不堪玄鬢影,[25] 來對白頭吟.[26]
露重飛難進, 風多響易沈.
無人信高潔, 誰爲表予心.

[주석]

1) 禁所(금소): 감옥. 禁垣(금원): 감옥의 담장.

2) 法廳事(법청사): 법을 관장하는 관사.

3) 殷仲文(은중문): 동진東晉 때 사람으로 대사마大司馬 환온桓溫의 관청에 갔다가 홰나무 한 그루를 보고는 "이 나무는 무성하기는 하나 다시 살려는 기운이 없다"라고 탄식했다.

4) 聽訟(청송): 송사를 듣다. 송사를 처리하다.

5) 甘棠(감당): 팥배나무. 주나라 소백召伯의 이야기는 『시경·소남召南· 감당甘棠』에 나온다.

6) 疏引(소인): 끊어졌다 이어졌다 하다.

7) 幽息(유식): 나직이 탄식하다.

8) 曩時(낭시): 예전.

9) 仙都(선도): 신선이 사는 도성. 羽化(우화): 사람이 날아가서 신선이 되는 것을 말한다. 원래는 곤충이 변태하여 성충이 되는 것을 말한다.

10) 藏用(장용): 몸을 숨겨 은거하는 것과 나아가 임용되는 것.

11) 斯開(사개): 뜨다.

12) 姿(자): 마음대로 하다. '자恣'와 통한다. 天縱(천종): 하늘이 내린 자질.

13) 淸畏人知(청외인지): 청렴함을 남이 알까 두려워하다. 진晉나라 때 호질胡質과 그의 아들 호위胡威는 청렴함으로 유명하였다. 진 무제가 호위에게 두 사람 중 누가 더 청렴한가 물어보니 호위가 대답하기를, "제가 더 못합니다. 아버지는 청렴함을 남이 알까 두려워하고 저는 청렴을 남이 알아주지 않을까 두려워합니다"라고 하였다.

14) 遭時(조시): 태평성세를 만나다. 徽纆(휘묵): 포승줄. 여기서는 감옥에 갇힌 것을 말한다.

15) 蟪蛄(혜고): 매미. 流聲(유성): 울려 퍼지는 소리.

16) 平反(평반): 억울한 사건을 다시 바로잡다.

17) 螳螂(당랑): 사마귀. 抱影(포영): 그림자를 안고 있다. 매미를

잡으려고 노리고 있는 모습이다.

18) 貽(이): 주다.

19) 情沿物應(정연물응): 감정이 사물에 따라서 응한다. 매미를 따라서 낙빈왕의 감정이 응한다는 말이다. 이와 달리 낙빈왕의 감정이 이 시를 통해 응한다고 풀이하기도 한다.

20) 飄零(표령): 시들다.

21) 道寄人知(도기인지): 이치가 사람에 기탁하여 알려지다. 매미의 이치가 낙빈왕에 의해 알려진다는 말이다. 또는 낙빈왕이 말하는 이러한 도리가 친구들을 통해 알려진다는 뜻으로 풀이할 수도 있다.

22) 文墨(문묵): 문장.

23) 西陸(서륙): 별자리 28수 중에서 태양이 운행하는 서쪽 지역에 있는 일곱 별자리를 가리킨다. 서쪽은 오행에서 가을을 의미하므로 '서륙'은 가을을 뜻한다.

24) 南冠(남관): 춘추시대 때 진후晉侯가 감옥 안에 남쪽 지방의 관을 쓰고 있는 종의鍾儀를 보고는 누구냐고 묻자 담당자가 대답하기를, "정나라 사람이 바친 초나라 죄수입니다"라고 하였다. 이로부터 '남관'은 죄수를 뜻하게 되었다.

25) 玄鬢影(현빈영): 검은 구레나룻을 한 모습. 여기서는 시커멓게 생긴 매미를 가리킨다.

26) 白頭吟(백두음): 흰 머리칼에 관한 읊조림. 여기서는 낙빈왕이 시를 읊조리는 것을 가리킨다.

[해설]

이 시는 낙빈왕이 감옥에 갇혀 있으면서 매미 소리를 들었는데, 이에 자신의 심경을 매미의 처지에 빗대어 표현한 것이다. 낙빈왕은 시어사侍御史가 되어 누차 무측천에게 간언을 올렸는데 뇌물을 받았다는 무고를 당하고는 일 년 동안 옥살이를 하였다. 이 시는 당시에 지은 것으로 보인다.

서문에 이 시를 짓게 된 연유를 설명했다. 감옥 옆에 오래된 홰나무가 있는데 곧 죽을 것처럼 쇠락해 있다. 하지만 이곳이 송사를 처리하는 곳이니 이 홰나무 역시 송사를 많이 들었을 것이다. 옛날 주나라 소백召伯은 농번기가 되면 백성들의 편의를 봐주기 위해 들판에 있는 팥배나무 아래로 가서 송사를 처리했으며, 소백이 떠나가고 난 뒤 백성들이 그 덕행을 기리기 위해 팥배나무를 함부로 자르지 말라는 내용의 노래를 불렀다. 아마도 이 홰나무 역시 공정함과 어짊을 지닌 판사들의 판결을 많이 들었을 터이다. 그러니 나도 이제 내 결백함을 입증받고 풀려날 수 있지 않을까 생각해본다. 하지만 홰나무는 더 이상 살 의지가 없어 보이니 꼭 그렇지만도 않을 듯싶다.

저녁이 되면 이 홰나무에 매미가 와서 운다. 그 소리가 끊어졌다 이어졌다 하면서 들리는데 마치 탄식하는 것 같으니 예전의 매미 소리보다 더 구슬프다. 이 소리를 듣는 내 신세가 서글퍼서 그런 것은 아닐까? 그러니 지금 내가 보고 듣는 저 매미는 마치 내 마음을 투영하고 있는 것이리라. 울음소리는 다른 이를 감동시키고 덕스러움은 현인을 닮았다. 그러니 몸을 깨끗이 해서 군자의 고아한 행실을 받들고 굼벵이가 껍질을 벗어 매미가 되었으니 마치 인간의 껍질을 벗고 날아간 신선의 모습과도 같다. 여름에 때맞춰 나타나는 것을 보니 음양의 이치를 잘 따르는 것이 틀림없고, 절기에 맞춰서 허물을 벗으니 이는 나아가야 할 때와 물러나야 할 때를 잘 알고 하는 행동이 틀림없다. 눈을 크게 뜨고 있는 것은 세상의 혼미한 모습을 그대로 보고자 하는 것이고, 날개가 얇고 아름다운 것은 세속의 시류와 관계없이 참된 것을 추구하기 때문이다. 높은 나무에서 맑게 읊조리는 것은 하늘이 내린 자질을 있는 대로 사용하는 것이고 맑은 이슬을 먹는 것은 청렴하여서 마치 다른 사람이 알까 봐 두려워할 정도이다. 이렇게 매미의 모습에 대해 칭송하였는데, 이는 모두 청렴함과 올바름으로 자연의 이치에 따라 행동하고자 하는 낙빈왕 자신에 대한 언급이다.

그런데 지금 어떤 꼴이 되었는가? 좋은 때를 만났지만 길을 잃어서 힘들어하다가 결국 감옥에 갇히지 않았는가? 재능을 제대로 펴보지도 못하고 시들어버린 셈이다. 억울함을 바로잡아달라는 상소를 올리기는 하였지만 아직도 위태로움이 제거되지는 않았다. 언제 죽을지 모르는 상황이다. 이제 이런 심정을 읊어서 친구들에게 보여준다. 그러면 매미라는 사물을 통해 내 심정이 전해질 것이고 매미가 가진 덕목, 즉 내가 여태 견지해온 여러 도리가 사람들을 통해 알려질 것이니, 이 시와 서문을 통해 내 마음이 전해질 것이다. 내가 지금 지은 이 문장은 멋지게 쓰려고 한 정식 문장이 아니라, 그저 내 마음을 전달하고자 하는 것일 뿐이다.

이렇게 이 시를 짓는 마음을 매미에 대한 언급과 엇섞어가며 설명하고 있다. 원문을 보면 이 글은 두 구씩 짝을 지어 대구對句를 맞추었는데 형식상 상당히 공을 들인 문장이다. 그러니 한 편의 아름다운 문장이라고 할 수 있는데도 낙빈왕은 그것보다는 자신의 마음을 알아달라고 하였다.

시 역시 서문의 내용과 형식을 그대로 반복하고 있다. 가을에 매미가 우는데 옥에 갇힌 자신의 근심이 깊다. 매미의 모습을 그대로 보고 있지 못하는 것은 그 신세가 나와 비슷해서이다. 이슬로 먹고사는데 그것 때문에 날아가지 못하고 바람이 심하니 자신의 노래가 멀리 퍼지지 않는다. 이런 청렴함을 아무도 알아주지 않으니 내 마음을 어떻게 보여줄 수 있을까? 매미의 모습과 시인의 모습이 엇섞여 들어가면서 혼연일체를 이루고 있다. 매미가 시인이고 시인이 매미이다. 시에서는 수련, 함련, 경련이 모두 대구를 형성하고 있으니 형식적인 면에서도 상당히 공을 들였다. 이러한 자신의 절절하고 고아한 마음을 세련된 문학미로 승화시켰으니 청렴함뿐만 아니라 문학적 재능까지 가지고 있음을 효과적으로 드러내고 있다. 이렇게 뛰어난 인재를 어찌 감옥에 가둬두겠는가? 이후 낙빈왕은 풀려났지만 결국 지금의 절강성인 임해臨海의 현승縣丞으로 폄적되었으니 가을 매미처럼 결국 모진 추위에 사라져버린 셈이다.

84. 진릉현승 육 씨가 지은「이른 봄 노닐며 바라보다」 시에 화답하다

두심언杜審言

지방 관직을 떠도는 사람만이
만물이 새로워짐에 유독 놀란다.
구름과 노을이 바다에서 나오니 동이 트고
매화와 버들이 강을 건너오니 봄이 되었는데,
깨끗한 기운이 누런 새를 재촉하고
맑은 빛이 푸른 마름에 굴러다닌다.
홀연 옛 노래 곡조를 듣노라니
고향 그리움에 눈물이 수건을 적시려 한다.

和晉陵陸丞早春遊望

獨有宦遊人,[1] 偏驚物候新.[2]
雲霞出海曙, 梅柳渡江春.
淑氣催黃鳥, 晴光轉綠蘋.
忽聞歌古調, 歸思欲霑巾.

[주석]

1) 宦遊人(환유인): 관직을 따라 지방을 전전하는 관원.

2) 物候(물후): 동식물이 계절의 변화에 따라 변하는 징후.

[해설]

이 시는 진릉晉陵의 현승縣丞인 육陸 씨가 이른 봄 교외를 노닐면서 이리저리 바라본 느낌을 쓴 시를 두심언이 받아 보고는 그 시에 화답하면서 자신의 감회를 적은 것이다. 육 씨는 육원방陸元方이라는 설이 있으나 확실치는 않다. 진릉은 지금의 강소성 무진현武進縣이며 현승은 현의 세금 등을 관리하는 관직이다. 두심언이 강음江陰에서 현위縣尉와 현승을 한 적이 있는데, 혹시 이즈음에 같이 교유하며 이 시를 지었을 수 있다.

고향을 떠나 지방을 떠돌며 관직 생활을 하는 사람만이 유독 계절이 바뀌며 만물이 새로워지는 것에 대해 놀란다고 했다. 놀란다는 말은 의아스럽고 마음에 들지 않는다는 뜻이 담겨 있다. 춥고 힘들던 겨울이 지나가고 만물이 생동하는 봄이 되면 응당 즐거워해야 할 터인데 왜 놀란다고 할까? 이에 대한 설명은 하지 않고 봄날 경물에 관해 표현했다. 아침이 되니 바다에 구름과 노을이 피어오르고 장강 남쪽에서부터 매화와 버들이 꽃과 새순을 내기 시작하여 어느덧 강북에도 매화꽃이 피고 버들가지에 황금빛 물이 올랐다. 깨끗한 기운 속에 누런 꾀꼬리가 울기 시작하고 맑은 빛이 마름의 잎 위에서 반짝인다. 이러한 경물 묘사는 아마도 육 씨가 보내온 시에 적혀 있었을 것이고, 또 두심언이 당시 직접 본 경물일 것이다. 하지만 이렇게 아름다운 모습을 두심언은 즐기질 못한다. 이 시를 읽어보지만 춘흥이 전혀 일어나지 않는다. 도리어 눈물을 흘릴 뿐이다. 이유는 바로 하나. 자신들이 지방을 떠도는 관원이기 때문이다. 고향을 떠나 왔기 때문이다. 가족과 떨어져 있기 때문이다. 이런 봄을 같이 즐길 가족이 없기 때문이다. 봄이 누구에게나 다 좋은 것은 아니다. 오히려 봄을 같이 즐길 이가 없으면 그 봄이 찬란할수록 원망과 시름은 더 깊어진다.

85. 되는대로 읊은 시

심전기沈佺期

듣자 하니 황룡의 수자리에서는
여러 해 동안 무장을 해제하지 않았다지.
가련하게도 규방 안에 비치는 달이
오래도록 한나라 군영에 있구나.
젊은 아낙이 올봄에 품은 뜻은
낭군이 어젯밤에 가진 정이로다.
누가 깃발과 북을 가지고서
단번에 용성을 얻을 수 있을까?

雜詩

聞道黃龍戍,[1] 頻年不解兵.
可憐閨裏月, 長在漢家營.[2]
少婦今春意, 良人昨夜情.
誰能將旗鼓, 一爲取龍城.[3]

[주석]

1) 聞道(문도): 소문을 듣다.

2) 漢家營(한가영): 한나라의 군영. 여기서는 당나라의 군영을 가

리킨다.

3) 龍城(용성): 한나라 때 흉노의 지명. 대체로 변방 지역을 가리킨다.

[해설]

이 시는 심전기가 어떤 일에 대해 격식이나 표현에 구애받지 않고 지은 것으로 특별히 별도의 제목을 붙이지는 않았다. 따라서 작시의 배경이나 의도를 짐작할 수 없는데, 대체로 변방의 전쟁으로 부부가 오랫동안 떨어져 지내는 안타까움을 노래했으며 이를 통해 전쟁의 폐해를 풍자한 것으로 보인다.

지금의 요동성에 있는 황룡黃龍에서는 아직도 변방 이민족의 침략을 막기 위해서 병사들이 그곳을 지키고 있다고 한다. 젊은 아낙의 남편도 그곳으로 떠난 지 오래되었지만 아직 돌아오지 못하고 있다. 오늘 밤 달이 밝게 떴다. 여인이 있는 방을 비추는 달이 남편이 있는 황룡성에도 비칠 것이다. 두 사람은 이렇게 밝은 달을 바라보며 서로를 그리워할 것이다. 봄이 왔건만 여인은 아름다운 시절을 낭군과 보낼 수 없어 아쉬워하고, 달이 떴지만 남편은 아내를 그리워하기만 할 뿐 돌아갈 수가 없다. 두 사람의 마음은 달을 통해 연결되어 그리움은 더욱 사무쳐갈 뿐이다. 이 전쟁이 끝나면 고향으로 돌아가 행복하게 살 수 있을 터인데, 전쟁은 도대체 언제 끝날 것이며 누가 끝낼 수 있을 것인가? 이러한 백성들의 고통을 조정의 황제나 전쟁터의 장군들은 알고나 있을까? 답답하기만 하다.

86. 대유령 북쪽의 역참에 쓰다

송지문宋之問

시월에 남쪽으로 날아가는 기러기도
여기까지 와서는 되돌아간다고 하는데,
내가 가는 길은 도무지 끝나지를 않으니
언제나 다시 돌아가려나?
강물은 고요하니 조수가 막 낮아져서이고
숲은 어둑하니 장기가 걷히지 않아서이지.
내일 아침 고향 땅을 바라보는 그곳에는
틀림없이 산마루의 매화가 보이리라.

題大庾嶺北驛

陽月南飛雁,[1] 傳聞至此回.
我行殊未已, 何日復歸來.
江靜潮初落, 林昏瘴不開,
明朝望鄕處, 應見隴頭梅.

[주석]

1) 陽月(양월): 음력 10월의 별칭이다.

[해설]

이 시는 송지문이 대유령大庾嶺을 넘어가기 바로 전, 북쪽의 역참에서 자신의 감회를 적은 것이다. 대유령은 지금의 강서성과 광동성 사이에 있는 높은 고개로 이곳을 넘어가면 영남이며 기후가 열대성으로 변하게 된다. 예로부터 중국 사람들은 영남에는 더위로 인한 장기가 많아서 사람이 살기 힘들다고 하였다. 송지문은 일생 동안 여러 곳으로 폄적되었는데 이 시는 죽기 얼마 전에 흠주欽州로 가면서 지은 것으로 보인다.

기러기가 가을이 되면 따뜻한 남쪽으로 내려가는데, 10월이 되면 이곳 대유령에 도착하여 겨울을 보내고 다시 돌아간다고 한다. 그만큼 이곳은 이미 남쪽이고 새들도 더 이상 내려가지 않는 땅끝이다. 그런데 내가 이번에 가는 길은 그것보다 더 남쪽으로 가야 한다. 얼마나 더 가야 내가 갈 길이 끝이 날 것이며, 또 얼마나 더 있어야 내가 돌아갈 수 있을까? 저 기러기는 그래도 내년이면 북쪽으로 돌아가겠지만 나는 그럴 기약도 없다. 주위로 눈을 돌려보니 북쪽 고향의 경물과는 완연히 다르다. 강물은 조수가 낮아져서 흘러가도 소리가 나지 않는다. 숲은 열대의 장기로 어둑하고 축축해 보인다. 너무나 낯설고 무섭다. 내일 아침에는 이제 저 높은 대유령을 넘어가야 할 것이다. 그곳 정상을 넘어가면 이제 더 이상 고향을 볼 수 없을 것 같다. 이미 멀리 떠나와 고향이 보이질 않지만 이 높은 산맥을 넘어가면 이젠 전혀 희망이 없다. 그러니 마지막으로 고개를 돌려 고향을 바라볼 것이다. 그런데 그곳에는 10월인데도 매화가 피어 있을 것이다. 정말 기이한 곳이다. 사계절의 운행이 어지럽혀진 그런 곳에서 내가 온전히 살아갈 수 있을까? 두렵기만 하다. 그렇지만 이런 상황에서 매화를 볼 수 있다는 건 어찌 보면 좋은 징조일 수도 있을 것이다. 매화는 만물이 생동하는 봄을 처음으로 알려주는 것이니. 그리고 이 매화꽃을 꺾어 고향 식구들에게 전해주면 아마 그들도 희망을 가지고 날 기다려줄 것이다.

87. 북고산 아래에서 묵다

왕만王灣

나그네의 길은 푸른 산 아래에 있고
길 떠나는 배는 푸른 물 앞에 있는데,
물결은 평평하고 양쪽 강둑은 드넓으며
바람은 순조롭고 하나의 돛이 걸렸다.
바다의 태양이 스러지는 밤에 떠오르고
강의 봄은 지는 한 해 속으로 들어온다.
고향으로 보낸 편지는 어디쯤 도착했을까?
돌아가는 기러기가 낙양 부근에 있겠지.

次北固山下

客路靑山下, 行舟綠水前.
潮平兩岸闊, 風正一帆懸.
海日生殘夜, 江春入舊年.
鄕書何處達, 歸雁洛陽邊.

[해설]

이 시는 왕만이 지금의 강소성 진강시鎭江市에 있는 북고산北固山에 머물면서 감회를 적은 것이다. 왕만은 낙양 사람인데 강남 지역을 유람하다가 새봄이 올 적에 문득 고향을 그리워하는 마음이 들어 이 시를 지은 것으로 보인다.

나그네가 가는 길은 북고산 아래에 있다. 이 길을 따라왔다가 오늘은 여기서 묵게 되었다. 푸른 장강에는 배가 한 척 떠 있다. 내일은 이 배를 타고 떠나가야 한다. 강물에는 물이 많아져서 드넓게 보이고 강둑 너머 평야는 광활하다. 이렇게 넓은 세상에 외로운 배 한 척 떠 있다. 하지만 순풍이 불어 그나마 다행이다. 이 바람을 타고 또 더 멀리 가야 할 것이다. 바다의 태양은 아직 다하지 않은 밤중에 떠오르고 봄은 한 해가 다 가지도 않았는데 이미 장강에 와 있다. 자연의 순리에 어긋나는 듯이 보이는 시간의 압박이 느껴진다. 밤이 다 끝나지도 않았는데 약속한 저 태양은 어느덧 떠오르고, 아직 한 해가 다 가지 않은 겨울인데 이곳 강남 지역은 이미 봄이 되었다. 낮이 되고 봄이 되었으니 또 멀리 떠나가야 한다. 고향을 떠나 이미 먼 곳을 왔는데 이제 더 먼 곳으로 가야 한다. 고향으로 보내는 내 편지는 지금 어디쯤 가고 있을까? 내 편지를 받아 보았을까? 그런데 답장이 왜 이리도 없는 걸까? 봄이 되어 북쪽으로 돌아가는 저 기러기가 아마도 고향인 낙양을 지나갈 터이다. 예전에 기러기가 편지를 전해준다고 하던데 저 기러기가 반드시 내 편지를 잘 전해줄 것이다. 잘 부탁한다. 저 기러기는 그래도 일 년에 한 번은 꼬박꼬박 고향으로 돌아가지만 난 그러지 못하니 기러기만도 못한 신세이다. 객지에 오래 있다 보니 봄이 되면 더욱 고향 생각이 난다.

88. 파산사 뒤쪽의 선방에 쓰다

상건常建

맑은 새벽에 오래된 절로 들어가니
막 떠오른 해가 높은 숲을 비추는데,
대숲의 길은 그윽한 곳으로 통하고
참선하는 방에는 꽃 핀 나무가 무성하다.
산빛은 새의 마음을 기쁘게 하고
연못의 그림자는 사람의 마음을 비게 하는데,
세상의 온갖 소리가 이곳에서 모두 조용해지고
오직 종소리와 경쇠 소리만 남아 있다.

題破山寺後禪院

淸晨入古寺, 初日照高林.
竹徑通幽處, 禪房花木深.
山光悅鳥性, 潭影空人心.
萬籟此俱寂,[1] 惟餘鐘磬音.

[주석]

1) 萬籟(만뢰): 각종 소리. '뢰'는 각종 구멍에 바람이 불어 울리는 소리이다. 여기서는 만물이 내는 소리를 말한다.

[해설]

이 시는 상건이 지금의 강소성 상숙시常熟市 우산虞山에 있던 파산사破山寺 뒤쪽의 참선하는 장소에 관해 지은 것이다. 사심을 비우고 공空의 경지에 저절로 들게 하는 주변의 경관을 담박하게 묘사하였다.

이른 새벽 산사로 들어가니 이제 갓 떠오른 태양이 숲에 비친다. 상쾌한 공기가 절로 사람의 정신을 깨우친다. 대나무 숲 속으로 난 길을 따라 들어가면 한갓지고 그윽한 분위기의 선방이 있는데 그 주위에는 꽃을 피운 나무가 무성하다. 산의 색은 새의 마음을 즐겁게 하니 새가 아름답게 지저귀고 연못에 만물이 맑게 비친 모습을 보노라니 세속의 잡념이 다 없어진다. 세상의 온갖 소리가 사라져 적막만이 존재하는 이곳에 그저 종소리와 경쇠 소리만 울린다. 그 울림은 내 마음속을 울리고 내 번뇌를 사라지게 만든다.

정녕 이곳의 분위기가 참선을 통해 불도를 깨치게 하는 것인지 아니면 원래 불도를 깨쳤기에 이런 표현을 할 수 있고 이런 느낌을 가질 수 있는 경지에 이른 것인지 알 수 없다. 하지만 이 시를 읽노라면 그곳에 가서 적막하고 고즈넉한 분위기를 느끼고 싶어진다.

89. 문하성의 좌습유 두보에게 부치다

잠삼岑參

나란한 발걸음으로 붉은 계단에서 종종걸음 치는데
부서가 나뉘어 배롱나무가 있는 중서성에 있다.
새벽에는 천자의 의장을 따라 들어가고
저녁에는 궁중의 향기를 이끌고 돌아가는데,
흰머리에 떨어지는 꽃을 슬퍼하고
푸른 구름에 나는 새를 부러워한다.
성스러운 조정에 잘못된 일이 없기에
간언하는 글이 드물어졌음을 절로 느낀다.

寄左省杜拾遺[1)]

聯步趨丹陛,[2)] 分曹限紫微.[3)]
曉隨天仗入, 暮惹御香歸.
白髮悲花落, 青雲羨鳥飛.
聖朝無闕事, 自覺諫書稀.

[주석]

1) 左省(좌성): 당나라 조정에서 문하성이 왼쪽에 있었기에 좌성이라고 불렀다. 拾遺(습유): 당시 두보는 좌습유左拾遺였는데 종팔

품상從八品上이었다. 참고로 잠삼의 관직인 우보궐右補闕은 종칠품상이었다.

2) 聯步(연보): 발걸음을 나란히 하다.

3) 分曹(분조): 부서를 나누다. 紫微(자미): 원래는 '자미紫薇'와 통해 배롱나무를 의미한다. 당나라 때 중서성에 배롱나무를 많이 심었기에 중서성을 자미성이라고 불렀다.

[해설]

이 시는 중서성의 우보궐로 있던 잠삼이 문하성의 좌습유로 있던 두보에게 부친 것이다. 두 사람은 평소에 친분이 깊었는데 같이 궁궐에서 근무하게 되었고 그 감회를 적어 보냈다.

발걸음을 나란히 하면서 그대와 나는 붉은 계단이 있는 궁중에서 종종걸음을 치며 황제를 보필하고 있다. 종종걸음을 친다는 것은 거만하게 걷는 것도 아니고 경박하게 뛰는 것도 아니어서 공손함을 표현하는 것이다. 그렇지만 그대는 문하성에 있고 나는 중서성에 있으니 근무 중에는 같이 지내는 시간이 그다지 많지는 않다. 아침에는 천자를 따라 조회장에 들어가고 저녁에는 궁궐에서 퇴근하는데, 궁중의 관원이기는 하지만 매일같이 반복되는 일과에 이제 지치기도 한다. 만일 그대와 함께 근무한다면 이런 지겨움이 덜할 터인데. 그러니 나이는 들어서 흰머리가 되었기에 떨어지는 꽃잎에 슬퍼하고 푸른 하늘을 자유롭게 날아가는 새를 보면 부러울 뿐이다. 나는 언제 이런 생활을 그만두고 전원에서 자유롭게 살 수 있을까? 그리고 그런 생활을 그대와 같이할 수 있을까? 지금 세상은 어떠한가? 다들 일을 잘

해서 잘못된 일도 없으니 태평성세라서 간언하는 글도 없지 않은가? 이제는 우리가 떠나가도 되는 때이리라.

이렇게만 보면 현재의 조정이 일을 잘해서 태평성세를 이루었으니 같이 은거하자는 말이 되고, 천자와 조정의 신하들을 칭송하는 것이 된다. 하지만 당시 두보는 방관房琯을 구제하자는 상소를 올렸다가 숙종의 미움을 사게 되었고 곧 쫓겨날 처지이다. 그런데 아무도 두보를 옹호하고 변호해주는 간언을 하지 않는다. 잠삼이 있던 관직도 그다지 높은 것이 아니고 지위도 안정적이지 않았다. 태평성세라서 간언이 없는 것이 아니라 다들 영합하였기 때문이고, 태평성세라서 이제 관직을 그만두고 싶은 것이 아니라 힘들고 앞길이 보이지 않기 때문이다. 이런 생각을 같이하고 있기에 두 사람은 같이 그만두고 은일하고 싶은 마음이 더욱 간절하였을 것이다.

90. 맹호연께 드리다

이백李白

저는 맹 선생님을 사랑하는데
그 풍류가 세상에 다 알려져 있습니다.
붉은 얼굴의 젊은 시절에는 벼슬을 버리시고
흰머리가 되도록 소나무와 구름 아래 누워서,
달빛에 취하여 자주 성인에 빠지시고
꽃에 미혹되어 임금을 섬기지 않습니다.
높은 산을 어찌 올려다볼 수 있겠습니까?
그저 이렇게 맑은 향기에 인사할 따름입니다.

贈孟浩然

吾愛孟夫子, 風流天下聞.
紅顔棄軒冕,[1] 白首臥松雲.
醉月頻中聖,[2] 迷花不事君.
高山安可仰, 徒此揖淸芬.[3]

[주석]

1) 紅顔(홍안): 붉은 얼굴. 젊은이를 가리킨다. 軒冕(헌면): 고대 고위 관원이 타던 수레와 그들이 쓰던 면류관. 고위 관직을 의미

한다.

2) 中聖(중성): 성인에 빠지다. 성인의 도를 탐닉하다. 또는 청주에 취하다.

3) 揖(읍): 두 손을 모은 채 가슴팍까지 올리는 행동으로 공경하는 인사이다.

[해설]

이 시는 이백이 맹호연孟浩然에게 주는 것이다. 맹호연은 평생을 평담하게 살았으며 마흔 즈음에 장안과 낙양으로 가서 벼슬을 구한 적이 있었지만 결국 녹문산으로 돌아와서 은일하며 살았다. 이백은 평소 이러한 맹호연의 초일함을 부러워했으며 마침내 그를 만나 칭송하는 시를 짓게 되었다.

"나는 맹 선생님을 사랑합니다." 첫 구부터 사랑의 고백이 시작된다. 그 이유는 맹호연의 풍류가 세상에 다 알려져 있기 때문이다. 그 풍류는 어떠한 것인가? 젊은 시절에는 관직을 추구하지 않고 나이가 들어 흰머리가 되도록 자연을 벗삼아 지내고 있다. 푸른 구름과 소나무를 벗하며 세속의 욕심을 버리고 고고한 생활을 하고 있다. 달이 뜨면 달빛을 즐기며 술을 마시니 한껏 취하게 된다. '성인에 빠진다'는 말은 두 가지 뜻을 함축하고 있다. 하나는 성인의 도를 탐닉한다는 뜻이고, 다른 하나는 술에 취한다는 뜻이다. 옛날에 금주령이 있을 때 사람들이 청주를 성인, 탁주를 현인이라고 부른 데서 연유한 것이다. 그리고 꽃을 무척이나 사랑하셨기에 그것에 빠져 임금님 모시는 일은 전혀 신경도 쓰지 않는다. 그야말로 천연한 사람이고 고결한 사람이다. 이러니 높은 산과 같은 선생님을 어찌 감히 우러러볼 수 있겠는가? 그저 멀리서 이렇게 선생님의 맑은 향기에 인사나 드릴 뿐이다. 안하무인인 이백이 맹호연에게는 극도의 존경심과 애정을 공손하고 진솔하게 표현하고 있다. 정말로 이백이 맹호연을 좋아했던 것이다.

91. 형문산을 지나면서 송별하다

이백李白

먼 형문산 바깥을 넘어서
초 땅으로 와서 노닐게 되었다.
산은 평평한 들을 따라 다하고
강은 드넓은 벌판으로 들어가며 흐르는데,
달이 내려오며 하늘의 거울을 날리고
구름이 피어나서 신기루를 이룬다.
여전히 사랑스러운 것은 고향의 물이니
만 리 떨어진 여기까지 떠나가는 배를 보내주는구나.

渡荊門送別

渡遠荊門外, 來從楚國遊.
山隨平野盡, 江入大荒流.
月下飛天鏡, 雲生結海樓.[1]
仍憐故鄕水, 萬里送行舟.

[주석]

1) 海樓(해루): 신기루. 대체로 신기루는 '해시海市' 또는 '신루蜃樓'라고 하는데 여기서는 두 단어를 엇섞어 사용한 것으로 보인다.

[해설]

이 시는 이백이 장강을 따라 촉 땅을 나와서 초 땅으로 들어가면서 형문산荊門山에 도달해 지은 것이다. 제목에서 송별한다고 했지만 떠나가는 사람은 이백이고 송별해주는 사람은 지금까지 떠내려온 강물이다. 고향을 떠나 이곳까지 같이 동행해준 강물이 자신을 이곳에서 송별해준다는 내용이니 여타 송별시와는 다른 독특한 형식을 띠고 있다.

촉 땅을 떠나 장강을 따라 형문산을 건너 초 땅으로 들어가 노닐게 되었다. 25세 정도의 젊은 이백이 드넓은 세상을 보고자 강남으로 가게 된 것이다. 이곳에 오니 촉 땅의 경관과는 사뭇 다르다. 높고 가파른 벼랑이 강 양쪽에 있었는데 이곳에 오니 그런 산은 보이질 않고 광활한 평야가 펼쳐져 있다. 너무 광활하여 어디로 갈지 모르겠는 긴장감도 들지만 미지의 너른 세계에 대한 기대가 더 크다. 저녁이 되니 하늘의 거울과 같은 달이 날 향해 내려온다. 그리고 구름이 피어오르니 강가에 신기루가 생겨난다. 늘 보던 달이지만 오늘 유난히 정겹고 신기루는 태어나서 처음 보는 신기한 장면이다. 앞으로 나의 인생은 어떻게 펼쳐질까? 새로운 삶이 시작될 것이다. 여기까지 날 안전하게 보내준 강물이 고맙다. 이제 다시 돌아가도 된다. 앞으로의 삶은 내가 개척해나갈 것이다.

92. 친구를 전송하다

이백李白

푸른 산은 북쪽 성곽을 가로지르고
흰 강물은 동쪽 성을 휘감는데,
이곳에서 한번 작별하면
외로운 쑥대가 되어 만 리 길을 가겠구나.
떠가는 구름은 나그네의 뜻이고
떨어지는 해는 친구의 마음인데,
손 흔들며 이곳에서 떠나노라니
히히힝 무리 떠난 말이 울고 있구나.

送友人

青山橫北郭, 白水遶東城.
此地一爲別, 孤蓬萬里征.
浮雲遊子意, 落日故人情.
揮手自茲去, 蕭蕭班馬鳴.[1)]

[주석]

1) 蕭蕭(소소): 말이 우는 소리. 班馬(반마): 무리와 떨어진 말.

[해설]

이 시는 이백이 멀리 떠나가는 친구를 전송하며 지은 것이다. 친구가 누구인지는 알 수 없다.

푸른 산이 성곽을 가로지르고 강물이 성을 휘감아 흐르고 있다. 이곳에서 이제 헤어지면 그대는 쑥대가 바람에 굴러다니듯이 정처 없이 떠돌며 만 리 먼 길을 홀로 갈 것이다. 푸른 산과 흰 강물은 작별을 하는 장소에서 보이는 경물이다. 하지만 왜 산이고 왜 강물인가? 산은 움직이지 않는 존재이고 강물은 흘러가는 존재이다. 산은 송별해주는 사람을 비유하고 강물은 떠나가는 사람을 비유한다. 산을 한번 떠나간 강물은 다시 돌아오지 못한다. 정처 없이 하늘을 떠도는 저 구름은 떠나가는 나그네의 마음이고 서산으로 떨어지는 석양은 떠나보내는 나의 마음이다. 해가 지고 나면 더 이상 만날 기약이 없게 된다. 떨어지는 해를 더 이상 되돌릴 수 없듯이 그대를 더 이상 만류할 수 없다. 손을 흔들며 떠나보내려는데 그대가 타고 가는 말도 무리와 떨어지게 되어 아쉬운지 자꾸만 히힝 울어댄다.

93. 촉 땅 스님 준의 금 연주를 듣다

이백李白

촉 땅의 스님이 녹기금을 안고
아미산 봉우리에서 서쪽으로 내려와,
나를 위해 한번 손을 놀리니
만 골짜기의 소나무 소리를 듣는 듯하다.
나그네의 마음은 흘러가는 물에 씻기고
그 여운은 서리 내린 종소리로 들어가는데,
어느새 푸른 산에 저녁이 되니
가을 구름이 어둑어둑 몇 겹인가?

聽蜀僧濬彈琴

蜀僧抱綠綺, 西下峨嵋峯.
爲我一揮手, 如聽萬壑松.
客心洗流水, 餘響入霜鐘.[1]
不覺碧山暮, 秋雲暗幾重.

[주석]

1) 霜鐘(상종): 옛날 풍산豐山에 종이 아홉 개 있었는데 서리가 내리면 그것을 알고서 종이 울렸다고 한다. 대체로 종소리를 의

미한다.

[해설]

이 시는 이백이 촉 땅에서 온 준濬 스님이 연주하는 금의 소리를 듣고 그 감회를 적은 것이다. 이백은 어릴 때 촉 땅에서 자랐기 때문에 촉 출신의 스님에게 남다른 정감을 가지고 있었을 것이고 아마도 고향 생각에 잠겼을 수도 있다. 준 스님에 대해서는 자세히 알려진 바가 없다.

촉 땅의 스님이 좋은 금인 녹기금綠綺琴을 가지고 아미산에서 왔다. 그러고는 나를 위해서 음악을 들려준다. 마치 만 개의 골짜기에 바람이 불어 소나무가 흔들리는 소리가 들리는 듯하다. 청량하고 우렁차다. 또 그 소리가 마치 흐르는 물과 같으니 고향을 떠나 객지를 떠돌던 고통과 외로움을 싹 씻어주는 듯하다. 종자기가 백아의 음악을 듣고 물이 흐르는 것과 산이 높은 것을 알아차렸던 것이 연상된다. 연주가 끝났을까? 음악의 여운에 아직 정신이 몽롱하다. 남은 소리가 서리가 내린 산사의 종소리와 섞여든다. 저녁 종소리이다. 그 종소리를 따라 여운이 계속 이어지며 가슴속을 울리고 있다. 시간이 얼마나 지났을까? 바깥은 어느새 어둠이 겹겹으로 쌓여 캄캄해졌다. 하지만 아직도 음악 속에서 깨어나질 못하겠다.

94. 밤에 우저산에 정박하고 옛일을 생각하다

이백李白

우저산이 있는 서강의 밤
푸른 하늘엔 구름 한 조각도 없다.
배에 올라 가을 달을 바라보면서
부질없이 사상 장군을 생각하는데,
나 또한 높이 읊조릴 수 있지만
이분은 들을 수 없구나.
내일 아침 돛을 올리면
단풍잎이 어지러이 떨어지겠지.

夜泊牛渚懷古

牛渚西江夜,[1] 靑天無片雲.
登舟望秋月, 空憶謝將軍.
余亦能高詠, 斯人不可聞.
明朝掛帆席,[2] 楓葉落紛紛.

[주석]

1) 西江(서강): 지금의 강서성 구강시九江市에서 남경시 사이를 북동쪽으로 흐르는 장강의 일부.

2) 帆席(범석): 배의 돛.

[해설]

이 시는 이백이 우저산牛渚山에 정박한 뒤 옛날 일을 회상하면서 감회를 적은 것이다. 우저산은 지금의 안휘성 마안산시馬鞍山市 채석강采石江 가에 있는 우저기牛渚磯로 채석기采石磯라고도 한다. 진晉나라의 장군인 사상謝尙이 우저를 진수鎭守할 때 가을 달밤에 뱃놀이를 하다가 누군가가 읊는 노래를 들었는데, 그 노랫소리가 아주 정취가 있었다. 사람을 보내 알아보니 원굉袁宏이 직접 지은 「영사詠史」 시였다. 사상은 그를 자신의 배로 불러다가 담론을 하면서 밤을 새웠으며, 후에 막부의 참모로 썼다.

이백이 우저산에 정박한 오늘 밤에도 맑은 가을 하늘에 휘영청 밝은 달이 떴다. 배를 타고 달빛을 감상하며 노닐다 보니 옛날 일이 생각난다. 나도 원굉처럼 훌륭한 시를 읊조릴 수 있건만 그 노랫소리를 알아줄 사상 장군은 없구나. 이 세상에 나의 재능을 알아줄 이가 어디에 있을까? 내일 아침이면 또 그런 사람을 찾아 떠나겠지만 과연 찾을 수 있을까? 단풍잎은 물들어 우수수 떨어질 터인데, 부질없는 일을 하는 내 마음에 쓸쓸함을 더해주겠구나.

95. 봄날 바라보다

두보杜甫

나라는 깨졌어도 산과 강은 그대로인데
성에 봄이 오니 풀과 나무가 무성하다.
시절이 느꺼워 꽃을 봐도 눈물을 흘리고
이별이 한스러워 새를 봐도 가슴이 놀란다.
봉화가 석 달 동안 연이어 피어오르고
집에서 오는 편지는 만금에 해당되니,
흰머리는 긁어 더욱 성글어져서
도무지 비녀를 지탱할 수가 없구나.

春望

國破山河在, 城春草木深.
感時花濺淚,[1] 恨別鳥驚心.
烽火連三月, 家書抵萬金.[2]
白頭搔更短,[3] 渾欲不勝簪.[4]

[주석]

1) 濺淚(천루): 눈물을 뿌리다.

2) 抵(저): 해당하다.

3) 搔(소): 긁다.

4) 渾(혼): 거의. 不勝簪(불승잠): 비녀를 이기지 못하다. 비녀를 꽂을 만큼의 머리가 없다는 말이다.

[해설]

이 시는 두보가 장안성에서 봄날 느낀 감회를 적은 것이다. 당시 안녹산의 난으로 장안은 함락되었고 현종은 성도로 피난을 간 상태였다. 마침 숙종이 영무에서 즉위했다는 소식을 듣고 두보는 숙종을 보위하기 위해 영무로 가다가 반군에게 잡혀서 장안으로 압송되었다. 별다른 혐의점이 없어 일단 풀려났는데 당시의 막막한 상황과 감개를 이 시에 표현했다.

나라는 반군에 의해 깨졌지만 산과 강은 그대로이다. 봄이 오니 여전히 꽃은 피고 나무는 무성해진다. 하지만 예전처럼 이 아름다운 봄을 즐기지는 못한다. 장안성이 사람들이 많이 다니고 활기가 넘쳐야 하는데 그렇지 않으니 꽃과 나무가 무성한 것이 오히려 황폐한 느낌마저 들게 한다. 시절이 어수선하여 개탄하다 보니 꽃을 봐도 그저 눈물만 날 뿐이다. 가족들과 헤어져 있어 만날 수가 없으니 새소리를 들어도 가슴이 놀라 쿵덕쿵덕 뛸 뿐이다. 온 나라가 난리가 나서 봉화가 여러 달 동안 피어오르니 가족 소식을 들을 편지도 오지 않는다. 나라 걱정 가족 걱정에 머리만 자꾸 긁어대니 머리가 성글어져서 비녀도 꽂지 못할 정도이다.

두보의 시는 대체로 나라 근심과 가족 근심을 두 축으로 해 이리저리 짜여 있다. 이 시에서도 3구와 5구는 나라 걱정이고 4구와 6구는 가족 걱정이다. 그리고 마지막에 자신의 신세에 대해 언급하며 마무리했는데, 성글어진 머리와 꽂지 못하는 비녀를 통해 초라함과 애절함을 사실감 있게 표현했다.

96. 달밤

두보杜甫

오늘 밤 부주의 달을
규방에서 그저 홀로 보고 있겠지.
멀리서 아이들을 가여워하나니
장안을 그리워하는 그 마음을 아직 모르리라.
향기로운 안개에 구름 같은 머리는 젖고
맑은 달빛에 옥 같은 팔은 서늘할 텐데,
언제나 훤히 비치는 휘장에 기대어
둘이 함께 달빛 받으며 눈물 자국을 말릴까?

月夜

今夜鄜州月, 閨中只獨看.
遙憐小兒女, 未解憶長安.
香霧雲鬟濕,[1] 清輝玉臂寒.[2]
何時倚虛幌,[3] 雙照淚痕乾.

[주석]

1) 雲鬟(운환): 구름같이 풍성한 머리카락.

2) 清輝(청휘): 맑은 빛. 달빛을 표현한 말이다. 玉臂(옥비): 옥과

같이 하얀 팔.

3) 虛幌(허황): 안이 훤히 비치는 휘장. 달빛이 밝게 비치는 휘장을 표현한 말이다.

[해설]

이 시는 달이 뜬 밤에 두보가 부주鄜州에 있는 부인을 생각하며 지은 것이다. 안녹산의 난이 일어나자 두보는 가족을 지금의 섬서성陝西省 부현富縣인 부주로 대피시키고 자신은 숙종이 있는 영무로 가다가 반군에 붙잡혀 장안으로 압송되었다. 그때 가족을 생각하며 지은 것으로 보인다.

오늘 밤에도 부주에 달이 떴을 터인데 규방에서 부인이 홀로 저 달을 바라보고 있으리라. 어머니가 장안의 남편을 그리워하는 마음을 아이들은 아직 어려서 잘 이해하지 못하고 있을 것이니, 부인의 마음은 더욱 외롭고 쓸쓸할 것이다. 마당에서 달빛을 보며 오래도록 서성였을 터이니 구름 같은 머리는 안개에 젖고 옥같이 하얀 팔은 차가워졌을 것이다. 언제나 내가 다시 돌아가서 같이 나란히 앉아 저 달을 구경할 수 있을까? 그러면 지금 흘리는 이 눈물도 마를 것이고 다시 만나 흘렸던 기쁨의 눈물도 마를 것이다.

자신이 부인을 그리워한다는 말은 한마디도 하지 않은 채 자신을 그리워하며 외롭게 지낼 부인을 상상하면서 그 심경을 펼쳐내었다. 그리고 어디 한 군데도 달빛에서 벗어나지 않고 모든 구절에서 달빛이 언급되어 있다. 그만큼 저 달빛이 밝고 자신의 마음은 애절하다.

97. 봄날 문하성에서 숙직을 하다

두보杜甫

꽃도 숨어버린 궁궐 담의 저녁
짹짹 둥지 찾는 새가 지나간다.
별은 만 개의 궁궐 문에 내려와 일렁이고
달은 구중궁궐 하늘 옆에서 많이 비춘다.
잠자지 않고 황금 열쇠 소리를 듣고는
바람결에 옥 말 장식 소리를 상상해본다.
내일 아침 황제께 올릴 글이 있기에
밤이 얼마나 지났는지 자주 물어본다.

春宿左省[1]

花隱掖垣暮,[2] 啾啾棲鳥過.[3]
星臨萬戶動,[4] 月傍九霄多.[5]
不寢聽金鑰,[6] 因風想玉珂.[7]
明朝有封事,[8] 數問夜如何.

[주석]

1) 左省(좌성): 문하성을 가리킨다. 궐문의 왼쪽에 관서가 있었다.

2) 掖垣(액원): 궁궐의 담.

3) 啾啾(추추): 새가 지저귀는 소리.

4) 萬戶(만호): 만 개의 문. 여기서는 궁궐 문을 가리킨다.

5) 九霄(구소): 원래는 높은 하늘을 뜻하는데 여기서는 높은 궁궐의 건물을 가리킨다. 또는 궁궐 위의 하늘을 가리킨다. 多(다): 많이 비춘다는 뜻이다.

6) 金鑰(금약): 금으로 만든 자물쇠.

7) 玉珂(옥가): 옥으로 만든 말 굴레 장식.

8) 封事(봉사): 밀봉한 상주문. 간언하는 문서는 기밀을 유지하기 위해 밀봉하였다.

[해설]

이 시는 두보가 문하성에서 숙직을 하다가 느낀 감회를 적은 것이다. 당시 두보는 좌습유였으며 주로 간언하는 일을 담당했다.

궁궐에 저녁이 되니 꽃도 숨어버린 듯 보이질 않고 새도 둥지로 돌아가며 지저귄다. 어느새 별이 떠서 만 개나 되는 궁궐 문에 일렁이고 달이 떠오르니 높은 궁궐 지붕 옆에서 환히 비춘다. 이곳은 황제가 있는 곳이니 별도 바로 옆까지 내려와서 비추고 달도 지붕 옆에서 비춘다. 밤이 되어도 이곳은 낮과 다름없이 환히 빛나고 있으니 내가 어찌 잠들 수 있겠는가? 궁궐 문이 언제 열리는지 귀를 기울이고 있으며, 바람결에 풍경이 울리는데 마치 아침에 신하들이 타고 오는 말 장식 소리가 나는 듯하다. 내일 황제께 올릴 글을 공들여 써놨는데 얼른 알려드려야 할 터이니, 오늘 밤은 유난히 길게만 느껴진다. 밤 시간이 얼마나 남았는지 반복해서 물어보지만 동이 트려면 아직 멀었다.

98. 지덕 2년에 나는 장안의 금광문을 나가서 샛길로 봉상으로 돌아갔는데, 건원 초에 좌습유에서 화주의 하급 속관으로 옮기게 되어 친척 친구와 작별하느라 이 문을 나섰기에 옛날 일을 슬퍼하다

두보杜甫

이 길로 지난날 천자께 돌아갈 때
서쪽 교외에 적군이 정말 많았기에,
지금도 여전히 간담이 부서져 있으니
아직 불러오지 못한 넋도 응당 있을 것이다.
가까이서 모시면서 도성으로 돌아왔는데
관직을 옮기는 것이 어찌 황제의 뜻이겠는가?
재주도 없으면서 날로 노쇠해지기에
말을 세우고 천 개의 궁궐 문을 바라본다.

至德二載, 甫自京金光門出, 間道歸鳳翔, 乾元初, 從左拾遺移華州掾, 與親故別, 因出此門, 有悲往事[1)]

此道昔歸順, 西郊胡正繁.
至今猶破膽, 應有未招魂.
近侍歸京邑,[2)] 移官豈至尊.[3)]
無才日衰老, 駐馬望千門.

[주석]

1) 金光門(금광문): 장안 외성의 서쪽 가운데 문. 間道(간도): 샛길. 華州(화주): 지금의 섬서성 화현이다. 掾(연): 속관.
2) 京邑(경읍): 수도. 장안을 가리킨다. 이와 달리 화주를 가리키는 것으로 보는 설도 있는데, 그러면 이 구는 "가까이서 모시다가 경읍으로 가게 되었다"가 된다.
3) 至尊(지존): 황제를 가리킨다.

[해설]

이 시는 두보가 건원 원년(758) 좌습유左拾遺로 있다가 화주 사공참군司功參軍으로 떠나면서 느낀 감회를 적은 것이다. 안녹산의 난이 일어났을 때 두보는 지덕 2년(757) 봄에 장안에 억류되어 있다가 풀려나서 장안의 금광문을 통해 나가 숙종이 있는 봉상으로 갔다. 그곳에서 좌습유의 관직을 받고 숙종과 함께 장안으로 돌아왔다. 당시 재상인 방관房琯을 옹호하는 상소문을 올렸다가 일이 잘못되어 방관은 파직되었고 두보는 화주 사공참군으로 폄적되었다. 2년 동안 격랑의 세월을 보내면서 두 차례 금광문을 나서게 되었는데 그간의 사정에 대한 감회를 표현하였다.

예전에 이 문을 나서 숙종을 찾아갈 때 안녹산의 반군이 곳곳에 있었다. 그때 놀란 가슴은 지금도 두근거리고 당시에 나간 넋은 아직도 돌아오지 못할 정도이다. 하지만 결국 숙종을 곁에서 모시게 되었고 또 함께 장안을 수복하여 돌아왔다. 이러한 내 충정을 황제가 모를 리 없다. 그러니 지금 폄적되어 지방으로 나가게 된 것이 어찌 황제의 뜻이겠는가? 잘못된 신하들의 말에 어찌할 수 없었던 사정이 있으실 것이다. 재주도 없고 늙어만 가는 이 몸의 잘못이리라. 이런 몸으로 더 이상 황제를 잘 보필할 수 없는 것이 한스러울 따름이다. 장안의 금광문을 나서다가 말을 세우고 다시 궁궐을 바라본다. 걱정스럽지만 어쩔 수 없다. 지금은 떠나가야 한다. 아마 조만간 황제가 다시 날 불러 주실 것이다.

99. 달밤에 아우를 생각하다

두보杜甫

수루의 북소리에 사람 발길 끊어지고
가을 변방에는 한 마리 기러기 소리.
이슬은 오늘 밤부터 하얗게 되고
달은 고향에서와 똑같이 밝다.
아우들이 있으나 다 흩어지고
생사를 물어볼 집도 없다.
편지를 부쳐도 늘 도달하지 않는데
게다가 전쟁도 아직 끝나지 않았음에랴.

月夜憶舍弟[1]

戍鼓斷人行, 秋邊一雁聲.
露從今夜白, 月是故鄕明.
有弟皆分散, 無家問死生.
寄書長不達, 況乃未休兵.[2]

[주석]

1) 舍弟(사제): 집안 동생.

2) 況乃(황내): 하물며.

[해설]

이 시는 두보가 달이 뜬 가을밤에 동생들을 생각하며 지은 것이다. 안녹산의 난이 일어났을 때 두보는 숙종이 있는 봉상鳳翔으로 가서 좌습유가 되었다가 방관房琯의 일로 인해 화주 사공참군으로 폄적되었다. 그 후 관직을 그만두고 진주秦州(지금의 감숙성 천수현天水縣)로 갔는데 당시 사사명이 다시 군대를 일으켜 낙양을 함락시켰다. 이 때문에 산동과 하남 일대가 다시 전쟁터로 바뀌었는데 두보의 두 동생이 하남에 있었다.

수루에 북소리가 울리고 성문이 닫힌다. 사람들의 통행은 끊어지고 적막하기만 하다. 그저 들리는 건 외로운 기러기 소리뿐이다. 저 기러기는 또 어디로 날아가나? 기러기가 편지를 전해준다는데 혹 내 편지도 전해줄 수 있을까? 저녁이 되니 이슬이 축축한데 오늘이 바로 백로이다. 밤에 달이 떴는데 고향에서와 마찬가지로 환하다. 나는 지금 고향을 떠나 관직도 없이 떠돌고 있고 동생들도 난리를 피해 어딘가 떠돌고 있을 것이다. 동생들도 지금 이 달을 바라보며 고향 생각, 형 생각을 하고 있을 것이다. 형제가 뿔뿔이 흩어져 있는데 모두 떠돌고 있으니 생사를 물어볼 수도 없다. 편지를 부쳐도 받았다는 소식이 없다. 전쟁이 끝나지 않았으니 이런 상황은 언제까지 계속될까? 답답하기만 하다. 자신의 힘든 처지로 인해 더욱 동생 생각이 간절하였을 것이고, 나아가 혼란스러운 나라까지 걱정스럽다.

100. 하늘 끝에서 이백을 생각하다

두보杜甫

서늘한 바람이 하늘 끝에서 일어나는데
선생께서는 마음이 어떠실까?
기러기는 언제 도착할까?
강과 호수에 가을 물이 많겠지.
문장은 운명이 트이는 것을 싫어하고
도깨비는 사람이 지나가는 것을 좋아할 터인데,
응당 억울한 영혼과 함께 말하느라
시를 던져 멱라강에게 주시겠지.

天末懷李白

涼風起天末，君子意如何.
鴻雁幾時到，江湖秋水多.
文章憎命達，魑魅喜人過.[1]
應共冤魂語,[2] 投詩贈汨羅.

[주석]

1) 魑魅(이매): 도깨비.

2) 冤魂(원혼): 억울한 영혼. 굴원을 가리킨다.

[해설]

이 시는 두보가 이백을 그리워하며 지은 것이다. 두 사람은 천보 연간에 낙양에서 만나 교유하기 시작했으며 이후 몇 차례 노닒을 같이했다. 안녹산의 난으로 서로 만나지 못하고 그리워하는 심정을 적었다. 이백은 영왕의 반군에 참여했다는 죄목으로 감옥에 갇혔다가 야랑으로 유배를 갔으며 이듬해에 풀려났다. 두보는 아마도 이백이 사면받은 사실을 알지 못한 채 그에 대한 그리움을 표현한 것으로 보인다.

하늘 끝이라 할 수 있는 변방에 서늘한 바람이 부는 가을이 되었다. 나는 지금 관직을 버린 채 하늘 끝에 있는 변방을 떠돌고 있는데 이백은 지금 또 다른 하늘 끝으로 유배를 가고 있을 것이다. 지금 그 심경은 어떠할까? 기러기가 편지를 전해준다고 하는데 지금 남쪽으로 가는 저 기러기에게 내 편지를 부치면 언제쯤 이백에게 도착할까? 남쪽 지방의 강과 호수는 가을이라 물이 많이 불어서 뱃길이 순탄치 않을 것이다. 편지도 도달하기 어려울 것이고 이백의 갈 길도 힘들 것이다. 문장을 잘 짓는 사람은 예로부터 운명이 궁박하다고 하였다. 지금 이백도 마찬가지이다. 천하의 대문호이지만 높은 관직에 오르기는커녕 반역죄에 연루되어 감옥에 갇히고 유배당하지 않았는가? 도깨비는 사람이 지나가면 잡아먹으려고 기다리고 있을 터이니, 부디 몸조심하셔야 할 것이다. 그리고 멱라강을 지나갈 때는 아마도 그곳에 빠져 죽은 굴원에게 시를 지어줄 것이리라. 굴원은 초나라의 대신으로 자신의 충정을 임금이 알아주지 않자 쫓겨나서 멱라강에 몸을 던져 죽었다. 그 후 한나라의 가의賈誼 역시 폄적되어 이곳을 지나가다가 자신의 억울함을 호소하고서 굴원을 애도하는 글을 지은 적이 있었다. 이백 또한 마찬가지의 처지이기에 굴원을 애도하면서 자신의 억울함을 적은 시를 지어 멱라강에 던질 것이다. 그렇게 해서라도 그 원통함이 줄어든다면 내 그리움도 덜해질 것이다. 부디 몸조심하시길 빈다.

101. 봉제역에서 거듭 엄 공을 전송하며 지은 네 운의 시

두보杜甫

멀리까지 전송하고 이곳에서 헤어지자니
푸른 산이 공연히 또 감정을 돋웁니다.
언제 술잔을 다시 잡겠습니까?
어젯밤에는 달 아래 함께 거닐었습니다.
여러 고을에서 노래 부르며 아쉬워하지만
세 조정을 출입하셨으니 영광스럽습니다.
강가 마을이 홀로 돌아가야 할 곳이니
적막하게 쇠잔한 생을 돌보겠습니다.

奉濟驛重送嚴公四韻

遠送從此別, 青山空復情.
幾時杯重把, 昨夜月同行.
列郡謳歌惜, 三朝出入榮.
江村獨歸處, 寂寞養殘生.

[해설]

이 시는 두보가 검남절도사劍南節度使로 있다가 조정의 부름을 받고 장안으로 가는 엄무嚴武를 송별하면서 지은 것이다. 성도에서 출발하여 면주綿州의 봉제역奉濟驛까지 따라가면서 송별을 하였고 이것이 세번째 송별시이니 그 아쉬움의 크기를 짐작할 수 있다. 화주 사공참군으로 있다가 관직을 그만두고 떠돌다가 성도에 도착해서 엄무의 막부에 들어갔는데 엄무가 두보를 몹시 아껴주었다. 아마 이 시기가 두보가 가장 행복했던 때일 것이다. 그런 엄무와 헤어지게 되었으니 비록 엄무는 좋은 일로 가는 것이지만 두보로서는 아쉬움이 컸을 것이다.

멀리 전송을 나와 이곳에서 정말로 헤어지게 되었다. 저 푸른 산을 보노라니 또 아쉬움의 정이 솟아난다. 엄무가 가고 나면 저 푸른 산을 홀로 대하고 있을 것이니 더욱 마음이 착잡해진다. 마음은 엄무를 따라가고 싶지만 저 산처럼 나는 꼼짝도 하지 못하고 이곳에 있어야 한다. 지금 헤어지면 언제 다시 만나 술잔을 기울일 수 있겠는가? 그런 기약이 없기에 어제도 아쉬움에 달빛을 받으며 같이 걸어가면서 우의를 다지지 않았던가? 그게 우리의 마지막 밤이었다. 여러 고을에서는 그동안 잘 다스려주었다고 감사의 노래를 부르고 있다. 현종, 숙종, 대종 세 황제를 모시면서 궁중에서는 재상이었고 나가서는 장군을 하였으니 얼마나 영광스러운 일인가? 지금도 황제의 부름을 받아 궁중으로 돌아가시니 지금의 헤어짐은 얼마나 좋은 일인가? 하지만 헤어지고 난 뒤에 홀로 남은 나는 어찌할 것인가? 그저 강가 마을의 초가집으로 돌아가서 쓸쓸히 남은 생이나 보내며 살아가야 할 뿐이다. 살아갈 희망이나 즐거움은 없을 것이다.

102. 방관 태위의 묘와 작별하다

두보杜甫

타향에서 또 길을 떠나게 되어
말을 세우고 외로운 무덤과 작별한다.
가까이엔 흘린 눈물로 마른 흙이 없고
나직이 하늘에는 조각구름 떠 있다.
바둑판을 마주하여 사 태부를 모셨는데
검을 쥐고 서나라 임금을 찾게 되었구나.
숲의 꽃이 떨어지는 것만 보이는데
꾀꼬리가 울며 나그네 보내는 소리 들린다.

別房太尉墓

他鄕復行役, 駐馬別孤墳.
近淚無乾土, 低空有斷雲.
對碁陪謝傅, 把劍覓徐君.
唯見林花落, 鶯啼送客聞.

[해설]

이 시는 두보가 낭주閬州에 있다가 엄무嚴武가 있는 성도로 다시 돌아가면서 낭주에 있는 방관房琯의 묘에서 작별 인사를 하며 지은 것이다. 두보는 좌습유로 있을 때 당시 재상이던 방관을 옹호하는 글을 상주하였다가 화주 사공참군으로 폄적된 적이 있었다. 평소 정치적 지향을 같이했던 이였고 엄무와 함께 두보를 잘 보살펴주었기에 그에 대한 태도는 남달랐을 것이다. 조정으로 들어갔던 엄무가 다시 성도로 왔기에 두보는 그에게 의탁할 수 있게 되었으니 이 작별이 마냥 서글프지는 않겠지만, 그래도 그 정이 돈독했기에 무덤과 작별하는 시를 짓게 되었다. '태위太尉'는 무관의 최고 관직이다.

타향을 전전하며 떠돌다가 다시 길을 떠나 성도로 가게 되었다. 잠시나마 지냈지만 떠나기 전에 이 무덤에 와서 작별 인사를 하고자 한다. 내가 눈물을 흘리니 주변의 땅은 온통 젖어 있고 하늘에는 외로운 구름이 나지막이 떠 있다. 마치 구름도 나와 같이 방관의 묘에 조문하는 듯하다. 예전에 그는 어떤 사람이었나? 동진東晉의 사안謝安과 같으신 분이었다. 전진前秦의 부견符堅이 쳐들어와서 큰 싸움을 벌일 때 사안은 바둑을 두면서 전쟁을 지휘했으며, 승전보가 전해졌을 때도 전혀 좋아하는 기색이 없었다. 그만큼 대범하고 자신만만한 인물이었다. 사안은 죽은 뒤 태부에 추증되었고 방관 역시 죽은 뒤 태위에 추증되었다. 이제 두보가 길을 떠나기 전에 그의 무덤을 찾아왔다. 옛날 오나라의 계찰季札이 사신으로 가다가 서나라에 들렀는데, 서나라의 임금이 계찰의 검을 좋아하였다. 그는 차마 그 검을 달라는 말을 꺼내지 못했는데 계찰은 그 마음을 눈치챘다. 하지만 계찰은 사신으로 가는 길이었고 그 검은 의장으로 필요한 것이기에 줄 수 없었다. 계찰이 사신의 임무를 마치고 돌아갈 때 서

나라에 들렀는데, 서나라의 임금은 이미 죽었으며 계찰은 그 검을 임금의 무덤에 있는 나무에 걸어두고 떠났다. 죽은 후에도 신의를 다하려는 마음은 계찰이나 두보나 마찬가지이다. 이제 정말 떠나야 하는데, 주위에는 떨어지는 꽃잎만 보인다. 좋은 날은 다 지나갔다. 발걸음을 돌리는데 꾀꼬리 소리만이 나를 전송한다. 방관이 아마 꾀꼬리로 변해 두보를 전송해주는 것이리라.

103. 떠도는 밤에 감회를 쓰다

두보杜甫

가느다란 풀 산들바람 부는 강둑
높다란 돛대 외로운 밤배.
별빛이 쏟아지는 너른 들은 광활하고
달이 솟구치는 큰 강은 흘러간다.
명성이 어찌 문장으로 드러나겠는가?
관직은 응당 늙고 병들었으니 그만두어야지.
떠도는 모습 무엇과 같은가?
천지간의 한 마리 갈매기.

旅夜書懷

細草微風岸, 危檣獨夜舟.[1]
星垂平野闊, 月湧大江流.[2]
名豈文章著, 官應老病休.
飄飄何所似,[3] 天地一沙鷗.[4]

[주석]

1) 危檣(위장): 높은 돛대. '위태롭다'는 의미를 포함하고 있다.

2) 月湧(월용): 달이 솟아오르다. 솟구치는 강의 물결에 달빛이 비

친다고 풀이하기도 한다.

3) 飄飄(표표): 정처 없이 떠도는 모양.

4) 沙鷗(사구): 갈매기.

[해설]

이 시는 두보가 엄무嚴武가 죽은 뒤 성도를 떠나 장강을 따라 떠돌 때 그 감회를 적은 것이다. 자신을 돌보던 사람들이 다 사라지고 정처 없이 떠돌던 어느 날, 밤 강둑에 정박한 뒤 주위의 경물을 바라보다가 밀려오는 서글픈 감정을 주체하지 못했던 것으로 보인다.

가느다란 풀이 강둑에 파랗게 돋아나는데 살랑살랑 바람이 불어오니 그 풀이 일제히 흔들린다. 당나라 시에서 가느다란 풀은 봄을 상징하기도 하지만 대체로 끊임없이 솟아나는 무수한 근심을 비유한다. 그것이 바람에 흔들리고 있으니 더욱 눈에 돋보일 것이고 나의 근심도 그렇게 스멀스멀 올라오고 있다. 어쩌면 산들바람에도 흔들릴 수밖에 없는 가느다란 풀이 지금 나의 보잘것없는 상황을 비유하는 것일 수도 있겠다. 돛대를 높이 세운 채 오늘도 이 밤에 홀로 강둑에 정박해 있다. 돛을 내린 저 돛대가 가느다랗게 높이 서 있으니 왠지 위태로워 보이기도 한다.

주위를 둘러보니 별빛이 너른 들에 쏟아지고 떠오르는 달빛 속에 장강은 끊임없이 흘러간다. 앞의 경물 묘사와 달리 이 경물은 규모가 상당히 크고 동적이다. 하늘 위에서부터 땅으로 별빛이 내려오고 사방으로 들판은 넓게 펼쳐져 있다. 땅에서 달이 솟아오르고 서쪽 끝에서 동쪽 끝으로 강물이 흘러간다. 이 세상의 천지를 다 아우르는 경관인 데다 격동적이다. 그러니 그 속에 있는 외로운 밤배는 더욱더 조그맣고 초라해 보인다.

나는 어떠한가? 내가 무엇 때문에 이렇게 떠돌고 있는가? 저 하늘의 별이 광활한 대지를 밝혀주듯이 문장으로 인정을 받아 관직에 나아가 이름을 떨쳐야 하는 것 아닌가? 하지만 애초에 문장으로 이름을 드러낸다는 것은 불가능한 일이다. 예전에 위대한 문장가들이 다들 그러하지 않았는가? 나 역시 마찬가지이다. 몸도 늙고 병들었으니 관직을 얻으려는 노력도 이제는 그만두어야 한다. 마치 저 강물이 한번 가면 다시 돌아오지 못하는 것처럼 지나간 세월은 되돌릴 수 없는 법이다.

이렇게 떠도는 나의 모습은 무엇과 같은가? 광활한 천지를 날아다니는 한 마리 갈매기와 같다. 마치 하나의 점과 같은 존재이다. 어디로 가야 할지 가늠이 되지 않는 그런 상황이다. 오늘 이 밤이 너무 외롭고 힘들다.

하지만 뒤집어 생각해보면 그 광활한 천지를 다 품을 수 있는 것이 두보의 마음 아닐까? 이름을 드러낼 문장을 가지고 있고 늙고 병들었어도 관직은 아직 할 수 있다. 결국에는 강물을 비추는 달빛처럼, 너른 들을 비추는 별빛처럼 이 세상에서 독보적인 존재가 될 수 있을 것이다.

104. 악양루에 오르다

두보杜甫

예전에 동정호에 관해 들었는데
오늘에야 악양루에 오른다.
오 땅과 초 땅이 동쪽과 남쪽으로 갈라져 있고
하늘과 땅이 밤과 낮으로 떠 있다.
친척과 친구들은 편지 한 자 없는데
늙고 병든 채 외로운 배만 있구나.
관산의 북쪽에 전마가 날뛰니
난간에 기대어 눈물 콧물 흘린다.

登岳陽樓

昔聞洞庭水，今上岳陽樓.
吳楚東南坼,[1] 乾坤日夜浮.[2]
親朋無一字，老病有孤舟.
戎馬關山北,[3] 憑軒涕泗流.[4]

[주석]

1) 坼(탁): 쪼개다.

2) 乾坤(건곤): 하늘과 땅. 해와 달로 보는 설도 있다.

3) 戎馬(융마): 전쟁하는 말. 關山北(관산북): 관문이 있는 산의 북쪽. 당시 토번과 전쟁이 있었다.

4) 憑軒(빙헌): 난간에 기대다. 涕泗(체사): 눈물과 콧물.

[해설]

이 시는 두보가 동정호洞庭湖의 악양루岳陽樓에 올라 느낀 감회를 적은 것이다. 만년에 두보는 의지할 곳이 없어서 배 한 척을 끌고 이리저리 장강을 떠돌았다. 그러던 중 동정호를 지나면서 악양루에 오르게 되었다. 광활한 동정호를 바라보며 자신의 보잘것없는 존재에 대해 가슴 아파하였으며 자신의 뜻을 펼치지 못한 채 넓은 천지를 떠도는 서글픔을 드러내었다.

예전부터 동정호의 광활함을 들었는데 오늘에서야 비로소 악양루에 오르게 되었다. 이곳에서 보이는 동정호는 정말로 광활하다. 오 땅과 초 땅을 동쪽과 남쪽으로 갈라버릴 정도이고 하늘과 땅도 이 호수에 떠 있다. 그야말로 온 천하를 가르고 천지를 떠받치고 있는 존재이다. 이러한 광활함 속에 나는 또 무엇을 하고 있나? 친척들과 친구들은 연락도 되지 않고 이 몸은 늙고 병들었다. 그리고 정착할 집도 없이 배 한 척에 식구들을 실어 떠돌고 있다. 아직도 북쪽에는 전쟁이 있다고 하니 언제나 나라가 안정되어 가족들과 같이 살 수 있을까? 나라 걱정 가족 걱정을 하다 보니 그동안 참아왔던 눈물 콧물을 더 이상 주체할 수 없다. 펑펑 눈물을 흘린다.

위대한 자연의 광활함을 보고 두보가 느낀 것은 자신의 보잘것없는 존재였다. 앞 시에 나온 '천지일사구天地一沙鷗'가 생각난다.

105. 망천에서 한가롭게 지내다가 수재 배적에게 주다

왕유王維

쌀쌀한 산은 점점 검푸르러지고
가을 물은 날마다 졸졸 흐르는데,
지팡이에 기대어 사립문 밖에서
바람결에 저녁 매미 소리 듣는다.
나루터에는 저무는 해가 남아 있고
마을에는 외로운 연기가 피어오를 때,
다시 술 취한 접여를 만났는데
다섯 그루 버드나무 앞에서 미친 듯 노래 부른다.

輞川閑居贈裴秀才迪

寒山轉蒼翠, 秋水日潺湲.[1)]
倚杖柴門外, 臨風聽暮蟬.[2)]
渡頭餘落日, 墟里上孤煙.[3)]
復値接輿醉, 狂歌五柳前.

[주석]

1) 潺湲(잔원): 물이 졸졸 흐르는 소리.

2) 暮蟬(모선): 저녁의 매미. 또는 가을의 매미.

3) 墟里(허리): 마을. 孤煙(고연): 밥 지을 때 나는 굴뚝의 연기 한 줄기.

[해설]

이 시는 왕유가 종남산終南山의 남쪽에 있는 망천輞川의 별장에서 한가롭게 지내다가 배적裴迪을 만나서 지어준 것이다. 왕유는 관직에 회의를 느끼고는 자주 망천의 별장에서 노닐었는데 세속을 벗어나 자연을 즐기며 살았으며 그러한 감개를 표현한 시도 많이 지었다. 배적은 망천의 별장에서 함께 살던 친한 친구이다. 수재는 원래 과거에 급제한 이를 지칭하는 말이었지만 이후 관직에 나가지 않은 문인을 가리키게 되었다.

망천에 가을이 되니 숲은 더욱 검푸르러지고 개울은 졸졸 흘러가고 있다. 가을의 정취를 느껴보고 싶어 지팡이를 짚고 사립문 밖으로 나가본다. 시원한 바람 속에 매미 소리가 들려온다. 얼마나 있었을까? 나루터에는 해가 저물고 있고 마을에는 밥 짓는 연기가 이제 하나씩 올라오고 있다. 이때 술에 취해 미친 듯 노래 부르는 이를 만난다. 바로 배적이다. 춘추시대 초나라의 은자로 육통陸通이 있었다. 그의 자가 접여接輿이다. 그는 공자 앞을 지나가면서 "봉황이여 어찌하여 덕이 쇠했는가?"라고 하면서 은일하지 못하는 공자를 풍자하였던 적이 있다. 그는 미치광이 짓을 하면서 세상을 돌아다녀서 '미치광이 접여'라는 별명도 가지고 있다. 배적이 바로 그 접여와 닮았다. 그 역시 내가 관직을 그만두고 완전히 은일하지 않는 것을 비웃고 있으니. 하지만 내가 살고 있는 집은 어떤가? 바로 버드나무 다섯 그루를 심었다는 도연명의 집과 같지 않은가? 도연명은 관직을 그만두고 전원에 은거하였다. 그와 같이 나도 지금 망천에 집을 지어놓고 살고 있으니 나더러 은거하지 않는다고 타박하지 말게나. 우리 그냥 지금 흥취를 즐기며 같이 술 마시고 미친 듯 노래 부르자.

106. 산속 거처의 가을 저녁

왕유王維

텅 빈 산에 갓 비가 내린 뒤
날씨가 저녁이 되자 가을이다.
밝은 달은 소나무 사이로 비치고
맑은 샘은 바위 위로 흐르는데,
대숲은 시끌벅적 빨래하던 여인들 돌아가고
연잎은 흔들흔들 고깃배가 내려간다.
제멋대로 봄꽃은 시들었지만
왕손이 스스로 머물 만하구나.

山居秋暝

空山新雨後, 天氣晚來秋.
明月松間照, 淸泉石上流.
竹喧歸浣女,[1] 蓮動下漁舟.
隨意春芳歇,[2] 王孫自可留.

[주석]

1) 喧(훤): 시끄럽다. 浣女(완녀): 빨래하는 여인.

2) 隨意(수의): 마음대로. 歇(헐): 시들다.

[해설]

이 시는 왕유가 망천輞川의 별장에서 노닐며 가을 저녁에 느낀 흥취를 적은 것이다. 관직에서 벗어나 자연 속에서 유유자적하게 노니는 한가로운 심사를 표현하였는데 시각, 청각, 촉각 등 다양한 감각을 자유롭게 구사하면서 한 폭의 그림을 이루고 있다.

아무도 살지 않는 빈산에 비가 내렸다. 갓 비가 그치고 저녁이 되니 가을 기운이 완연하다. 뜨거운 여름이 가고 청량한 바람이 불어온다. 비 갠 구름 사이로 달이 떠올랐는데 소나무 숲 사이로 밝게 빛난다. 그리고 바위 틈새로 흐르는 샘물 소리가 어디선가 졸졸 들려온다. 갑자기 정적을 깨치며 대나무 숲 사이가 시끄러운데 자세히 들어보니 냇가에서 빨래하던 여인들이 집으로 돌아가며 웃고 떠들고 있다. 저 아래 개울에는 연잎이 일렁이는 것이 보이는데 그 사이로 고깃배가 한 척 집으로 돌아가고 있다. 저녁에 다들 자신의 집으로 돌아가고 있으니 나도 돌아가야 할 것이다. 나의 집은 바로 여기 산속이다. 관직에 나가봐야 무슨 좋은 일이 있겠는가? 비록 봄꽃은 제멋대로 져버려서 아름답지는 않지만 주위에 보고 듣고 하는 모든 것이 나의 마음을 편안하게 해준다. 옛날 초사楚辭의 「은자를 부르다招隱士」에서는 "왕손은 돌아오시라, 산중에서는 오래 머물 수 없다王孫兮歸來, 山中兮不可久留"라고 하면서 은자들을 다시 궁궐로 불러들였지만, 지금 내가 살고 있는 이 산중은 결코 그렇지 않다. 죽을 때까지 이곳에서 지낼 수 있을 것이다.

107. 숭산으로 돌아가며 짓다

왕유王維

맑은 시내가 긴 덤불을 두르고 있는데
마차 타고 한가로이 지나가노라니,
흘러가는 물은 반기는 정이 있는 듯하고
저녁의 새는 서로 더불어 돌아온다.
황폐한 성이 옛 나루터 옆에 있고
떨어지는 석양이 가을 산에 가득한데,
높디높은 숭산 아래로
돌아가서는 잠시 문을 잠그리라.

歸嵩山作

清川帶長薄,[1] 車馬去閑閑.
流水如有意, 暮禽相與還.
荒城臨古渡, 落日滿秋山.
迢遞嵩高下,[2] 歸來且閉關.

[주석]

1) 薄(박): 초목이 덤불로 자란 곳.

2) 迢遞(초체): 높이 솟은 모양. 嵩高(숭고): 숭산의 다른 이름.

[해설]

이 시는 왕유가 장안에서 관직도 없이 지내다가 숭산嵩山으로 돌아가면서 지은 것이다. 당시 숭산 근처의 낙양에서 장구령에게 관직을 구하는 편지를 쓴 적이 있으나 성과가 없었던 것으로 보인다. 숭산은 오악 중의 하나로 지금의 하남성 등봉현登封縣 인근에 있다.

긴 덤불을 에두르며 맑은 시냇물이 흘러가고 있는데 그곳을 한가롭게 마차를 타고 간다. 목적지는 숭산이다. 흘러가는 물을 바라보는데 마치 날 만나서 반가워하는 듯하니 고향으로 돌아온 것 같다. 저녁에 새가 자신의 둥지로 돌아오는 것처럼. 눈길을 돌리니 황폐한 옛 성이 있고 오래된 나루터가 있다. 아마 여기도 예전에는 번화하였을 터인데 지금은 인적이 드물어졌다. 부귀와 영화는 덧없는 것이다. 가을 산에는 석양이 가득하다. 내 인생도 이제 이렇게 저물어가리라. 그러니 이제 이 높은 숭산의 깊숙한 곳에 숨어서 세상과 관계를 끊고 혼자 살아가리라. 자연으로 돌아와 마음이 편하기는 하지만 세상에서의 뜻이 제대로 되지 않아 온 것이기에 처량함 또한 느껴진다.

108. 종남산

왕유王維

태을봉은 천제의 도성에 가깝고
연이은 산은 바다 모퉁이까지 이어지는데,
흰 구름은 빙 둘러 바라보니 합쳐져 있고
푸른 안개는 들어가보니 사라졌다.
지역은 가운데의 봉우리에서 달라지고
흐리고 맑음은 여러 골짜기마다 다른데,
사람이 사는 곳에서 묵고자
개울 너머로 나무꾼에게 물어본다.

終南山

太乙近天都，連山到海隅.
白雲迴望合，靑靄入看無.
分野中峯變,[1] 陰晴衆壑殊.
欲投人處宿，隔水問樵夫.

[주석]

1) 分野(분야): 옛날 사람들은 하늘의 별자리에 대응하여 땅의 구역을 나누었는데, 그 구획된 것을 분야라고 하였다.

[해설]

이 시는 왕유가 종남산終南山을 유람하면서 그 광대한 경지에 감탄하며 지은 것이다. 종남산은 장안 남쪽에 있는 거대한 산이다.

종남산의 주봉인 태을봉은 높아서 천제가 사는 곳에 닿을 것 같고, 종남산 산줄기는 옆으로 끝없이 이어져서 마치 바다까지 연결된 것 같다. 위로 보면 하늘까지 솟아 있고 옆으로 보면 세상 끝까지 이어져 있다. 그 속에 들어가니 구름이 있어 사방을 둘러봐도 온통 하얗고, 멀리서 볼 때 산을 신비스럽게 감싸고 있던 푸른 안개는 어느덧 사라지고 없다. 종남산의 안팎은 멀리서 보나 가까이서 보나 예상을 할 수 없다. 가운데 봉우리를 따라서 동서남북의 지역이 갈라지게 되니, 세상 구획의 중심이라 할 수 있고, 여러 골짜기마다 맑은 곳도 있고 흐린 곳도 있어 온갖 모습을 다 갖추었다. 이런 곳을 다 둘러보고자 하지만 도무지 하루에 마칠 수가 없다. 하루 종일 인적도 없는 깊은 산을 돌아다니다가 이제 인가를 찾아 묵으려고 하지만 산이 워낙 크니 인가 찾기도 힘들다. 겨우 개울 건너편에 지나가는 나무꾼을 발견하고는 큰 소리로 인가가 어디 있는지 물어본다. 아마도 한참을 가야 할 것 같다.

109. 장 소부에게 답하다

왕유王維

나이가 드니 그저 조용한 것만 좋아하고
만사에 관심이 없으니,
자신을 돌아봐도 좋은 방법이 없고
그저 옛 숲으로 돌아올 줄만 알았다.
솔바람이 풀어놓은 허리띠에 불어오고
산 위에 뜬 달이 튕기고 있는 금을 비춘다.
그대가 궁박함과 형통함의 이치를 묻는데
어부의 노래가 깊은 나루터로 들어가고 있다.

酬張少府

晩年惟好靜, 萬事不關心.
自顧無長策, 空知返舊林.
松風吹解帶, 山月照彈琴.
君問窮通理,[1] 漁歌入浦深.

[주석]

1) 窮通理(궁통리): 궁박함과 형통함의 이치. 관직에서 물러나고 나아가는 것에 관한 도리.

[해설]

이 시는 왕유가 장張 소부少府라는 사람의 시에 답을 한 것이다. 소부는 현의 관리인 현위縣尉의 별칭이고 장 씨에 관해서는 자세히 알려져 있지 않다. 시의 내용을 보면 관직에 나아가는 도리에 관해 장 씨가 왕유에게 물어본 것으로 보이는데 이에 대해 왕유는 자연의 순리에 따르면 된다는 뜻을 전달하고 있다. 왕유는 장안에서 관직을 하고 있을 때 망천에 별장을 두고 자주 오갔는데 관직에 별 관심이 없는 상황에서 자신의 심경을 말한 것으로 보인다.

나이가 들어 만년이 되니 시끄럽고 번다한 것은 싫고 조용한 것이 좋다. 세속의 시끄러운 일이란 조정에서나 조정 밖에서나 이런저런 이해관계를 따지는 것이니 대부분 사람들을 만나는 일이다. 이제 모든 일에 그다지 관심이 없고 그저 홀로 조용히 지내고 싶다. 그러기 위해서 어떻게 하면 좋을지 이리저리 궁리를 해보지만 좋은 수는 없고 오래도록 살던 숲으로 돌아올 수밖에 없다. 이곳에서의 삶은 어떠한가? 사람과 만날 일은 없다. 그러니 옷을 차려입을 필요도 없다. 허리띠도 풀어놓고 야외에 아무렇게나 앉아 있으니 솔향을 머금은 바람이 불어온다. 소나무 잎이 흔들리는 소리도 들린다. 이러한 곳에 음악이 빠질 수 없어 금을 튕겨보는데 어느새 산 위로 뜬 달이 찾아와 비춰준다. 이곳이야말로 내가 정녕 원하던 곳이다. 그대가 관직에 나아가고 물러나는 이치에 관해 물어보는데, 달리 대답할 게 없다. 어부가 노래를 부르며 깊은 포구로 들어가고 있다. 저 어부에게 물어보면 답이 있을까?

마지막에는 선문답 같은 느낌이 든다. 하지만 왕유는 자신의 생각을 이미 다 말하였다. 자신의 성정에 따라 자신이 원하는 것을 하면 된다는 것이다. 지금 이 순간이 좋다고 느낀다면 그것을 하면 된다. 싫은 일은 하면 안 된다. 굴원이 지었다고 하는 「어부사漁父辭」에서 어부는 "창랑의 물이 맑으면 나의 갓끈을 씻을 만하고, 창랑의 물이 탁하면 나의 발을 씻을 만하다"고 노래하였다. 아마도 왕유가 말한 어부의 노래는 이런 것이 아니었을까?

110. 향적사에 들르다

왕유王維

향적사가 어디에 있는지도 모르고
구름 봉우리 속으로 몇 리를 들어가니,
오래된 나무 있는 오솔길에는 인적이 없는데
깊은 산 어디선가 종소리가 들린다.
샘물 소리는 높다란 바위에서 흐느끼고
햇빛은 푸른 소나무에 차갑다.
어스름 텅 빈 못 굽이에서
좌선하여 독룡을 제압한다.

過香積寺

不知香積寺, 數里入雲峯.
古木無人徑, 深山何處鐘.
泉聲咽危石,[1] 日色冷青松.
薄暮空潭曲, 安禪制毒龍.[2]

[주석]

1) 危石(위석): 높다란 바위. 위태롭게 서 있는 바위.

2) 安禪(안선): 좌선하여 선정禪定에 들어가다. 毒龍(독룡): 불교의

일화에 나오는 존재로 못가에 노숙하던 5백 명의 상인을 잡아 죽였다고 한다. 불교에서 탐욕을 상징하는 존재이다.

[해설]

이 시는 왕유가 지금의 섬서성 서안시 남쪽에 있던 향적사香積寺에 들러서 지은 것으로, 가는 도중의 경물과 그곳에서 참선하며 잡념을 없애는 일을 적었다.

향적사라는 좋은 절이 있다는 소문을 들었는데 어디에 있는지는 정확히 모르면서 무작정 출발하였다. 구름이 낀 높은 산봉우리 속에서 몇 리나 들어가고 있다. 주위에는 오래된 나무만 있고 조그만 오솔길에는 인적이 없다. 맞게 가고 있는 것일까? 그 순간 산속 깊은 곳에서 종소리가 은은하게 들려온다. 저 종소리를 찾아가면 될 것이다. 높은 바위틈에서 샘물이 졸졸 흐르는데 마치 흐느끼는 듯 조용히 들린다. 사방이 적막하니 조그만 소리까지 다 들을 수 있다. 푸른 소나무에 햇빛이 비치는데 차갑게 느껴진다. 깊은 산속이라 서늘한 기운이 있어서 그런 것일 수도 있겠고, 소나무의 곧은 정기가 그렇게 느껴질 수도 있겠다. 이런 풍경 속에 있다 보니 머리와 마음이 절로 청량해진다. 인적이 없고 조용한 못 근처에 자리를 잡고 참선을 한다. 이런 분위기에서 참선을 하면 절로 불도를 깨칠 것이고 세속의 탐욕을 일으키는 독룡도 제압할 수 있을 것이다.

111. 재주자사 이 씨를 전송하다

왕유王維

수만 골짜기에는 나무가 하늘을 찌르고
수천 산봉우리에는 두견새가 울 터이고,
산속에 밤새도록 비가 내리면
나무 끝에는 수백의 샘물이 걸린다지.
한수의 여인은 동포를 납부할 것이고
파 땅의 사람은 토란밭으로 송사를 벌이겠지.
문옹도 도리어 가르쳐 교화하였는데
감히 선현에 의지하지 않을 수 있겠는가?

送梓州李使君[1]

萬壑樹參天,[2] 千山響杜鵑.[3]
山中一夜雨, 樹杪百重泉.[4]
漢女輸橦布,[5] 巴人訟芋田.[6]
文翁翻教授,[7] 不敢倚先賢.

[주석]

1) 使君(사군): 주의 최고 책임자인 자사刺史의 별칭이다.

2) 參天(참천): 하늘을 찌르다.

3) 杜鵑(두견): 새 이름. 전국시대戰國時代 촉나라 망제望帝 두우杜宇가 나라를 잃고 죽은 뒤 그 혼령이 변해 두견이 되었다는 전설이 있다.

4) 樹杪(수초): 나뭇가지의 끝.

5) 漢女(한녀): 한수의 여인. 한수는 재주와는 많이 떨어져 있는데, 여기서는 서한수西漢水, 즉 가릉강嘉陵江을 가리키는 것으로 보인다. 輸(수): 세금으로 납부하다. 橦布(동포): 동나무 꽃으로 짠 베. 일종의 면포이다.

6) 巴人(파인): 파 땅의 사람. 파 땅은 촉을 지칭할 때 많이 사용된다. 芋田(우전): 토란밭. 토란은 대표적인 구황작물이다.

7) 翻(번): 도리어.

[해설]

이 시는 왕유가 재주자사梓州刺史로 나가는 이李 씨를 전송하며 지은 것이다. 재주는 지금의 사천성 삼대현三臺縣이었으며 자사는 주의 최고 책임자이다. 이 씨에 대해 이숙명李叔明이라는 설이 있지만 확실치는 않다.

재주는 어떤 곳인가? 수만 개의 골짜기에는 나무가 높이 솟아 하늘을 찌를 듯 자라 있고 수천 개의 산에는 두견새가 울 것이다. 그리고 산에 밤새도록 비가 내리고 나면 이튿날 아침 온갖 바위틈에서 흘러내리는 수백 개의 물줄기를 볼 수 있을 것이다. 멀리서 보면 마치 나무 끄트머리에서 폭포가 떨어지는 것과 같다. 그리고 그곳 주민의 생활은 어떠한가? 여인들의 생업은 동포를 짜는 것이고 남자들의 생업은 토란을 경작하는 것이다. 그러니 그대가 이제 그곳으로 가면 동포 세금을 걷을 것이고 토란 밭에 관해서 송사를 처리할 것이다. 이런 것은 아마 그대가 여태 경험해보지 못한 것이리라. 풍광이 멋지기는 하지만 거칠고 험한 곳이다. 그곳에서 우아한 생활을 하지는 못할 것이고 그저 세금 걷고 밭의 경계나 해결해주는 단순한 일을 할 것이다. 하지만 한나라 때 문옹文翁은 어떻게 했던가? 문옹이 촉 땅의 태수가 되어 부임한 뒤 촉 지방의 풍습이 비루한 것을 보고는 그들을 교화시키기 위해서 학궁學宮을 조성하고 인재를 양성했다. 그 덕분에 지금은 옛날만큼 야만적이지는 않을 것이다. 이제 그대가 가면 그 지방의 척박함과 백성들의 비속함에 실망하지 말고 옛날 문옹이 했던 것처럼 교화를 시켜 정사를 잘 돌보기를 바란다.

험지로 가서 고생할 것이 염려되지만 오히려 멋지고 장대한 경관으로 묘사함으로써 상대방을 위로했으며, 그곳에서 맡을 일이 하찮은 것이지만 그래도 교화를 잘 펼치라고 진심 어린 충고를 했다.

112. 한수에서 굽어보다

왕유王維

초 땅의 변새는 세 상강과 연결되고
형문산은 아홉 물줄기와 통하는데,
강물은 천지의 바깥으로 흘러가고
산빛은 보였다 안 보였다 하며,
고을은 앞의 포구에 떠 있고
물결은 먼 하늘에 일렁인다.
양양의 아름다운 풍광
이곳에 머물며 산옹과 취하리라.

漢江臨眺

楚塞三湘接,[1] 荊門九派通.[2]
江流天地外, 山色有無中.
郡邑浮前浦, 波瀾動遠空.
襄陽好風日, 留醉與山翁.

[주석]

1) 楚塞(초새): 초 땅의 변새. 대체로 장강의 중하류 지역을 초 땅이라고 한다. 三湘(삼상): 이에 대한 설은 여러 가지가 있는데,

대체로 호남성에서 동정호를 통해 장강으로 들어가는 강의 지류나 그 일대를 가리킨다.

2) 荊門(형문): 지금의 호북성 지성시枝城市 북서쪽의 장강 가에 있는 산. 九派(구파): 구강. 호북성과 강서성 일대에서 장강으로 흘러 들어가는 여러 지류를 통칭하는 말이다.

[해설]

이 시는 왕유가 한수漢水를 유람하며 본 경물과 느낀 감회를 적은 것이다. 한수는 장강의 가장 큰 지류로 지금의 호북성 무한에서 장강으로 유입한다. 시의 내용상 왕유는 지금의 호북성 양번시인 양양襄陽에서 한수를 보며 지은 것으로 보인다.

한수는 얼마나 큰가? 북쪽에 있는 초 땅의 변새에서 흘러와 남쪽 호남성의 상강까지 연결되어 있고, 서쪽의 형문산까지 갈 수 있으며 아홉 갈래가 모여 흐른다는 장강까지 통해 있다. 이 거대한 물줄기를 타고 가면 세상 어디라도 갈 수 있을 것 같고 눈이 닿는 곳은 물론이거니와 이 세상의 바깥까지 흘러가는 것 같다. 그러니 아무리 높은 산이 옆에 있더라도 그 물결 속에서는 그저 하나의 점과 같아서 물결이 일렁이는 것에 따라 가끔 보였다가는 다시 사라질 뿐이다. 그리고 앞의 포구를 보니 마치 도읍이 한수의 강물 위에 떠 있는 것 같고 물결은 저 하늘 끝까지 일렁거린다. 이렇게 좋은 풍광을 왜 이제야 보게 되었는가? 옛날 진晉나라의 산간山簡은 양양태수가 되어 이곳에 부임해서는 경관이 좋은 습가지習家池에 가서 매일 술에 취했다고 하는데, 나도 이곳에서 그와 함께 취해 놀아야 할 것이다.

113. 종남산의 별장

왕유王維

중년에 무척 도를 좋아하였는데
만년에야 종남산 기슭에 집을 마련하였다.
흥이 나면 매번 홀로 다니는데
좋은 일은 그저 스스로만 알 뿐이다.
걸어서 물이 다하는 곳까지 가보고
앉아서 구름이 일어나는 때를 본다.
우연히 숲속의 노인을 만나면
담소하느라 돌아갈 기약이 없다.

終南別業[1)]

中歲頗好道, 晩家南山陲.
興來每獨往, 勝事空自知.
行到水窮處, 坐看雲起時.
偶然値林叟, 談笑無還期.

[주석]

1) 別業(별업): 별장.

[해설]

이 시는 왕유가 만년에 장안 남쪽에 있는 종남산終南山의 망천輞川에 지어놓은 별장에 관해 적은 것이다. 당시 왕유는 장안에서 관직을 하고 있었지만 틈만 나면 이곳에 와서 지내며 은거의 즐거움을 만끽했다.

중년에 불가에 입문해 자못 부처의 도를 좋아했는데 만년이 되어서야 종남산 기슭에 집을 마련해놓았다. 불도는 세속의 욕망을 끊고 초탈한 마음을 수양하는 것을 중요시하는데, 그간 관직 생활에 얽매여 그러하지 못했다. 이제는 본격적으로 그러한 삶을 추구하고자 한다. 여기에 오면 흥이 절로 나는데 그럴 때마다 혼자 이곳저곳을 다닌다. 굳이 함께할 사람이 없어도 된다. 아니, 없는 게 더 나을지도 모른다. 이리저리 다니면서 좋은 경관을 보고 좋은 일을 즐기는데 그건 오직 나만 알고 있으면 된다. 세속의 사람들이 이러한 흥취를 알아주기나 할까? 굳이 같이 즐기려고 누굴 데리고 오지 않아도 된다. 그저 내 마음이 깨끗해지면 그걸로 족하니, 나만 좋아하면 된다. 때로는 물길을 거슬러 올라가 수원지까지 가본다. 길은 끊어졌지만 그곳에는 맑은 샘물이 있다. 그곳에 앉아 바라보니 흰 구름이 뭉게뭉게 피어오른다. 도의 근원을 찾아가보니 어느덧 무심한 경지에 이르렀다. 자연과 함께하다 보니 절로 도를 깨치게 된다. 돌아오는 길에 숲속의 노인을 만난다. 이 노인 역시 나와 마찬가지로 이러한 삶을 즐기고 있다. 그러니 절로 의기투합하여 이런저런 이야기를 한다. 날이 어두워지는 줄도 모르고. 굳이 집에 돌아갈 필요도 없다.

목적을 정해놓고 그것을 위해 치열하게 살아가는 유위有爲의 삶을 버리고 자연의 순리를 좇아 되는대로 살아가는 삶 속에서 여유와 편안함을 느낄 수 있다.

114. 동정호를 굽어보며 장구령 승상께 드리다

맹호연孟浩然

팔월 한가을 호수의 물이 넓어
허공을 머금고 하늘과 하나가 되었는데,
증기는 운몽택에 자욱하고
물결은 악양성을 뒤흔듭니다.
호수를 건너려니 배가 없고
평범하게 지내자니 성군의 밝으심에 부끄러워,
앉아서 낚싯대 드리운 이를 보고는
공연히 물고기가 부러운 마음이 듭니다.

臨洞庭湖贈張丞相

八月湖水平, 涵虛混太淸.[1]
氣蒸雲夢澤,[2] 波撼岳陽城.
欲濟無舟楫,[3] 端居恥聖明.[4]
坐觀垂釣者, 空有羨魚情.

[주석]

1) 涵虛(함허): 허공을 적시다. 물이 허공과 닿아 있다는 뜻이다.
太淸(태청): 하늘.

2) 雲夢澤(운몽택): 옛날 초나라의 습지 이름으로, 장강 남북으로 있는 운택과 몽택을 아울러 부른 말이다. 면적이 사방 수백 리였다고 한다.

3) 舟楫(주즙): 배의 노. 배를 가리킨다.

4) 端居(단거): 일상생활. 평소에 평안하게 지내는 것을 말한다.

[해설]

이 시는 맹호연이 동정호洞庭湖를 굽어보며 든 느낌을 적어서 승상丞相인 장구령張九齡에게 준 것이다. 동정호는 장강이 흘러가는 곳에 있는 큰 호수이다. 승상은 재상을 말하고 장구령은 당시 중서시랑동중서문하평장사로 있었다. 맹호연은 장안에 갔다가 관직을 얻지 못한 채 다시 고향인 양양으로 돌아왔는데 그 이후 동정호에서 본 경물을 빌려 관직을 구하고자 하는 뜻을 적어 이 시를 장구령에게 주었다.

음력 8월 한가을이 되니 장강의 물이 많아졌으며 동정호의 수위도 높아져 그 어느 때보다 광활한 모습을 하고 있다. 드넓은 호수의 끝은 하늘과 맞닿아 있으니 둘 다 푸르러 어디가 하늘이고 어디가 호수인지 구분할 수가 없다. 호수 전체에서 기운을 뿜어내니 넓다고 이름난 운몽택이 자욱해지고 물결이 들이치니 동정호 옆에 있는 악양성이 뒤흔들릴 정도이다. 이러한 광대한 경물을 보노라니 마음속에 있는 호기가 막 솟구쳐 오른다. 나의 넓은 포부와 뛰어난 재주를 사용하여 천하를 구제하고자 하는 뜻이 용솟음친다. 이제 저 동정호를 건너가 마음껏 내 재주를 펼치고 싶은데 배가 없다. 어쩔 수 없이 편안하게 살면서 무위도식하자니 성스러운 은혜를 내려주시는 천자에 보답할 길이 없어 부끄러울 따름이다. 망연자실한 채 앉아 있는데 낚싯대를 드리우고 있는 이가 보인다. 저 사람은 무얼 낚고자 하는 것인가? 큰 물고기를 잡고자 하는 것이리라. 여기 있는 내가 바로 큰 물고기인데 날 낚으려는 자는 어디에 있는 것일까? 아마도 장구령이 바로 그 사람이리라.

115. 여러 친구와 함께 현산에 오르다

맹호연孟浩然

사람의 일은 늘 새롭게 바뀌는 법이라
오고 가며 옛날과 지금을 이루었다.
강산에 빼어난 자취가 남아 있어
우리가 다시 올라 굽어보니,
물이 빠져 어량주가 얕아졌고
날이 추워 운몽택이 깊어졌다.
양 공의 비석이 아직 남아 있기에
다 읽고 나니 눈물이 옷깃을 적신다.

與諸子登峴山[1)]

人事有代謝,[2)] 往來成古今.
江山留勝跡, 我輩復登臨.
水落魚梁淺,[3)] 天寒夢澤深.[4)]
羊公碑尚在, 讀罷淚沾襟.

[주석]

1) 諸子(제자): 여러 친구.

2) 代謝(대사): 오래되어 시든 것을 새것이 대신하다.

3) 水落(수락): 수위가 낮아지다. 魚梁(어량): 양양 녹문산 부근의 면수沔水에 있는 모래섬이다.

4) 夢澤(몽택): 옛날 초나라의 습지 이름으로, 장강 남북으로 운택과 몽택이 있었다. 면적이 사방 8, 9백 리 정도였다고 하며 둘을 아울러 운몽택이라고 한다.

[해설]

이 시는 맹호연이 여러 친구와 함께 현산峴山에 오른 뒤 그 감회를 적은 것이다. 현산은 지금의 호북성 양번시襄樊市에 있으며, 그곳에는 진晉나라 양호羊祜의 덕을 사모하며 세운 비석이 있다. 그는 양양 지역을 진수하면서 늘 현산에 올라 술을 마셨다. 어느 날 부하 장수에게 말하기를, "우주가 있을 때부터 이 산이 있었을 것이니 예로부터 어진 이들이 이곳에 올라 세상을 내려다보았을 것이다. 오늘 우리와 같은 사람들이 많았을 터인데 그 사람들은 다 사라졌으니 슬픈 일이다. 내가 백 년 뒤에도 귀신이 되어 있다면 이 산에 오를 것이다"라고 했다고 한다. 양호가 죽은 뒤 양양 사람들이 그를 위해 비석을 세웠는데, 후에 이곳에 올라 그 비석을 본 사람들이 모두 그를 그리워하며 눈물을 흘렸다고 한다. 그래서 그 비석을 '눈물을 흘리는 비석'이라는 뜻인 타루비墮淚碑라고 부른다. 맹호연 역시 현산에 올라 타루비를 보고 느낀 감회를 적었다.

사람의 일이란 신진대사처럼 낡은 것은 시들어 사라지고 새로운 것이 대신하는 법이다. 우주가 생긴 이래로 세월이 흐르는 동안 이런 식으로 고금을 이루어왔다. 그리고 이 산에 빼어난 경관이 있기에 옛날의 어진 이들처럼, 그리고 진나라의 양호처럼 우리도 이곳에 올라 그 경관을 조망하고 있다. 하지만 지금은 물이 빠져 어량주는 얕아 보이고 날씨가 쌀쌀해지니 초목이 시들어 운몽택은 어두컴컴하고 썰렁해 보인다. 예전에는 아름다운 경관이었을 터인데 오늘은 그렇지 않다. 아마도 우리의 마음이 그래서 그런 것인가? 양 공의 비를 읽어보노라니 만감이 또 교차한다. 그가 사라졌듯이 우리도 사라질 것이고, 후세 사람들은 아무도 지금의 우리를 기억하지 못할 것이다. 인생은 허무한 것이다.

116. 매 도사의 산속 거처에서 술을 마시다

맹호연孟浩然

숲속에 드러누워 다하는 봄을 근심하며
휘장을 걷어놓고 만물을 둘러보는데,
문득 소식 전하는 청조를 만나
적송자의 집에 초대받아 갔다.
단약 굽는 아궁이에는 막 불이 지펴지고
신선의 복숭아는 마침 꽃을 피웠으니,
젊은 얼굴을 만약 잡아둘 수 있다면
유하주에 취하는 것을 어찌 아끼리오?

宴梅道士山房

林臥愁春盡, 搴帷覽物華.[1)]
忽逢靑鳥使, 邀入赤松家.[2)]
丹竈初開火,[3)] 仙桃正發花.
童顔若可駐, 何惜醉流霞.

[주석]

1) 搴帷(건유): 휘장을 걷다. 物華(물화): 자연의 경물.

2) 邀(요): 초대하다. 赤松(적송): 전설 속의 신선으로 신농씨의 우

사雨師였다고 하는데, 불에 들어가도 타지 않았고 바람과 비를 타고 하늘을 날아다녔다고 한다.

3) 丹竈(단조): 단약을 만드는 아궁이.

[해설]

이 시는 맹호연이 늦봄에 매梅 도사의 초청을 받고 그의 산속 거처에 가서 같이 술을 마시는 흥취를 적은 것이다. 매 도사에 대해서는 자세히 알려진 바가 없는데 아마도 맹호연과 같이 은거하며 수련하던 이로 보인다.

숲속에 드러누워 있다. 세속의 시끄러움과 탐욕을 버리고 이곳 산속에 와서 은거하고 있다. 봄날 꽃이 피며 만물이 화려하게 펼쳐졌다가 이제는 그 봄이 다하려 한다. 인생은 일장춘몽인가? 덧없는 인생 속에 늙어가는 신세는 어찌할 수 없는 것인가? 이런저런 상념에 잠겨 그래도 마지막 남은 봄의 정취를 느껴보려고 휘장을 열고 삼라만상을 바라보고 있다. 그러던 중 서왕모의 편지를 전하는 청조의 소식을 받았다. 옛날의 유명한 도사인 적송자의 집으로 오라는 편지를 가져온 것이다. 여기서 적송자는 제목에 나오는 매 도사를 가리킨다. 그 역시 적송자와 같은 격조의 도사라는 말이다. 그의 거처에 가니 아궁이에는 막 불이 지펴져 먹으면 영생불사할 수 있다는 단약을 만들고 있다. 그리고 3천 년마다 한 번 열매가 맺힌다는 신선 세계의 복숭아나무는 한창 꽃을 피웠다. 내가 사는 곳에는 이미 꽃이 다 졌는데, 여기는 봄이 한창이다. 저 복숭아를 따 먹으면 신선이 될 수 있을 것이다. 여기서는 젊은 시절의 얼굴을 영원히 유지할 수 있을 것 같다. 그러니 마시면 죽지도 않고 배고프지도 않다는 신선의 음료 유하주를 마시고 취하는 것을 어찌 망설이겠는가? 봄의 끝자락에서 늙음을 어찌할 수 없어 하던 근심이 단숨에 사라진다.

117. 세모에 남산으로 돌아오다

맹호연孟浩然

궁궐에 글 올리는 일은 하지 않고
남산의 초라한 오두막으로 돌아왔다.
재능이 없어 현명하신 군주도 버렸고
병이 많아 오랜 친구도 뜸해졌다.
흰머리는 늙어가는 것을 재촉하고
푸른 봄날은 한 해가 저무는 것을 다그친다.
오래도록 생각하다 근심으로 잠 못 드는데
소나무에 달이 뜨니 밤의 창문이 텅 빈 듯하다.

歲暮歸南山

北闕休上書,[1] 南山歸敝廬.
不才明主棄, 多病故人疏.
白髮催年老, 靑陽逼歲除.[2]
永懷愁不寐, 松月夜窗虛.

[주석]

1) 北闕(북궐): 궁중에서 북쪽에 위치한 건물로 신하들이 황제를 알현하는 곳이다. 이후로 궁궐을 의미하게 되었다. 上書(상서):

글을 올리다. 자신의 주장이나 논설을 지어서 황제께 올리는 것이다. 이것을 검토하여 관직을 주기도 하였다.

2) 靑陽(청양): 봄. 歲除(세제): 한 해의 마지막 날.

[해설]

이 시는 맹호연이 장안에서 관직을 구하려고 했지만 성과가 없어서 다시 고향의 녹문산鹿門山으로 돌아와서 지은 것이다. 나이가 마흔이 되었지만 과거에 급제하지도 못하고 관직을 얻지도 못했다. 평소 녹문산에 은거하면서 세속의 욕망을 떨쳐버린 채 살았다고 하지만, 마음 한구석에는 공명에 대한 욕심이 남아 있었기에 그 아쉬움을 쉽게 떨쳐버릴 수 없었을 것이다.

장안에서 과거에 응시했지만 낙방했다. 그래도 황제에게 직접 지은 글을 올리면 그걸 평가받아서 관직에 나가는 방법도 있다. 두보나 이백도 그런 식으로 황제의 인정을 받았고 관직을 받았다. 하지만 그렇게까지 하고 싶지는 않으니 그냥 고향으로 다시 돌아왔다. 예전에 살던 집은 여전히 조그만데 주인이 없는 사이 더 누추해졌다. 내가 재능이 없다 보니 현명하신 군주도 나를 채택하지 않았고 병이 많은 몸이다 보니 친구들도 소원해졌다. 친구들이라도 힘을 써준다면 관직을 구할 수 있었을 텐데. 이번에 성과가 없었던 것을 재주 없고 병 많은 자신에게 돌리는 듯하지만, 여전히 천자와 친구에 대한 원망이 남아 있다. 사실 천자가 과거 시험을 주관하거나 채점하는 것도 아닌데. 이제는 머리가 하얗게 변하니 쉬이 늙어갈 것이다. 아직 해가 지나가지 않은 세모이지만 벌써 봄이 오려고 하니, 자연의 만물도 세월이 빨리 가라고 재촉하는 듯하다. 이런 생각 저런 생각 오래도록 근심하다 보니 잠도 오지 않는다. 어느새 해가 지고 소나무에는 밝은 달이 떴다. 창문을 통해 환히 달빛이 들어오니 창문이 사라진 듯하다.

마지막 구의 경물 묘사는 묘한 여운을 남긴다. 쓸쓸하고 적막하지만 그래도 소나무에 걸린 달과 환히 자신의 방을 비추는 달빛은 자연 속의 고즈넉한 운치를 전해주기 때문이다. 맹호연이 이러한 달빛 속에서 자신의 근심과 세속에 대한 욕망을 끊어버렸는지는 알 수가 없다.

후에 왕유가 궁에서 근무를 할 때 몰래 맹호연을 데리고 들어간 적이 있었다. 갑자기 현종이 행차하자 맹호연이 숨었는데 왕유가 사실을 아뢰니 현종이 그의 재주를 보고 싶어 했다. 그때 이 시를 읊었는데, 현종은 "그대가 벼슬을 구하지도 않았는데 어찌 내가 그대를 버렸다고 하면서 나를 무고하는가?"라고 하고는 고향으로 돌려보냈다고 한다. 아마도 사람들이 지어낸 이야기일 것이다.

118. 친구의 시골집에 들르다

맹호연孟浩然

친구가 닭고기와 기장밥을 차려놓고
시골집으로 오라고 나를 초대했다.
초록빛 나무가 마을 주위를 둘렀고
푸른 산이 성곽 밖에 비스듬히 서 있다.
창문 열어 마당과 텃밭을 내다보며
술잔 쥐고 뽕나무와 삼에 관해 말한다.
중양절이 되면
다시 와서 국화에게 가보리라.

過故人莊[1)]

故人具雞黍, 邀我至田家.[2)]
綠樹村邊合, 青山郭外斜.
開軒面場圃,[3)] 把酒話桑麻.[4)]
待到重陽日, 還來就菊花.[5)]

[주석]

1) 故人(고인): 친구. 莊(장): 교외의 집.

2) 邀(요): 초대하다.

3) 面(면): 마주하다. 바라보다.

4) 桑麻(상마): 뽕나무와 삼. 뽕나무는 누에를 먹여 비단을 만들기 위한 것이고 삼은 베를 짜기 위한 것으로 농가의 가장 일반적인 작물이다. 여기서는 널리 농사나 작물을 가리킨다.

5) 就(취): 나아가다. 다가가다.

[해설]

이 시는 맹호연이 친구의 초대를 받아서 시골집에 갔던 일을 적었다. 그 친구가 누구인지는 알려져 있지 않다. 시골에서 한가롭고 소박하게 사는 정취를 한껏 느꼈는데 맹호연 역시 그런 정취에 대한 선망이 있었다.

친구가 닭을 잡고 기장밥을 해놓았다고 맹호연을 초대했다. 시골집에서 할 수 있는 최대의 진수성찬을 정성껏 마련해놓았다. 그러니 가보지 않을 수가 있겠는가? 즐거운 마음으로 친구의 시골집으로 간다. 멀리서 보니 마을 주위로 푸른 나무들이 둘러싸고 있고, 성곽 너머로는 푸른 산이 완만하게 뻗어 있다. 한눈에 보기에도 평화롭고 포근한 느낌이 든다. 이런 곳에 사는 사람들은 모두 행복할 것이다. 친구 집에 들어가서는 창문을 열어서 마당과 채마밭을 내려다본다. 마당에는 아마 최근에 수확한 작물들이 있었을 것이고 채마밭에는 아직 한창 경작하고 있는 농작물이 있었을 것이다. 그리고 술을 한잔하면서 뽕나무 농사와 삼 농사에 관해 이야기를 한다. 소박한 음식을 먹으면서 그저 농사에 관한 이야기를 나눈다. 세속의 이익이나 어지러운 정치 이야기는 없다. 속됨은 하나도 없다. 이런저런 이야기 속에 마음이 절로 깨끗해진다. 마당을 보니 국화가 있는데 아마 중양절이 되면 꽃을 피우겠지. 그때 다시 와서 국화주를 마시면서 또 한가롭게 이런저런 이야기를 나누세.

119. 장안에서 가을을 느낀 감회를 적어 원 스님에게 부치다

맹호연孟浩然

항상 언덕 하나 얻어서 누워 살려고 했지만
괴롭게도 세 갈래 길을 마련할 밑천이 없다.
이곳 북쪽 땅은 내가 바라는 곳이 아니기에
그곳 동림사의 우리 스님이 생각난다.
황금은 계수나무 같은 땔나무 때느라 다 쓰고
장한 뜻은 해가 갈수록 쇠약해지니,
해 저물고 찬바람이 불어오는데
매미 소리 듣자니 슬픔만 더해간다.

秦中感秋寄遠上人[1]

一丘常欲臥, 三徑苦無資.[2]
北土非吾願, 東林懷我師.[3]
黃金然桂盡,[4] 壯志逐年衰.
日夕涼風至, 聞蟬但益悲.

[주석]

1) 秦中(진중): 옛 지명으로 지금의 섬서성 중부의 평원 지대를 가

리키며, 여기서는 장안을 뜻한다. 上人(상인): 스님의 별칭.

2) 苦(고): 진실로.

3) 東林(동림): 여산에 있는 절의 이름. 진나라 때 혜원慧遠 스님이 창건하였다. 제목에 나오는 원 스님이 실제로 동림사에 있었을 것이다. 또는 혜원과 법명이 같은 것에 착안하여 동림사의 혜원에 원 스님을 비유한 것일 수도 있다. 師(사): 법사法師. 스님을 가리킨다.

4) 然(연): 태우다. '연燃'과 통한다.

[해설]

이 시는 맹호연이 장안에서 관직을 얻으려 하였지만 아무런 성과를 얻지 못한 상황에서 가을이 되자 느낀 감회를 적어서 원遠 스님에게 보낸 것이다. 원 스님에 대해서는 자세히 알려져 있지 않은데, 본문에서 여산의 동림사가 언급되었으니 그곳의 스님일 수도 있다.

내가 살아가면서 바라는 것은 언덕 하나 구해 그곳에서 은일하며 지내는 것이다. 서한西漢 말에 장후蔣詡가 관직을 버리고 고향으로 돌아와 대숲 아래에 세 갈래 길을 내고 친구들과만 교유했다고 한다. 그런데 내게는 그런 집을 마련할 만한 돈이 없다. 진晉나라 도연명도 세 갈래 길이 있는 은거지를 마련하기 위해 팽택령으로 나갔으며, 몇 달 후에 팽택령을 그만두고 전원으로 돌아와서 살았다고 한다. 나도 지금 어쩔 수 없이 그 자금을 마련하기 위해 장안으로 왔지만 그마저도 신통치 않다. 게다가 이곳의 물가는 얼마나 비싼가? 땔감이 마치 계수나무처럼 비싸기에 가지고 있던 돈도 다 써버렸다. 성과도 없이 세월만 흘러가고 있으니 처음에 품었던 씩씩한 뜻은 날이 갈수록 쇠잔해진다. 원래 이곳에서 살려는 것은 내 뜻이 아니다. 나는 고향에서 은거하고 싶었다. 문득 원 스님이 생각난다. 세속의 욕망을 끊어버리고 자연 속에서 초탈하고 사는 분이다. 그분이 보고 싶지만 뵐 면목이 없다. 해는 어느새 저물고 찬바람이 부는 가을이 되었다. 매미 소리가 들린다. 여름 한철 울던 저 매미는 이제 찬바람 속에 죽어갈 것이다. 내 신세가 저 매미와 같다. 쇠락의 계절에 나의 몸과 마음은 다 스러져간다. 원 스님만이 이런 날 구원해줄 수 있으리라.

120. 동려강에서 묵으며 광릉의 옛 친구에게 부치다

맹호연孟浩然

산은 어둑해지고 구슬픈 원숭이 소리 들리는데
푸른 강은 밤에 흘러가느라 급하고,
바람은 양쪽 강기슭의 나뭇잎을 울리는데
달은 외로운 배 한 척을 비춘다.
건덕은 나의 고향이 아니기에
유양에 있는 옛 친구를 그리며,
또 두 줄기 눈물을
바다 서쪽으로 멀리 부친다.

宿桐廬江寄廣陵舊遊[1)]

山暝聽猿愁, 滄江急夜流.
風鳴兩岸葉, 月照一孤舟.
建德非吾土, 維揚憶舊遊.[2)]
還將兩行淚, 遙寄海西頭.[3)]

[주석]

1) 舊遊(구유): 옛날에 같이 노닐던 친구.

2) 維揚(유양): 양주揚州를 가리키며 광릉의 다른 이름이다.

3) 海西頭(해서두): 바다의 서쪽 지방. 양주를 가리킨다. 수隋 양제煬帝의 「용선을 띄우다泛龍舟歌」에 "물어보건대 양주는 어디에 있나? 회하의 남쪽이고 장강의 북쪽이며 바다의 서쪽이다借問揚州在何處, 淮南江北海西頭"라는 구절이 있다.

[해설]

이 시는 맹호연이 강남 지역을 유람하다가 동려강桐廬江에서 묵으면서 광릉廣陵에 있는 친구를 그리워하며 지어 보낸 것이다. 동려강은 지금의 절강성 동려현을 지나가는 강이고 광릉은 지금의 강소성 양주시이다. 과거에서 떨어지고 관직을 구하지 못한 채 이리저리 객지를 떠돌다 보니 문득 옛 친구가 생각났던 것이다.

오늘도 배를 타고 이리저리 떠돌다가 겨우 강둑에 정박했다. 해는 저물어 산은 어둑하고 구슬픈 원숭이 소리가 들린다. 그 소리를 듣는 내 마음 역시 구슬퍼진다. 저 강물은 어딜 급하게 가려는지 물살이 거세다. 저 물결처럼 내 인생도 빨리 지나가버렸고 남은 인생도 그렇게 지나가겠지. 바람이 부니 강둑의 나뭇잎이 쏴아아 소리를 내고 밝게 뜬 달은 외로운 내 배를 비춘다. 처량하고 쓸쓸하다. 지금 이곳 건덕은 나의 고향이 아니다. 타지를 떠돌고 있는 신세라 이곳이 낯설게 느껴진다. 근처 광릉(유양)의 옛 친구가 문득 생각난다. 타향에서 그래도 향수를 달랠 수 있는 이는 그대뿐이다. 내 두 줄기 눈물을 그대가 있는 바다의 서쪽 지역으로 보낼 터이니, 부디 받아 보고 날 위로해주길 바란다.

121. 왕유를 떠나가다

맹호연孟浩然

쓸쓸하니 끝내 무엇을 기다리랴?
날마다 공연히 스스로 돌아왔구나.
향기로운 풀을 찾아 떠나려 하는데
친구와 헤어지는 것이 안타깝다.
집권자 중에 누가 서로 의지하겠는가?
지음은 세상에 드문 법이지.
그저 응당 적막함을 지키면서
돌아가 고향 집의 사립문을 닫아야 하리라.

留別王維[1)]

寂寂竟何待, 朝朝空自歸.
欲尋芳草去, 惜與故人違.[2)]
當路誰相假,[3)] 知音世所稀.
只應守寂寞, 還掩故園扉.[4)]

[주석]

1) 留別(유별): 남겨두고 떠나가다.

2) 故人(고인): 친구. 違(위): 어긋나다. 헤어진다는 뜻이다.

3) 當路(당로): 집권자. 相假(상가): 나를 의지하다. 자신을 도와준다는 뜻이다.

4) 掩(엄): 닫다. 扉(비): 사립문.

[해설]

이 시는 맹호연이 장안에 와서 왕유王維에게 의탁하면서 관직을 구하려고 했지만 결국 실패하고 고향으로 내려가면서 왕유와 헤어지며 지은 것이다. 곤궁함을 극복하기 위해 원래 자신의 지향과는 거리가 있는 관직 생활을 하려고 했지만 상황이 녹록지 않았다. 과거에도 떨어지고 이리저리 청탁도 해보지만 결국 실패했다. 왕유도 만방으로 도와주었지만 성과가 없었기에 떠나보내는 왕유나 떠나가는 맹호연이나 모두 가슴이 아팠을 것이다. 하지만 이 시에는 왠지 왕유에 대한 원망도 언뜻 비친다.

아무런 성과도 얻지 못해 쓸쓸해졌으니 이제 또 뭘 기다리겠는가? 매일 관직을 구하러 뛰어다녔지만 빈손으로 돌아왔지. 이제는 평소 내가 좋아하던 향기로운 풀이 있는 고향으로 돌아가려고 한다. 다만 친한 친구인 왕유와 헤어지게 된 것이 안타까울 뿐이다. 장안에 있는 집권자들은 나를 알아주지 않으니 누가 날 도와주려 하겠는가? 원래 세상에 지음이라 할 수 있는 사람은 한둘에 불과하지. 이제는 고향으로 내려가 문을 닫아놓고 홀로 적막하게 살아가겠다. 평소에 자연 속에서 은거하는 것을 좋아했지만 자신의 뜻을 이루지 못한 채 고향으로 내려가는 것이기에 그곳의 생활이 그다지 유유자적하지는 않을 듯하다.

122. 이른 추위에 감회가 일다

맹호연孟浩然

나뭇잎 지고 기러기가 남으로 가는데
북풍으로 강가가 춥다.
우리 집은 양수의 물굽이에 있으니
초 땅의 구름 너머 먼 곳이다.
고향 그리는 눈물을 객지에서 다 흘렸고
외로운 배는 하늘가에 보일 것이다.
나루터를 몰라 묻고자 하지만
바다같이 넓은 강이 저물녘에 아득하구나.

早寒有懷

木落雁南渡, 北風江上寒.
我家襄水曲, 遙隔楚雲端.
鄉淚客中盡, 孤帆天際看.
迷津欲有問,[1] 平海夕漫漫.[2]

[주석]

1) 迷津(미진): 나루터를 모르다. 어디로 가야 할지 모르는 모습이다.

2) 平海(평해): 너른 바다. 여기서는 강을 비유한다. 漫漫(만만): 아득한 모양.

[해설]

이 시는 맹호연이 객지를 떠돌다가 날씨가 쌀쌀해지자 고향 생각이 나서 지은 것이다. 자신이 하고자 하는 바를 이루지 못하고 정처 없이 객지를 떠도는 회한을 적었다.

낙엽이 지고 기러기가 남쪽으로 날아간다. 가을이 되었다. 북풍이 불어오니 강가가 쌀쌀하다. 이렇게 또 조락의 계절이 되었고 한 해가 저물어갈 것이다. 우리 집은 어디 있나? 양수가 굽어 흐르는 곳에 있다. 저 먼 초 땅의 구름 너머에 있을 것이다. 고향을 그리워하며 눈물을 많이 흘려 이제는 그 눈물이 말라버렸다. 고향에서는 내가 탄 배가 오기만 기다리고 있을 터인데, 그 배는 아직도 하늘가 먼 곳에 있다. 이제 어디로 가야 하나? 어디로 가야 할지도 모르겠고, 여기가 어딘지도 모르겠다. 저녁이 되니 바다같이 너른 강이 아득하기만 하다. 나의 존재가 너무나 작고 초라하다.

123. 가을날 오공대 위의 절에 올라 멀리 바라보다

유장경劉長卿

옛 오공대는 초목이 시든 뒤라서
가을이 고향 바라보는 마음으로 들어온다.
들판의 절에는 찾아오는 사람이 적고
구름 낀 봉우리는 강 너머에 유심한데,
저녁 해는 옛 보루에 걸려 있고
차가운 경쇠 소리는 빈숲에 가득하다.
서글픈 남조의 일
장강만 지금까지 남아 있구나.

秋日登吳公臺上寺遠眺

古臺搖落後,[1] 秋入望鄉心.
野寺來人少, 雲峰隔水深.
夕陽依舊壘, 寒磬滿空林.
惆悵南朝事,[2] 長江獨自今.

[주석]

1) 搖落(요락): 초목이 시들다. 오공대 주변이 쇠락해졌다고 풀이할 수도 있다.

2) 惆愴(추창): 애달픈 모양.

[해설]

이 시는 유장경이 가을에 오공대吳公臺 위에 있는 절에 올라서 멀리 바라본 경관과 그 감회를 적은 것이다. 오공대는 지금의 강소성 강도시江都市에 있었다. 남조 송나라의 심경지沈慶之가 경릉왕竟陵王을 공격하기 위해 쇠뇌를 발사할 수 있는 발사대를 쌓았는데, 후에 진陳나라의 오명철吳明徹이 북제北齊의 경자유敬子猷를 공격하면서 이를 증축했다. '오공'이라고 한 것은 오명철의 성을 딴 것이다. 송, 제齊, 양梁, 진나라를 남조라고 통칭하는데 당시 강남의 풍부한 물산 덕분에 화려한 생활을 했다. 그 남조의 대표적인 유적지인 오공대에 올랐는데 옛날의 화려함은 사라지고 황폐해진 터 위에 사찰이 세워진 것을 보고는 세월의 무상함을 표현했다.

오래된 오공대에 오르니 모든 초목이 시들었다. 가을의 상념이 고향을 그리워하는 마음을 또 일으킨다. 옛날에는 화려한 진용을 자랑했겠지만 지금은 흔적만 남아 있고 절이 세워져 있다. 한갓진 곳의 절이라 찾아오는 사람도 없다. 강 너머로 보이는 높은 산봉우리에는 구름이 걸려 있는데 낙엽이 지니 숲이 더욱 깊어 보여 쓸쓸하다. 어느덧 저녁이 되어 해는 서쪽 보루에 걸려 있고 절에서 울리는 경쇠 소리가 숲에 가득하다. 하지만 그 소리는 차갑게 느껴지고 숲은 공허하다. 세상만사 다 헛된 것이다. 아무리 부귀영화를 누려본들 세월 앞에 변하지 않는 것이 없다. 저 장강의 물은 이러한 변화를 다 목격했을 터이지만, 아무 말도 없이 무심하게 흘러간다. 지금까지 세월이 흘러온 것처럼.

124. 한양의 별장으로 돌아가는 이 중승을 보내다

유장경劉長卿

실의하여 떠도는 정남장군
일찍이 십만 군사를 지휘했건만,
그만두고 돌아가도 옛 가업이 없을 터
늙어가며 태평성세를 그리워하겠지.
홀로 서 있기만 해도 세 변방이 조용했으니
목숨을 가벼이 여긴 것을 한 자루 검만은 알리라.
드넓은 장강과 한수 가에서
날이 저물면 또 어디로 갈까?

送李中丞歸漢陽別業[1)]

流落征南將,[2)] 曾驅十萬師.[3)]
罷歸無舊業, 老去戀明時.
獨立三邊靜,[4)] 輕生一劍知.
茫茫江漢上,[5)] 日暮復何之.[6)]

[주석]

1) 中丞(중승): 어사중승御史中丞. 어사대부의 속관으로 정오품상正五品上에 해당한다. 이 씨가 언제 어사중승을 지냈는지는 알려

져 있지 않다. 別業(별업): 별장. 여기서는 이 씨의 고향에 있는 시골집을 가리키는 것으로 보인다.

2) 流落(유락): 인정을 받지 못해 실의한 모양. 또는 이리저리 떠도는 모양.

3) 驅(구): 부리다. 師(사): 군대를 가리킨다.

4) 三邊(삼변): 세 변방. 한나라 때는 흉노, 남월, 조선을 가리켰다고 하지만 널리 변방을 의미한다.

5) 茫茫(망망): 아득한 모양.

6) 何之(하지): 어디로 가는가?

[해설]

이 시는 유장경이 한양漢陽의 집으로 돌아가는 이李 씨를 송별하며 지은 것이다. 이 씨에 관해서는 자세히 알려져 있지 않지만, 이 시에 따르면 옛날에 남방을 정벌하는 장군이 되어 변방을 지켰으며 어사중승의 관직도 했던 것으로 보인다. 하지만 자신의 공적을 인정받지 못한 채 관직을 그만두고 고향으로 돌아가게 되었다. 한양은 지금의 호북성 무한시로 한수가 장강으로 유입되는 곳에 있다.

자신의 공적을 인정받지 못해 이리저리 떠도는 그대. 옛날에는 정남장군이 되어 10만의 병사를 호령했다. 그렇게 객지에서 전쟁하느라 청춘을 보내고 늙은 나이에 관직을 그만두고서 지금 고향으로 돌아가면 가업도 남아 있지 않을 것이다. 가난한 늙은이로 여생을 보내겠지만 그래도 마음만은 전쟁이 없는 태평성세를 기원하고 있을 것이다. 예전에 그대가 변방에 홀로 서 있기만 해도 오랑캐들이 감히 쳐들어오지 못했고, 전투를 할 때에는 목숨을 초개와 같이 여기며 용맹하게 싸워 공적도 많이 올렸지. 하지만 그걸 알아주는 사람은 없고 오직 그대와 생사고락을 같이한 검 한 자루만이 그 사실을 알고 있으리라. 어찌 이 세상에는 밝은 눈을 가진 사람이 없는가? 이제 돌아가면 한수 가에 살 터인데, 그 한수는 얼마나 아득히 넓은가? 그곳에서도 아마 이런저런 걱정에 서성일 터이고, 그 마음을 알아주는 이가 아무도 없으리라.

125. 남쪽으로 가는 왕 씨를 전별하다

유장경劉長卿

그대 있는 곳을 바라보니 안개 낀 강 드넓은데
손 흔드니 눈물이 수건을 적신다.
날아가던 새는 어디로 사라졌나?
푸른 산만 공연히 나를 마주하고 있다.
긴 강에 돛 하나가 멀어지는데
저물녘엔 오호에 봄이 한창이리라.
누가 볼까? 모래섬에서
그리워하며 흰 마름에 근심하고 있는 이를.

餞別王十一南遊[1)]

望君煙水闊，揮手淚沾巾.
飛鳥沒何處，靑山空向人.
長江一帆遠，落日五湖春.[2)]
誰見汀洲上,[3)] 相思愁白蘋.[4)]

[주석]

1) 餞別(전별): 헤어지다. 十一(십일): 친척 형제간의 순서를 가리킨다.

2) 五湖(오호): 여러 가지 설이 있는데 대체로 오월 지방의 호수를

가리킨다.

3) 汀洲(정주): 강의 모래섬.

4) 白蘋(백빈): 여름과 가을에 흰 꽃이 피는 수초의 이름. 대체로 가을을 상징한다.

[해설]

이 시는 유장경이 남쪽으로 가는 왕王 씨와 헤어지고 난 뒤의 감회를 적은 것이다. 왕 씨에 대해서는 자세하게 알려져 있지 않으며 남쪽으로 가는 이유도 알 수 없다. 왕 씨와 헤어진 뒤 보이지 않을 때까지 바라보며 아쉬워하면서 항상 그를 그리워할 것이라는 마음을 표현했다.

그대가 배를 타고 떠나가고 있다. 그곳을 바라보니 안개 낀 강이 광활하다. 안개가 끼니 떠난 지 얼마 되지 않았는데도 벌써 희미하게 보인다. 얼른 손을 흔들어 보이자니 눈물이 난다. 배를 따라 날아가던 새는 어디로 가버렸나? 새도 보이지 않고 배도 보이지 않는다. 이제 남아 있는 것은 푸른 산뿐이다. 저 산을 바라보며 그대와 함께 노닐었는데 이제는 그럴 수가 없구나. 저 산이 공연히 나를 바라보고 있는 듯하다. 그대는 흘러가는 물을 따라 흘러갔지만 나는 저 산과 같이 꼼짝 않고 이곳에 남아 있다. 긴 강을 따라 그대가 타고 가는 배가 멀어졌는데 아마도 여정이 순탄할 터이니 저녁에는 목적지인 오호에 도착할 것이다. 그리고 그곳은 따뜻한 봄일 터이니 그대의 이번 노닒은 즐거울 것이다. 하지만 나는 어떠할까? 그대가 떠나간 이 물가를 서성이며 그리워할 것이다. 흰 마름이 피는 가을에도 여전히.

126. 남계의 상 도사를 찾아가다

유장경劉長卿

한 줄기 오솔길이 지나가는 곳
이끼 위에 신발 자국이 보인다.
흰 구름은 고요한 물가에 기대어 있고
향긋한 풀은 한갓진 문을 닫아두었다.
비가 지나간 뒤 소나무의 빛을 보다가
산을 따라 냇물의 발원지에 이르렀다.
시냇가의 꽃이 참선의 뜻을 주기에
서로 마주하고는 또한 말을 잊었다.

尋南溪常道士

一路經行處, 莓苔見屐痕.[1)]
白雲依靜渚, 芳草閉閑門.
過雨看松色, 隨山到水源.
溪花與禪意, 相對亦忘言.

[주석]

1) 莓苔(매태): 이끼. 屐痕(극흔): 나막신 자국.

[해설]

이 시는 유장경이 남계南溪에 살고 있는 상常 도사를 찾아갔지만 만나지 못한 채 주위 경관을 둘러보며 느낀 감회를 적은 것이다. 남계가 어디인지는 확실치 않으며 상 도사에 관해서도 자세히 알려져 있지 않다. 당나라 때는 도사와 스님을 혼동하여 쓰기도 했는데 여기서도 그런 것으로 보인다. 고즈넉한 남계의 풍광을 그리면서 상 도사의 인품과 도의 깊이를 비유적으로 칭송했다.

한 줄기 오솔길을 따라 남계를 찾아간다. 오솔길에는 사람이 잘 다니지 않는지 이끼가 많이 자라 있다. 그 이끼 위에 신발 자국이 보인다. 아마도 상 도사의 흔적이리라. 이 길을 따라가니 상 도사의 거처가 보인다. 흰 구름이 조용한 남계에 걸쳐 있고, 향긋한 풀이 문 앞에 무성하게 자라 있다. 그런데 문이 닫혀 있다. 상 도사가 안 계시니 구름과 풀이 집을 지키고 있는 것 같다. 아마도 저 흰 구름은 아무런 사심 없이 깨끗한 상 도사의 마음일 것이고 저 향긋한 풀은 그의 고매한 인품일 것이다. 비록 그를 만나지는 못했지만 이미 그의 모든 것을 다 느낀 듯하다. 잠시 비가 왔지만 이 흥취를 방해하지 않는다. 오히려 비가 오니 푸른 소나무가 더욱 깨끗하고 푸르게 보인다. 이 역시 상 도사의 시들지 않는 절조를 보여주는 듯하다. 비로 물이 불었는지 남계의 시냇물 소리가 크다. 산줄기를 따라 냇물을 따라 수원지로 가본다. 나도 모르게 도의 근원을 찾게 된다. 시냇가에 꽃이 피어 있다. 이 꽃도 아마 참선하는 상 도사와 함께 이곳에 있었을 것이다. 그 참선의 뜻을 배운 것일까? 꽃에서도 그 뜻을 느길 수가 있다. 이 꽃을 보노라니 나도 참선의 세계로 빠져든다. 이 세상이 사라진다. 말이 무슨 소용 있겠는가?

127. 새해에 짓다

유장경劉長卿

고향 생각이 새해에 간절해져서
하늘가에서 홀로 눈물을 흘린다.
늙어서도 다른 사람 아래에 있는데
봄이 나그네보다 먼저 돌아왔다.
고개의 원숭이가 아침저녁을 같이해주고
강가의 버들이 바람과 안개를 함께해준다.
쫓겨난 장사왕의 태부와 이미 비슷해졌는데
지금부터 또 몇 해를 지낼까?

新年作

鄕心新歲切, 天畔獨潸然.[1)]
老至居人下, 春歸在客先.
嶺猿同旦暮, 江柳共風煙.[2)]
已似長沙傅, 從今又幾年.

[주석]

1) 天畔(천반): 하늘 모퉁이. 장안에서 멀리 떨어진 지역을 가리킨다. 潸然(산연): 눈물을 줄줄 흘리는 모양.

2) 風煙(풍연): 바람과 안개. 이와 달리 풍진세상을 뜻하는 것으로 볼 수도 있다.

[해설]

이 시는 유장경이 지방으로 폄적되고 새해를 맞이하여 자신의 신세에 대한 감회를 읊은 것이다. 유장경은 평생 두 번 폄적되었는데 작시 시기에 관해서는 설이 엇갈린다. 억울한 일로 인해 관직에서 밀려나 지방에 있다 보니 고향 생각이 절실해지고 어찌할 도리도 없이 늙어가는 자신의 신세가 한스러웠는데, 이러한 감개가 짙게 표현되어 있다.

평소에도 고향 생각이 나는데 새해가 되니 그리움이 더 간절해진다. 응당 새해를 가족들과 함께 보내야 할 터인데 멀리 떨어진 하늘가에서 홀로 이렇게 지내고 있으니 눈물이 줄줄 난다. 나의 관직은 또 어떠한가? 늙도록 여전히 다른 사람의 아래에서 일하고 있다. 그렇게 허송세월하는데 세월은 무심하게도 흐르고 흘러 또 봄이 되었다. 내가 있는 이곳에 봄은 어김없이 돌아왔지만 정작 돌아가야 할 자신은 아직 여기 머물러 있다. 나보다 먼저 돌아온 봄이 야속하기만 하다. 이런 나의 마음을 아는지 모르는지 그저 고갯마루의 원숭이만 하루 종일 구슬픈 소리로 울어댄다. 그리고 강가의 버들만이 바람에 흔들리고 안개처럼 모호한 현실을 나와 함께하고 있다. 나는 이미 옛날 장사왕長沙王의 태부太傅로 폄적되었던 가의賈誼와 같은 신세가 되었다. 그 역시 왕을 위해 충심으로 일했지만 결국 모함으로 쫓겨나지 않았던가? 가의는 그 후 양회왕의 태부로 좌천되었다가 33세의 젊은 나이에 죽고 말았다. 나는 여기에서 몇 년을 더 있어야 할까? 기약이 없다. 새해가 되었지만 희망은 없고 절망만 있다.

128. 일본으로 돌아가는 스님을 전송하다

전기錢起

큰 나라에서 인연을 따라 머물렀는데
왔던 길은 꿈속의 길 같았다지.
하늘을 띄운 푸른 바다는 멀지만
속세를 떠난 불법의 배는 가벼우리.
물에 비친 달은 선정과 통하고
물고기와 용은 불경 소리 듣겠지.
하나의 등불 빛이 가장 아름다우니
만 리 사람들의 눈 속에서 밝으리라.

送僧歸日本

上國隨緣住,[1] 來途若夢行.
浮天滄海遠, 去世法舟輕.[2]
水月通禪寂,[3] 魚龍聽梵聲.[4]
惟憐一燈影, 萬里眼中明.

[주석]

1) 上國(상국): 중국의 주변 국가에서 중국을 지칭하는 말이다.

2) 去世(거세): 세속을 떠나다. 불법을 깨쳤다는 말이다. 法舟(법

주): 불법을 깨친 스님이 타고 있는 배.

3) 禪寂(선적): 참선으로 불법을 깨친 뒤 고요해진 마음의 상태.

4) 梵聲(범성): 불경 읽는 소리.

[해설]

이 시는 전기가 중국에서 불법을 수련하고서 돌아가는 일본의 스님을 전송하며 지은 것이다. 그가 누구인지는 자세히 알려져 있지 않다. 일본의 스님이 멀리까지 와서 불법 수행을 잘했기에 그의 불법이 대단하다고 칭송하고 있는데, 그 이면에는 중국이 문화적으로 우월하다는 자부심이 담겨 있기도 하다.

큰 나라에서 불법을 배우기 위해 인연을 따라 넓은 바다를 건너왔다. 처음 올 때는 그 길이 마치 꿈과 같이 몽롱했을 것이다. 아직 불법을 깨치지 못했기 때문이다. 하지만 불법을 깨치고 다시 돌아갈 때는 이미 세속의 번뇌를 깨쳐버렸으니 하늘을 띄울 듯 너른 바다를 가야 하지만 아무런 고통도 없이 가볍게 건너갈 뿐이다. 물에 비친 달은 실질이 없고 허망하다. 일체의 만물이 모두 다 그러하다. 이러한 것을 참선을 통해 다 깨우쳤다. 그러니 이 스님이 불경을 읽으면 바다의 물고기와 용도 이를 듣기 위해 몰려들 것이다. 바닷길을 가다가 밤이 되면 등불을 켜고 갈 것이다. 망망대해에 떠 있는 하나의 불빛. 암흑천지 속에 밝음을 주는 하나의 불빛. 마치 중생을 다 구제할 수 있는 스님의 법력과 같다. 이제 만 리 떨어진 일본의 중생들도 이 스님의 감화를 받아 다 눈이 밝아질 것이다.

129. 곡구의 서재에서 양 보궐에게 부치다

전기錢起

샘물과 골짜기가 초가집을 두르고
구름과 노을이 휘장 같은 줄사철나무에서 생겨나는데,
대나무가 예쁜 건 갓 비가 내린 뒤이고
산이 사랑스러운 건 석양이 질 때이며,
한가로운 백로는 늘 일찌감치 깃들이고
가을꽃은 더욱 늦게 떨어진다.
집안 아이가 여라 드리운 길을 쓸어놓은 것은
예전에 친구와 만나기로 약속했기 때문이지.

谷口書齋寄楊補闕

泉壑帶茅茨,[1] 雲霞生薜帷.[2]
竹憐新雨後, 山愛夕陽時.
閑鷺棲常早, 秋花落更遲.
家童掃蘿徑,[3] 昨與故人期.

[주석]

1) 泉壑(천학): 샘과 골짜기. 茅茨(모자): 띠풀로 지붕을 이다. 초가집이라는 말이다.

2) 薜帷(벽유): 줄사철나무로 만든 휘장. 줄사철나무가 자란 것이 휘장같이 둘렀다는 말이다.

3) 蘿徑(나경): 여라가 드리운 길. 여라는 소나무에 사는 기생식물인데 대체로 은자의 거처를 표현할 때 사용한다.

[해설]

이 시는 전기가 곡구谷口에 있는 자신의 서재에서 양楊 보궐補闕에게 부친 것으로, 예전에 약속하였듯이 자신의 집으로 한번 찾아오라는 뜻을 전달했다. 곡구는 지금의 섬서성 경양현涇陽縣 서북쪽의 지명이다. 양 씨가 누구인지는 자세히 알려져 있지 않다. 보궐은 중서성이나 문하성의 관직명으로 종칠품상從七品上에 해당한다. 자신의 거처가 소박하지만 자연의 흥취와 여유가 있는 곳임을 여러 경물을 통해 표현했다.

내가 살고 있는 이곳은 띠풀로 지붕을 이었고 줄사철나무로 휘장을 만들었으니 화려하고 멋진 집은 아니다. 하지만 집 주위로는 샘물과 골짜기가 둘러 있고 구름과 노을이 그 속에서 생겨난다. 갓 비가 내리고 나면 푸르던 대나무가 더욱 푸르고 석양이 질 때는 산이 붉게 물들어 모두 예쁘고 사랑스럽다. 여기 사는 백로는 주인을 닮았는지 한가로워서 다른 곳의 백로보다 더 일찍 둥지를 찾고, 이곳에 핀 가을꽃은 주인의 정취를 아는지 다른 곳의 꽃보다 더 오래 피어 있다. 이렇게 자연의 흥취와 여유가 있는 곳에 내가 살고 있다. 예전에 우리 집에 오기로 약속하지 않았는가? 내가 세속과 떨어져 은자의 생활을 하고 있기에 우리 집에는 찾아오는 사람이 없으니 집으로 들어오는 길에는 여라가 드리워져 있고 잘 찾기 힘들 것이다. 그래서 집안 아이를 시켜 앞길을 쓸어놓으라고 하였다. 이 시를 받고 얼른 오시게.

130. 회수 가에서 양주의 친구와 만난 것을 기뻐하다

위응물韋應物

장강과 한수에서 일찍이 나그네로 있을 때
서로 만나 매번 취해서 돌아갔지.
떠다니는 구름처럼 한 번 헤어진 뒤
흐르는 강물처럼 십 년이 지나갔다.
즐겁게 웃노라니 정은 옛날과 같지만
듬성듬성 머리카락은 이미 희끗하다.
무슨 이유로 돌아가지 않는가?
회수 가에 가을 산이 있어서이지.

淮上喜會梁州故人[1)]

江漢曾爲客, 相逢每醉還.
浮雲一別後, 流水十年間.
歡笑情如舊, 蕭疏鬢已斑.[2)]
何因不歸去, 淮上有秋山.

[주석]

1) 故人(고인): 친구.

2) 蕭疏(소소): 드문드문한 모양. 鬢(빈): 귀밑털. 斑(반): 흰 머리털

이 섞여 있는 것.

[해설]

이 시는 위응물이 회수淮水에서 양주梁州 출신의 옛 친구를 만나 기뻐하는 감정을 노래한 것이다. 회수는 지금의 강소성 회음淮陰 일대를 흐르는 강물이며 양주는 지금의 섬서성 남정현南鄭縣 동쪽이다. 이 친구가 누구인지는 자세히 알려져 있지 않다. 옛날에 의기투합해서 노닐던 친구를 10년 만에 만났는데 즐거움 속에 아쉬움이 표현되어 있다.

옛날에 장강과 한수 사이를 떠돌고 있을 때 우리가 처음 만났다. 서로 마음이 잘 맞아서 만났다 하면 매번 술에 취해서 헤어지곤 하였다. 서로 뜬구름 같은 신세라 떠돌기 위해 헤어졌는데 흘러가는 강물처럼 어느덧 10년의 세월이 흘렀다. 다시 만나보니 마음과 정은 옛날 그대로여서 여전히 웃고 즐기는데 머리칼은 이미 희끗희끗하다. 왜 아직까지 고향으로 돌아가지 않고 떠돌고 있는지 물어본다. 여기 회수에 가을 산이 있으니 이곳에 있을 뿐이다. 더 이상 관직을 구하기 위해 떠돌지 않고 이 좋은 가을 산에 은거하며 유유자적하게 살고 싶다. 겉으로는 이런 말일 것이다. 하지만 그동안 이곳저곳 떠돌았음에도 별다른 성과가 없었던 듯하다. 아직 고향으로 돌아갈 여건이 마련되지 않았을 것이다. 하지만 그렇게 말하기는 싫었을 것이다. 가을 산에 무슨 좋은 정취가 있겠는가? 쓸쓸함이 짙게 배어 나온다.

131. 저녁 비를 읊어서 이조를 송별하다

위응물韋應物

초 땅의 강이 이슬비 속에 있고
건업에 저녁 종이 울릴 때,
막막하니 돛은 무겁게 다가오고
어둑하여 새는 느릿느릿 떠나간다.
바다로 들어가는 입구는 깊숙하여 보이지 않고
포구의 나무는 멀리서 물기를 머금고 있다.
그대를 보내자니 정은 끝이 없어
옷깃 적시는 눈물은 흐트러진 실같이 내리는 가랑비 같다.

賦得暮雨送李曹[1)]

楚江微雨裏，建業暮鐘時.
漠漠帆來重,[2)] 冥冥鳥去遲.[3)]
海門深不見,[4)] 浦樹遠含滋.
相送情無限，沾襟比散絲.[5)]

[주석]

1) 賦得(부득): 원래는 황제의 명령에 의해 시를 짓거나 과거 시험 또는 시회 등에서 주어진 제목으로 시를 짓는 것이다. 여기서

는 특정 주제로 시를 짓는다는 말이다.

2) 漠漠(막막): 아득한 모양. 흐릿한 모양.

2) 冥冥(명명): 어두한 모양.

4) 海門(해문): 강이 바다로 들어가는 어귀.

5) 散絲(산사): 흩어져 있는 실 가닥. 가랑비를 비유한다.

[해설]

이 시는 위응물이 이조李曹와 송별하며 지은 것인데, 주제를 저녁 비로 하였다. 이조에 관해서는 자세히 알려져 있지 않고 판본에 따라 이름이 다양하게 되어 있다. 구절구절마다 저녁과 비를 연관 지어 표현하면서 이별의 아쉬움을 표현하였다.

초 땅의 강에 이슬비가 내리고 건업建業에 저녁 종이 울린다. 건업은 지금의 남경시이다. 이슬비로 더욱 막막하게 보이는 강에 돛이 비에 젖어 포구로 들어오는 배가 무겁게 보이고, 날개가 비에 젖은 새는 어둑한 밤에 둥지를 찾아가는 게 느려졌다. 비 내리는 저녁에 모두가 힘들어 보인다. 저 멀리 장강이 바다로 들어가는 곳은 비로 인해 더욱 멀어져 보이질 않고 포구의 나무도 빗기운을 머금고 있다. 그대가 가는 길이 더욱 멀어 보이고 주위의 사물도 모두 처량해 보인다. 이제 그대를 떠나보내야 한다. 아쉬움의 정은 끝이 없다. 어느새 옷깃이 축축해졌는데 눈물로 젖었는가? 빗물로 젖었는가? 한참 동안 빗물 속에서 눈물을 흘린다.

132. 정근이 내게 준「가을밤 일에 관해 쓰다」시에 답하다

한굉韓翃

긴 대나무가 이른 바람을 맞이하고
빈 성에 아름다운 달빛이 맑다.
은하수에는 한 마리 가을 기러기
다듬이 소리 나는 천 가구의 밤.
계절을 보아하니 응당 저물었는데
마음의 기약으로 잠자리 또한 늦어졌다.
줄곧 그대의 빼어난 구절을 읊조리느라
이미 까마귀가 우는 것도 몰랐다.

酬程近秋夜卽事見贈[1)]

長簟迎風早,[2)] 空城澹月華.[3)]
星河秋一雁, 砧杵夜千家.[4)]
節候看應晚, 心期臥亦賒.[5)]
向來吟秀句,[6)] 不覺已鳴鴉.

[주석]

1) 卽事(즉사): 자신의 주위에 있는 경물이나 일에 관해 짓다. 見贈

(견증): 내게 주다. '견'은 피동의 뜻이다.

2) 簟(점): 대나무의 일종.

3) 澹(담): 맑다. 月華(월화): 달빛을 미화한 표현이다.

4) 砧杵(침저): 다듬잇돌과 다듬이. 여기서는 다듬이질을 가리킨다.

5) 賒(사): 늦다.

6) 向來(향래): 줄곧.

[해설]

이 시는 정근程近이 먼저 가을밤에 관해 써서 준 시에 대해 한굉이 답한 것이다. 정근에 관해서는 자세히 알려져 있지 않다. 가을밤의 적막함을 세밀하게 표현해내면서 상대방의 시를 칭송하였다.

긴 대나무에 바람이 불어온다. 적막한 밤이 되니 일찍부터 사각거리는 소리가 잘 들린다. 인적이 끊어져 조용한 성에는 밝은 달빛만 비친다. 고즈넉하다. 하늘의 은하수에는 남쪽으로 가는 기러기가 한 마리 있다. 외로운 기러기 소리가 들린다. 가을이 되니 겨울옷을 준비하느라 마을의 모든 집에서는 다듬이 소리가 들린다. 어느덧 가을도 깊이 저물어가고 있다. 밤이 길어졌으니 응당 일찍 잠자리에 들어야 하지만 내가 하기로 마음먹은 것이 있기에 그걸 하느라 자지 않는다. 무엇인가? 그대가 보내준 시를 읽는 것이다. 몇 번이고 읽었지만 너무나 훌륭하기에 잠도 자지 않고 계속 읽어본다. 어느새 까마귀가 울고 동이 튼다.

133. 제목이 빠져 있다

유신허劉昚虛

길은 흰 구름 따라서 사라지고
봄은 맑은 개울과 더불어 길다.
때마침 떨어진 꽃잎이 떠내려오니
멀리까지 흐르는 물 따라 향기를 풍긴다.
산으로 향한 길엔 한가로운 문
글을 읽는 당엔 깊은 버들.
태양이 비쳐도 매번 어슴푸레하니
맑은 빛이 옷을 비춘다.

闕題

道由白雲盡，春與淸溪長.
時有落花至，遠隨流水香.
閒門向山路，深柳讀書堂.
幽映每白日,[1] 淸輝照衣裳.

[주석]

1) 幽映(유영): 그윽하게 비치다. 그늘로 인해 약간 어둑하게 비치는 것이다.

[해설]

이 시는 제목이 소실된 채 시 본문만 전한다. 제목이 없어 구체적으로 어떤 상황인지는 확실치 않지만 대체로 유신허가 산속에 사는 은자를 찾아가는 내용으로 보인다. 그가 사는 곳의 그윽한 정취를 묘사하는 것으로 시가 구성되어 있는데, 이를 통해 그의 인품을 가늠할 수 있다.

그는 산속에 살고 있다. 산길을 따라가노라니 저 끝에는 흰 구름이 가려져 있다. 흰 구름은 세속의 때가 묻지 않은 그의 인품을 상징하는 것이리라. 맑은 개울이 길게 흐르는데 봄이 어느덧 길어졌고 날도 길어졌다. 떨어진 꽃잎이 그 개울에 떠내려온다. 그 향기가 냇물을 따라 멀리까지 전해진다. 이것은 산속의 은자가 풍기는 향기이리라. 그의 거처에 오니 문은 한가롭게 열려 있다. 그 문을 나서면 곧장 산으로 갈 수 있다. 이것은 세속을 멀리하는 그의 마음이리라. 독서를 좋아하는 그의 마루에는 어느새 무성해진 버들이 드리워져 있다. 한낮에 태양이 내리쬐지만 버들이 무성하여 그윽한 그늘이 이루어지고, 그 사이로 맑은 빛이 새어 비추고 있다. 그윽한 그늘 속에서 햇빛을 받는 그의 몸에 빛이 난다.

134. 강남의 고향 친구를 객사에서 우연히 만나다

대숙륜戴叔倫

때는 가을이고 달은 또 둥근데
성궐에 밤이 천 겹이다.
강남에서의 모임을 또 이루었는데
꿈속에서의 만남인가 도리어 의심한다.
바람 부는 가지에 어둠 속의 까치가 놀라고
이슬 내린 풀에 한기 속의 벌레가 운다.
떠돌이 신세라 오래도록 취할 만하니
서로 붙들며 새벽 종소리 걱정한다.

江鄕故人偶集客舍[1]

天秋月又滿,[2] 城闕夜千重.
還作江南會, 翻疑夢裏逢.[3]
風枝驚暗鵲, 露草泣寒蟲.
羈旅長堪醉,[4] 相留畏曉鐘.

[주석]

1) 江鄕(강향): 장강 유역의 고향. 강남의 고향. 故人(고인): 친구.

2) 天秋(천추): 하늘이 가을이다. 가을이 되었다는 말이다.

3) 翻(번): 도리어.

4) 羈旅(기려): 말을 타고 떠돌다. '기'는 말의 재갈이다.

[해설]

이 시는 대숙륜이 장안에서 우연히 고향 친구를 만난 감회를 적은 것이다. 관직을 위해 장안에 왔지만 성과를 이루지 못한 상황에서 고향 친구를 만났기에 즐거운 한편 아쉬운 마음이 지극하다. 경물과 감회를 번갈아 서술하면서 그 감개를 표현했다.

때는 가을이다. 맑은 가을은 수확의 계절이기도 하지만 쇠락의 계절이기도 하다. 보름달이 떴다. 중추절일지도 모르겠다. 낯선 객지에서 홀로 지내자니 밤이 유난히 깊다. 마치 천 겹으로 어둠이 쌓여 이 밤이 과연 끝날 수 있을지 의문이다. 둥근달은 가족의 모임을 상징하는데 오늘은 뜻하지 않게 고향의 친구를 만났다. 예전에 고향에서 즐겁게 놀던 모임을 타지에서 하게 되니 꿈만 같다. 하지만 마냥 반갑지는 않다. 서로 관직을 구하느라 이리저리 떠도는 신세이기 때문이다. 나뭇가지에 바람이 부니 그 소리에 잠자던 까치가 놀라서 깬다. 밤에 편안하게 머물 수 있는 공간이 없다. 풀에 차가운 이슬이 내릴 때는 풀벌레가 구슬프게 운다. 객지에서의 고생을 알고 있는 듯하다. 피차 객지를 떠돌고 있으니 우리 오늘은 오랫동안 술을 마시고 취해보자. 그간의 근심을 잠시나마 잊어보도록 하자. 옛날이야기도 하면서. 그런데 끝날 것 같지 않던 밤은 이런 때에는 쏜살같이 지나간다. 새벽 종소리가 언제 울릴지 두렵다. 종소리가 나면 이제 다시 헤어져야 할 것이다. 각자 객지를 또 떠돌아야 한다. 언제 다시 만날지 기약이 없다. 헤어지기 전에 마지막으로 한 잔 더 하시게. 한 번 더 만류하며 아쉬워한다.

135. 이단을 전송하다

노륜盧綸

옛 관문에 온통 시든 풀인데
헤어지자니 정말 슬프다.
그대의 길은 차가운 구름 너머로 뻗어 있고
나는 저녁 눈 내릴 때 돌아간다.
어려서 아버지를 잃고 일찌감치 나그네가 되어
많은 어려움 속에 늦게야 그대를 알았지.
얼굴 가리고 눈물 흘리며 부질없이 바라볼 뿐
풍진세상 어디서 또 만날 수 있을까?

送李端

故關衰草徧, 離別正堪悲.
路出寒雲外, 人歸暮雪時.
少孤爲客早,[1] 多難識君遲.
掩淚空相向, 風塵何處期.

[주석]

1) 少孤(소고): 어려서 아버지를 여의다. 혹은 어려서 부모를 여의다.

[해설]

이 시는 노륜이 이단李端과 헤어지며 지은 것이다. 이단은 대력大曆 5년(770)에 진사에 급제하여 비서성秘書省 교서랑校書郎이 되었고 항주사마杭州司馬를 지냈으며, 이후에는 관직을 그만두고 형산衡山에 들어가서 은거하였다. 어려운 상황에서 늦게나마 알게 된 친구를 겨울에 떠나보내는 안타까움을 표현했다.

친구가 떠나간다기에 옛 관문이 있는 곳까지 따라왔다. 여기에는 온통 시든 풀뿐이다. 바야흐로 겨울이다. 이런 추운 계절에 떠나간다니 더욱 가슴이 아프다. 아마도 좋은 일로 떠나는 것은 아닐 것이다. 친구가 가야 할 길을 바라보니 저 끝에는 차가운 구름이 있다. 춥고도 먼 길일 것이다. 나는 헤어지고 저녁이 되어서야 눈을 맞으며 돌아갈 것이다. 역시 춥고 쓸쓸한 길일 것이다. 나는 어려서 아버지를 잃고 일찌감치 고향을 떠나 이리저리 떠돌며 살았다. 안녹산의 난을 겪었다. 많은 어려움 속에서 그대와 같은 지기知己를 드디어 만나게 되었다. 더 일찍 만났으면 좋았을 것을. 그런데 이렇게 또 훌쩍 나를 떠나가고 있다. 행여 눈물을 보이게 될까 얼굴을 가리고 울고는 떠나가는 그대의 뒷모습을 공연히 바라본다. 아직 전쟁이 곳곳에 있고 정국이 혼란스럽다. 우리의 인생도 앞으로 순탄하지는 않을 것이다. 언제 다시 만날 수 있을까? 부디 살아 있기만 하게나.

136. 고종사촌 동생을 만나 기뻐하다가 금방 다시 작별을 말하다

이익李益

십 년의 난리 후에
장성하여 한 번 만났기에,
성을 물은 건 처음 만나 놀라서였고
이름을 말하니 옛 얼굴이 기억난다.
헤어진 뒤 상전벽해의 일들
다 말하고 나니 저녁 종이 울린다.
내일 파릉으로 갈 터인데
가을 산은 또 몇 겹일까?

喜見外弟又言別[1)]

十年離亂後, 長大一相逢.[2)]
問姓驚初見, 稱名憶舊容.
別來滄海事,[3)] 語罷暮天鐘.
明日巴陵道,[4)] 秋山又幾重.

[주석]

1) 外弟(외제): 고종사촌 동생이나 외사촌 동생을 가리킨다.

2) 長大(장대): 장성하다.

3) 滄海事(창해사): 상전벽해桑田碧海가 일어난 일. 많이 변해버린 상황을 말한다.

4) 巴陵(파릉): 지금의 호남성 악양시岳陽市를 가리킨다.

[해설]

이 시는 이익이 고종사촌 동생을 객지에서 오랜만에 우연히 만났다가 금방 헤어지게 된 상황을 읊은 것이다. 얼굴도 알아보지 못할 정도로 오랜만에 만났는데 곧 헤어지게 되니 반가움 속에 서글픔이 더 많았을 것이다.

안녹산의 난이 일어났다. 온 나라가 전쟁으로 혼란스럽다. 그 와중에 어릴 때 같이 지내던 고종사촌 동생과 헤어졌고 이제 장성하여 한 번 만나게 되었다. 분명 어디서 본 사람인데 누군지 기억이 나지 않는다. 친척이었던 것 같다. 그래서 이름을 물어본다. 그제야 고종사촌 동생이란 걸 알아챘다. 자세히 보니 어릴 때 얼굴이 남아 있다. 그동안 무슨 일이 있었던가? 그야말로 뽕나무밭이 푸른 바다로 변하는 일이 있었다. 너무나 많은 일이 있었다. 무엇부터 말해야 하나? 이런저런 이야기를 하다 보니 어느새 저녁 종소리가 들린다. 이제 어디를 갈 것이냐? 언제 떠나느냐? 내일 파릉으로 가야 합니다. 같이 지낼 시간이 오늘 밤뿐이구나. 10년 만에 만났는데 겨우 하루밖에 같이 못 지내다니. 내일 아침 헤어지면 저 가을 산이 또 우리를 갈라놓겠지. 초목이 시들어 황량한 가을 산을 보니 더욱 마음이 쓸쓸해질 것이다. 전쟁의 난리 속에서 다시 헤어져야 하는 상황이 너무나 안타깝다. 첩첩으로 가로막은 저 산을 보니 다시는 못 만날지도 모르겠다.

137. 운양관에서 한신과 함께 묵으며 헤어지다

사공서司空曙

친구와 강과 바다로 헤어진 뒤
몇 번이나 산과 내로 떨어져 있었는가?
갑자기 만나니 도리어 꿈인 듯하여
서로 슬퍼하며 각자 나이를 물었다.
외로운 등불은 추위 속에 빗줄기를 비추고
우거진 대숲에는 어둠 속에 안개가 떠 있다.
또 내일 아침 한스러운 일이 있으니
이별의 술잔을 애석해하며 함께 전한다.

雲陽館與韓紳宿別

故人江海別,[1] 幾度隔山川.[2]
乍見翻疑夢,[3] 相悲各問年.
孤燈寒照雨, 深竹暗浮煙.
更有明朝恨, 離杯惜共傳.

[주석]

1) 故人(고인): 친구.

2) 幾度(기도): 몇 번.

3) 乍(사): 갑자기. 翻(번): 도리어.

[해설]

이 시는 사공서가 친구인 한신韓紳을 오랜만에 만났다가 운양관雲陽館에서 같이 묵으며 다음 날의 작별을 아쉬워하면서 지은 것이다. 한신에 관해서는 자세히 알려져 있지 않은데, 한승경韓升卿이나 한신경韓申卿으로 된 판본도 있다. 한승경은 한유韓愈의 숙부인데 동일인인지는 확실치 않으며, 한신경 역시 자세히 알려져 있지 않다. 운양관은 운양현에 있던 여관이란 뜻으로 운양은 지금의 섬서성 삼원현三原縣이다.

이 친구와 헤어진 뒤 서로 강으로 바다로 떠돌았으며 몇 번이나 만나려고 했지만 산과 강으로 길이 막혔다. 그렇게 오랜 세월이 지났다. 그러다가 갑자기 만나게 되었으니 아직 믿기지 않고 꿈만 같다. 얼마나 세월이 지났는가? 나이를 알고 있지만 그래도 나이가 몇인지 자꾸 물어본다. 그동안 고생을 많이 했는지 얼굴을 보니 많이 늙었다. 그래서 또 나이를 물어본다. 그동안 못다 한 이야기를 하느라고 밤을 지새운다. 등불을 하나 켜놓았는데 바깥에는 비가 추적추적 내리고 있다. 밤비가 서글프다. 무성하게 자란 대나무 숲에는 밤안개가 피어오른다. 뿌옇게 흐릿한 것이 아마도 우리의 현실인 것만 같다. 앞길이 또 힘들 것이다. 아쉽지만 내일 아침이면 또 각자 갈 길을 가야 한다. 그러니 이 밤 이별의 술잔을 주거니 받거니 함께 마신다.

138. 고종사촌 동생 노륜이 찾아와 묵게 된 것을 기뻐하다

사공서司空曙

고요한 밤 사방에 이웃도 없고
황량한 집에 가업도 가난하다.
빗속에는 누런 이파리의 나무
등불 아래에는 흰머리의 사람.
내가 홀로 숨어 산 지 오래되었기에
그대가 자주 나를 찾아주는 것이 부끄럽다.
평소에 원래 교분이 있었는데
하물며 고종간의 친척임에랴.

喜外弟盧綸見宿[1)]

靜夜四無隣, 荒居舊業貧.
雨中黃葉樹, 燈下白頭人.
以我獨沈久,[2)] 愧君相見頻.
平生自有分,[3)] 况是霍家親.[4)]

[주석]

1) 外弟(외제): 고종사촌 동생 또는 외사촌 동생을 가리킨다. 見宿

(견숙): 자신을 찾아와서 묵다.

2) 獨沈(독침): 홀로 숨어 살다.

3) 平生(평생): 평소. 有分(유분): 친분이 있다.

4) 霍家親(곽가친): 곽씨 집안의 친척. 서한의 곽거병霍去病은 위청衛青의 누이인 위소아衛少兒의 아들이어서 곽씨와 위씨는 서로 외종과 고종 사이의 친척이 되는데, 여기서는 두 사람이 내외종사촌간임을 가리킨다.

[해설]

이 시는 사공서가 고종사촌 동생 노륜盧綸이 자기 집에 와서 묵게 된 것을 기뻐하며 지은 것이다. 노륜은 안녹산의 난으로 떠돌다가 과거에 급제하지 못했지만 재상 원재元載의 추천으로 문향위閿鄉尉가 되었으며 감찰어사를 역임하였다. 오래도록 홀로 지내고 있는데 평소의 교분과 친척이라는 이유로 자주 찾아와주는 것을 고마워하는 마음을 표현했다.

사방에 이웃도 없다. 집도 초라하다. 가업도 변변치 않아 재산도 별로 없다. 이렇게 처량한 상태에서 잠 못 드는 밤이 고요하기만 하다. 적막한 신세이다. 마당에는 잎이 누렇게 시든 나무가 비를 맞고 있다. 방 안에는 머리가 하얗게 되어 늙은 내가 이런 저런 근심 속에 밤에도 잠을 자지 못하고 등불을 켜놓고 있다. 나무나 사람이나 처량하기는 마찬가지이다. 세상 사람들을 떠나 홀로 지낸 지 오래되었는데 이렇게 나를 자주 찾아주는 그대가 고맙기도 하지만 부끄러운 마음도 든다. 아마도 평소 교분이 있는 데다가 친척지간이기에 나를 찾아주는 것이리라. 숨어 지내기 때문에 알고 지내는 사람이 적지만 그래도 그대는 나를 생각해줘 자주 방문하고 게다가 외로운 밤을 같이 지내며 하룻밤 자고 간다. 친척이야 많겠지만 그래도 혈육이라고 날 찾아주는 사람은 별로 없다. 그렇기에 그대가 더욱 고맙다.

139. 반군이 평정된 후 북쪽으로 돌아가는 사람을 전송하다

사공서司空曙

세상이 어지러워 함께 남쪽으로 떠났는데
시절이 맑아지자 홀로 북쪽으로 돌아간다.
타향에서는 흰머리가 생겼지만
고향에서는 푸른 산을 보리라.
새벽달 아래서 허물어진 보루를 지나가고
뭇별을 바라보며 옛 관문에서 묵을 터인데,
추위 속의 새와 시든 풀이
가는 곳마다 근심 어린 얼굴을 짝하리라.

賊平後送人北歸

世亂同南去, 時淸獨北還.
他鄕生白髮, 舊國見靑山.[1)]
曉月過殘壘, 繁星宿故關.[2)]
寒禽與衰草, 處處伴愁顔.

[주석]

1) 舊國(구국): 고향.

2) 繁星(번성): 많은 별.

[해설]

이 시는 사공서가 안녹산의 난이 평정된 뒤 다시 북쪽의 고향으로 돌아가는 이를 전송하며 지은 것이다. 난리가 평정되어 다시 고향으로 돌아가는 것은 기뻐할 일이지만 그동안 노쇠해졌으며 온 나라가 황폐해진 것은 슬픈 일임을 표현하였다.

안녹산의 난이 일어나자 함께 안전한 남쪽으로 피했는데 이제 난리가 평정되자 그대는 북쪽의 고향으로 돌아가려고 한다. 15년 정도의 난리로 중년을 넘어서 머리가 희끗희끗해졌지만 그래도 지금 돌아가면 푸른 고향 산을 볼 수 있을 것이다. 하지만 가는 길이 순탄치는 않을 것이다. 전국에 난리가 났으니 길도 제대로 정비되어 있지 않을 것이고 여관도 제대로 없을 것이다. 밤에는 별을 보며 옛 관문에서 묵을 것이고 새벽에 일찍 일어나서 달을 바라보며 전쟁하던 보루를 지나갈 것이다. 황폐해진 길을 갈 것이고 아마 고향도 황폐해져 있을 것이다. 가는 내내 곳곳에서 그대의 근심 어린 얼굴과 같이하는 것은 추위에 벌벌 떠는 새와 잎이 시들어버린 풀밖에 없을 것이다. 그대 역시 추위 속에서 힘든 날을 보낼 것이다. 워낙 혹독한 난리였기에 고향으로 가는 길과 마음이 그다지 편하지는 않을 것이다.

140. 촉나라 선주 유비의 사당

유우석劉禹錫

천지에 가득한 영웅의 기개
천 년이 지나도 여전히 늠름하다.
형세로는 세발솥처럼 나누었고
공업으로는 오수전을 회복하였다.
재상을 얻어 나라를 세울 수는 있었으나
아들을 낳아도 현명함을 닮지 않았기에,
애달프게도 촉나라의 옛 기녀들이
위나라의 궁전 앞으로 와서 춤추게 되었다.

蜀先主廟

天地英雄氣, 千秋尙凜然.
勢分三足鼎, 業復五銖錢.
得相能開國, 生兒不象賢.[1)]
淒涼蜀故妓, 來舞魏宮前.

[주석]

1) 象賢(상현): 현명함을 닮다.

[해설]

이 시는 유우석이 촉나라를 세운 유비劉備의 사당을 방문하고서 그 감개를 적은 것이다. 유비의 사당은 여러 군데에 있는데 아마도 유우석이 기주자사夔州刺史로 있으면서 지금의 중경시 봉절현奉節縣에 있는 사당을 방문했을 것으로 추정된다. 천하 영웅의 기세로 촉나라를 세워 삼국이 정립하고 한나라의 부흥을 도모했지만 아들의 무능함으로 실패한 것을 안타까워했다.

천지를 가득 채우는 영웅. 이는 애초에 조조가 유비를 평가한 말이다. 그런 영웅의 기개가 천 년이 지나도 여전히 늠름한 자태로 이 사당에 자리하고 있다. 처음에는 한낱 작은 나라에 불과했지만 떨쳐 일어나 조조, 손권과 함께 세 나라가 형세를 다투게 되었으며, 업적으로는 한나라의 부흥을 도모했다. 오수전은 원래 한나라의 화폐인데, 왕망이 신新나라를 세우면서 오수전을 폐지했다. 이후 광무제가 다시 후한을 세우면서 오수전을 회복했으며 동한 말에 동탁董卓이 이를 또 폐지했다. 그러니 오수전이야말로 한나라의 흥망성쇠를 같이한 화폐이다. 유비는 한나라 왕실의 후예로서 다시 한나라를 부흥시키려고 했다. 유능한 재상 제갈량을 얻어 강력한 국가를 열었지만 그의 아들 유선劉禪은 아버지를 닮지 않아 어질지 못했다. 그래서 결국 유선은 위나라에 항복하고 말았으며, 안락공安樂公에 봉해져서 낙양에서 살았다. 위나라의 사마소司馬昭가 연회를 펼쳐서 그를 초대하고는 옛날 촉나라의 기녀들에게 춤을 추게 하니, 주위의 모든 사람들은 촉나라의 패망을 슬퍼하며 눈물을 흘렸지만 유선은 그저 웃고 즐기기만 했다. 어떻게 유비 같은 어진 임금 아래 이렇게 우매한 아들이 태어날 수 있었는가? 제아무리 제갈량이 뛰어나다고 해도 유선을 어찌할 수 없었던 것이다.

유우석은 이러한 역사적 사실을 들어 당시 중흥을 하고자 했지만 실패하고 다시 혼란스러워진 정국을 풍자했을 것이다.

141. 토번 땅에서 사라진 친구

장적張籍

재작년에 월지에서 수자리 살다가
성 아래에서 모든 군사가 죽었다는데,
토번과 중국 간에 소식이 끊기자
죽은 자와 산 자가 영원히 헤어지게 되었다.
망가진 장막을 거둘 사람은 없는데
돌아온 말은 찢긴 깃발을 알아봤겠지.
제사를 지내려다 그대가 아직 살아 있을 듯해
하늘 끝을 향하여 지금 통곡한다.

沒蕃故人[1]

前年戍月支, 城下沒全師.[2]
蕃漢斷消息,[3] 死生長別離.
無人收廢帳, 歸馬識殘旗.
欲祭疑君在, 天涯哭此時.

[주석]

1) 沒蕃(몰번): 토번吐蕃 땅에서 사라지다. 故人(고인): 친구.

2) 全師(전사): 모든 군대.

3) 蕃漢(번한): 토번과 한나라. 여기서는 토번과 당나라를 가리킨다.

[해설]

이 시는 장적이 토번 땅으로 출정 나갔다가 소식이 끊긴 친구를 애달파하며 지은 것이다. 토번은 지금의 티베트를 가리킨다. 당나라 때는 그 세력이 자못 컸기에 당나라와 전쟁을 자주 했으며 당나라에 많은 피해를 주었다.

재작년에 월지, 즉 티베트 지역에 친구가 수자리를 살러 갔다. 징용되어 간 것이다. 그런데 월지와의 전쟁으로 모든 군사가 죽었다는 소식을 들었다. 그 후로 토번과 당나라는 외교 관계가 완전히 단절되어 더 이상 소식을 들을 수 없다. 만약에 친구가 살아서 포로로 끌려갔다면 소식을 전해 올 터이고, 도망쳤다면 지금쯤 벌써 도착했거나 돌아가고 있다고 기별을 해왔을 것이다. 그런 소식이 여태 없었고 이제 소식을 전해 올 방도도 없으니, 그가 죽은 것이 확실하고 이제 전쟁에서 죽은 자와 그들이 돌아오길 기다리는 산 자는 영영 이별을 하게 되었다.

당시 전쟁에서 당나라 군사들이 다 죽어 망가진 군대 막사를 거둘 사람도 없었고, 몇 마리 말만 그래도 군영의 찢긴 깃발을 알아보고 돌아왔다고 한다. 처참한 패배이자 완전한 패배였다. 내 친구도 아마 죽었을 것이다. 이제는 포기하고 그를 애도하는 제사를 지내야겠다. 하지만 왠지 아직 내 친구는 살아 있을 것 같다. 서쪽 하늘 끝 어딘가 있을 친구를 그리워하며 지금 또 통곡을 한다. 그의 시신이라도, 그의 유품이라도 찾았으면.

142. 풀

백거이白居易

무성한 들판의 풀
한 해에 한 번 자라고 시들지만,
들불이 태워도 다 없애지 못하고
봄바람이 불면 다시 살아난다.
멀리까지 퍼진 향기는 오래된 길을 침범하고
햇빛 받은 비췻빛은 황폐한 성에 이어졌다.
또 떠나가는 그대를 전송하자니
우거진 풀에 이별의 정이 가득하다.

草

離離原上草,[1] 一歲一枯榮.
野火燒不盡, 春風吹又生.
遠芳侵古道, 晴翠接荒城.[2]
又送王孫去,[3] 萋萋滿別情.[4]

[주석]

1) 離離(이리): 풀이 무성하게 자란 모양.

2) 晴翠(청취): 맑게 갠 날의 비췻빛. 햇빛에 반짝이는 풀의 푸름

을 가리킨다.

3) 王孫(왕손): 원래는 고귀한 신분의 사람을 가리키는 말인데, 여기서는 상대방에 대한 존칭이다.

4) 萋萋(처처): 풀이 무성한 모양.

[해설]

이 시는 제목이 「옛 들판의 풀을 노래하여 송별하다賦得古原草送別」로 된 판본도 있으니 백거이가 누군가를 송별하며 지은 것인데, 옛 들판에 무성하게 자라난 풀을 이별의 근심에 비유하여 표현했다.

들판에 풀이 무성하다. 한 해에 한 번 자랐다가 가을이 되면 시들어 없어지거나, 또 겨울에 들불을 놓아 태워버리기도 하지만 봄이 되면 어김없이 온 들판에 풀이 무성해진다. 이 들판은 오래된 곳이다. 예전에는 성이 있어서 길마다 사람이 많이 다녔지만 이젠 성도 무너졌고 오래된 길에는 사람의 자취도 없다. 다만 풀이 자라나서 성과 길을 뒤덮고 있다. 이렇듯 풀은 끝끝내 사라지지 않고 사물을 황폐하게 만든다. 그렇지만 풀 자신은 온 세상에 향기를 풍기고 햇빛을 받으며 찬란하게 빛나고 있다. 천연덕스럽기 그지없다. 오늘 그대를 전송하자니 헤어짐의 아쉬움이 마치 이 들판의 풀과 같다. 아무리 해도 그리움은 사라지지 않을 것이고, 내 마음을 피폐하게 만들어버릴 것이다. 그리고 다른 사람들은 이런 내 마음도 모르고 무정하게 자신의 삶을 즐길 것이다. 외로움과 그리움 속에서 나는 눈물을 흘리고 있을 것이다. 끝도 없이.

143. 여관에서 묵다

두목杜牧

여관에는 좋은 동반자가 없어
골똘히 있자니 절로 서글퍼진다.
차가운 등불 아래 옛일을 생각하다가
무리 잃은 기러기가 근심 속의 잠을 깨운다.
먼 곳 그리는 꿈에서 돌아오니 새벽이 되었고
집안에서 부친 편지는 온 지가 일 년도 넘었다.
푸른 강에 안개 속 달빛이 좋은데
문 앞에는 낚싯배가 매여 있구나.

旅宿

旅館無良伴, 凝情自悄然.[1)]
寒燈思舊事, 斷雁警愁眠.[2)]
遠夢歸侵曉,[3)] 家書到隔年.
滄江好煙月, 門繫釣魚船.

[주석]

1) 凝情(응정): 정신을 집중하다. 골똘히 생각하는 모습이다. 悄然(초연): 서글픈 모양.

2) 斷雁(단안): 무리를 잃고 홀로 떠도는 기러기.

3) 遠夢(원몽): 멀리까지 가는 장면을 꾸는 꿈. 고향을 가는 꿈이다.

[해설]

이 시는 두목이 과거에 급제하지 못한 채 객지를 떠돌다가 어느 여관에 묵으면서 지은 것이다.

지금 동반자도 없이 홀로 떠돌고 있다. 신세가 처량하기도 하지만 외롭기도 그지없다. 그저 가족이 보고 싶고 고향으로 돌아가고 싶은 마음뿐이다. 같이 대화를 나누며 위로할 이가 없으니 저 혼자 생각에 골똘히 빠진다. 무슨 생각일까? 고향 생각 가족 생각이다. 그러니 마음이 절로 서글퍼진다. 날씨가 추워서인지 마음이 황량해서인지 방 안에 켜놓은 등불마저 차갑게 느껴진다. 시름겨운 생각에 설핏 잠이 들었는가 했는데 기러기 소리에 잠이 깬다. 그런데 그 기러기도 무리를 잃어 찾아 헤매고 있다. 내 신세와 같다. 고향과 가족이 그리워 꿈에서라도 가볼까 하는데 고향 가는 길이 얼마나 먼지 꿈에서도 갔다 오니 새벽이 될 정도이다. 집에서 온 편지도 지난해에 한 번 오고는 끊겨버렸다. 내가 왜 이렇게 객지에서 고생을 하며 가족을 그리워하고 있는가? 공명과 부귀를 추구하고자 하는 것이었다. 이제는 싫다. 마침 맑은 강에 안개가 피어오르는데 달빛이 은은하게 비친다. 고즈넉하고 마음이 맑아진다. 문 앞에는 낚싯배가 묶여 있다. 그저 이런 달빛을 받으며 한가롭게 낚시나 하고 살면 좋겠다. 세속의 욕심을 버리고 자연 속에서 한가롭게 낚시나 하면서 산다면 당장이라도 고향으로 돌아가 가족들과 함께 지낼 수 있을 것이다.

하지만 선뜻 내키지 않는다. 여태 해온 것에 대한 미련이 많다.

144. 가을날 궁궐로 가다가 동관의 역루에 쓰다

허혼許渾

붉은 잎이 저녁에 우수수 떨어지기에
장정에서 술 한 바가지를 마신다.
남은 구름은 화산으로 돌아가고
성긴 비는 중조산을 지나가는데,
나무 빛은 관문을 따라 멀어지고
황하 소리는 바다로 들어가며 아득해진다.
황제의 도읍에 내일이면 도착할 터인데
여전히 스스로 어부와 나무꾼을 꿈꾼다.

秋日赴闕題潼關驛樓[1)]

紅葉晚蕭蕭,[2)] 長亭酒一瓢.[3)]
殘雲歸太華,[4)] 疏雨過中條.[5)]
樹色隨關迥, 河聲入海遙.
帝鄉明日到,[6)] 猶自夢漁樵.

[주석]

1) 赴闕(부궐): 궁궐로 가다.

2) 蕭蕭(소소): 낙엽이 떨어지는 소리.

3) 長亭(장정): 고대 중국에서 10리마다 설치한 역참.

4) 太華(태화): 오악 중에서 서악에 해당하는 화산의 봉우리 이름인데, 대체로 화산을 가리킨다.

5) 中條(중조): 황하를 가운데 두고 화산과 마주 보고 있는 산이다. 화산과 태항산 중간쯤에 있다.

6) 帝鄕(제향): 황제의 도시. 경사를 의미하며 여기서는 장안을 가리킨다.

[해설]

이 시는 허혼이 지방에서 머물다가 황제의 부름을 받고 장안으로 가던 도중 동관潼關의 역루에 머물면서 감회를 적은 것이다. 동관은 지금의 섬서성 동관현으로 장안으로 들어가는 관문 중의 하나이다.

장안으로 들어가다가 저녁이 되어 동관의 역참에 머문다. 때는 가을이라 붉은 잎이 우수수 떨어진다. 10리마다 설치해놓은 역참인 장정長亭에서 술을 한잔하면서 주위 경관을 구경해본다. 비가 오다가 그치니 남아 있는 구름은 멀리 보이는 화산華山으로 돌아가고 있으며 성글어진 빗방울은 중조산中條山을 지나간다. 화산과 중조산은 이 인근에 보이는 명산이다. 예로부터 구름은 아침에 산에서 나왔다가 저녁에는 산으로 돌아간다고 하였다. 지금 저 구름도 저녁이 되자 자신의 안식처인 산으로 돌아가고 있다. 빗방울도 세차게 내리다가 성글어지며 산으로 돌아가는 듯하다. 비가 그친 후의 나무 빛은 더욱 푸른데 관문 주위의 산세를 따라 저 멀리까지 이어지고 있다. 저 푸른빛이 너무나 좋다. 그리고 비가 와서 물이 불어 더 거세진 황하 물은 바다를 향해 멀리멀리 흘러가고 있다. 황하도 자신의 근원지인 바다로 들어가고 있다. 주위의 경물을 바라보노라니 자연의 모든 것이 자신이 태어났던 곳, 자신이 안식을 할 수 있는 곳으로 돌아가고 있다. 자신이 있어야 할 곳을 찾아가고 있다.

나는 내일이면 아마도 궁궐로 들어갈 것이고 그곳에서 정사를 돌봐야 할 것이다. 하지만 내가 있어야 할 곳은 어디인가? 내가 안식을 얻을 곳은 어디인가? 궁궐로 들어가면 자신의 이익을 위해서 상대방을 해코지하는 이들, 아첨과 모함을 일삼는 이들, 이런 이들이 가득할 것인데, 내가 그곳에서 무엇을 할 수 있을까? 목숨은 부지할 수 있을까? 차라리 자연 속에서 물고기를 잡는 어부가 되든지 나무를 하는 나무꾼이 되어야 하지 않을까? 세속의 모든 욕망, 부귀영화에 대한 욕심을 버리고 유유자적하게 자연과 함께 살고 싶다.

145. 초가을

허혼許渾

기나긴 밤 맑은 슬을 울리니
서풍이 비췻빛 여라에서 생기는데,
쇠락한 반딧불이는 옥 같은 이슬에 깃들이고
때 이른 기러기는 금빛 은하수를 스친다.
높은 나무는 새벽에 더욱 무성해지고
먼 산은 날이 맑아지자 더욱 많아 보인다.
회수 남쪽에 나뭇잎 하나 떨어지니
절로 동정호의 물결이 느껴진다.

早秋

遙夜汎淸瑟,[1] 西風生翠蘿.
殘螢棲玉露, 早雁拂金河.
高樹曉還密, 遠山晴更多.
淮南一葉下, 自覺洞庭波.

[주석]

1) 遙夜(요야): 긴 밤. 汎淸瑟(범청슬): 맑은 슬을 연주하다. '범'은 '떠 있다'는 뜻으로 슬의 연주 소리가 주위에 울린다는 말이다.

'슬'은 가야금과 비슷하게 생겼지만 현의 개수가 더 많은 현악기이다. '청'은 처량하다는 뜻도 있다.

[해설]

이 시는 허혼이 초가을에 본 경물과 그 감회를 적은 것이다. 왕성했던 여름이 지나가고 갓 시작한 가을의 여러 경물을 잘 포착했다.

여름의 긴 날이 짧아졌기에 길어진 밤 시간을 즐기면서 슬을 연주하고 있는데 시원한 서풍이 소나무에 있는 여라에 불어온다. 여름 내내 왕성하게 날아다니던 반딧불이는 이제 힘을 잃어버린 채 드문드문 보이는데 가을이라 더욱 크고 차가워진 이슬에 빛이 점차 사그라진다. 서늘함을 먼저 느낀 북방의 기러기가 처음 보이기 시작하는데 금빛으로 빛나는 은하수를 줄지어 날아간다. 금은 오행에서 가을의 상징이다. 새벽에 날이 밝을 때 이리저리 바라보니 공기가 더욱 맑아져서 가까이는 크게 자란 나무가 더욱 무성해 보이고 멀리는 산봉우리가 더 많아 보인다. 이제 갓 가을로 들어왔을 뿐인데 무더웠던 여름에 보던 경물과는 사뭇 다르다. 회남자淮南子는 일찍이 "이파리 하나가 떨어지는 것을 보고 한 해가 장차 저물 것을 안다見一葉落, 而知歲之將暮"라고 했고, 굴원은 「구가九歌」의 「상부인湘夫人」에서 "산들산들 가을바람 불어오니 동정호의 물결에 나뭇잎이 떨어진다嫋嫋兮秋風, 洞庭波兮木葉下"라고 했다. 나도 이제 가을의 첫 기운에 이미 거대한 동정호의 물결이 느껴지고 한 해가 저물어가는 것에 감회가 일어난다. 이제 겨우 이파리 하나 떨어진 것뿐인데 설레발친다고 할 것 없다. 그만큼 감수성이 예민한 것이다.

146. 매미

이상은李商隱

본래 고결하여 배부르기 어려운데
헛고생하며 울음소리를 낭비하는 것이 안타깝다.
오경이 되자 드문드문 끊어질 듯하지만
한 그루 나무는 푸르러 무정하구나.
낮은 벼슬로 여전히 나무토막이 떠다니는 듯한데
고향의 정원은 이미 황폐해졌겠지.
번거롭게도 그대가 날 잘 일깨워주고 있으니
나 또한 온 집안이 청빈하지.

蟬

本以高難飽, 徒勞恨費聲.
五更疏欲斷,[1] 一樹碧無情.
薄宦梗猶汎,[2] 故園蕪已平.[3]
煩君最相警, 我亦擧家淸.[4]

[주석]

1) 五更(오경): 밤 3시부터 5시 사이. 동틀 무렵을 가리킨다.

2) 薄宦(박환): 낮은 관직. 梗汎(경범): 나뭇가지로 만든 인형이 바

다에 떠다니다. 『전국책·제책齊策』에 소진蘇秦이 맹상군孟嘗君에게 다음과 같은 고사를 말한 기록이 있다. 흙으로 만든 인형이 복숭아 나뭇가지에게 말하기를, "그대를 깎아 사람으로 만든다고 해도 비가 내려 홍수가 닥치면 그대를 떠내려 보낼 것이고, 어디서 멈출지 모를 것이다"라고 했다. 이로써 정처 없이 떠도는 이를 비유했다.

3) 平(평): 풀이 자라 그 키가 나란하다는 말이다. 많이 황폐해진 모습을 표현한 것이다.

4) 擧家(거가): 온 집안.

[해설]

이 시는 이상은이 밤새도록 울고 있는 매미를 보고 느낀 감회를 적은 것으로 청빈한 품성을 지키지 못하고 낮은 관직으로 이리저리 떠도는 자신의 모습을 애달파하는 마음을 표현했다.

본래 매미는 높은 곳에서 살아 맑은 이슬만 먹고 사는 고결한 존재이기에 배부르게 살기란 어렵다. 그런데도 저 매미는 무엇 때문에 하루 종일 울어대면서 자신의 목소리를 허비하고 있는가? 그런다고 누가 배불리 먹을 것을 줄 것도 아닌데. 헛수고하는 것이 너무나 안타깝다. 밤에도 계속 울어 동틀 무렵에야 비로소 드문드문해져 그칠 것 같지만, 아마도 해가 뜨면 다시 왕성하게 울어댈 것이다. 하지만 매미가 울고 있는 곳의 나무는 여전히 푸른빛으로 아무런 움직임도 없다. 그 정도의 울음소리라면 이파리나 하나 떨어뜨리거나 누렇게 변해 감정을 드러낼 만도 한데 정말 무정하기 그지없다. 무슨 이유에서인지는 모르겠지만 매미는 이제 헛고생하지 말고 그만 울었으면 좋겠다.

그런데 어찌 보면 저 매미가 내 처지와 비슷하다. 본래 고아한 마음을 가지고 있었지만 지금은 낮은 관직에서 이리저리 떠돌고 있다. 적은 박봉이라도 받아서 생계를 유지하려고 원치 않는 관직 생활을 하고 있다. 더구나 요즘은 서로 정쟁을 일삼아 헐뜯고 있으니 목숨이 위태롭기까지 하다. 이렇게 객지를 떠도는 동안 고향 집의 정원은 풀이 자라 황폐해졌을 것이다. 나는 원래 어떤 사람인가? 우리 집안은 어떠했나? 청빈함을 우선시하면서 세속의 부귀영화에는 전혀 관심이 없었지 않았나? 아, 이제야 알겠다. 저 매미가 저렇게 울어댄 이유를. 바로 나에게 이러한 사실을 일깨워주려는 것이었다. 밤새도록 몸이 부서져라 울어댄 것은 먹을 것을 달라는 게 아니라 나더러 자신처럼 청빈하게 살라고 말하려는 것이었다. 못난 나 때문에 매미가 고생했구나.

147. 비바람

이상은李商隱

「보검편」을 읽고 처량한 생각이 드는 것은
떠도느라 한평생 다할 것 같아서이지.
누런 잎은 여전히 비바람을 맞고 있지만
푸른 누각에서는 절로 음악 소리를 울린다.
새로 사귄 친구는 야박한 세상을 만났고
오래 사귄 친구와는 좋은 인연이 가로막혔다.
신풍주에 마음이 끊어지니
근심을 해소하려면 또 몇천 잔이겠지.

風雨

淒涼寶劍篇, 羈泊欲窮年.[1)]
黃葉仍風雨, 青樓自管絃.[2)]
新知遭薄俗,[3)] 舊好隔良緣.[4)]
心斷新豐酒, 消愁又幾千.

[주석]

1) 羈泊(기박): 떠돌아다니다. 窮年(궁년): 평생을 다하다.

2) 青樓(청루): 푸른 누각. 기루妓樓 또는 부유한 집을 가리킨다. 管

絃(관현): 관악기와 현악기. 음악을 가리킨다.

3) 新知(신지): 새로 알게 된 친구.

4) 舊好(구호): 예전부터 잘 지내던 친구.

[해설]

이 시는 이상은이 야박한 세상에서 궁박하게 사는 자신의 처지를 안타깝게 여기는 마음을 표현한 것인데, 제목의 '비바람'은 이러한 고난을 집약하여 비유적으로 표현한 것이다.

「보검편寶劍篇」이라는 시를 읽었다. 이 시는 초당初唐의 장수 곽진郭震이 지은 것인데 버려진 보검에 자신을 빗대어 표현했다. 이 시를 읽은 무측천이 감탄하고는 그를 중용했다고 한다. 나 역시 버려진 보검과 같은 신세이다. 하지만 곽진과 다른 점은 이런 시를 읽고 감탄해줄 이도 없고 날 발탁해줄 이도 없다는 것이다. 그러니 나는 남은 평생 이렇게 떠돌다가 생을 마감할 것 같아 처량하기 이를 데 없다. 누렇게 변한 나뭇잎은 현재 쇠락한 내 신세와 같은데 거기다가 비바람까지 몰아치고 있다. 하지만 부귀한 이들이 머물고 있는 푸른 누각에서는 저절로 음악 소리가 들려 즐기고 있다. 이런 상황의 나를 누가 알아줄까? 예전에 사귀던 좋은 친구들은 인연이 다했는지 더 이상 가까이 할 수가 없고, 새로 친구를 사귀었지만 이들도 야박한 세태를 만나서 진정한 교유를 하기 힘들다. 혹자는 자신의 이해타산만 따지기도 한다. 옛날 마주馬周라는 이도 떠돌다가 신풍에서 묵던 중 주인이 괄시하기에 신풍주를 마셨다고 한다. 그 후 그는 결국 당 태종이 알아주어 크게 쓰였다고 한다. 나도 그와 마찬가지로 신풍주를 마시며 근심을 해소하려고 한다. 하지만 이 많은 근심을 해소하려면 아마도 몇천 잔은 마셔야 할 것이다. 그렇게 마신들 마주처럼 등용되지도 않을 것 같다.

148. 떨어지는 꽃잎

이상은李商隱

높은 누각에 손님들은 끝내 떠나가고
작은 정원에 꽃잎이 어지러이 날리는데,
굽은 길에 이리저리 이어지다가
비낀 석양을 아득히 전송한다.
애간장이 끊어져 차마 쓸지 못하고
뚫어져라 쳐다봐도 여전히 봄은 돌아가려 하기에,
꽃다운 마음이 다해가는 봄을 향하다가
얻은 것은 눈물 젖은 옷이구나.

落花

高閣客竟去, 小園花亂飛.
參差連曲陌,[1] 迢遞送斜暉.[2]
腸斷未忍掃, 眼穿仍欲歸.[3]
芳心向春盡, 所得是沾衣.

[주석]

1) 參差(참치): 이리저리 어지러운 모양. 曲陌(곡맥): 구불구불한 길.

2) 迢遞(초체): 아득히 먼 모양.

3) 眼穿(안천): 눈이 뚫어지다. 집중해서 보는 모습이다.

[해설]

이 시는 이상은이 늦봄에 떨어지는 꽃잎을 보고는 봄이 가는 것을 아쉬워하는 마음을 표현한 것이다.

높은 누각에 봄을 즐기러 온 이들이 모였는데 지금은 다 떠나가고 없다. 저녁이 되어 집으로 돌아간 것일까? 아니면 이제 봄이 저물어 더 이상 봄 흥취가 없으니 이곳에 올 일이 없어서일까? 사람들이 떠나간 작은 정원에는 꽃잎만 바람에 어지러이 날려 떨어지고 있다. 봄이 다 간 것이다. 이제 더 이상 사람들도 여기 꽃구경하러 오지 않을 것이다. 꽃잎도 그걸 알고 있어 아쉬운지 여기저기 길가에 날리는데 사람들을 찾아다니는 듯하다. 결국 꽃잎은 저무는 석양에 아득히 먼 곳까지 날리며 이 봄날을 전송하고 있다. 이 저녁이 지나가면 이제 봄은 영영 오지 못하는 것일까? 지나가는 봄이 애달파 떨어진 꽃잎을 차마 쓸어버리지 못하고 뚫어져라 바라보지만, 그래도 봄날은 무정하게 지나가버린다. 꽃을 좋아한 내 마음이 봄이 다 지나간 곳을 향해 끝까지 찾아가다 결국은 눈물을 떨구고 만다.

149. 서늘해졌을 때의 그리움

이상은李商隱

나그네 떠난 뒤 강의 물결은 난간과 나란해졌으며
매미 소리는 그치고 이슬이 나뭇가지에 가득해졌다.
오래도록 그리워하다가 이러한 계절을 만나서
난간에 기대어 서 있자니 절로 시간이 지나간다.
북두성은 봄과 더불어 멀리 있기에
남릉으로 오는 우체부는 더디구나.
하늘가에서 꿈풀이를 자주 해보는데
새로 사귄 친구가 생겼나 잘못 의심해본다.

涼思

客去波平檻，蟬休露滿枝.
永懷當此節，倚立自移時.[1]
北斗兼春遠，南陵寓使遲.[2]
天涯占夢數,[3] 疑誤有新知.[4]

[주석]

1) 移時(이시): 시간이 옮겨 가다. 시간이 흐르다.

2) 寓使(우사): 편지를 부쳐주는 관리. 또는 그러한 심부름꾼.

3) 占夢(점몽): 꿈을 가지고 점을 치다.

4) 疑誤(의오): 잘못 의심하다. 자신이 오해하여 의심한다는 말이다. 新知(신지): 새로 알게 된 친구.

[해설]

이 시는 이상은이 남릉南陵에서 가을의 서늘한 바람이 불자 장안으로 떠나간 친구를 그리워하며 지은 것이다. 남릉은 지금의 안휘성 남릉현이다.

친구가 떠나간 뒤 서늘한 바람이 부는 가을이 되니 이곳에는 강물이 불어 난간과 비슷한 높이가 되었다. 그리고 여름 내내 울던 매미 소리도 들리지 않고 풀잎에는 이슬이 가득하다. 떠나간 이를 오래도록 그리워했는데 이러한 쓸쓸한 계절을 맞이하니 그 그리움이 깊어져, 난간에 기대어 있노라니 시간이 절로 지나간다. 그대는 북두성이 있는 장안에 있는데 아마도 그곳은 번화한 곳이고 황제가 계신 곳이니 따뜻한 봄과 같을 것이지만 이곳은 싸늘한 바람이 부는 가을이 되었다. 북두성이 멀리 있는 것처럼, 봄이 아직 먼 것처럼 그대도 먼 곳에 있다. 그대가 그곳에 도착하면 편지를 보내주겠노라고 했지만 너무 멀어서인지 아직 도착하지 않고 있다. 하늘가와 같은 이곳에서 그대와 멀리 떨어져 그리워하다 보니 이런저런 꿈을 많이 꾸는데, 그 꿈으로 점을 쳐보면 모두 그대에게 새로 사귄 친구가 생겼다고 한다. 그래서 그대가 이제는 날 잊었다고 한다. 제발 이러한 점괘가 모두 틀린 것이기를.

150. 북청라

이상은李商隱

석양이 서쪽으로 엄자산에 들어갈 때
초가집에서 홀로 사는 스님을 방문했는데,
낙엽 속에 사람은 어디 있는가?
차가운 구름 속에 길은 몇 층인가?
홀로 초저녁의 경쇠를 두드리고는
한가로이 등나무 한 가지에 기대고 계신다.
인간 세상의 티끌 먼지 속에서
내가 어찌 사랑하고 증오하겠는가?

北青蘿

殘陽西入崦,[1] 茅屋訪孤僧.
落葉人何在, 寒雲路幾層.
獨敲初夜磬,[2] 閑倚一枝藤.
世界微塵裏, 吾寧愛與憎.

[주석]

1) 崦(엄): 해가 진다는 전설상의 산인 엄자산崦嵫山을 가리킨다.
2) 磬(경): 사찰에서 스님을 불러 모으거나 불경을 욀 때 치는 것

으로 주로 구름 모양을 하고 있다.

[해설]

이 시는 이상은이 북청라北青蘿에 있는 스님을 방문하고 그 감회를 적은 것이다. 북청라는 지금의 하남성 제원현濟源縣의 왕옥산王屋山에 있는 지명이라는 설과 스님의 암자 이름이라는 설 등이 있으나 모두 확실치 않다.

해가 저물어 머무는 곳이라는 엄자산으로 해가 질 무렵 초가집에 사는 한 스님을 방문했다. 낙엽이 떨어져 길이 보이지 않는데 그분은 어디쯤 계실까? 까마득히 높은 산에 계시는데 그곳은 차가운 구름에 덮여 있고 올라가는 길은 몇 층이나 되는지 알 수가 없다. 가는 길이 험하고 힘들지만 그만큼 세속을 멀리하는 것이리라. 가서 뵈니 초저녁에 경쇠를 두드리며 불경을 읽으시고는 한가로이 등나무 가지로 만든 지팡이에 몸을 기대고 계신다. 아마도 자연의 기운을 받으며 참선을 하고 계시는 것이리라. 나도 이러한 분위기에서 그분과 함께 있다 보니 어느덧 세속의 기운이 모두 사라지고 맑은 기운이 내 몸과 마음을 깨우친다. 그러니 이대로 다시 세속으로 돌아가더라도 더 이상 사랑과 증오의 감정에 구속되어 살지는 않을 것이다.

151. 동쪽으로 떠나가는 이를 보내다

온정균溫庭筠

황량한 변방에 누런 잎이 떨어질 때
호연하게 오래된 관문을 떠나가니,
한양의 나루터에는 높은 가을바람이 불고
영문산에는 막 햇빛이 비치겠지.
강가에는 몇 명이 있나?
하늘가에서 외로운 배가 돌아간다.
어느 때에나 다시 만날 수 있을까?
한 동이 술로 이별의 얼굴을 달랜다.

送人東遊

荒戍落黃葉,[1] 浩然離故關.
高風漢陽渡, 初日郢門山.
江上幾人在, 天涯孤棹還.[2]
何當重相見, 樽酒慰離顏.[3]

[주석]

1) 荒戍(황수): 황량한 변방.

2) 天涯(천애): 하늘 끝. 여기서는 송별하고 있는 이곳의 변방을

가리킨다. 孤棹(고도): 외로운 노. 홀로 떠나가는 배를 뜻한다.

3) 離顔(이안): 헤어지는 이의 얼굴. 온정균과 떠나가는 지인의 마음을 뜻한다.

[해설]

이 시는 온정균이 서쪽 변방에서 동쪽의 한양漢陽으로 떠나가는 이를 송별하며 지은 것이다. 떠나가는 이가 누구인지는 자세히 알려져 있지 않다.

황량한 서쪽 변방에 누런 잎이 떨어지는 가을이 찾아왔다. 그리고 친구가 이곳 오래된 관문을 떠나 동쪽으로 떠나간다. 하지만 그의 기세는 씩씩하기만 하다. 아마도 이곳에서 일을 잘 마무리하고 다시금 뜻을 펴기 위해 중원으로 나가려는 듯하다. 그러니 이곳은 비록 쓸쓸한 가을이지만 그가 가는 한수가 흐르는 한양의 나루터에는 높고 상쾌한 바람이 불고 장강 남안의 영문산에는 햇볕이 따스하게 비출 것이다. 자연의 모든 경물도 그대의 앞길을 축원하는 듯할 것이다.

하지만 이별은 본래 슬픈 일이다. 그대 떠나가는 이곳 강나루에는 몇 명이 있나? 우리 둘뿐인 것 같다. 이제 그대가 떠나가면 나만 홀로 여기 남아 있는 셈이다. 그 외로운 나날을 하늘 끝인 이곳에서 보내야 할 것이다. 그대 역시 나를 떠나 홀로 가게 되니 외로울 것이다. 하지만 힘을 내자. 다시 만날 기약은 없지만 그래도 언젠가는 웃는 얼굴로 만날 수 있을 것이다. 한 동이 술을 마시며 서로 위로한다.

152. 파상에서 가을에 머물다

마대馬戴

파수 들판에 비바람이 그치자
저녁에 지나가는 기러기가 자주 보인다.
이파리 떨어진 타향의 나무
차가운 등불 아래 외로운 밤의 사람.
텅 빈 정원에는 흰 이슬이 방울지고
외로운 집은 들에서 사는 스님과 이웃해 있다.
교외의 집에 얹혀산 지 오래되었건만
어느 해에나 이 몸을 나라에 바치려나?

灞上秋居

灞原風雨定，晚見雁行頻.
落葉他鄉樹，寒燈獨夜人.
空園白露滴，孤壁野僧鄰.[1]
寄臥郊扉久,[2] 何年致此身.

[주석]

1) 孤壁(고벽): 외로운 벽. 외딴집을 가리킨다. 野僧(야승): 절에서 머물지 않고 산이나 들에서 따로 거주하는 중.

2) 郊扉(교비): 교외의 사립문. 여기서는 장안의 교외인 파상에 있는 작자의 거처를 가리킨다.

[해설]

이 시는 마대가 장안 동쪽 교외에 있는 파상灞上에 머물면서 가을이 되자 느낀 감회를 적은 것이다. 관직을 구하러 장안에 왔지만 뜻을 이루지 못한 아쉬움을 표현했다. '파상'은 지금의 섬서성 서안시 동쪽에 있는 파수의 서쪽 고원을 가리키는 지명이다.

내가 살고 있는 파수 들판에 비바람이 그치더니 완연한 가을이 되었다. 남쪽으로 가는 기러기가 자주 보인다. 주위의 나무에서는 낙엽이 진다. 이곳의 나무는 타향의 나무이다. 등불마저 차가워진 가을밤에 홀로 밤을 지새우고 있다. 이런저런 근심이 켜켜이 쌓여 있다. 관직을 구하러 장안에 왔지만 뜻을 이루지 못한 채 그저 세월만 보내고 있다. 올해도 이렇게 그냥 지나갈 것이다. 고향으로 가려 해도 면목이 없다. 정원에는 풀과 나무가 시들어 텅 비었다. 가을밤이 깊어가니 흰 이슬이 가득 맺혀 있다. 외딴곳에 있는 이 집은 그저 스님만 이웃할 뿐이다. 적적하기 그지없다. 누가 날 알아봐주지도 않는다. 누가 날 위로해주지도 않는다. 이렇게 교외의 집에 얹혀산 지가 오래되었지만, 관직으로 나아가 이 몸을 바칠 날은 요원하다.

153. 초강에서 옛날 일을 생각하다

마대馬戴

이슬 기운이 차가운 빛으로 모이고
희미해진 태양이 초 땅의 산을 내려가는데,
원숭이는 동정호의 나무에서 울고
사람은 목련배를 타고 있다.
넓은 동정호에 밝은 달이 뜨고
푸른 산은 어지러운 강물을 끼고 있는데,
운중군이 보이지 않아
밤새도록 스스로 가을을 슬퍼한다.

楚江懷古

露氣寒光集, 微陽下楚丘.
猿啼洞庭樹, 人在木蘭舟.[1]
廣澤生明月, 蒼山夾亂流.
雲中君不見,[2] 竟夕自悲秋.[3]

[주석]

1) 木蘭舟(목란주): 목련으로 만든 배. 여기서는 배의 미칭으로 일반적인 배를 가리킨다.

2) 雲中君(운중군): 전설 속의 신의 이름인데, 어떤 신인지는 여러 가지 설이 있다. 다만 굴원이 지은 「구가九歌」 중에 「운중군」이 있기에 여기서는 굴원을 가리키는 것으로 보인다.

3) 竟夕(경석): 밤새도록.

[해설]

이 시는 마대가 태원막부太原幕府의 서기書記로 재직하던 중 직언을 했다가 용양龍陽(지금의 호남성 한수漢壽)의 현위縣尉로 폄적되었을 때 초 땅의 상수湘水나 원수沅水 인근에서 굴원屈原을 생각하며 지은 세 수의 연작시 가운데 첫번째이다. 굴원 역시 간언을 하다가 이 지역으로 쫓겨났으며 결국 멱라강에 몸을 던져 죽고 말았다. 마대는 자신을 굴원에 투영하여 애달픈 감회를 표현했다.

때는 가을이고 해가 지는 저녁이다. 이슬 기운이 모여 차가운 빛을 내는 이슬로 빛나고 있다. 그리고 희미해진 태양은 초 땅의 산 너머로 지고 있다. 쓸쓸한 가을 저녁의 풍경이다. 하지만 차가운 빛을 내는 이슬은 해가 져도 여전히 영롱한 자태를 지니고 있는데, 아마도 시인 자신의 맑고 깨끗한 기개를 비유하는 듯하기도 하다. 원숭이는 동정호의 나무에서 애달프게 울고 있다. 시인 자신도 동정호에 배를 띄우고는 눈물을 삼키고 있을 것이다. 드넓은 동정호에 밝은 달이 떴다. 여러 가지 감정이 묘하게 엇섞인다. 마음이 편해지기도 하지만 아련해지기도 한다. 옆에 보이는 푸른 산 주위에는 어지러운 물결이 흘러가고 있으니, 다시 마음은 혼란스럽고 번민에 휩싸인다. 지금 내 주위에 보이는 이 경물들은 아마 옛날 굴원도 이곳으로 쫓겨 온 뒤 다 보았을 것이다. 그리고 그의 마음은 지금 나의 마음과 같았을 것이다. 만일 굴원을 만났다면 아마도 자신을 위로해주었을 터이지만, 그 사람은 결국 물에 빠져 죽고 말았다. 운중군雲中君은 원래 굴원이 지은 시에 나오는 신의 이름인데, 여기서는 굴원을 가리키는 것으로 보인다. 옛날 한나라의 가의賈誼도 역시 이곳으로 폄적 왔다가 동병상련을 느끼면서 굴원을 애도하지 않았던가? 그리고 굴원의 제자라고 칭해지는 송옥은 일찍이 「구변九辯」에서 "슬프구나 가을의 기운이여悲哉, 秋之爲氣也"라고 가을의 슬픔을 노래했다. 나도 그를 애도하며 밤새도록 이 가을을 슬퍼한다.

154. 변방의 일을 적다

장교張喬

뿔피리 소리가 맑은 가을 하늘에 끊어지자
원정 나온 이들이 수루에 기대어 있는데,
봄바람은 청총을 마주하고
흰 태양은 양주에 진다.
넓은 사막에 전쟁으로 인한 막힘이 없기에
구석진 변방까지 나그네가 노니는데,
토번의 마음도 이 물과 같아서
남쪽으로 흐르기를 길이길이 바란다.

書邊事

調角斷淸秋,[1] 征人倚戍樓.
春風對靑塚, 白日落梁州.[2]
大漠無兵阻,[3] 窮邊有客遊.
蕃情似此水,[4] 長願向南流.

[주석]

1) 調角(조각): 뿔피리를 불다. 뿔피리는 군대에서 긴급 상황을 알리기 위해서 부는 것이다.

2) 梁州(양주): 구주九州 중의 하나로 대체로 지금의 사천성과 섬서성 서남부를 가리킨다. 하지만 이 지역이 변방이 아니기 때문에 양주涼州(지금의 감숙성 일대)의 잘못이라는 설이 있다.
3) 兵阻(병조): 전쟁으로 길이 막히다. 또는 병사가 길을 막다.
4) 蕃情(번정): 토번吐蕃의 마음. 토번은 서쪽 변방의 이민족으로 지금의 티베트이다.

[해설]

이 시는 장교가 변방에 전쟁이 사라지고 화평한 때를 만난 상황을 적은 것이다. 당나라 때는 변방 이민족과의 충돌이 항상 있었는데 마침 그것이 조용해진 때를 만나 기뻐하는 마음을 표현했다.

가을이 되면 으레 변방의 이민족들이 침략하곤 했는데 이번 가을에는 긴급 상황을 알리는 뿔피리 소리가 들리질 않는다. 그러니 변방의 병사들도 한가롭게 수루에 기대어 쉬고 있다. 한나라 궁녀인 왕소군王昭君이 화친을 위해 흉노의 왕에게 시집갔다가 그곳에서 죽었는데, 지금의 내몽고자치구에 있는 그녀의 무덤에는 항상 푸른 풀이 있다고 한다. 그래서 푸른 무덤, 즉 청총靑塚이라고 불렀다. 지금 비록 가을이지만 그곳의 풀은 항상 푸르니 마치 봄바람이 불고 있는 듯하고 병사들의 마음에도 봄이 온 듯하다. 그리고 밝은 태양이 서쪽 변방의 양주梁州까지 비추고 있다. 밝은 태양이 온 세상을 비추는 것은 우리 황제의 은덕이 천하를 고루 덮고 있기 때문이다. 변방의 넓은 사막에는 전쟁으로 인한 막힘이 없어서 나라 끝까지 나그네들이 안심하고 다니고 있다. 이제 서쪽 변방의 토번도 부디 이 황하가 남쪽으로 흘러 중원으로 들어가듯이 당나라로 귀의하기를 바란다. 그렇게만 되면 변방의 어지러움에 대한 근심은 완전히 사라지게 될 것이다.

155. 선달그믐날 밤에 든 생각

최도崔塗

멀고 먼 삼파의 길
위태롭게 떠도는 만 리 밖의 몸,
어지러운 산에 눈이 남아 있는 밤
외로운 촛불 아래의 이방인.
골육과 점점 멀어지고
하인과 도리어 가까워졌는데,
어찌 감당하랴, 한창 떠돌다가
내일이면 해가 또 바뀌는 것을.

除夜有懷

迢遞三巴路,[1] 羈危萬里身.[2]
亂山殘雪夜, 孤燭異鄉人.
漸與骨肉遠, 轉於僮僕親.[3]
那堪正飄泊,[4] 明日歲華新.[5]

[주석]

1) 迢遞(초체): 아득한 모양. 三巴(삼파): 파군巴郡, 파동巴東, 파서巴西로 지금의 사천성 동부 일대이다.

2) 羈危(기위): 떠돌이 생활로 인한 위험. '기'는 말의 굴레이다.

3) 轉(전): 도리어.

4) 那(나): 어찌.

5) 歲華(세화): 세월. 시간.

[해설]

이 시는 최도가 고향을 떠나 삼파三巴 지역을 지나가다가 섣달그믐날이 되자 든 생각을 적은 것이다. 객지에서 한 해를 보내야 하는 아쉬움을 표현했다.

멀고 먼 삼파의 땅, 이곳은 고향에서 만 리 떨어진 곳으로 삼협이 시작되니 황하의 물길은 거칠어지고 높은 산이 줄지어 있을 것이다. 이렇게 위험한 곳을 홀로 지나가고 있다. 이제 내일이면 새해가 될 터이지만 이곳의 높은 산에는 아직 눈이 남아 있다. 객지의 숙소에서 촛불 하나 밝혀놓고 이 밤을 외롭게 지새우고 있다. 길을 갈수록 가족들과는 점차 멀어지고, 오히려 같이 다니는 하인들과 더 친하게 지낸다. 객지에서 가족과 같이 지내지 못하는 것이 자못 안타까운데, 오늘은 특히나 한 해가 저무는 날이고 내일이면 또 한 해가 시작되는 설날이다. 마땅히 명절을 가족과 보내며 서로 기뻐해야 할 터인데, 객지에서 외로이 지내고 있는 이 마음이 더욱 쓰라리다.

156. 외로운 기러기

최도崔塗

몇 줄을 이루어 다 돌아가버렸는데
생각건대 너는 홀로 어딜 가느냐?
저녁 빗속에 서로 부르다 무리를 잃고는
차가운 못에 내려앉으려다 머뭇거린다.
물가의 구름 속을 낮게 남몰래 지나가는데
관문에 뜬 달이 싸늘하게 따라간다.
반드시 화살을 맞을 것도 아닐 텐데
홀로 날기에 스스로 매우 의심하는구나.

孤雁

幾行歸去盡, 念爾獨何之.[1]
暮雨相呼失, 寒塘欲下遲.
渚雲低暗度,[2] 關月冷相隨.
未必逢矰繳,[3] 孤飛自可疑.

[주석]

1) 之(지): 가다.

2) 暗度(암도): 몰래 지나가다. 또는 어둠 속에 지나가다.

3) 矰繳(증작): 줄을 매단 화살. 새를 잡을 때 쓴다.

[해설]

이 시는 최도가 가을에 홀로 날아가는 기러기를 보고 지은 것이다. 무리를 잃고 조심스럽게 날아가는 기러기의 모습을 통해 험난한 정치 상황 속에서 위태로운 자신의 모습을 표현했다.

남쪽으로 날아가는 기러기들이 줄을 지어서 이미 다 날아가 버렸는데 뒤처져서 홀로 날아가는 기러기가 보인다. 홀로 어디를 날아가는 것일까? 저녁이 되어 어두운데 비까지 내렸기에 무리를 잃어버리고서 찾으려고 울어댔지만 결국 놓쳐버렸다. 홀로 날아가는 것이 지쳤는지 차가워진 못에 내려앉으려고 낮게 나는데, 머뭇거릴 뿐 내려앉지를 못한다. 혹시나 누가 자신을 발견할까 봐 물가의 안개 속을 몰래 날아 지나간다. 그 뒤로 서쪽 변방에 뜬 달이 차가운 빛을 뿌리며 기러기를 따라갈 뿐이다. 그래서 외롭지는 않아 보이지만 여전히 달빛 속에 홀로 날아가는 모습이 처량하다. 힘이 들었으니 연못에 내려앉아 쉬어 갈 법도 한데 왜 그럴까? 아마도 사냥꾼이 기러기를 발견하여 화살을 쏠까 두려워서이리라. 사냥꾼이 반드시 있는 것도 아닌데, 그저 조심조심 날아갈 뿐이다. 혹여 다치더라도 도와줄 이가 없으니 더욱더 조심해야 한다.

157. 봄날 궁궐에서의 원망

두순학杜荀鶴

어려서 미모로 인해 잘못되었기에
단장하려다가 거울 앞에서 게으르다.
은총 입는 것이 외모에 달린 게 아닌데
저더러 어찌하여 얼굴을 꾸미게 하는 건가?
바람 따뜻하고 새소리 요란하며
해는 높이 솟고 꽃 그림자는 짙은데,
해마다 월 땅 시내의 여인들은
날 생각하며 연꽃을 따겠지.

春宮怨

早被嬋娟誤,[1] 欲妝臨鏡慵.
承恩不在貌, 教妾若爲容.[2]
風暖鳥聲碎,[3] 日高花影重.
年年越溪女, 相憶采芙蓉.

[주석]

1) 被(피): ~에 의해서. 嬋娟(선연): 아름다운 모양. 여기서는 아름다운 모습을 가리킨다.

2) 敎(교): ~하게 하다. 若(약): 어찌하여. 어떻게. 爲容(위용): 얼굴을 가꾸다.

3) 碎(쇄): 부서지다. 여기서는 새소리가 여기저기서 난다는 뜻이다.

[해설]

이 시는 두순학이 봄날 궁궐에서 궁녀가 은총을 받지 못한 원망을 적은 것이다. 황제는 모름지기 궁녀의 미모에 근거해서 은총을 내려야 하는데 지금은 그렇지 않고 아부와 험담 등의 사사로운 행위로 잘못되고 있음을 말하여 황제의 실정과 신하들의 잘못을 은근히 비판했다.

어려서 예쁘다는 이유로 선발되어 궁중에 들어왔지만 지금 황제의 은총을 받지 못해 외로이 지내는 신세가 되었다. 황제가 찾아주지 않으니 단장할 일도 없고 그럴 의욕도 없다. 원래 은총은 아름다운 여인에게 내려줘야 하지만 지금은 그렇지 않다. 이렇게 잘못된 상황에서 왜 나더러 자꾸 얼굴을 가꾸라고 강요하는가? 황제는 지금 다른 여인들의 질투와 험담에 속아 아름답지도 않은 여인을 총애하고 있지 않은가? 지금은 바야흐로 봄이다. 따스한 바람이 불고 새는 여기저기서 노래하며 태양은 높이 솟아 꽃이 만발해 있다. 황제의 총애를 받은 궁녀들은 이렇게 좋은 봄 풍경을 만끽하고 있을 것이다. 저 봄 풍경 속에 있는 새와 꽃이 바로 총애를 받은 그들의 모습이다. 나는 이러한 경치를, 그들의 모습을 그저 바라보고 있을 뿐 전혀 즐기지 못하고 있다. 어찌하면 봄날의 이 아름다운 풍경이 나에게 즐거움과 위안을 줄 수 있을까? 다시 월 땅의 시내에서 친구들과 함께 연꽃을 따던 시절로 돌아가고 싶다. 내가 떠난 후 친구들은 해마다 날 생각하며 연꽃을 따고 있을 터인데. 그들은 적어도 서로 질투하거나 험담하지는 않았으며 서로 마음 상하게 하는 일이 없었으니 차라리 그때가 좋았다.

158. 장대에서 밤에 그리워하다

위장韋莊

맑은 슬을 연주하며 긴 밤을 원망하는데
현을 맴돌며 비바람 소리가 애달프다.
외로운 등불 아래에 초 땅의 뿔피리 소리 들리는데
지려는 달이 장대로 내려온다.
향기로운 풀은 이미 시들었지만
오랜 친구는 여전히 오지 않고 있다.
고향 편지 부칠 수가 없으니
가을 기러기가 또 남쪽으로 돌아가서이지.

章臺夜思

清瑟怨遙夜,[1] 繞絃風雨哀.
孤燈聞楚角, 殘月下章臺.
芳草已云暮,[2] 故人殊未來.[3]
鄉書不可寄, 秋雁又南迴.

[주석]

1) 遙夜(요야): 긴 밤.

2) 云(운): 뜻 없는 어조사. 暮(모): 다하다. 여기서는 시들었다는

뜻이다.

3) 故人(고인): 친구. 殊(수): 여전히. 결국.

[해설]

이 시는 위장이 장대章臺에서 밤에 머물다가 든 생각을 적은 것으로 고향을 그리워하며 홀로 지내는 애달픈 심사를 표현했다. '장대'는 춘추시대 초나라 영왕靈王이 세운 장화대章華臺로 지금의 호북성 감리현監利縣에 있었다.

밤에 홀로 슬을 연주한다. 이 밤은 왜 이다지도 긴가? 쓸쓸하고 외롭기 그지없다. 이러한 마음으로 슬을 연주하니 마치 비바람이 부는 듯 애달픈 곡조가 나온다. 등불 하나 켜놓고 밤을 지새우는데 자정쯤 애달픈 뿔피리 소리가 들리고 새벽녘에는 달이 진다. 봄에 새싹을 내고 꽃을 피웠으며 여름 내내 무성하던 풀이 이제는 가을이 되어 시들어버렸는데 떠나간 친구는 아직 올 기미가 없다. 북쪽에 있는 고향으로 편지를 부치고자 해도 부칠 도리가 없다. 예로부터 기러기가 편지를 부쳐준다고 했는데 그 기러기가 지금은 남쪽으로 가고 있기 때문이다. 무심하게 기러기는 자기가 원하는 곳으로 갔지만 내 마음을 전해주지는 않는다. 고향의 가족 생각, 멀리 떨어진 친구 생각에 이 밤 외로이 홀로 지새우고 있다.

159. 육홍점을 찾아갔다가 만나지 못하다

교연皎然

옮긴 집이 비록 성곽을 끼고 있지만
들판 길로 뽕밭과 삼밭을 들어가야 한다.
근래에 울타리 옆에 국화를 심었는지
가을이 되었지만 아직 꽃이 맺히지 않았다.
문을 두드려도 개 짖는 소리가 없기에
돌아가려다가 서쪽 이웃에게 물었더니,
대답하기를, "산속으로 갔는데
돌아오면 매번 해가 기울 때입니다"라고 한다.

尋陸鴻漸不遇

移家雖帶郭,[1] 野徑入桑麻.
近種籬邊菊, 秋來未著花.
扣門無犬吠, 欲去問西家.
報道山中去,[2] 歸來每日斜.

[주석]

1) 帶郭(대곽): 성곽을 두르고 있다. 성에서 가깝다는 말이다.

2) 報道(보도): 답하여 말하다.

[해설]

이 시는 승려 교연이 새로 이사한 육홍점陸鴻漸의 집을 방문했지만 그를 만나지 못하자 그 일을 적은 것이다. 육홍점은 이름이 육우陸羽이며 관직에 나아가지 않고 은거하며 책을 읽고 살았다. 특히 차를 좋아하여 다신茶神이라 불린다. 이 시에서는 그가 사는 곳의 모습을 묘사하여 그의 인품을 그려냈다.

육홍점이 집을 옮겼다는데 여전히 성에 가까이 있기는 하지만 시골 같아서 들판의 길을 따라 뽕밭과 삼밭을 들어가야 찾을 수 있다. 직접 뽕나무와 삼을 기르며 농사를 짓는 것 같다. 울타리 옆에는 국화가 심어져 있다. 도연명이 「음주飮酒」 시에서 "동쪽 울타리 아래에서 국화를 캐다가 한가로이 남산을 본다彩菊東籬下, 悠然見南山"라고 하며 전원생활의 한가로움을 읊었는데, 아마 육홍점도 그러한 정취를 가지고 있나 보다. 하지만 가을이 되어도 아직 국화꽃이 맺히지 않은 걸 보니 근래에 이사한 뒤에 막 심었기 때문이리라. 국화를 심기는 했지만 언제 꽃이 필지는 개의치 않았던 듯하다. 하긴 꽃을 피우는 건 하늘이 알아서 할 일이다. 내가 왔다는 걸 알리려고 문을 두드리니 아무런 인기척이 없다. 대체로 집을 지키기 위해서 개를 키우기도 하는데 개 짖는 소리도 들리지 않는다. 개를 데리고 갔거나 아예 개를 키우지 않나 보다. 집을 비운 채 어딘가 간 것 같은데 도둑이 들 거라는 염려는 하지 않는 것 같다. 그만큼 가진 재산이 없다는 것일 터. 주인이 없으니 다시 돌아가려다가 혹시나 싶어서 옆집 사람에게 물어본다. 주인이 어디 갔냐고. 옆집 사람이 하는 말이, 매일 산에 가는데 저녁이나 되어야 들어온단다. 이 사람은 비록 성 근처에 살기는 하지만 성의 일에는 전혀 관심이 없다. 그저 자연 속에서 자신의 정취를 즐길 뿐이다. 하루 종일 산속에서 한가로이 지내다가 해가 져서야 집으로 돌아온단다. 그를 만나려면 산속으로 들어가든가 저녁때 와야 할 것이다.

『당시삼백수』 2권 차례

권 4 칠언율시七言律詩

권 5 오언절구五言絶句

기획의 말

세계문학과 한국문학 간에 혈맥이 뚫려, 세계-한국문학의 공진화가 개시되기를

21세기 한국에서 '세계문학'을 읽는다는 것은 무엇을 뜻하는가? 자국문학 따로 있고 그 울타리 바깥에 세계문학이 따로 있다는 말인가? 이제 한국문학은 주변문학이 아니며 개별문학만도 아니다. 김윤식·김현의 『한국문학사』(1973)가 두 개의 서문을 통해서 "한국문학은 주변문학을 벗어나야 한다"와 "한국문학은 개별문학이다"라는 두 개의 명제를 내세웠을 때, 한국문학은 아직 주변문학이었다. 한데 그 이후에도 여전히 한국문학은 주변문학이었다. 왜냐하면 "한국문학은 이식문학이다"라는 옛 평론가의 망령이 여전히 우리의 의식을 장악하고 있었기 때문이다. 그렇게 생각하고 그렇게 읽고, 써온 것이었다. 그리고 얼마간 그런 생각에 진실이 포함되어 있는 것도 사실이었다. 그러나 천천히, 그것도 아주 천천히, 경제성장이나 한류보다는 훨씬 느리게, 한국문학은 자신의 '자주성'을 세계에 알리며 그 존재를 세계지도의 표면 위에 부조시키고 있었다. 그런 와중에 반대 방향에서 전혀 다른 기운이 일어나 막 세계의 대양에 돛을 띄운 한국문학에 위협적인 격랑을 밀어붙이고 있었다. 20세기 말부터 본격화된 '세계화'의 바람은 이제 경제적 재화뿐만이 아니라 어떤 나라의 문화물도 국가 단위로만 존재할 수 없게 하였던 것이니, 한국문학 역시 세계문학의 한 단위라는 위상을 요구받게 되었던 것이다.

그러니 21세기 한국에서 세계문학을 읽는다는 것은 진정 무엇을 뜻하는가? 무엇보다도 세계문학이라는 개념을 돌이켜 볼 때가 되었다. 그동안 세계문학은 '보편문학'의 지위를 누려왔다. 즉 세계문학은 따라야 할 모범이고 존중해야 할 권위이며 자국문학이 복종해야 할 상급 문학이었다. 그리고 보편문학으로서의 세계문학의 반열에 올라간 작품들은 18세기 이래 강대국의 지위를 누려온 국가의 범위 안에서 설정되기가 일쑤였다. 이렇게 해서 세계 각국의 저마다의 문학은 몇몇 소수의 힘 있는 문학들의 영향 속에서 후자들을 추종하는 자세로 모가지를 드리워왔던 것이다. 이제 세계문학에게 본래의 이름을 돌려줄 때가 되었다. 즉 세계문학은 보편문학이 아니라 세계인 모두가 향유할 수 있도록 전세계 방방곡곡에서 씌어져서 지구적 규모의 연락망을 통해 배달되는 지구상의 모든 문학이라고 재정의할 때가 되었다. 이러한 재정의에는 오로지 질적 의미의 삭제와 수량적 중성화만 있는 게 아니다. 모든 현상학적 환원에는 그 안에 진정한 가치를 향해 나아가고자 하는 지향성이 움직이고 있다. 20세기 막바지에 불어닥친 세계화 토네이도가 애초에는 신자유주의적 탐욕 속에서 소수의 대국 기업에 의해 주도되었으나 격심한 우여곡절을 겪으며 국가 간 위계질서를 무너뜨리는 평등한 교류로서의 대안-세계화의 청사진을 세계인의 마음속에 심게 하였듯이, 오늘날 모든 자국문학이 세계문학의 단위로 재편되는 추세가 보편문학의 성채도 덩달아 허물게 되어, 지구상의 모든 문학들이 공평의 체 위에서 토닥거리는 게 마땅하다는 인식이 일상화까지는 아니더라도 최소한 정당화되고 잠재적으로 전망되는 여건을 만들어내게 되었던 것이다.

또한 종래 세계문학의 보편문학적 지위는 공간적 한계만을 야기했던 게 아니다. 그 보편문학이 말 그대로 보편성을 확보했다기보다는 실상 협소한 문학적 기준에 근거한 한정된 작품 집합에 머무르기 일쑤였다. 게다가, 문학의 진정한 교류가 마음의 감동에서 움트는 것일진대, 언어의 상이성은 그런 꿈을 자주 흐려왔으니, 조급한 마음은 그런 어둠 사이에 상업성과 말초적 자극성이라는 아편을 주입하여 교류를 인공적으로 촉진시키곤 하였다. 이제 우리는 그런 편법과 왜곡을 막기 위해서, 활짝 개방된 문학적 관점을 도입하여, 지금까지 외면당하거나 이런저런 이유로 파묻혀 있던 숨은 걸작들을 발굴하여 널리 알리고 저마다의 문학을 저마다의 방식으로 감상할 수 있는 음미의 물관을 제공해야 할 것이다. 실로 그런 취지에서 보자면 우리는 한국에 미만한 수많은 세계문학전집 시리즈들이 과거의 세계문학장을 너무나 큰 어둠으로 가려오고 있었다는 것을 절감한다.

이와 같은 인식하에 '대산세계문학총서'의 방향은 다음으로 모인다. 첫째, '대산세계문학총서'의 기준은 작품의 고전적 가치이다. 그러나 설명이 필요하다. 이 고전은 지금까지 고전으로 인정된 것들에 갇히지 않는다. 우리가 생각하는 고전성은 추상적으로는 '높은 문학성'을 가리킬 터이지만, 이 문학성이란 이미 확정된 규칙들에 근거한 문학성(그런 문학성은 실상 존재하지 않거니와)이 아니라, 오로지 저만의 고유한 구조를 통해 조직되는데 희한하게도 독자들의 저마다의 수용 기관과 연결되는 소통로의 접속 단자가 풍요롭고, 그 전류가 진해서, 세계의 가장 많은 인구의 감성을 열고 지성을 드높일 잠재적 역능이 알차게 채워진 작품의 성질을 가리킨다. 이러한 기준은 결국 작품의 문학성이 작품이나 작가에 의해 혹은 독자에 의해 일방적으로 결정되는 것이 아니라, 세 주체의 협력에 의해 형성되며 동시에 그 형성을 통해서 작품을 개방하고 작가의 다음 운동을 북돋거나 작가를 재인식시키며, 독자의 감수성을 일깨워 그의 내부에 읽기로부터 쓰기로의 순환이 유장하도록 자극하는 운동을 낳는다는 점을 환기시키고 또한 그런 작품에 대한 분별을 요구한다.

이 첫번째 기준으로부터 두 가지 기준이 덧붙여 결정된다.

둘째, '대산세계문학총서'는 발굴하고 발견한다. 모르거나 잊힌 것을 발굴하여 문학의 두께를 두텁게 하고, 당대의 유행을 따라가기보다는 또한 단순히 미래를 예측하기보다는 차라리 인류의 미래를 공진화적으로 개방할 수 있는 작품을 발견하여 문학의 영역을 확장할 것을 목표로 한다. 이는 또한 공동선의 실현과 심미안의 집단적 수준의 진화에 맞추어 작품을 선별한다는 것을 뜻한다.

셋째, '대산세계문학총서'가 지구상의 그리고 고금의 모든 문학작품들에게 열려 있다면, 그리고 이 열림이 지금까지의 기술 그대로 그 고유성을 제대로 활성화시키는 방식으로 진행되는 것이라면, 이는 궁극적으로 '가장 지역적인 문학이 가장 세계적인 문학'이라는 이상적 호환성을 추구한다는 것을 가리킨다. 이는 또한

'대산세계문학총서'의 피드백에도 그대로 적용될 것이다. 즉 '대산세계문학총서'의 개개 작품들은 한국의 독자들에게 가장 고유한 방식으로 향유될 터이고, 그럴 때에 그 작품의 세계성이 가장 활발하게 현상되고 작용할 것이다.

이러한 기준들을 열린 자세와 꼼꼼한 태도로 섬세히 원용함으로써 우리는 '대산세계문학총서'가 그 발굴과 발견을 통해 세계문학의 영역을 두텁고 넓게 하는 과정 그 자체로서 한국 독자들의 문학적 안목과 감수성을 신장시키는 데 기여할 것을 기대하며, 재차 그러한 과정이 한국문학의 체내에 수혈되어 한국문학의 도약이 곧바로 세계문학의 진화로 이어지게끔 하기를 희망한다. 이는 우리가 '대산세계문학총서'를 21세기의 한국사회에서 수행하는 근본적인 소이이다. 독자들의 뜨거운 호응을 바라마지않는다.

'대산세계문학총서' 기획위원회

대산세계문학총서

037 시 시집 스테판 말라르메 지음 | 황현산 옮김

038 시 도연명 전집 도연명 지음 | 이치수 역주

039 소설 드리나 강의 다리 이보 안드리치 지음 | 김지향 옮김

040 시 한밤의 가수 베이다오 지음 | 배도임 옮김

041 소설 독사를 죽였어야 했는데 야샤르 케말 지음 | 오은경 옮김

042 희곡 볼포네, 또는 여우 벤 존슨 지음 | 임이연 옮김

043 소설 백마의 기사 테오도어 슈토름 지음 | 박경희 옮김

044 소설 경성지련 장아이링 지음 | 김순진 옮김

045 소설 첫번째 향로 장아이링 지음 | 김순진 옮김

046 소설 끄르일로프 우화집 이반 끄르일로프 지음 | 정막래 옮김

047 시 이백 오칠언절구 이백 지음 | 황선재 역주

048 소설 페테르부르크 안드레이 벨르이 지음 | 이현숙 옮김

049 소설 발칸의 전설 요르단 욥코프 지음 | 신윤곤 옮김

050 소설 블라이드데일 로맨스 나사니엘 호손 지음 | 김지원·한혜경 옮김

051 희곡 보헤미아의 빛 라몬 델 바예-인클란 지음 | 김선욱 옮김

052 시 서동 시집 요한 볼프강 폰 괴테 지음 | 안문영 외 옮김

053 소설 비밀요원 조지프 콘래드 지음 | 왕은철 옮김

054-055 소설 헤이케 이야기(전 2권) 지은이 미상 | 오찬욱 옮김

056 소설 몽골의 설화 데. 체렌소드놈 편저 | 이안나 옮김

057 소설 암초 이디스 워튼 지음 | 손영미 옮김

058 소설 수전노 알 자히드 지음 | 김정아 옮김

059 소설 거꾸로 조리스-카를 위스망스 지음 | 유진현 옮김

060 소설 페피타 히메네스 후안 발레라 지음 | 박종욱 옮김

061 시 납 제오르제 바코비아 지음 | 김정환 옮김

062 시 끝과 시작 비스와바 쉼보르스카 지음 | 최성은 옮김

063 소설 과학의 나무 피오 바로하 지음 | 조구호 옮김

064 소설 밀회의 집 알랭 로브-그리예 지음 | 임혜숙 옮김

065 소설 붉은 수수밭 모옌 지음 | 심혜영 옮김

066 소설 아서의 섬 엘사 모란테 지음 | 천지은 옮김

067 시 소동파사선 소동파 지음 | 조규백 역주

068 소설 위험한 관계 쇼데를로 드 라클로 지음 | 윤진 옮김

069 소설 거장과 마르가리타 미하일 불가코프 지음 | 김혜란 옮김

070 소설 우게쓰 이야기 우에다 아키나리 지음 | 이한창 옮김

071 소설 별과 사랑 엘레나 포니아토프스카 지음 | 추인숙 옮김

072-073 소설 불의 산(전 2권) 쓰시마 유코 지음 | 이송희 옮김

074 소설 인생의 첫출발 오노레 드 발자크 지음 | 선영아 옮김

075 소설 몰로이 사뮈엘 베케트 지음 | 김경의 옮김

076 시 미오 시드의 노래 지은이 미상 | 정동섭 옮김

077 희곡 셰익스피어 로맨스 희곡 전집 윌리엄 셰익스피어 지음 | 이상섭 옮김

078 희곡 돈 카를로스 프리드리히 폰 실러 지음 | 장상용 옮김

079-080 소설 파멜라(전 2권) 새뮤얼 리처드슨 지음 | 장은명 옮김

081 시 이십억 광년의 고독 다니카와 슌타로 지음 | 김응교 옮김

082 소설 잔지바르 또는 마지막 이유 알프레트 안더쉬 지음 | 강여규 옮김

083 소설 에피 브리스트 테오도르 폰타네 지음 | 김영주 옮김

084 소설 악에 관한 세 편의 대화 블라디미르 솔로비요프 지음 | 박종소 옮김

085-086 소설 새로운 인생(전 2권) 잉고 슐체 지음 | 노선정 옮김

087 소설 그것이 어떻게 빛나는지 토마스 브루시히 지음 | 문항심 옮김

088-089 산문 한유문집—창려문초(전 2권) 한유 지음 | 이주해 옮김

090 시 서곡 윌리엄 워즈워스 지음 | 김승희 옮김

091 소설 어떤 여자 아리시마 다케오 지음 | 김옥희 옮김

092 시 가윈 경과 녹색기사 지은이 미상 | 이동일 옮김

093 산문 어린 시절 나탈리 사로트 지음 | 권수경 옮김

094 소설 골로블료프가의 사람들 미하일 살티코프 셰드린 지음 | 김원한 옮김

095 소설 결투 알렉산드르 쿠프린 지음 | 이기주 옮김

096 소설 결혼식 전날 생긴 일 네우송 호드리게스 지음 | 오진영 옮김

097 소설 장벽을 뛰어넘는 사람 페터 슈나이더 지음 | 김연신 옮김

098 소설 에두아르트의 귀향 페터 슈나이더 지음 | 김연신 옮김

099 소설 옛날 옛적에 한 나라가 있었지 두샨 코바체비치 지음 | 김상헌 옮김

100 소설 나는 고故 마티아 파스칼이오 루이지 피란델로 지음 | 이윤희 옮김

101 소설 따니아오 호수 이야기 왕정치 지음 | 박정원 옮김

102 시 송사삼백수 주조모 엮음 | 이동향 역주

103 시 문턱 너머 저편 에이드리언 리치 지음 | 한지희 옮김

104 소설 충효공원 천잉전 지음 | 주재희 옮김

105 희곡 유디트/헤롯과 마리암네 프리드리히 헤벨 지음 | 김영목 옮김

106 시 이스탄불을 듣는다
오르한 웰리 카늑 지음 | 술탄 훼라 아크프나르 여·이현석 옮김

107 소설 화산 아래서 맬컴 라우리 지음 | 권수미 옮김

108-109 소설 경화연(전 2권) 이여진 지음 | 문현선 옮김

110 소설 예피판의 갑문 안드레이 플라토노프 지음 | 김철균 옮김

111 희곡 가장 중요한 것 니콜라이 예브레이노프 지음 | 안지영 옮김

112 소설 파울리나 1880 피에르 장 주브 지음 | 윤 진 옮김

113 소설 위폐범들 앙드레 지드 지음 | 권은미 옮김

114-115 소설 업둥이 톰 존스 이야기(전 2권) 헨리 필딩 지음 | 김일영 옮김

116 소설 초조한 마음 슈테판 츠바이크 지음 | 이유정 옮김

117 소설 악마 같은 여인들 쥘 바르베 도르비이 지음 | 고봉만 옮김

118 소설 경본통속소설 지은이 미상 | 문성재 옮김

119 소설 번역사 레일라 아부렐라 지음 | 이윤재 옮김

120 소설 남과 북 엘리자베스 개스켈 지음 | 이미경 옮김

121 소설 대리석 절벽 위에서 에른스트 윙거 지음 | 노선정 옮김

122 소설 죽은 자들의 백과전서 다닐로 키슈 지음 | 조준래 옮김

123 시 나의 방랑—랭보 시집 아르튀르 랭보 지음 | 한대균 옮김

124 소설 슈톨츠 파울 니종 지음 | 황승환 옮김

125 소설 휴식의 정원 바진 지음 | 차현경 옮김

126 소설 굶주린 길 벤 오크리 지음 | 장재영 옮김

127-128 소설 비스와스 씨를 위한 집(전 2권) V. S. 나이폴 지음 | 손나경 옮김

129 소설 새하얀 마음 하비에르 마리아스 지음 | 김상유 옮김

130 산문 루테치아 하인리히 하이네 지음 | 김수용 옮김

131 소설 열병 르 클레지오 지음 | 임미경 옮김

132 소설 조선소 후안 카를로스 오네티 지음 | 조구호 옮김

133-135 소설 저항의 미학(전 3권) 페터 바이스 지음 | 탁선미·남덕현·홍승용 옮김

136 소설 신생 시마자키 도손 지음 | 송태욱 옮김

137 소설 캐스터브리지의 시장 토머스 하디 지음 | 이윤재 옮김

138 소설 죄수 마차를 탄 기사 크레티앵 드 트루아 지음 | 유희수 옮김

139 자서전 2번가에서 에스키아 음파렐레 지음 | 배미영 옮김
140 소설 묵동기담/스미다 강 나가이 가후 지음 | 강윤화 옮김
141 소설 개척자들 제임스 페니모어 쿠퍼 지음 | 장은명 옮김
142 소설 반짝이끼 다케다 다이준 지음 | 박은정 옮김
143 소설 제노의 의식 이탈로 스베보 지음 | 한리나 옮김
144 소설 흥분이란 무엇인가 장웨이 지음 | 임명신 옮김
145 소설 그랜드 호텔 비키 바움 지음 | 박광자 옮김
146 소설 무고한 존재 가브리엘레 단눈치오 지음 | 윤병언 옮김
147 소설 고야, 혹은 인식의 혹독한 길 리온 포이히트방거 지음 | 문광훈 옮김
148 시 두보 오칠언절구 두보 지음 | 강민호 옮김
149 소설 병사 이반 촌킨의 삶과 이상한 모험
블라디미르 보이노비치 지음 | 양장선 옮김
150 시 내가 얼마나 많은 영혼을 가졌는지
페르난두 페소아 지음 | 김한민 옮김
151 소설 파노라마섬 기담/인간 의자 에도가와 란포 지음 | 김단비 옮김
152-153 소설 파우스트 박사(전 2권) 토마스 만 지음 | 김륜옥 옮김
154 시, 희곡 사중주 네 편 T. S. 엘리엇의 장시와 한 편의 희곡
T. S. 엘리엇 지음 | 윤혜준 옮김
155 시 키르기스스탄의 시 배흐티야르 와합자대 지음 | 오은경 옮김
156 소설 찬란한 길 마거릿 드래블 지음 | 가주연 옮김
157 전집 사랑스러운 푸른 잿빛 밤 볼프강 보르헤르트 지음 | 박규호 옮김
158 소설 포옹가족 고지마 노부오 지음 | 김상은 옮김
159 소설 바보 엔도 슈사쿠 지음 | 김승철 옮김
160 소설 아산 블라디미르 마카닌 지음 | 안지영 옮김
161 소설 신사 배리 린든의 회고록 윌리엄 메이크피스 새커리 지음 | 신윤진 옮김
162 시 천가시 사방득, 왕상 엮음 | 주기평 역해
163 소설 모험적 독일인 짐플리치시무스 그리멜스하우젠 지음 | 김홍진 옮김
164 소설 맹인 악사 블라디미르 코롤렌코 지음 | 오원교 옮김
165-166 소설 전차를 모는 기수들(전 2권) 패트릭 화이트 지음 | 송기철 옮김
167 소설 스너프 빅토르 펠레빈 지음 | 윤서현 옮김
168 소설 순응주의자 알베르토 모라비아 지음 | 정란기 옮김

169 소설 오렌지주를 증류하는 사람들 오라시오 키로가 지음 | 임도울 옮김

170 소설 프라하 여행길의 모차르트/슈투트가르트의 도깨비
에두아르트 뫼리케 지음 | 윤도중 옮김

171 소설 이혼 라오서 지음 | 김의진 옮김

172 소설 가족이 아닌 사람 샤오훙 지음 | 이현정 옮김

173 소설 황사를 벗어나서 캐런 헤스 지음 | 서영승 옮김

174 소설 들짐승들의 투표를 기다리며 아마두 쿠루마 지음 | 이규현 옮김

175 소설 소용돌이 호세 에우스타시오 리베라 지음 | 조구호 옮김

176 소설 사기꾼—그의 변장 놀이 허먼 멜빌 지음 | 손나경 옮김

177 소설 에리옌 항타고드 오손보독 지음 | 한유수 옮김

178 소설 캄캄한 낮, 환한 밤—나와 생활의 비허구 한 단락
옌롄커 지음 | 김태성 옮김

179 소설 타인들의 나라—전쟁, 전쟁, 전쟁 레일라 슬리마니 지음 | 황선진 옮김

180 자서전 자유를 찾은 혀—어느 청춘의 이야기
엘리아스 카네티 지음 | 김진숙 옮김

181 소설 어느 페르시아인의 편지 몽테스키외 지음 | 이자호 옮김

182 소설 오후의 예항/짐승들의 유희 미시마 유키오 지음 | 박영미 옮김

183 소설 왕은 없다 응우옌후이티엡 지음 | 김주영 옮김

184 소설 죽음의 가시 시마오 도시오 지음 | 이종은 옮김

185 소설 세레나데 쥴퓌 리바넬리 지음 | 오진혁 옮김

186 소설 트리스탄 고트프리트 폰 슈트라스부르크 지음 | 차윤석 옮김

187 소설 루친데 프리드리히 슐레겔 지음 | 박상화 옮김

188 시 서 있는 여성의 누드/황홀 캐럴 앤 더피 지음 | 심지아 옮김

189 소설 연기 이반 투르게네프 지음 | 이항재 옮김

190 소설 세 인생 거트루드 스타인 지음 | 이윤재 옮김

191 시 당시삼백수 1 손수 엮음 | 임도현 역해

192 시 당시삼백수 2 손수 엮음 | 임도현 역해